中国现代文艺学大家文库

现代性与当代文学理论
——钱中文文艺学文选

钱中文 著

山东文艺出版社

图书在版编目（CIP）数据

现代性与当代文学理论：钱中文文艺学文选／钱中文著.
—济南：山东文艺出版社，2021.4
ISBN 978-7-5329-6040-8

Ⅰ.①现… Ⅱ.①钱… Ⅲ.①文艺学—中国—当代—文集 Ⅳ.①I206.7-53

中国版本图书馆 CIP 数据核字（2020）第 013620 号

责任编辑：周学雷　韩淑英
装帧设计：刘小军

现代性与当代文学理论
——钱中文文艺学文选

钱中文　著

主管单位	山东出版传媒股份有限公司
出版发行	山东文艺出版社
社　　址	山东省济南市英雄山路 189 号
邮　　编	250002
网　　址	www.sdwypress.com
读者服务	0531-82098776（总编室）
	0531-82098775（市场营销部）
电子邮箱	sdwy@sdpress.com.cn
印　　刷	山东新华印务有限公司
开　　本	890 毫米×1240 毫米　1/32
印　　张	12
字　　数	289 千
版　　次	2021 年 4 月第 1 版
印　　次	2021 年 4 月第 1 次印刷
书　　号	ISBN 978-7-5329-6040-8
定　　价	95.00 元

版权专有,侵权必究。如有图书质量问题,请与出版社联系调换。

出版说明

"中国现代文艺学大家文库"精选徐中玉、钱谷融、王元化、钱中文、李衍柱、王元骧、陈伯海、陆贵山、孙绍振、童庆炳等十位著名文艺理论家的代表性著作,涵盖现代文论、古代文论、西方文论等多个领域,以期对近百年来中国文艺学的创造性成果进行总结,全面立体地展示中国现代文艺学研究的理论建树,为专业的文艺学研究者提供经典、权威的文艺学资料,从而推动新时代文艺学研究向纵深发展。

我们在编选过程中,除根据作者或授权编选者的意见对个别选文稍作修正外,尽量保持文章初次发表时的原貌。这是一套学术著作,我们本着严谨认真的态度进行编校,但难免会有疏漏,尚祈读者指正。

山东文艺出版社
2020 年 12 月

总序

中国文艺学发展百年回眸

为了总结文艺学诞生、发展的历史经验,推进当代具有中国特色的文艺学的建设,山东文艺出版社拟出版一套"中国现代文艺学大家文库",选择近百年来在不同历史时期涌现出的文艺理论家的代表性成果集结的"自选集"或由学子、亲人协助选编的"文艺学文集",公开出版发行,与国内外读者见面。这一设想是有创新性的,也是具有学术价值和现实意义的。

第一批被选入的学者有十位,最年长的是2019年6月25日去世、享年105岁的徐中玉先生。徐先生1915年2月15日出生于江苏江阴。这一年恰是陈独秀创办的《青年杂志》(1916年改为《新青年》)问世。在五四精神的熏陶和培育下,在新文化运动的洪流中,徐先生刻苦学习、吸纳进步思想,在极端困难的环境中,积极为深爱的祖国贡献一份力量。在《忧患深深八十年——我与中国二十世纪》一文中,徐先生说:"我们这一代人的发奋图强,誓雪国耻,要求进步,坚主改革,不论在什么环境、困难下总仍抱着忧患意识与对国家民族负有自己责任的态度,是同我们从小就受到的这种国耻教育极有关系的。'天下兴亡,匹夫有责',这不是说个人有了不起的力量,而是说每个人于国、族兴亡,都要负起自己应该并可能承当的责任。"作为一位文艺理论家,徐中玉先生继承和弘扬了中国知识分子所具有的"先天下之忧而忧,后天下之乐而乐"和"独立之人格,自由之思想"的优良传统,由于敢于直言,敢于讲真话,坚持正义,主持公平,徐先生多次被诬陷、遭攻击,被打成"右派",但他始终默默地搜集文献资料,思考和研究文艺理论问题。他认为:"具有忧患意识,有使命感和历史责任则是每一个爱国者应有、能有的。"徐先生在受迫害的艰难岁月里,"利用一切可以利用的时间,埋头积累专业研究资料。二十年间孤立监改扫地除草之余,新读七百多种书,积下数万张卡片,约计手写近一千万字。甘于寂寞,自求心安。只有自己觉得这种积累有用,即使这些卡片将始终只能塞在我的抽屉里,也有意义。也许这只是为了求得自己心理上的平衡,但到底并没有把这二十年光阴完全白过。"① 徐先生在逆境中所显示出的这种坚忍不拔、甘于寂寞、潜心研究的治学精神,堪称为学界的楷模。

对于近百年文艺理论的发展,徐中玉先生为《中国近代文学大系·第 1 集·第 1 卷·文学理论集 1》作的导言中认

---

① 徐中玉:《忧患深深八十年——我与中国二十世纪》,载《徐中玉文存》,6 页,上海人民出版社,2019 年。

为,"近代文学理论在新旧交替、救亡图强的大变革世运中"①得到长足的发展,在这方面王国维和鲁迅作出了突出贡献。

今天我们所说的文艺理论或文艺学②,它的古老的名字称为"诗学"。最早提出"诗学"概念并把它作为独立学科进行研究的是古希腊"最伟大的思想家"亚里士多德(公元前384—前322)。在古希腊,诗是一个广义的概念,包括抒情诗、叙事诗、悲喜剧、史诗、音乐、舞蹈等。亚里士多德的《诗学》就是古希腊这些艺术种类实践经验的总结。因此,亚里士多德的《诗学》,就其研究的对象和论述的内容来讲,可谓是世界文论史上出现的第一部文艺理论或文艺学专著。

中国古代虽无"诗学""文艺学"的概念,但对诗乐理论的研究却源远流长、新见迭出,产生过多部影响深远的理论专著。从荀子的《乐论》到后来出现的《乐记》,从《文心雕龙》《诗品》《闲情偶寄》到《人间词话》,等等。三千多年前,在《尚书·虞书·舜典》中提出"诗言志"这一中国诗论"开山的纲领"以来,不断有新的理论观点问世,诸如:缘情说、形神说、风骨说、神韵说、意象说、性格说、境界说、意境说等,并对创作实践产生过程度不同的影响。诗论在中国古代,除《文心雕龙》《诗品》等专著中

---

① 徐中玉主编:《中国近代文学大系·第1集·第1卷·文学理论集1·导言》,上海书店,1994年。
② 据日本当代文艺理论家浜田正秀研究,文艺学(Literaturwissenschaft 或 science of literature)这一词据说最先是在19世纪40年代初的黑格尔学派里使用,初见于1843年麦登(Mundt, 1808—1861)的《现代文学史》一书的绪论中。见浜田正秀《文艺学概论》,陈秋峰、杨国华译,3页,中国戏剧出版社,1987年。

有所论述外,主要是以乐论、诗话、词话、曲话、批注、笔记等文体存在于历史典籍之中。

　　文学理论或文艺学作为一门独立的人文学科在中国出现,则是20世纪的事情。1902年,文学理论先是以"文学研究法"的名义跨入了"中国文学门",正式被列入《钦定大学章程》。1912年,在北大馆藏的《民国元年学科设置及课程安排》中,首次将"文学概论"列为人文学科开设的课程。1916年蔡元培任北大校长,聘任陈独秀为文科学长。1917年在北京大学重新修订的《文科大学现行科目修正案》中,进而明确将"文学概论"定为必修课。由此开始,一百多年来"文学概论"一直是全国各大学中文专业开设的必修课。① 上世纪开始的一二十年,多是借用国外学者撰写的关于文学艺术理论的著作为教材。上世纪50年代,中国各高校文科,普遍用的是苏联的文艺学教材。改革开放新时期,中国恢复学位制度后,文艺学正式作为一个独立学科在全国各高校与科研单位设立博士点、硕士点,并开始招收培养专门从事文艺学教学与研究的人才。文艺学在国家教育体制上被确立,同时也被学界接受认同。

　　回顾文艺学在中国发展的历史,20世纪初,在中国古代诗学理论向中国现代诗学理论的转换过程中,王国维(1877—1927)作出了重大贡献。生活、学习和成长在中西文化交流和碰撞时代大潮中的王国维,在"文学理论"概念的出现和"文学概论"成为中国大学人文学科的必修课

---

① 参见程正民、程凯主编:《中国现代文学理论知识体系的建构——文学理论教材与教学的历史沿革》,北京大学出版社,2005年。

的同时，1904年发表《〈红楼梦〉评论》；1904—1906年开始撰写《人间词话》甲稿、乙稿，并于1908年分三期连载于《国粹学报》；1909年，写出《唐宋大曲考》《戏曲考源》，刊于《国粹学报》；1912年，《宋元戏曲考》成书。王国维运用康德、叔本华的美学观，结合中国文学和文论的实际，具体分析和评论了《红楼梦》、宋元戏曲和古代诗词，以境界为核心范畴，构建起一个具有中国民族特色的文学艺术理论新体系。王国维创建的文论新体系，在总结中国文艺创作实践的基础上，创造性地继承、创新性地发展了中国古代诗论的优秀传统，汲取融合了西方诗学中的合理成分。其研究和论述的方面，涵盖和扩大了亚里士多德《诗学》的内容，更加符合中国文艺的实际。他写的《〈红楼梦〉评论》，为中国现代文艺理论批评开了先河，投下了第一块基石。文中振聋发聩地提出："《红楼梦》者，可谓悲剧中之悲剧也。"[①] 这一理论观点，显然比胡适提出的"自传说"和蔡元培的《〈石头记〉索引》，有更高的审美价值。叶嘉莹说："此文在中国文学批评的历史中，实在可以说是一部开山创始之作。"[②] 这一评价，是公正而又符合实际的。王国维的《宋元戏曲考》或《宋元戏曲史》，是中国第一部戏曲史。王国维的《人间词话》，以中国古代诗话、词话的形式，表达出现代美学和文艺理论的丰富内容。王国维以境界范畴作为他的现代诗学体系的逻辑起点，系统总结了中国古

[①] 王国维：《〈红楼梦〉评论》，载《中国近代文论选》下，754—755页，人民文学出版社，1962年。

[②] 叶嘉莹：《王国维及其文学批评》，176页，广东人民出版社，1982年。

代诗话、词话所蕴含的诗学理论,结合优秀古典诗词的分析,对文艺的本体论、创作论、构成论、鉴赏论、作家论提出了自己的见解,并且原创地论说了优美、壮美、古雅、情与景、写实与理想、隔与不隔、有我之境与无我之境等属于他自己独有的新的诗学范畴。他吸取了19世纪以来西方兴起的"写实派"与"理想派",即现实主义与浪漫主义理论观点,认为在艺术意境的创构过程中,现实和理想相互渗透,融为一体,二者颇难区别,"写实家亦理想家","理想家亦写实家"。

对于王国维在中国学术史上的贡献,陈寅恪指出:

> 自昔大师巨子,其关系于民族盛衰学术兴废者,不仅在能承续先哲将坠之业,为其托命之人,而尤在能开拓学术之区宇,补前修所未逮。故其著作可以转移一时之风气,而示来者以轨则也。先生之学博矣,精矣,几若无涯岸之可望,辙迹之可寻。然详绎遗书,其学术内容及治学方法,殆可举三目以概括之者。一曰取地下之实物与纸上之遗文互相释证。凡属于考古学及上古史之作,如《殷卜辞中所见先公先王考》及《鬼方昆夷玁狁考》等是也。二曰取异族之故书与吾国之旧籍互相补正。凡属于辽金元史事及边疆地理之作,如《萌古考》及《元朝秘史之主因亦儿坚考》等是也。三曰取外来之观念,与固有之材料互相参证。凡属于文艺批评及小说戏曲之作,如《红楼梦评论》及《宋元戏曲考》《唐宋大曲考》等是也。[①]

---

① 陈寅恪:《王静安先生遗书序》,载《陈寅恪史学论文选集》,501页,上海古籍出版社,1992年。

陈寅恪先生总结出的王国维学术研究的三条基本经验和方法影响深远，对中国现代美学、诗学、史学的研究与发展，具有重大的学术价值和现实意义。在中国文学艺术领域，王国维既是中国古代诗话、词话的最后一位诗论家，同时又是中国现代诗学在新世纪伊始出现的最初的一位文艺理论家。中国古代诗话、词话的终结和中国现代诗学理论的开端，是以王国维创建的中国现代诗学理论（即文艺理论）为标志的。

王国维对中国现代诗学理论虽然作出了重大贡献，但也有明显的局限和缺失。徐中玉先生明确指出：王国维的理论虽有"精微处、透辟处，也有自相矛盾、未能自圆其说处，违反历史事实、时代要求、大众愿望处。国家民族仍在贫弱交困、急待救亡疗治的时刻，他这些理论大体只可供思考，起到免于走向极端功利而尽失文学特性的作用……王氏精微有余，正视现实生活不足，理想成分多"。徐先生认为，"王国维说：'主观之诗人不必多阅世，阅世愈浅，则性情愈真，李后主是也'，都不切合事实。李后主身受亡国之辱，阅世还浅？他的最好词作，难道不是这种阅历促成的？阅世深了，一定会使性情失真？如果真只是'赤子'，大眼界、深意境能从哪里来？说李后主'俨有释迦、基督担荷人类罪恶之意'，简直把一己之所爱，拔高到天上去了。王氏有很高的艺术鉴赏力，也有把自己的学术见解大胆提出来的理论勇气。但他的不少著名观点至少仍是大可商榷的。"徐先生对王国维的批评是十分中肯的。

在徐先生看来，对于建设中国现代文艺学（或文艺论）的贡献，与王国维相比，鲁迅的贡献更大、更具有现代性。徐先生对鲁迅写于1907年的《摩罗诗力说》给予很高的评价。

> （《摩罗诗力说》）是这一历史时期文学理论的总结，又是这一时期文学理论发展的最贵结晶，明显地起着承前启后的作用。鲁迅在此文中不废怀古之功，但更要求审己、知人："欲扬宗邦之真大，首在审己，亦必知人，比较既周，爱生自觉，每响必中于人心，清晰昭明，不同凡响。"这就是指出：一味自我欣赏而不审视自己的阙失，前途必无光明，有了改进的自觉，才有希望。为此，他坚决主张"别求新声于异邦"。异邦有诸如"立意在反抗，指归在动作"，"争天拒俗"，争取"独立、自由、人道"，"说真理"等类新声，都还是我们自己非常缺少却极需要的。对异邦行而有效的东西，认为虽应学习，"亦非吾邦民可活剥"，应学其"内质"，即真精神才是。
>
> 鲁迅分析了过去闭关的恶果，孤立自是，精神沦亡，以致维新了二十年仍无甚成效。他呼吁文学界有志之士都要做"精神界之战士"，为国族尽最大努力。"家国荒矣，而赋最末哀歌，以诉天下贻后人之耶利米，且未之有也！"
>
> 鲁迅凭其热爱国族的赤忱和高瞻远瞩的目光，其认识达到了当时思想界文学理论界的最高峰。①

---

① 徐中玉主编：《中国近代文学大系·第1集·第1卷·文学理论集1·导言》，上海书店，1994年。

鲁迅（1881—1936）是一位伟大的文学家、思想家、革命家。他不仅是中国现代文学的奠基人，为中国20世纪文学竖起了第一座巍峨的文学高峰，而且是建设具有中国民族特色的文艺理论或文艺学的披荆斩棘的勇敢开拓者。鲁迅积极投入和倡导白话文运动，1918年5月发表的《狂人日记》是中国文学史上出现的第一篇白话文小说。在中国文艺理论史上，鲁迅又是第一个将西方现实主义理论的核心范畴——"典型""典型人物"引入中国文坛的。他在1921年4月5日写的《译了〈工人绥惠略夫〉之后》一文中，称阿尔志跋绥夫在1905年之前，"已经写出了一个以性欲为第一义的典型人物来①。"在《阿Q正传》的论争中，典型逐渐成了批评家批评作品成败得失的重要审美尺度。鲁迅系统全面地研究了中国小说，撰写的《中国小说史略》《中国小说的历史的变迁》，开创性地为中国文学史研究打下了一个坚实的基础，并为中国文艺学的理论研究提供了丰厚的历史文献资源。鲁迅亲自将普列汉诺夫运用唯物史观写出的《没有地址的信》，翻译给中国读者。他对文学发生学的研究，既批判地吸取和借鉴了"游戏说""巫术说""劳动说"中的有价值成分，又紧密结合中国文艺发生的实际，提出了富有中国特色的文艺活动发生论的新观点。他的理论主张可概括为："劳动—巫术—休闲"说。② 徐中玉先生在《中国近代文艺理论的发展》中提出的中国文论史上长期争论不休的一个关

---

① 《鲁迅全集》第10卷，167页，人民文学出版社，1981年。
② 李衍柱：《文学理想与文学活动》，302—308页，人民出版社，2013年。

于文艺与政治的关系问题，鲁迅总结中国文学史的经验，生动而又辩证地作出回答。他在《文艺与政治的歧途》《魏晋风骨及文章与药及酒之关系》等论文中指出：世界上没有超政治、超时代的文学，鼓吹所谓文学超政治、超时代，实质是为了逃避现实，然而这又是不可能的，"这是和说自己用手提着耳朵，就可以离开地球者一样地欺人"①。

人的意识的觉醒与人的价值和尊严的被肯定，人的主体性的确立和人的独立思考能力的恢复和增强，这是一百多年来在中国学术界、思想界、文学艺术界发生的一个重大变化。如同陈伯海先生所说："现代意义上的'人'的自觉和'文'的自觉，构成'五四'文学革命对20世纪中国文学发展的主要贡献。"② 人学与文艺学同属人文科学。而人学又是文艺学的重要理论基础。人学既是打开文学殿堂大门的钥匙，也是打开中国古代文论、书论、画论、乐论宝库的金钥匙。文学是"人学"的理论主张，不仅对于我们研究中国古代文论传统、开展中西文论比较，有指导意义，而且对研究中国现代文艺理论，总结五四以来文学艺术领域的经验教训和存在的问题，都有现实的意义。从1918年12月15日刊行的《新青年》第5卷第6号上发表周作人的《人的文学》，到1957年第5期《文艺月报》发表钱谷融的《论"文学是人学"》，再到1980年第3期《文艺研究》发表钱谷融的《〈论"文学是人学"〉一文的自我批判提纲》（即

---

① 《鲁迅全集》第7卷，113—114页，人民文学出版社，1981年。
② 陈伯海主编：《近四百年中国文学思潮史》，22页，东方出版中心，1997年。

《我怎样写〈论"文学是人学"〉》),时间经过了六十余年,围绕着文学与人的问题,人性、国民性与阶级性问题,人道主义与人文精神问题,展开了多次的论争,尽管一些作家、理论家因此而落难,受到批判或斗争,但是真理是批不倒、骂不掉、打不死的,相反它会在反复敲打中闪烁出它的灿烂的光辉。[①] 选入"中国现代文艺学大家文库"的学者,几乎每一位都在自己所选论文中从不同视角论说到"人"的自觉与"文"的自觉问题。徐中玉在《忧患深深八十年——我与中国二十世纪》一文中说:"文学既是人学,更是人心民心之学。"钱中文先生指出:"'文学是人学'是针对教条主义把人当作描写的工具而说的,文学应该描写活生生的人,张扬了文学的人道主义,这一很有针对性的观点,开了解放文学思想风气之先,扩大了人们对文学的认识,使文学与真实的人结合起来,有力地批判了高大全、假大空这类虚假的文学主张,功莫大焉。"[②] 钱先生还专门撰写了《论人性共同形态描写及其评价问题》,结合中外的理论研究与创作实际进行了评说。在新世纪伊始,钱先生提出和倡导的"新理性精神",进一步拓展和丰富了文学人学论的内涵。王元骧先生在论说马克思对德国古典美学的继承与革新的同时,撰写出《审美自由与人的解放》。陆贵山在重读经典文本的基础上,深入研究"马克思主义的人论与文学"课题,

---

① 李衍柱:《时代变革与范式转换》,201—203页,人民出版社,2013年。
② 钱中文:《三十年间》,载《理论的时空》,144页,复旦大学出版社,2016年。

并出版了专著。"主体性文学论是人性、人道主义讨论的必然继续与具体表述,与'文学是人学'也是相互呼应的。文学主体论认为过去主体在反映论中完全是消极被动因素,所以那是客体文学,是没有主体的文学,现在要重建具有首创精神的创作主体,建立新的主体文学。纠正过去创作中创作主体的缺失,强调创作主体的创造地位与巨大功能,这是文学理论的一大进步。有的作家有感于此,后来阅读了阐释文学主体论的文章,真有一种解放之感;同时这一观念对于促进文学理论框架的反思,影响很大,这都是应该肯定的"①。

"时运交移,质文代变,古今情理。"② 中国文艺学的发展变化与时代的变革相向而行。革命是推动历史前进的火车头,解放思想则是激励亿万人民从事社会变革的不竭动力。一百多年来,中国社会发生了三次伟大的革命,经历了三次伟大的思想解放运动。历史的巨变,催生和推进了中国现代文艺学的发展。

20世纪出现的第一次大革命是以孙中山领导的辛亥革命为标志。在这次大革命孕育爆发的过程中,中国社会急剧地由一个封建专制社会逐渐沦为一个半殖民地半封建社会。十月社会主义革命,给中国送来了马克思列宁主义。孙中山播下的民主革命种子,催生和发展成了新民主主义革命,爆

---

① 钱中文:《三十年间》,载《理论的时空》,144—145页,复旦大学出版社,2016年。
② 刘勰著,范文澜注:《文心雕龙注》下,671页,人民文学出版社,1961年。

发了五四新文化运动，出现了第一次思想大解放运动。中西文化的大碰撞、大交流、大融合，在中国文学艺术领域则呈现出可喜的百花齐放、学派林立、百家争鸣的繁荣局面。

第二次大革命和社会转型是以中华人民共和国建立和社会主义制度基本确立为标志，以打破苏联的教条主义为中心的延安整风，开启了第二次思想解放运动。从时间上说，可以从1927年井冈山建立第一块革命根据地算起，一直到1956年我国社会主义改造基本完成。这次大革命，使中国人民真正站起来了，获得了新民主主义革命的胜利，并且开始走上了社会主义的道路，取得了社会主义建设的伟大胜利。在这个将近三十年的过程中，中国社会形态发生了根本性的变化，由一个半殖民地半封建的社会转变成为一个新民主主义国家，然后又逐步确立了社会主义制度。在哲学社会科学领域，最大的成果，就是确立了马克思列宁主义普遍真理与中国革命实际相结合的毛泽东思想。在中国文艺学发展的历程中，则形成了马克思主义文艺理论与中国文艺实际相结合的毛泽东文艺思想，在革命与战争年代竖立起了一座马克思主义文艺理论中国化时代化大众化的里程碑。

第三次社会大革命和思想解放运动是以党的十一届三中全会为标志。以社会主义现代化建设为中心的改革开放，是中国大地上持续发展的又一次更为深刻和广泛的革命。四十多年的改革开放，中国人民已由站起来走向富起来，由富起来走向强起来。四十多年的伟大实践，我们已经成功地走出了一条中国特色社会主义道路。

从上世纪70年代末期开始的这次思想解放运动，使古老的中华大地重新焕发了青春,注入了无限的生机与活力。这次伟大的思想解放运动,使中国社会的各个领域,都发生了根本性的变化,文化、科学、艺术,迎来了自己发展的春天。中国现代文艺学同其他社会科学一样,挣脱了种种精神枷锁,走出了误区,打破了禁阈,回到了自己的家园。作家、艺术家、文艺理论家重新焕发出自己的艺术青春、学术青春。

今年正值五四运动发生一百年、中华人民共和国成立七十年和改革开放刚过去四十年,本文库第一批入选的学者中徐中玉先生是全程经历和参与的元老,其余诸位都是出生于上个世纪30—40年代。这些学者亲历和见证建国七十年中国社会发生的巨变,沐浴着改革开放的春风,全身心地投入到自己关注的文艺研究之中。他们的研究论著,从不同的侧面和层面,推进了现代中国文艺学的建设,为社会主义文艺事业的发展和繁荣作出了应有的贡献。从其所选文集的内容看,主要的标志性的理论贡献有以下几点:

第一,文学观念的更新和突破。十年动乱期间的闭关锁国,使中国文艺理论界中断了与世界的交流与对话。解放思想,改革开放,有力地推动了文学观念的更新和突破。改革开放四十多年,欧美和俄罗斯近代以来出现的各种哲学、美学、文学理论的代表性著作和文艺作品,相继被翻译、介绍到我国。《柏拉图全集》《亚里士多德全集》等西方古代、近代、现代的许多大家的全集相继被翻译到中国。世界各国不同的文学理论派别的倡导者的哲学观、历史观、价值观、美学观、文学观是大相径庭的。但他们的文学理论主张能够在不同民族国家出现,自有其实践的依据和现实存在的学理性。他们以不同的视角和方法,从不同的层面和方面,对文学艺术的审美特征和艺术规律的探索,他们的发现,他们的见解,甚至他们的"片面的深刻"或"深刻的片面",都可作为中国文艺学研究的借鉴和参照系。中国学者在思考、探索如何继承古代文论、借鉴外国文论,在马克思主义世界观和方法论指导下,建设有中国特色的文艺学的历史过程中,先后出现了认识论文学观,以蔡仪主编的《文学概论》和以群主编的《文学基本原理》为代表;主体论文学观,以刘再复的《论文学的主体性》为代表;象征性文学观,以林兴宅的《文艺象征论》为代表;生产论文学观,以何国瑞的《艺术生产原理》为代表;审美意识形态文学观,以钱中文、童庆炳、王元骧为代表。1982年,钱中文先生最早提出这一理论观点;1987年,钱先生又补充说:"文学作为审美的意识形态,以感情为中心,但它是感情和思想认识的结合;它是一种虚构,但又具有特殊形态的真实性;它是有目的,但又具有不以实利为目的的无目的性;它具有阶级性,但又是一种具有广泛的社会性以及全人类性的审美意识的形态。"① 比较集中体现审美意识形态文学观的则是童庆炳主编的《文学理论教程》和他的学术专著《文学活动的美学阐释》,王元骧的《审美反映与艺术创造》《文学原理》。文学艺术是一种审美意识形态,当下已逐渐为中国文艺理论界所接受,并成为我国文学理论教材建设的一个最基本的出发点。这一观点超越和突破了苏联文艺学教科书和我

---

① 钱中文:《论文学观念的系统性特征》,载《文艺研究》1987年第6期。

国文艺理论家蔡仪、叶以群主编的全国通用教材中所坚持的认识论文学观。

第二，研究方法的变革。"工欲善其事，必先利其器。"观念的更新与方法的变革相伴而行。20世纪50年代以来，系统论、控制论、信息论的提出和电子计算机的发明与应用，使自然科学有了重大的突破和发展，人们对宇宙的认识也有了新的进展。在社会科学方面，20世纪以来世界各国出现了各种各样的思潮和学派，他们从不同视角和层面，提出了新的方法论问题。马克思指出："历史本身是自然史的即自然界成为人这一过程的一个现实部分。自然科学往后将包括关于人的科学，正像关于人的科学包括自然科学一样，这将是一门科学。"[①] 文艺学研究与自然科学结合，融合自然科学的方法和手段，这是文艺学在未来发展中的一个重要趋势。1985年，中国学界出现了"方法论"热。大家普遍注意研究如何将系统论等自然科学研究方法与传统的社会科学研究方法结合起来，如何在马克思主义世界观和方法论指导下，综合各种古今中外行之有效的研究方法，推进文艺学研究的创新。

面对着以研究浩若烟海的中外文学艺术为主要对象的文艺学，应当采取什么方法，古今中外文艺理论家作过种种探索和尝试，出现过社会历史的方法，哲学美学的方法，心理学、现象学、符号学、结构主义的方法，人类文化学的方法等。从表现形态上讲，有宏观与微观，纵向与横向，归纳综合与分析演绎，个案研究与整体把握等。选入本文库的学者

---

① 《马克思恩格斯全集》第42卷，128页，人民出版社，1979年。

中，陆贵山先生就主张"走向宏观的文艺学"。他说观察文艺世界需要两面镜子：显微镜和望远镜。既要提倡微观研究，也要提倡宏观研究。像绘画一样，一幅画既需要有宏伟的构图，也需要有精美的细部。只有宏伟的构图没有精美的细部可能造成空泛，只有精美的细部没有宏观的构图会痴迷于一点。建国七十年来，文学理论获得了前所未有的思想活力和学术发展的空间，运用不同的方法，以不同视角，从不同侧面、不同层次、不同方面研究文学艺术，百虑一致，殊途同归，建设有中国特色的文学理论，已成为我国文学理论界的共识。"有中国特色的当代文学理论新形态，是一种以马克思主义为指导，以现代性的追求为动力，在全球化的语境中充分立足于本土，在现代文论传统的基础上，不断地自我反思与批判，广采博取中外古今思想资料中的有用成分，鉴别创新，形成了一种具有科学的和人文精神的、开放的、动态的、形式复合多样的形态。"①

在上个世纪60年代王元化先生就开始酝酿和关注文艺学研究的方法论问题，先后撰写了《论诠释》《综合研究法》《由抽象上升到具体》《知性分析方法》等论文。对于王元化先生在古代文论研究方法上的贡献，牟世金先生在《"龙学"七十年概观》中说：王元化先生的《文心雕龙创作论》，"创造了一整套行之有效的综合研究法：第一是宏观研究和微观研究相结合，第二是文史哲研究相结合，第三

---

① 钱中文：《文学理论30年：成就、格局与问题》，载《华中师范大学学报》2007年第5期。

是古今中外的比较、联系相结合。"① 这种"综合研究法",是将"古与今和中与外结合起来,进行比较对照,分辨同异,以便找寻出在文学发展上带有规律性的东西"②。它的特征是古今结合、中外结合、文史哲结合。

在改革开放新时期,文艺学研究特别是马克思文学理论的中国化,取得了重大的成绩,七卷本"20世纪马克思主义文艺理论国别研究"丛书的出版就是实绩之一。而文学基础理论也得到了前所未有的发展。就学科性的著作而言,在文学文体学、文学叙事学、文学语言学、文学修辞学、文学符号学、文学心理学、文学社会学方面,出现了许多很有分量的专著,研讨问题的范围有所拓宽。2000年到2002年间出版的钱中文、童庆炳主编的"新时期文艺学建设丛书",收录的36位学者的论著,就是一些带有标志性的成果。2016年由复旦大学出版社推出的由朱立元、曾繁仁主编的"当代中国文艺学研究文库",已出版的第一批12位学者的论著,进一步显示出当代文艺学研究在千禧之年到来之际出现的新的特点和趋向。

第三,面向实践,在创作与批评互动中推进文学理论的创新。

创作与批评是驱使文学发展的不可或缺的两个轮子。世界文学史的实践表明,凡是文学艺术在大发展的历史时期,几乎都是创作与批评两个轮子同步飞转,文学巨匠与批评大师都同时留下了他们的足迹。文学理论只有同文学创作实践

---

① 王元化:《文心雕龙讲疏》,381页,广西师范大学出版社,2004年。
② 同上书,352页。

与文学鉴赏批评实践紧密相连,同步互动,才能不断找到自己的新的生长点。孙绍振先生在撰写《文学创作论》和创立文学解读学过程中深有体会地说:"文学理论的生命来自创作和阅读实践,文学理论谱系不过是把这种运动升华为理性话语的阶梯,此阶梯永无终点。脱离了创作和阅读实践,文学理论谱系必定是残缺和封闭的。问题的关键在于,文学理论对事实(实践过程)的普遍概括,其内涵不能穷尽实践的全部属性。与实践过程相比,文学理论是贫乏、不完全的,因而理论并不能自我证明,实践才是检验真理的准则。"孙绍振在对《红楼梦》和鲁迅小说的文本解读中,具体分析的《红楼梦》的八个美女之死和鲁迅所写的八种死亡,使人耳目一新,给予读者以美的享受。徐中玉先生于1946年写的《批评的伦理》中说:"20世纪是一个批评的时代。所谓'批评的',它的真实解释就是改造的——或者索性就说革命的。因为一切的改造或革命都要从批评开始,而真正的批评也不能不以改造或革命作为它的目标和结局。"[①] 在20世纪40年代,徐先生对巴金创作的《家》《春》《秋》的解读和评论,充分肯定巴金的"激流三部曲"的审美价值和社会历史意义。童庆炳先生作为诺贝尔文学奖得主莫言的指导教师,联系莫言的生活道路和小说创作实践,写出的《作家的童年经验及其对创作的影响》《莫言的硕士论文与高密东北乡文学王国》,从批评与创作实践紧密结合上,丰富和拓展了当代文艺学的内容。本人撰写的《第十个文艺女

---

① 徐中玉:《批评的伦理》,载《徐中玉文存》,277页,上海人民出版社,2019年。

神的再生——关于文学批评的主体性思考》与《〈大秦帝国〉论稿——走向新世纪文艺复兴的绿色信号》,在阐明文学批评主体性的同时,显示出批评实践与创作实践、批评家与作家互动的必要性和可操作性。

第四,继承与创新,弘扬中华优秀诗学传统。

建设当代中国的文艺学,它的根,它的母体,它的基因,是中华优秀诗学传统。对于文艺学的建设与发展来说,传统和继承是它的出发点,而更新、创造则是它的目标和主导。文艺学的发展就是由多个创新的环节构成的;文艺学发展的历史,实际上就是继承传统又不断突破传统、不断创新的历史。没有突破与创新,文学也就失去了生命。"传统是一个动态的、开放的、不断发展的系统。它在时空的四维向度上不断地延伸、转化和发展。它作为社会心理、思维方式、价值观念、幻想、风俗、习惯、不同的人生观和世界观,对社会的发展产生巨大的推动作用。它肇始于过去,积淀于现在,影响着未来。一定的文化传统一旦形成,就具有相对的稳定性和惰性。优秀的文化传统,是一个民族的宝贵的精神财富,它具有强大的凝聚力、亲和力与融化力。"① 改革开放以来,中国古代文论和中华诗学传统的研究取得了空前的进展,先后出版的论著有:王运熙、顾易生编的7卷8册《中国文学批评通史》,罗宗强的多卷本《文学思想史》,黄保真、成复旺与蔡钟翔等人的《中国文学理论史》,袁行霈的《中国诗学通论》,陈良运的《中国诗学批评史》,

---

① 参见李衍柱:《时代变革与范式转换》,122—123页,人民出版社,2013年。

张少康的《中国文学理论批评发展史》和入选本文库的学者徐中玉的《古代文艺创作论集》，童庆炳的《文心雕龙》研究，陈伯海主编的《近四百年中国文学思潮史》等。这些论著，采用不同的视角和方法，在吸收已有研究成果的基础上，以通史或断代史的方式，又以专题研究或个案研究为切入点，比较系统深入地探讨了中国古代文艺理论和中国古代诗学的创作与批评的历史发展的特点、规律、范畴，弘扬了中华诗学的优良传统，将中国现代诗学研究推进到一个崭新阶段，并为中国当代文艺学研究提供了丰厚的中国古代诗学资源和坚实的发展基础。

第五，网络思维、网络文学与信息时代文艺学建设。

思维方式的变化和网络文学艺术的兴起，是信息时代中国文学艺术领域变化最大、发展最快的一道风景线。改革开放四十多年，文学观念的更新与研究方法的变革，都与在人的头脑中发生的革命，即与人的思维方式的革命紧密相连。而人的思维方式的变化又与科学技术的革命息息相关。人类历史告诉我们，科学的重大发现和进步，总是直接影响着人的思维精神和思维方式的变化。

网络思维不仅突破了线性的思维方式，超越了一维、二维、三维的视野，它以爱因斯坦的"四维空间"理论，全方位地、立体地、动态地去研究文学活动的特点和规律；同时，又以对话思维超越了"二元对立"和"零和博弈"的思维方式。对话是两个以上主体之间进行平等自由的语言交际。它是沟通与联结我与你、学派与学派、民族与民族、国家与国家之间的桥梁。这是一座来自远古、立足现代、通往未来而又联结东西、今古，贯穿于过去、现在和未来语境中的桥梁。"对话思维不同于'是—是''否—否'二元对立的思维方式。对话的过程是一个异中求同、同中求异的双向运动过程。"①"'对话'是'把灵魂向对方敞开，使之在裸露之下加以凝视'的行为。"② 对话应当是真诚的、坦率的、自由的。对话的双方各自具有独立性，有自己的个性、尊严和价值。在中国现代美学和现代诗学研究过程中，钱中文先生积极倡导对话思维并亲自主持翻译了《巴赫金全集》在中国的出版，得到中国思想界、学术界、文艺界的赞誉，有力地推动了中外文化交流和中国当代文艺学的建设。

网络文学艺术是网络思维孕育出的奇葩。它的诞生标志着文学艺术真正迎来了一个前所未有的大普及、大发展的春天。据《文艺报》统计：截至2017年底，国内45家重点文学网站的原创作品总量高达1646.7万种，其中签约作品达132.7万种，年新增原创作品233.6万种，年新增签约作品22万种。出版纸质图书6942部，改编电影1195部，改编电视剧1232部，改编游戏605部，改编动漫712部。网络文学对外翻译影响日渐扩大，足迹已遍布亚洲主要国家以及英、美、法、俄等20多个国家和地区，成为中国文学"走出去"新的增长点。③ 理论来自实践。对网络思维与网络文

---

① 李衍柱：《巴赫金对话理论的现代意义》，载《文史哲》2001年第2期。
② 池田大作：《我的人学》，铭九、潘金生、庞春兰译，155页，北京大学出版社，1992年。
③ 参见李晓晨：《进一步激发新文学群体创作活力》，载《文艺报》2018年9月17日。

学的研究，已引起文艺理论界的关注和研究。欧阳友权的专著《网络文学论纲》和由他主编的《网络文学新视野丛书》的出版问世，就是很好的佐证。

随着时代的推移和文学所使用的工具与手段的变换，文学的物化载体和传播媒体的变换，自然要引起文学自身的变异和发展。一些文学类型消亡了，一些文学类型出现了，批判继承，推陈出新，这是中外文学发展的一条重要规律。与文学的变化、发展相适应，文学理论研究也应以新的观念和方法向深广度发展。面对信息时代的到来，网络媒介的迅猛发展，电信技术王国的出现，解构主义大师雅克·德里达惊呼："整个的所谓文学的时代（即使不是全部）将不复存在。"必然导致文学的"终结"。作为德里达的信奉者、美国文艺理论家J.希利斯·米勒直言不讳地宣称他是赞成德里达的"文学终结论"的。并且进一步发挥了德里达的思想，说："那么，文学研究又会怎样呢？它还会继续存在吗？文学研究的时代已经过去了，再也不会出现这样一个时代——为了文学自身的目的，撇开理论的或者政治方面的思考而单纯去研究文学。那样做不合时宜。"[①] 对于德里达、米勒公开宣扬的"文学终结论""文学研究过时论"，中国文艺理论界对此大不以为然，公开发文从理论上予以批评。本人与钱中文、童庆炳先生都先后发文联系中外文艺发展的实际，批评这种广为流行的"文学终结论""文学研究过时论"出现的必然性及其悲观论的实质。文学艺术作为人类诗

[①] J.希利斯·米勒：《全球化时代文学研究还会继续存在吗？》，载《文学评论》2001年第1期。

意的存在的载体，永远是时代的花朵，它总会不断地给人以美的享受。

建设中国特色的文艺学是一个需要一代又一代的学者不懈地进行研究的系统工程。伴随着中华民族伟大复兴，中国和世界文艺实践的丰富和发展，在未来的岁月，文艺学研究也必然会不断提出一些新的问题，出现一些新的形态和新的特点，并在不同的领域和方面，有所突破，有所创新。钱中文、童庆炳二位先生，在《新时期文艺建设丛书·总序》中说：一个理论创新的新世纪已经来临。不过任何一种新型的理论形态的建立与发展，都要以前人提供的"思想资料"为基础的。新时期的文论，作为一个良好的开端，它们无疑可以成为有中国特色的文学理论的前期成果；而作为丰富的思想资料，它们无疑将汇入新世纪的新的理论创造之中。山东文艺出版社推出的"中国现代文艺学大家文库"中的第一批学者的自选集，无疑是这些学者在建设中国特色文艺学的大道上留下的足迹；这些学者研究的成果，也必然会在今后的文艺创作实践和鉴赏批评实践中受到检验或弃取；他们提出的问题和对未来的期待，深信后继者在中华民族伟大复兴的历史征程中，一定会继续深入系统全方位地研究下去，并在实践中不断推进文艺理论的创新，进而融入新世纪世界文艺学研究的洪流，努力攀登学术的高峰。

李衍柱

2019 年 8 月 12 日于山东师范大学寓所

目录

序 / 001

最具体的和最主观的是最丰富的
　　——审美反映的创造性本质 / 001

文学形式的发生 / 041

文学体裁的审美特性、规范与反规范 / 082

文学民族文化精神 / 102

文化系统中的文学 / 122

三十年间 / 163

文学理论现代性问题
　　——生成中的现代审美意识与文学理论 / 187

文学艺术价值、精神的重建：新理性精神 / 246

新理性精神与文学理论研究 / 271

文学理论提供知识，也创造思想
　　——钱中文先生访谈（丁国旗）／291
现代性与当代文学理论的新的建构
　　——钱中文先生访谈录（吴子林）／307
历史题材创作，史识与史观／334

附录　钱中文学术年谱／343

序一

钱中文先生邀我代他编本文集,篇幅不大,我欣然接受了他的邀请。

近40年,先生在文艺理论界一路走来,在不同阶段都留下了他深深的脚印。改革开放初的好几年里,先生自觉地进行自我反思,努力清除身上的旧有重负,积极把握文艺理论发展中的新形势,促使自己面向学术的前沿。

20世纪80年代初,文学基础理论面临革新与激变,文学观念众说纷纭。先生秉承守正创新的原则,提出"审美反映""审美意识形态"等基本理念,90年代又进一步上升到哲学高度,提出"新理性精神"等重要理念,标志着先生已成为理论上自成体系的理论家。先生的理论探索是带着"生存的感悟"进行的,从长时段的历史反思和深刻的自我反思开始的。他说:"半个世纪以来,就我个人来说,经历了50年代既有积极也有消极影响的种种教育,六七十年代严酷的生存拷问,八九十年代学术中的风风雨雨,各种文化思潮与文学理论时尚的洗礼,把它们综合一起而有所悟。在这意义上说,新理性精神实际上是一种生存的感悟。"先生说,"通过反思,我找到了自己,在精神上获得了真正的解放,渐渐地也形成了自己的学术个性,即一种追求真理的独立精神"。

构建起自主性极强的文学基础理论体系,是先生的第一个重大的理论创获。任何理论都是时代的产物,但是,面对同样的时代,不同的人会作出非常不同的理论反应:20世纪80年代,面对前此的机械唯物论和庸俗社会学,许多文艺理论研究者走向了完全抛弃历史唯物论和社会学的另一极端,这种做法不乏"反思",但却主要是对短时段的历史简单化与线性的应激反应。一部中国现代文论史,乃是中国文论"不断寻求自身现代化,确立自身主体性的过程",先生对中国百年现代化进程这一长时段历史有深刻反思(代表性成果是合著《自律与他律》一书),揭示线性的"非此即彼"极端思维方式或逻辑在这一长时段历史中时隐时现。先生在理论上坚定地选择了超越这种非此即彼思维逻辑的探索方向。先生在交往对话中探寻贯通的现代性与开放的自主性,在现实主义与现代主义之间追求创作原则与贯通的现代性认同,在中与外之间寻求历史意识与开放的文化认同,由此形成了自律与他律统一的辩证圆融的文学观、主导与多样统一的综合创新的方法论。这方面探索的思想结晶,主要体现在《文学发展论》一书中。先生将历史意识贯穿全书,从神话思维、人的审美意识分化与发展,审美意识形式的出现与前文学,始终在语言多样的结构变化中,历史地生成而为"审美意识形态"。同时与作为创作过程的"审美反映"论、文学本体论、文学本体发展论、体裁的审美特征的不断变化、文学史理论等层次,全面系统地讨论了文学系统及其历史发展,构成了一个自成一体的理论体系。这是先生在20世纪80年代最重要的理论创造,在文学观念上有所突破,有所创新,代表了新时期中国文艺理论所达到的新的高度,是新时期以来文艺理论研究的重要成果之一。

构建起自主性极强的人文科学基本价值观、方法论体系,是先生的第二个重大的理论成绩。先生理论探索一直有着极强的自主意识和"立足点意识",其构筑起的文学理论体系是有其自身的哲学立足点的。20世纪90年代及以后逐步形成了"新理性精神论"这一极富哲学意味的理论体系:"我把新理性精神看作反思人文科学与建设人文科学的立足点","新理性精神是一种以现代性为指导,以新人文精神为内涵与核心,以交往对话精神确立人与人的相互关系,建立新的思维方式,包容了感性的理性精神。这是以我为主导的、一种对人类一切有价值的东西实行兼容并包的、开放的实践理性,是一种文化、文学艺术的价值观"。先生对"现代性"做了中国式的阐发,并从"现代性""新的人文精神""交往对话精神""感性与文化"等多方面对"新理性精神"做了界定和阐释,构建起了一种完整的理论思想,这一理论思想关涉文艺活动,但又不局限于文艺活动,还关涉人文科学的基本价值观和方法论,堪称新时期以来中国人文科学研究和建设上重要的理论创获。

自主性和开放性的高度统一，是先生理论的重要特征之一，这又集中体现在他不遗余力倡导的超越非此即彼思维逻辑的交往对话主义上。（1）首先是小我的自主性，即先生理论具有极强的个性，同时这种个性又是在与他者开放的持续对话中形成的。（2）其次是大我的自主性，即先生具有极强的本土意识和民族精神。《文学发展论》充分调动了中华传统文艺的资源，对文学形式发生问题作出了本土化的阐释。先生还积极推动有关中国古代文论现代转化等相关讨论；同时先生又具有开放的全球化视野，不断强调中外文艺、文化交往对话的重要性。（3）自主性还体现为文学理论研究的本位意识。先生强调不能完全抛开文学而用所谓"文化研究"取代"文学研究"，同时也应重视对文化研究相关理论资源的充分吸收。（4）自主性在方法论上体现为先生强调主导与多样的统一，坚持创新的"大视野的历史唯物主义"，同时充分吸收外国各种理论资源。（5）自主性在文学观念上体现为先生的审美反映、审美意识形态论强调自律与他律的统一，对庸俗社会学的机械反映论、单纯意识形态论的批判，它们使文学丧失了自律性、自主性；另一方面，先生的新理性精神论是"试图使文学理论介入当下社会生活的一个想法"，强调"要使人所以为人的羞耻感，同情与怜悯，血性与良知，诚实与公正，不仅成为伦理学讨论的课题，同时也应成为文学艺术严重关注的方面"。这体现的不仅是一种文学的审美的情怀，同时也是一种浓烈的现实情怀、民族情怀和一种人文精神的家园情怀。

除了文学理论体系建构外，先生对国际巴赫金研究的贡献也是非常突出的,他主编出版了7卷本中译《巴赫金全集》。有学者指出:他之于中国学界于汉语世界的巴赫金学,一如迈克尔·霍奎斯特之于美国学界于英语世界的巴赫金学;或者,一如茨维坦·托多洛夫之于法国学界于法语世界的巴赫金学。他把巴赫金的一些重要观点,有批判地融入了自己的立论之中,丰富了自己的文学观。

先生还合作主编出版了《现代外国文艺理论译丛》(14种)、《新时期文艺学建设丛书》(36种)及其他作品。

先生的学术贡献是多方面的,他以自己的方式参与了中国当代文学理论、人文科学的创新建构进程,作出了多方面贡献。2014年,他被收进了钱伟长任总主编的《20世纪中国知名科学家学术成就概览》《哲学卷》第3分册(汝信主编)。

刘方喜

2020年10月

最具体的和最主观的是最丰富的
——审美反映的创造性本质

小 引

应把一般文艺批评中被简单化的反映论和能动的反映论区别开来，不作区别，混而统之，很可能导致新的庸俗社会学。从反映论观察文学，文学的某些现象可以得到阐明，固然也可以使用其他层次的方法研究文学，但不能用反映论直接阐释文学现象，对于文学现象，要以审美反映论代替反映论，这主要因为反映论只是一个一般认识事物的哲学概念，难以说明文学特有的特征。

审美反映有其自身结构，它是由心理层面、感性认识层面、语言结构层面、实践功能层面组成的统一体。在审美反映中，主观性的创造力表现为对现实的改造，现实表现为三种形态：现实生活、心理现实与审美心理现实。心理现实中主客观时时产生双向转化，客观因素的主观化，以至现实被消灭，主观因素的对象化，形成新的客体。倾向主观的审美倾斜，可以形成创新，但极端化的主观追求，也可能在阅读、接受中失去沟通。

审美反映的动力源,来自主体本身的审美心理定势,审美心理定势的动态结构(格局)常常会形成一触即发的内驱力,不断要求主体去获得实践的满足。因此审美反映就是审美实践。审美心理定势的不断更新,促使主体不断走向审美反映的新岸。

不存在没有表现的审美反映,自我在表现中找到归宿。审美反映的无限多样,一是现实的无限性,二是主观性是一种不断更新的动力。凡是主观性不强的审美反映,可能是失败的审美反映。创作个性是主观性的最高要求,是创造的极致。最丰富的是最具体的和最主观的。

文艺评论中的简单反映论和反映论

反映论是一个哲学原理,它适用于文学创作吗?据闻有的诗人按照反映论原理进行写作,结果路子越走越窄,写出的尽是大白话。激情的贫乏,想象的迟钝,语言的口号化,诗变为非诗。在小说创作中,不少人提出要反映现实生活。可是小说描写的生活那么单调,故事那么乏味,手段那么平庸。真的,生活本来就是那个样子,还用得着你去如此这般地再现吗!这几年来,不少文章批评了简单的反映论、机械的反映论,指出了它的危害,这是完全正确的。但是真正的反映论,也即辩证的反映论,又是怎样的呢?

反映论是一个哲学原理,所以不适用于文学创作,这似乎有点道理。但是正因为它是一个哲学原则,而不是一个具体方法,因此文学创作现象又和它不可分离。人以意识的产生而区别于动物,他意识到自身的存在而从动物界分化出来。他通过实践活动与周围世界发生联系。他在反复的实践过程中,感受、感知外在世界,不断认识自然界和社会,改造它们,也不断改造自己。这种感知、认识、改造活动就是反映，就是实践。人的感觉、意识有低级、高级之分，不过，即使是近于本能的低级感觉，它也不可能从某种纯粹的自我意识中引出，而只能在主体对客体的反应中，在思维的加工改造中获得。所以，反映是人的思维的根本特征和功能。文学艺术的创作是意识的一种形态，从根本上说是一种反映。即使是研究人的心理的学问，固然有其自身的对象，但仍然摆脱不了反映论的原理。反映论作为一种哲学观念，首先在于说明思维和存在的统一，物质的第一性，思维的第二性，但反映并不等于这些内容。这里涉及反映论的第二个问题，反映论是否等于机械的反映论、僵死的反映论，即排斥主体、剥夺主体创造性的反映论。一些外国的现代主义作家，从唯心主义哲学出发，一说反映，就指责反映扼杀了他们的创造性，这自然是一种深刻的偏见。但是我们有些文章也这么说，一说反映论好像只存在机械的、模仿的反映论，这恐怕并不符合事实，同时，我也以为这不是科学的论证方法。

当然应该看到，在过去不少论著中，对反映论的论述，的确是存在简单化的倾向，而且历时很长。比如，为了提倡文学要紧跟现实，往往把反映论直接搬过来宣传，只说文学是生活的反映，这是对文学创作哲学化的理解。那些对于生活有真知灼见的、有艺术修养的作家，固然从来未对这个式子作简单化的认识，但对那些并未进入文学大门的人，却成了他们文学创作尝试的障碍，以为文学创作就是生活的直接反映，这也是事实。在恢复现实主义传统的时候，不少文章要求揭露现实生活中的阴暗面，有的说，生活是什么样子作家就写成什么样子；在强调文学真实性的时候，提出要如实地反映生活，否则与生活真实不符。这些说法，在一个时期的作品评论中相当多。文学反映现实生活是对的，但是这一过程相当复杂。这种说法忽略了这一过程中的不少中间环节，对其中的主客观关系，主体在融化客体中的创造性转化与新的构建作用，往往视而不见，或以为是次要的东西。有时也谈论主观方面的因素，但往往只涉及主体的世界观、思想问题，对于主体的其他因素，研究甚少。至于说现实生活是什么样子就写成什么样子，这一观点针对凭空臆造、向壁虚构、不重视生活积累、强调反映生活真实是对的，但是认为一定要如实地反映生活真实，否则就不真实，这就绝对化了。因为在文学创作中，不如实地反映同样可以创造艺术真实，例如可以有变形的艺术真实、非生活形态的艺术真实，感受的真实等等。当然，在涉及这些观点时，应当考虑到它们当时的针对性。此外还应看到，把反映论力图应用于文学创作领域，并不是所有的人都犯有同样简单化的毛病，所以不能不作区别，一概而论。

把反映论匆忙地说成简单的反映论、机械的反映论，其实这方法也是一种简单化的表现。首先，反映论并不是被宣布的那种简单的反映论。简单的反映论、机械的反映论是一种旧的唯物主义反映论，它和17、18世纪的科学思维方式密切相关。19世纪中叶出现了辩证唯物主义的反映论，这种思维方法的科学性，至今为世人所公认。不过，辩证唯物主义的反映论应用得不好，也会成为机械的反映论，也会走向庸俗化。这种现象的确是存在的，也是十分清楚的。不过同样清楚的是，简单的反映论不是科学的反映论本身，而一些文章，却并未作出区别。但是，如果要把两种反映论相提并论，那么至少得扫除实践和理论上的障碍，要驳倒对反映论的本义的阐述，这样才会使自己的立论具备科学性。

例如，第一，人对外界事物、对人与人的关系的反应从来不是消极的。就以人观察事物的心理活动来说，他的视线从这一物转到另一物，从这一人转到另一人，这时哪怕是一种最简单的直观，实际上也是一种视觉接受的比较，而比较正是思维积极活动的表现。

就主体的感觉活动来说,一是感觉主体根据外在的各种条件,能够很快采取顺应措施,及时调节主体感觉器官的活动,进行最佳效应的选择。二是这时主体能够很快地进行分析综合,抽象与概括,比较与分类,辨别出事物的各自特征,如形体大小、色泽浓淡、作用有别,等等。又如,人对现象、事物所形成的概念,也是思维的一种积极活动的过程。概括再现现实,但是它并不是纯粹的原来的现实组成的。狄慈根说:"幻想概念取自现实,而关于现实的最最正确的概念,必须呼吸着幻想才能活跃起来。"[①] 可见,即使是作为反映手段的概念,既与客体又与主体联系着,既不离开现实,也不离开幻想。由于概念联系着活生生的生活,为此反映中所使用的概念,也是常常运动、流动的。所以列宁指出:"要研究概念的运动、它们的联系、它们的相互转化。"[②] 认识活动中思维的运动与转化,构成了反映的积极性,而幻想、理想、评价,既是反映的积极性表现,也是反映的创造性特征。

第二,只讲反映论是机械反映论、简单反映论,好像不存在别的反映论,那么应超越或跳过前人对反映论本义的阐明。例如马克思在《关于费尔巴哈的提纲》中的第一条就说:"从前的一切唯物主义——包括费尔巴哈的唯物主义——的主要缺点是:对事物、现实、感性,只是从客体的或者直观的形式去理解,而不是把它们当作人的感性活动,当作实践去理解,不是从主观方面去理解。所以,结果竟是这样,和唯物主义相反,唯心主义却发展了能动的方面,但只是抽象地发展了,因为唯心主义当然是不知道真正现实的、感性

---

① 转引自《列宁全集》俄文第5版,第29卷,441页,苏联国家政治读物出版社,1962年。
② 《列宁全集》第38卷,277页,人民出版社,1963年。

的活动本身的。"① 在这个提纲的最后，马克思分明说到，过去的一切哲学在于解释世界，而新的哲学在于改造世界。又如列宁也说过："智慧（人们）对待个别事物，对个别事物的摹写（＝经验），不是简单的、直接的、照镜子那样死板的动作，而是复杂的、二重化的、曲折的、有可能使幻想脱离生活的活动；不仅如此，它还有可能使抽象的概念、观念向幻想……转变（而且是不知不觉的、人们意识不到的转变）。"又说："世界不会满足人，人决心以自己的行动来改变世界。"② 我之所以引用这些论述，着眼点是对于被批判的东西，必须把其原意摘引出来，不能任意曲解它们，不能把批判者的思想任意强加给它们，用批判者的庸俗化的东西把被批判的东西庸俗化一番。上面几段话大致说明了，一、辩证唯物反映论承认事物是一种客观存在，但是一旦进入实践，它们也就进入了主体的把握之中，就不再成为纯客观的东西，纯客观的现实。二、在把握现象、事物的过程中，人绝不是一面僵死的镜子，他对事物的描述与认识，并不是僵死的反映，而是注入了主观因素的，会成为曲折的、二重化的反映。三、当主观因素进入反映过程时，主观因素中的十分突出的幻想，发生着积极的作用。这时主体使用的概念，会向幻想转变。四、反映是一种创造活动，创造新的现实的活动。

第三，从反映论的本义来看，这种反映论是简单的、僵死的、机械的反映论呢，还是能动的反映论呢？我们能否把前人积累的科学的思想资料当作空白，视而不见，还以为自己已实现超越了呢？当然，反映论与人们对它的认识与运用，可能会出现脱节现象，在阐述和应用中发生简单化倾向；在创作中，也有人会受到这种阐述

---

① 见《马克思恩格斯选集》第一卷，16页，人民出版社，1972年。
② 见《列宁全集》第38卷，421、228页，人民出版社，1963年。

的错误影响，或是在自己的创作中照搬哲学原理而出现偏差。但是如果据此把简单化了的反映理论与能动的反映论捆在一起加以嘲弄，这本身很可能是又一次对反映论的曲解，一种新的庸俗社会学的表现。

20世纪初以来，各种学科之间加强了相互协作的过程。反映论的理论不断得到丰富，从而加深了人们的认识。例如皮亚杰的发生认识论，从生物学，从儿童智力的各个年龄阶段的个体发展，从认识的起源一直追溯到科学思维的发展。我以为它从一个方面，深入了对反映论的探讨。皮亚杰在《发生认识论原理》的《引言》中说："这种认识论是自然主义的，但又不是实证主义的；这种认识论引起我们对主体活动的注意，但不流于唯心论；这种认识论同样地以客体作为自己的依据，把客体看作一个极限……；这种认识论首先是把认识看作是一种继续不断的建构：正是发生认识论的后一个方面引起了最多的问题……"[1] 由此看到，发生认识论首先承认客体，并以它为依据，但对认识活动中的主体活动给予了充分的注意。皮亚杰认为："认识既不是起因于一个自我意识的主体，也不是起因于业已形成的（从主体的角度来看）、会把自己烙印在主体之上的客体；认识起因于主客体之间的相互作用，这种作用发生在主体和客体之间的中途。因而同时既包含着主体又包含着客体"；"认识既不能看作是在主体内部结构中预先决定了的——它们起因于有效的和不断的建构；也不能看作是在客体的预先存在着的特性中预先决定了的，因为客体只是通过这些内部结构的中介作用才被认识的。"[2]

---

[1] 皮亚杰：《发生认识论原理》，王宪钿等译，19—20页，商务印书馆，1985年。

[2] 同上书，21、16页。

对于皮亚杰关于主体作用的评价，有必要简要地介绍一下他的关于认识结构的基本概念。

皮亚杰提出，认识不是天生的，它来源于主体与客体之间的相互作用，来源于人们的活动。而人最初活动的形态是本能的。这种本能活动逐渐协调而构成格局或称图式，即习惯性动作。这种格局或图式一旦形成，就会去改造周围环境。先是接受外来刺激，吸收外来影响，并加以同化，对刺激作出相应的反应。同化尚不能使格局改变或创新，只有通过自我调节才能起到这种作用。调节即顺应："是指个体受到刺激或环境的作用和原有格局（即图式的）变化和创新以适应外界环境的过程"。适应包括同化与顺应两种作用和机能，通过这种作用，认识结构不断发展，以适应新的环境。皮亚杰认为适应是智力的本质，通过同化与顺应，而达到相对平衡，平衡不是静止不动，而是一种状态，一种过程，通过机体与环境的相互作用，而达到新的平衡。平衡的不断发展，就是整个心理智能力的发展过程。

但是皮亚杰并不使用反映概念，并把辩证唯物主义反映论与机械唯物主义反映论等量齐观，从而使得他的认识论不能很好地解决知识与客体何以能相一致的问题。皮亚杰的发生认识论有一定的缺陷，但从认识的根本方面，即认识论中的主客体关系方面，主体的能动性以及它的具体功能方面，做了深入、有益的探索。我们完全可以利用它的合理成分来丰富反映论。对于其他学派的理论，也应如此。

哲学反映论和文学的审美反映、审美反映结构

我们在上面同时使用了反映论和认识论的概念，一般认为，两

者是一回事。但是我以为反映论要广泛得多,比如,文学的本质不能完全归结为认识,因此恐怕也不能完全从认识的角度加以阐明,但是反映论由于其广泛的内涵而适用于任何思维科学。当然,这并不是说由此可将反映论直接移植于文学创作。

从反映论观察文学,文学是一种意识形态,它的某些本质方面可以得到阐明。但是反映论到底是一种哲学原理,作为意识形态本身在反映现实生活时,只是在总体上符合这种原理,而其本身不是一种原理式的运动,哲学式的反映。文学的反映是一种特殊的反映——审美反映,由于其自身的特殊性,较之反映论原理的内涵,丰富得不可比拟。反映论所说的反映,是一种二重的、曲折的反映,是一种可以使幻想脱离现实的反映,是一种有关主体能动性原则的说明。审美反映则涉及具体的人的精神心理的各个方面,他的潜在的动力,隐蔽意识的种种形态,能动的主体在这里复杂多样,而且充满着种种创造活力,这是一个无所不能的精灵。歌德说:"精灵只显现于完全积极的行动中。"[1] 作为审美反映的理论基础,反映论是必须深入研究的、不断充实的。但是作为文学艺术的本质特征,如果只限于对反映论的研究,就容易出现使文学艺术的反映哲学原理化,产生简单化的误解,以为文学就是生活的直接反映。与此相应,我们平常说的文学是生活的反映,就显得过于笼统,缺乏对象特征。照这种说法推论,可以说道德是生活的反映,哲学是生活的反映,它们之间就没有区别。因此,我以为在文学理论中,要以审美反映代替反映论,反映论原理在这里不是被贬低了,不是消失了,而是具体化了,审美化了,从而也就对象化了。审美反映是一种灌满生气、千殊万类的生命体的艺术反映,它具有实在的容量、巨大的自

---

[1] 《歌德谈话录》,朱光潜译,230 页,人民文学出版社,1978 年。

由，它不仅曲折多变，而且可以使脱离现实的幻想反映，具有多样的具象形态，可使主客观发生双向变化。因此，我以为如果把文学是生活的反映，改称为文学是现实生活的审美反映，文学和现实生活的关系由此被纳入了审美的轨道，比较更符合创作实践。自然，文学研究还可以使用其他层次的多种方法，相互联系，相互渗透，但不能替代，因为对象各不相同。

文学作为一种审美的意识形态，其重要的特性就在于它的审美性和意识形态性。在审美反映过程中，生活现象、事物特征引起了作家的注意，在对它们感受、感知的基础上，引起创作主体对于对象的感情的体验，思想的评价，并通过感性的、具象的审美形式，予以物化。在这个过程中，既有感知和认识，也有感情和思想，既有想象和意志，也有愉悦和评价。这种种精神现象，一旦以综合的形式出现，便全都渗透着感情的因素，连思想、认识也不例外，从而构成审美的反映。审美反映具有强烈的感情色彩。思想是抽象的观念，而在审美反映中，它却成了一种具象的、充满生活血肉的"艺术的思想"，即对现实生活的、事物特征感性总体把握、认识而出现。与此同时，这些因素又都被赋予了理性的品格，即使在具体过程中出现某种无意识、非理性现象，它们也总与意识和理性处于既矛盾又协调的形态之中。审美反映中，这些因素相互联系、交织、融合一起，连接成几个主要层面：心理层面，感性的认识层面，语言、符号、形式层面和实践功能层面，它们形成了主体的审美反映结构。

首先，审美反映是一种心理层面的反映。从某种意义上说，文艺心理学就是文学创作、文学接受的反映论，即把反映置于心理形态范畴来加以研究，其中创作的心理层面的分析研究，对于阐明艺术反映的审美特征，具有重要意义。我们大体上可以把感受、感知、感情、想象，看作是心理层面的主要成分。感知是一种初级的生理现象，审美的感知不同于一般的感知，我们与其说它是一种肌体的触觉、味觉、嗅觉，毋宁说它是一种带有某种情绪、感情、联想特征的视觉、听觉的心理反应；一种受到审美观念影响的视觉对象的变形的心理形态；一种听觉对象的弱化或是强化多变的音像形态；一种引起情绪低落、高涨以至激奋的心态，一种由于上述各种原因引起的心灵状态的变化。审美感情则是对事物、现象特征所持有的复杂态度的体验，或是同情，或是反感，或是高兴、愉悦、狂喜，或是烦愁、悲伤，或是为审美观念所激发的多种感情的复合的体验。审美感情具有一定的定向性、爆发性、持久性，同时它又为理性的光芒所照耀。审美想象可以是一种带有强烈感情色彩的随意性想象，随物象而产生的类似的联想，一种再现现实的，或是再现记忆中的现实的再现性想象，一种创造性的想象，能够在事物的变形中走向幻想。感知、感受、感情、想象构成了反映的审美过滤层，创作中的任何因素，只有通过这一过滤层，才能成为审美反映的范畴。心理层面是审美反映的最基本的层面。

其次，审美反映通过感性的认识层面而获得深层意义。一个时期以来，一些人对文学的认识意义的研究颇不以为然。想把它从文学创作、评论中排挤出去，或贬低它的意义。但是从审美角度来说，认识层面恰恰是审美反映构成的基本成分之一，所以你把它从窗口赶了出去，它从大门里又回了进来。你讨厌它，可又无可奈何它。在这一层面中，既有社会的、政治的因素，又包括伦理、哲学成分。问题在于这些成分并不是纯粹的认识，而是与感情结合在一起的、感情化了的认识因素。在一些文学形式中认识因素可能不那么清晰，例如一些篇幅短小的诗作就是如此。但也不尽然，短小的哲理诗作同样可以包容丰富的内容，而推动读者走向认识的升华。在鸿篇巨制中，由于认识层面与心理层面总是交织一起的，因此在心理层面弱化以至遭到破坏的情况下，认识层面将成为赤裸裸的社会学、政治学、哲学、伦理学的自我展现，并转为一种蹩脚的说教。但是如果弱化以至去掉认识层面，心理层面会变得玲珑、空灵；同时，也不排除另一种可能，即心理层面徒具架子，以致过分空虚而走向虚无。其时审美活动及其意义，都将被大大缩小，很可能转化为对纯形式的追求。人们过去把文学对象与科学对象一视同仁，以为文学与科学只在反映的手段、方式上有所不同，这自然是错误的，因为文学的本质不单是认识，但是文学确实有与科学类似的、又为科学所未曾提供过的认识作用。

再次，审美反映是通过语言、符号、形式的体现而得以实现的。一般谈论审美，很少涉及这一方面。但是没有这些因素，就很难使上述几个层面相互交织，往返渗透而形成动态的审美结构。审美反映是一种心灵化的实践、功能反映，这种反映贯穿着理想、意志和评价因素。这些因素作为主观性成分，在其他的种类的反映中也是存在的。但是在审美反映中，它们总是为感情因素所渗透，为认识因素所充实，穿越理想、意志，而融化为一种感情思想的评价，一种贯穿着意志的审美实践力量。当上述几个层面有机地结合在一起时，审美反映的基本特征大体得到了体现。

审美反映是一种感性活动，又是一种理性活动，是一种感性的具象活动，同时也渗透着理性的思考；是一种感情活动，感情的愉悦活动，也是显示着哲学、政治、道德观念生动形态的认识活动、意志活动、实践的功能性活动。这是一种上述各种活动的综合。当然，在以具象的、显形的感情形态为存在语言形式的构架中，隐形的艺术思想，始终是它的血肉。可不可以这样说，审美反映既类似于对世界的一种精神把握，又是一种接近于对世界的实践把握，即马克思说的是对世界的实践—精神的把握。它之所以不是一种纯粹的精神把握，即不同于理论对世界的把握，在于它贯穿着感情与意志的评价，具有了一定的实践性；它之所以不是一种纯粹的实践把握，在于它并不要求把艺术当作现实，使自己产品完全变为实用性的东西，所以带有无目的性的色彩。总之，这种实践—精神把握世界的方式，决定了艺术反映中感情和思想的融合，感性和理性的相互渗透，认识和评价的感受形式与语言、形式统一的审美本质特征。

审美反映中的主体创造力，现实的三种形态，客观性与主观性，侧向主观的审美倾斜及其特征

审美反映的本质特征，决定于实践—精神把握世界的方式，而这些特殊的方式，自然取决于这种方式中的主客体的独特关系。在其他的对世界把握的方式中，同样存在着主体与客体的相互关系，但在审美反映中两者之间的关系有其自己的特殊性。不同把握世界的方式中的主客观关系差异，在于理论把握中的主体，一方面它是分析、归纳、概括事物真相的主体，另一方面它不是参与被创造的组成部分，它的目的在于从事物本身和相互联系中抽取出客体最具本质的方面，以显示其客观性特征。在审美反映中，主体在其自身的感受与感情的激荡之中，整体地观照现实生活，描绘生活的各个方面。这一过程的特点是，它在把握现实生活的过程中，把始终激荡中的主体的感受、感情，它的认识，融合在一起，从而赋予了这一反映及其对象以浓烈的主观色彩；同时通过这一方式来显示出事物的客观性特征。

主体进入实践活动，必然以事物、现象提供的客观条件为前提，进而了解客体，把握客体，充分探知客体的特征及其规律。从这点

来说，主体是受制于客体的。但是一旦主体置于这一前提之下进行活动，它也就获得了自由，就成为一种活生生的创造力量，能够调动自己的积极性和创造性，能动地消灭客体存在和主体观念之间的区别，从而使两者趋于一致，进而形成一种新的观念。"主观性是消灭这种区别（观念和客体的区别）的趋向。"① 这里讲的当然是一种哲学观点，但完全适用于审美反映。

我们先来观察一下审美反映中的客体变化。现实生活一旦进入审美反映，很快会发生形态的变异。它的变化序列是：现实生活—心理现实—审美心理现实。首先，审美反映从现实生活出发，现实生活是提供审美反映的材料，是反映的源泉。无论是浩渺无垠的宏观世界，广阔的社会生活，还是微观世界，人的内心生活，以至心灵的颤动等精神现象，都是客观存在。其次，主体一旦深入客观现实的关系，便会接受纷至沓来的种种信息，广泛地吸收现实的具象性和丰富性，并使现实变成被感受了的现实，被感情所渗入的现实，这时的现实，是被诸种主观因素所分解、融合了的现实。在文学理论中，我们常把文学创作的源泉与对象混同，其实两者的内涵并不一致。文学创作的源泉，应当是指客观的现实生活，它的对象，则是被主体所把握，并被融入了主观性的心理现实。我们常常说现实生活是创作的源泉，主要是强调创作主体不要脱离生活，不要与世隔绝开来，作家要从现实生活中汲取诗情，要关心社会发展中的前进与倒退，而不是只搜集古老的奇趣异闻，人身上的种种无意识现象。但是源泉却并不就是对象，如果把两者合二而一以为这就是运用了反映论，那么这种反映论就被曲解了，这必然导致简单化，使艺术反映变为非审美反映。对于理论思维来说，其源泉和对象是同

---

① 《列宁全集》第38卷，207页，人民出版社，1963年。

一的。科学家、哲学家自然不可能是冷漠寡情的人，但是要使自己获得科学成果，他只能使他的热情化为探索的动力，使他的感情化为理论的自信，而不能参与对象本身。创作的心理现实，与科学对象的探索不同，就在于它已包含了丰富的主观因素在内，是一种获得了主观形式的、主客体因素初步融合的统一体。再次，当审美反映进入艺术，具体体现为艺术构思的实现时，由作为审美反映对象的心理现实便转化而为文学的内容与形式的结合体，这已是一种审美的心理现实，它被赋予了作家个人所选择了的感情、思想与评价，成为主体审美把握了的新现实。

可见，审美反映中的几种现实形态，内容形式各不相同。因此，通常把文学说成是现实生活的反映，这实际上是一种十分笼统的说法，它未能触及这种反映的真正特点；它只说明了审美反映的起点，强调了与其他意识形态的共同之处，而忽视艺术反映的审美性，从而以一般的反映论代替了审美反映。

托尔斯泰主张按照生活的本来面目进行写作。但是当他进入创作的时候，他却说要"再现人的心灵的真实"，这当然是指作为对象的人的心灵而言。但也可以扩大、引申，把他所说的对象看作是一种心灵化的现实。最后根据这一现实，创造了审美的心理现实，进一步把客观因素主观化了，把主观因素对象化了。屠格涅夫写作《父与子》的例子是十分有趣的。先是在火车上一位俄国青年医生的言行举止引起了他的注意；之后，在小说创作前，屠格涅夫为未来小说的主人公巴扎罗夫记日记。这种日记可以说是作家对现实人物的心理研究、分析和把握，在这个日记中的人物身上，已注入作家的种种主观因素，具有了一定的审美特征。最后，作家在对人物的心理分析的基础上，也即在对现实的心灵化的基础上，创作了小说。鲁迅说他创作阿Q，目的在于画出国民的灵魂，虽然这十分困难，甚至有点隔膜，但"也只得依了自己的观察，孤寂地姑且将这些东西写出，作为在我的眼里所经历的中国人生"。这里最后一句话是很有意思的。创作阿Q形象是为了表现中国的人生，但作为创作的对象，则是鲁迅"眼里所经历的中国人生"，是鲁迅把握了的心理现实。清人郑板桥关于画竹的一段话，不少人用来说明形象思维的特征，我以为用它来说明审美反映中的三种现实形态是最为形象的了。他说："江馆清秋，晨起看竹，烟光、日影、露气，皆浮动于疏枝密叶之间。胸中勃勃遂有画意。其实胸中之竹，并不是眼中之竹也。因而磨墨展纸，落笔倏作变相，手中之竹又不是胸中之竹也。总之，意在笔先者，定则也；趣在法外者，化机也。独画云乎哉。"① 郑板桥所说的眼中之竹，就是现实之竹。当他静观默察，出现画意，意先于笔的时候，这现实之竹，就变成胸中之竹了。胸中之竹即穿越了心理结构之竹，已转化成了心理现实，是融入了主观成分的主客观合一的艺术对象。当落笔成画的时候，画家的情绪、思想继续升华，其时趣多于法。客观为主观全面渗透，而主观则走向全面对象化。这时胸中之竹，就转化而为审美心理现实，蜕化而为手中之竹而跃然纸上。也许正是在这意义上，或是只是在这意义上，可以把文学作品看作现实的影子的影子的吧。

那么，在审美反映中，客体就此消失了吗？是消失了，可以说审美反映消灭了原来的客体，因为艺术并不要求把它的作品当作现实。但是又可以说它仍然存在着，即客体的客观性特征被保留下来了。它大致采取下列几种方式：一、在感情的把握中被赋予了事物、现象的原有形式，显示了人们熟悉的事物的特征。这是一种最通常

---

① 见俞剑华编著：《中国画论类编》下卷，1173页，人民美术出版社，1986年。

的方式。不少作家特别是现实主义作家都喜好这种方式，并且提倡这种方式。但是不少现代主义作家指责这种方式，而依据的理由又往往是自相矛盾的。比如他们认为现实主义文学强调按照生活的本来面目描写生活，以为这就是摹写生活，机械地反映生活，缺乏主观创造性。但是又是这些人指责现实主义文学主观性太强，他们说现实从来不像现实主义文学描写的那样有头有尾，作品的结构、人物故事有序性完全是作家的主观所为。照他们的主张，应当强调生活的无序性、混乱性与缺乏联系性。但是十分明显的是，现实主义创作原则从来不是他们那种庸俗化了的见解，我们从审美对象的特征已可见到。审美反映从来不限于再现现实的形貌，在这一过程中，客观性比之对事物、现象的形式特征的真实描写的理解，要丰富得多，更何况在对待事物的形态方面，还可以有夸张、变形等写法，后者照样可以显示出事物的客观性特征来，而且这也是现实主义文学经常使用的手段。

二、更为重要的是，审美反映中的客观性特征，表现为主体通过多种艺术手段，揭示事物本身的精神和特征，它的内在的本质和灵魂。没有这种揭示，形似的反映将是一种真正的摹写式的反映，简单的、肤浅的反映。审美反映描绘事物、现象的外显形式，同时也显示事物的内隐特征，它所显示的客观性特征，具有真理性的品格。在这种情况下，即使是夸张、荒诞、象征的反映与表现，也能曲折地展现主观因素经过各种折射后所显示的客观性特征来。如果谈到现实主义作品中的客观性，我们可以看一下不少作家对托尔斯泰的评述。在世界范围里，大概除了少数作家如罗布-格里耶、克洛德·莫里亚克等人认为阅读托尔斯泰的作品于己无补之外，几乎所有有点成就的作家，都异口同声地赞赏这位俄国作家。法朗士说："在观察人方面，托尔斯泰教人们既要从决定人的本性的外部表现去观察人,也要从他的内心的隐秘活动去了解他,让读者体验到生活的无限复杂性。"① 托尔斯泰的同时代人,批评家斯特拉霍夫谈到《战争与和平》时,十分精彩地揭示小说使后人叹为观止的原因之一即"客观性"。他说在小说里,你简直就像亲眼看到了所描写的一切,听到了所发出的一切声响似的。作者不以自己的口气讲述什么:他直接引人物,并促使他们去说话,去感受,去行动,而且每句话,每个行动都正确到惊人的地步,也就是说完全符合人物所固有的性格,仿佛你是在和说话的人打交道,而且你把他们看得比在现实生活中所看到的更清楚。不仅可以区别出每个人物的感情和表达方式,同时还可以区别出每个人物的风度,他喜爱的手势、步态。然而伟大作家作品中的客观决不限于场面、人物言行、感情表达的真实,而且还有人民的不朽的伟力和精神的真实。托尔斯泰自己说:"要使作品好,就必须热爱作品中主要的、基本的主旨。因此我在《安娜·卡列尼娜》中热爱家庭主旨,在《战争与和平》中热爱由于1812年战争而联想到的人民的主旨。"②

审美反映中的客观性特征,通过事物、现象的描写与内在精神的表现而得以体现。但是还有这一种情况,即主体可以把全部客观特征,加以全面主观化,把主观特征全面对象化,形成审美反映中主体侧向主观的全面倾斜。这是由于心理现实在长期积累中可以转化为心理积淀,渐渐转向主观。同时也要看到,心理现实中的主客观因素,不是按照固定的比例排列的,不是凝固不动的,而是不断流动、转化的。心理现实是一种不断改变自己特征的动态统一体。

---

① 法朗士:《列夫·托尔斯泰》,载《欧美作家论列夫·托尔斯泰》,33页,中国社会科学出版社,1983年。
② 见贝奇柯夫:《托尔斯泰评传》,吴均燮译,190页,人民文学出版社,1962年。

主观性既然可以消灭存在和观念之间的绝对界限，赋予客观性因素以主观形式，并不断使之获得主观的特征，那么在充满变幻的审美心理现实的实现过程中，原来的主观因素可以不断对象化，获得客观性特征，而原来已经获得了主观形式、渗入了主观因素的客观因素，可以进一步被主观化，从而形成不断进行着的双向转化过程，展现出审美主体的能动的积极性来。

这里有两种情况，一种是主体在拥抱世界中，具有较大的历史感。主体的着眼点是历史、时代、人的命运；他吞吐世界，把握着时代精神，他的审美创造物显示了巨大的主观性，而且处处为这种强大的主观性所照亮，透过这种无处不在的主观性，读者不仅可以见到主体的魂魄，而且从它身上仍然可以体验到客观性特征，显示了审美反映中的创新。另一种情况是，由于主体在复杂的世界面前感到不安、陌生、迷惘，甚至悲观失望，由此缺乏历史感，因此常常潜入自我意识的角落，或是往往沉入自我微观世界的边缘，从中寻找慰藉。如果说，一些人把审美反映当作照镜子般的反映，把诗人看成是一个僵死的反映物，排斥创作的主观因素，把源泉当成对象；那么一些现代主义流派的作家，则竭力摒弃对象中的客观性因素，把主观因素而且仅仅是人身上的部分主观因素，当成了文学创作的唯一源泉，并且予以绝对化，同时也把这些因素如无意识、直觉当成文学的唯一对象和内容，在理论上走向另一个极端。他们潜入了这些因素，却以为拥抱了整个宇宙，形成十分复杂的审美倾斜，或是有所创新，或是出现了审美反映中难以沟通的现象。

超现实主义者勃勒东等人，作为早期的先锋派，同情革命，并且说要使他们的创作与斗争结合起来，但是这些人的理论却明显地表现了文化上的虚无主义倾向。他们确实不满现实，然而他们理论上提倡创作诗情不是来自现实生活，而往往汲取自无意识心理。勃勒东说，超现实主义就是"纯粹的心理无意识化：人们凭借它，用口头、书面或其他方式来表达思想的真实过程。在不受理性的任何控制，又没有任何美学或道德的成见时，思想的自由活动"①。他们把过去文学中较少注意描写的幻觉、梦幻、无意识、直觉等现象，看成是文学的唯一内容。确实，有些梦幻、幻觉是现实意识的折射，反映了意识的部分真实，而其中大部分这类现象，则是无实际内容的低级心理现象。描述前一类现象，有时可以成为变幻莫测的、绚丽多彩的篇章，但是专门去捕捉这类现象，挖空心思地寻找梦幻，这就把文学的源泉、对象绝对地主观化了。这必然会使创作变成杂乱的幻觉的堆积，缺少沟通而使人莫名其妙。弗吉尼亚·伍尔芙在《现代小说》等论文中，把现实分解为一堆飞速流动、难以捉摸、随时变动位置的零星小点，也即细微的意识闪动，一圈可望而不可即的光晕。如果这里指的是一种描写手法，是认识现实生活的一个微观的补充，我以为是可取的，这可能使原来的写作方法得到充实，出现更新。但是作为文学全面地审美把握现实生活的主张，同样使文学的对象绝对地主观化了，提出了文学的"向内转"主张。后来的法国女作家、"新小说"派理论家之一的纳塔丽·萨罗特，提出有两种现实的观点。一种是日常生活的现实，一种是人身上潜在的现实，以为文学的任务在于描写"潜现实"。而所谓"潜现实"，就是"无意识""心理要素"；至于作品所写的主人公，那不过是一个无姓名的"我"，一个失去了所有特性、全部"特权"的作者本人的"反照"。至于主人公周围的人物，不过是"一些幻象，梦境，噩梦，幻想，反照，模态"，提出现代作家"不是继续不断地增加文学作品

---

① 勒勒东：《超现实主义宣言》，载《法国作家论文学》，67页，三联书店，1984年。

的典型人物",而是"彻底忠实地写自己"①。在创作的主、客观性问题上,我们不能不提一下罗布-格里耶的论点,他主张今天的文学不是写人,而是包围人的物。"让对象和姿态首先以它们的存在去发挥作用,让它们的存在继续为人们感觉到……"② 罗布-格里耶的这种小说,在法国被称为"客体小说","实物主义"。但是这位作家说,他的小说实际上"比巴尔扎克的小说更具主观性"。他说在巴尔扎克的小说里,作家无所不能,无所不晓,掌握着所有人物的一切变化,"这只能是上帝"。这似乎是说现实主义文学中具有主观性的一面。但真当涉及文学的主观性时,罗布格里耶马上又认为"上帝"不是主观的,因为"只有上帝可以自认为是客观的"。至于涉及他的小说,那"新小说要追求的是完全的主观性"③。这是一种自相矛盾的理论,对于"新小说"派取消人物的理论,在法国持有异议的也大有人在,如埃尔韦·巴赞、彼埃尔·加斯卡。法国文学史家皮布瓦代弗在《当代法国文学史》(1969年)普及版《序言》中说到"新小说"时指出:"'人物'可以取消,但并没有被别的东西所取代。"④

这样,我们看到在一些现代主义作家的审美倾斜中,把自我的心理要素,如无意识、幻想、反照、模态,当成了文学对象。英国艺术理论家赫伯特·里德说:"我们现在已达到哲学相对论阶段,在这一阶段,除了创造自己的不能被看作是随意作出的或者甚至是荒

---

① 纳塔丽·萨罗特:《怀疑的时代》,载《法国作家论文学》,389页,三联书店,1984年。

② 罗布-格里耶:《未来小说的道路》,载《现代文艺理论译丛》第3期,127页,人民文学出版社,1963年。

③ 罗布-格里耶:《新小说》,载《法国作家论文学》,398页,三联书店,1984年。

④ 见《外国文学报道》,1982年第6期。

谬的现实之外,无疑,现实表现为个人无可选择的主观事实。"① 西班牙哲学家奥特加·伊·加塞特说:"艺术家在外部世界面前闭上眼睛,把视线转向自己的内心的主观全景。"② 文学的任务在于描写主观心理要素,同时又不予考虑作家的主观心理要素与现实的关系,这可以说是现代主义创作的一个典型模式。由于文学的源泉、对象被绝对主观化,于是必然会把文学创作的本质完全倾斜于"自我表现",即使像罗布-格里耶在小说中写的是物,那物也不过是作家主观的道具,"自我"的外化、外射、反照和模态。

可是,一、那些由潜意识、无意识、幻觉、梦幻组成的"自我"既然被当成创作的源泉,那无异宣布,文艺创造可以不必顾及社会生活,不参与生活的进程。因此有的人认为对于作家来说,根本不存在什么了解生活问题,而且认为即使经验多了,也未必能写出作品,此话不无一定道理,但又很片面,关于这点,我们在后面还要谈及。第二,脱离客观的"自我"既然被视为创作源泉,创作的对象不过是幻梦的投影,那极有可能导致文学形象的消失。一部分文学作品,特别是短小的文学体裁,可以抒写个人的感受;一些类型的小说,情节可以淡化,人物不用精雕细刻,以表现情绪为主。但是整个文学不能限于这些方面,像叙事文学、史诗式的创作,就不能没有人物形象,而且它们主要是通过形象画面来描绘时代风貌的。这类宏大的艺术形式,不会像神话那样消亡。如果不少作家只对梦幻、直觉发生兴趣,并以它们去代替生活之流,那么真正的生活本身就很可能被肢解,这大概就是现代主义作家难以提供史诗性作品

---

① 赫伯特·里德:《现代艺术哲学》英文版,21页,法伯与法伯出版社,1951年。
② 转引自《国外现代艺术研究》俄文版,32页,进步出版社,1964年。

的原因。当然也有一些例外，例如普鲁斯特，他写作《追忆逝水年华》时，似乎是与隔绝的。但是要看到，他实际上通过亲身经历的回忆和读书在写作。弗·莫里亚克说得好："当普鲁斯特第一个到书本中去找出路的时候，在他的软木贴墙的房间里，跟他一起禁闭着一个整整的世界，他知道，在这四堵墙内，在他那……可怜的身躯里所能作出的回忆，比他即使活上一千年在内心所能保存下来的回忆还要多，他可以从自身汲取各个时代，各个社会阶级，一年四季、田野、道路，总之一句话，所有他知道的、热爱的、吸取的和经历的一切，都是他在这个几乎从不离开的、充满着药味的房子里得到的。"① 从已看到的小说中的某些部分来说，普鲁斯特只是采用了意识流的手法，而并未以梦幻、幻觉来代替他所描绘的生活之流。而另一些现代主义作家抓住了人的某些心理特征，却抛开了人的复杂的现实关系，钻入了人的心理结构的某些方面，摒弃了人的整体，这是丰富了人，还是使人单一化了呢？如果使人失去了整体，又怎能去写出他的完整形象呢？如果只能封闭于"自我"，那也只能如弗洛伊德说的，作家实际写的人物就是他自己的心理意识的面面观。在这种情况下，他似乎无须给自己的纯粹心理的外射、反照、模态起什么人名，而只需代之以符号。这大概是提出文学全面非人物、非情节、非典型主张的认识根源之一。

二、把脱离现实生活的主观看成是万能的，它本身就是文学创作的内容和对象，可以任意发挥"创造性"而不受约束，其发展必然会导致主观的极端性和非理性主义。科学的进步，人的意识深层的探索，加深了人对微观世界的认识。人的意识与无意识相互对立

---

① 弗·莫里亚克：《小说家及其笔下的人物》，载《法国作家论文学》，199页，三联书店，1984年。

而又统一共同组成人的心理结构、心理机制的整体。在人的无意识活动中，有的属于社会性的心理活动的经验积淀，有的则属于人的本能性质的活动的心理积淀。文学审美地反映社会生活，人的意识活动，必然会描写到心理活动中的无意识现象、直觉、梦幻等。但是描写这些现象，在绝大多数场合，并非目的，而是为了深入提示人与人之间的相互联系及其思想感情的复杂变化。因此在创作中，看来只有那些具有社会性特征的无意识现象的描写才是有意义的。不分清这一界限，便会以大量低层次的无意识代替人的意识的描写，以生理本能代替人的理性活动，以生理本能代替自觉，从而使文学创作沉湎于梦幻的、专门收集人的本能反应的文学。勃勒东宣布凭借"无意识写作"，"凭冲动来写作"，"模仿精神病"，"制造出具有象征作用的客体"，"分析睡和醒的状态的互相贯穿"，探讨爱情、梦幻、疯癫和宗教等等。这种把某些主观因素绝对主观化，并把它们视为创作的源泉、对象、内容的文学主张，虽自成一派，但理论上疏漏极多，故此充满争议。这种主体的审美倾斜的主张的实践，使其滑落、减损了大量的审美意义。

当然，也要看到，有相当部分的现代主义流派的作品，还是极为曲折、深刻、审美地反映现实的。凡是这类作品，如《城堡》《鼠疫》《女仆》《秃头歌女》《蝇王》《第二十二条军规》等，就像《追忆逝水年华》一样，并不是完全按照现代主义文艺理论创作出来的。即使是伍尔芙的《海浪》《到灯塔去》，纳塔丽·萨罗特的《行星仪》等，也都是如此。这类作品固然有对事物的一定的客观性描写，但主要表现主体使用多种十分主观的艺术手段，如象征、荒诞、变形来抒写主观化了的生活流变。它们往往能够出人意外地抓住现实的某些十分重要的特征，给以主观变形，使原来的特征分外突出，而显出巨大的创新意义和审美价值。它们并不像它们的作者在理论上所宣传的那样，人物应完全被融化为某些纯粹的心理要素、反射、模态、反照等。获得读者喜爱的也正是这些作品。

审美反映的动力源，审美心理定势，审美反映与表现

19世纪末20世纪初，绘画中流派纷起，它们的主导倾向是力图摆脱传统手法，主张深入人的内心。一方面，这种要求表现了一部分画家对平庸、乏味、虚假的现实生活的不满与压抑感，另一方面，又表现了他们对现实的悲观和鄙弃。后期象征派画家高更认为，"艺术家应该从他的内心去观察"，以表现他的主观感受，内心的骚动与不安。德国表现主义者"讨厌现实中的人物"，情愿以同真人大小的布人为模特儿。有的宣称："世界存在着，再去复制它有什么意义！"年轻的毕加索说，创作"仅仅是它能喷射出热情"，"艺术不是美的法则的实际运用，而是在一切法则之外的为我们的天生本能和大脑接受的东西"。立体派画家、理论家格莱茨·梅津格在《论立体派》中说，"艺术唯一可能的迷误就是模仿"。这些观点虽针对绘画而发，但对文学理论中的表现论影响很大。俄国象征主义诗人勃柳索夫说："艺术从来不是再现。"后来的新托马斯主义者马利坦的艺术理论在西方现代主义文艺思想中是颇有影响的，这种理论宣称："艺术不在于模仿，而在于创造"①。提倡无边现实主义的加洛蒂认为：艺术创作的任务，与其说是再现世界，毋宁说是表现人的愿望；艺术的目的"是创造神话，表现纯粹的人类行为，以超越自然"；"做一个现

---

① 马利坦：《艺术和经院哲学》，载《现代美学文选》俄译本，90页，苏联外国文学出版社，1957年。

实主义者，不是模仿现实的形象，而是模仿它的功能性"①。等等。上述各家的观点都把反映、再现与表现截然对立起来，似乎存在没有表现的反映，再现必然就是模仿，模仿就是僵死的反映。所以，文学创作的特征不能是再现和反映，而是表现和创造。这实在是一种脱离创作实际的偏见和烦琐哲学。

从审美反映中现实形态的变异来看，主体具有改造客体的创造能力。但是这种主体的创造精神来自何处？它来源于主体对世界的具体感受、感知与感动，这是进入审美反映、艺术实践的真正出发点。审美反映必须以主体的表现为主导，才能构成自身。有的诗人和作家说，他们根据反映论，投入了生活，了解了不少新鲜的事物，但是没有能够写出成功的作品，于是便迁怒于这一理论。而一些搞批评的人出来证明：由于过去文艺理论只讲反映论，所以使得现实主义道路越走越窄。一个作家想采用多样的写作原则、方法，完全是自由的，但说反映论阻塞了现实主义道路，这恐怕就缺乏科学态度了。

其实，这问题不在于理论本身，而在于人如果是一位作家，那么你是如何理解反映论进行文学创作的？你是像一般人在生活里来往穿梭，硬套反映论于文艺创作，还是接受外界不住袭来的生活印象，以一种特殊的、审美的眼光去观察、体验，捕捉种种动态的感受？如果是前者，那么写不出、写不好作品没有什么可以值得大惊小怪的。满身生活经验，而又写不出东西，这说明生活印象未被主体感受，否则人人都可成为作家了。如果是后者，对生活有所感受而进行写作，那么总能写出一些作品，其成败得失自然要看你个人

---

① 加洛蒂：《论无边的现实主义》，吴岳添译，29、168 页，上海文艺出版社，1986 年。

的眼光独特到什么程度，你个人的观察有无新的发现，你的体验有无个性化的特色，以及在艺术概括力方面有多大才能，有多大的文化传统的积淀和创新的魄力。

杜勃罗留波夫说道，哲学家的睿智与诗人的伟大诗才，有共同之处，他们都能在事物的一瞬间，就能够从它们的偶然性的表现形式中，区别它们各自的特征，然后通过他们的意识，把它们组织起来，把握它们，以至可以随心所欲地召唤它们，把它们组成各种联合。这种能力，哲学家和诗人都有。但是有一种品格，却把两种人分了开来，这就是感动力。对于作家来说，他的非凡特征就在于对现实的这种特殊的反映能力，而对于科学家来说，不能说他没有感动力，但是相对而言，他的这种力量要弱得多。"一个感动力比较敏锐的人，一个有艺术家'气质'的人，当他在周围的现实世界中，看到了某一事物的最初事实时，他就会产生强烈的感动。他虽然还没能够在理论上解释这种事实的思考能力；可是他却看见了，这里有一种值得注意的特别的东西，他就热心而好奇地注视着这个事实，把它摄取到自己的心灵中来，开头把它作为一个单独的形象加以孕育，后来就使它和其他同类的事实与现象结合起来，而最后终于创造了典型，这个典型就表现着艺术家以前观察到的关于这一类事物所有个别现象的一切根本特征"①。

可以设想，在屠格涅夫乘坐的车厢里，肯定还有其他旅伴，但青年医生这个人物，只引起了屠格涅夫一人的注意，这说明屠格涅夫的观察力的确与众不同，即使是那种尚处于萌芽、朦胧状态的事物、现象的特征，也能够为他所瞥见，拨动他的心灵，引起他的感

---

① 杜勃罗留波夫：《黑暗的王国》，载《杜勃罗留波夫选集》第一卷，辛未艾译，272 页，上海译文出版社，1962 年。

动,为未来的主人公记起日记来。我以为这里既有敏锐的观察力,也有一种感情趋向,以及由此而形成的审美感受力和转化而成的艺术创造的发动。作家的感受力,有如有音乐感的耳朵和能够接受形式美的眼睛,是他的一种天赋本质与后天习得的结合,也是他作为作家本质力量的确证。对于作家所具有的特殊的眼光、独特的观察力和体验,以及他的审美感受力是值得进一步分析的。客观事物、现象的特征引起他的注意,固然是一个条件,而且是必不可少的条件,那些事物、人物的特征,何以能触动主体,它们本身应具有一定的品格。然而对于主体来说;情况是千差万别的,因为明显可以看到,一些现象引起不同作家的注意和兴趣,其内涵是各不相同的。因此,这里重要的是说明创作主体的品格,他的审美感动力的发动的内因,这就是促成审美反映结构的作家的审美心理定势,它的强度和趋向,那种日积月累一触即发的内驱力。

所谓审美心理定势,说的是主体的心理从来不是一块白板,在他创作之前,早就形成了他特有的动力源。创作主体心理实际上很像一块储放着种种感情颜料,已经调配过的调色板,那绚丽多彩的感情颜料,就是创作主体所拥有的审美趣味、个人气质、观察才能、创作经验、艺术修养以及广泛的文化素养的混合物。它们不断地流动着、发酵着,其中最为活跃的因素是主体的感情、想象和认识。这种种因素,组成了主体的一种动态的审美心理结构,或称作格局;它们凌乱地分散着,又不断得到调整和充实;有时潜伏着,有时处于一触即发状态。格局既经形成,就会不断要求创作主体按照他的预想的模式,通过创作实践而获得满足。屠格涅夫遇到青年医生事出偶然。但是青年医生的外貌特征、举止言行,由于同作家积蓄已久的审美心理定势息息相通,于是立刻为它所观照,形成一种发动,产生了实践的愿望。但是青年医生式的新的人物的面貌究竟如何,他会向何处发展而去，一时难以逆料。为了从总体上把握人物，于是作家潜入了未来主人公的内心，进行心理实验，替主人公记日记。这实际上就是主体进一步调动自己的感情、想象，对人物进行审美体验与认识的特殊方式。创作主体通过对人物的感情把握，加深了对人物的认识。这种感受和认识一经明确，就会由顺应走向新的平衡，于是新的审美心理定势大体完成，便表现为创造力的外化。

创作主体的审美心理定势不是一成不变的，各种因素的积累、文化素养的提高，各种哲学、道德、政治观念的有效汲取，都会推动它发生变异，其中社会和人这两个基本因素，起着举足轻重的作用，它们直接影响着审美心理定势的强度和趋向。我们回忆一下鲁迅弃医从文的变化，不难明白，社会和人的命运的思考，观念的变化，是他的审美心理定势中的主导力量；探索人的不幸悲剧，必然导致对人的处境的思考；至于其他种种因素，广泛、深厚的文化素养和知识经验，奠定了他审美心理定势的厚实基础，在这块充满活力的心理层面上，凝聚起一股积极的创造力，主动地寻找看对象和走向实践的可能。心理进入了这种使命感的境界，一旦接受到了客体的撞击，立刻融成喷薄而出的激情，主体这时就获得了自由。于是狂人、孔乙己、祥林嫂、闰土、阿Q，一个个被召唤到了他的笔下。

新中国成立后，一个时期内一些有识见的作家创作出了不少优秀作品。同时也要看到，由于庸俗社会学的猖獗，创作主体的审美心理定势受到压抑，不少作家的创造力受到遏制。主体审美趣味的划一化，艺术修养、文化素养被称作是"资产阶级化"的东西，使得主体的审美心理定势变为一块白板、一块灰板；同时对社会和人的主导认识的教条化，使主体失去了思索的余地，探索的可能。主体成了失去创造活力的惰性十足的"客体",被一股外在力量可以随意驱使的"客体"。"文化大革命"宣告了创作主体的死亡。社会和人在新时期复苏了过来,人成了反思的主体。人有他奋斗、自强、忍受灾难、舔治创伤、战胜邪恶的伟力,但也是一个充满七情六欲的人,而有的人还是崇高和庸俗、伟大和卑鄙与渺小的结合。这种接近社会和人的真实的认识,给主体提供了思索、发挥主观积极性的可能。我们看到,不少作家的审美心理定势,由于社会和人的基本观念的不断改变,由于其他因素如哲学、外来思想的积极方面的影响,文化素养的广泛性,而得到不断丰富。而每次变化,又给主体带来了新的积极性、新的眼光、新的观察力、新的体验、新的发现,促使他走向审美反映的新岸。

在走向创造的过程中,这种时时处在动态过程中的审美心理定势中的种种因素,其中特别是主体的体验、感情、思想、认识、评价,都会渗入作品的肌体中去。有的作家说,"每一个艺术作品只要是真正的艺术作品,就都是艺术家的真挚的感情的表达……"[①] 有的认为,作家"正确展现人物的所有品质是不够的,要坚决用他个人的眼光来照亮人物"[②]。有的作家说,一部小说"能够把它的作者和他的整个内心世界暴露出来",从一部小说、一篇政论中,我们可以"不仅毫不困难地确定作家的世界观,而且还能够确定他成熟到什么程度,浅薄到什么程度"[③]。这里所说的"个人眼光""整个内心世界""世界观",不仅都是主体因素,而且全都进入了作家的创作,

---

[①] 托尔斯泰:《艺术论》,丰陈宝译,127页,人民文学出版社,1958年。
[②] 陀思妥耶夫斯基:《1873年,作家日记》,载《俄国作家论文学创作》第3卷,148页,苏联作家出版社,1955年。
[③] 谢德林:《街头哲学》,载《古典文艺理论译丛》第四册,134页,人民文学出版社,1962年。

不仅无法要求它们避开，而且要求它们必须介入。那些大作家的伟大作品，就是一面全面反表现作家主观因素的镜子。歌德的《浮士德》写了六十余年。浮士德原是民间传说中的人物，是一位神秘、勇敢的奇特的智者。后来流传到英国，克里斯托弗·马洛利用这一素材于16世纪末写成了《浮士德博士的悲剧》。歌德采用了这一故事人物，加以改造、丰富，使之成为一位不倦探索人生真义的人。在这部诗剧里，可以说融入了歌德本人几十年的人生体验，对社会、历史、时代的不断变化的认识和评价，以致他认为："谁要是没有四面探讨过，没有一些人生经验，他对下卷就无法了解"。[①] 诗剧描述了时代，也表现了歌德的自我。现实主义作家各自以特有的方式发掘生活之真，颂扬生活之善，揭示生活之美。他们也写假恶丑，即使是揭露它们并鞭笞它们，那也是为了理想的缘故。文学的审美理想和评价，反映了主体改造现实的积极性和他的审美的追求。难道这样的审美反映，就是对主体创造力的扼杀？

　　作家的主观因素，他的创造力在作品中是怎样显示出来的呢？如果说人物的感情、思想可以通过他们各自的行为、动作而得以体现，并被赋予了外形，那么体现了作家的理想和评价的感情、思想的表现方式就不同了，它们只能渗透于对事物的客观描写之中，附丽于人物身上，通过艺术整体画面的评价而得以表现，而且往往要求它们不露痕迹。在这种场合，文学创作既是反映，审美地反映现实生活，又是表现，表现作家的自我于审美反映之中，自我在表现中得到归宿，两者相互依存，互为表里。由此，审美反映非但不排斥表现，即作者的自我表现，而且必须与自我表现结合起来，否则审美反映将是非审美的僵死的反映，没有主体的反映。我们平常把

[①]《歌德谈话录》，朱光潜译，232页，人民文学出版社，1978年。

创作的基本特征称作反映，这是一种相当笼统、模糊的说法。事实上，这时所说的艺术的反映，是包括了表现的成分在内的，所以艺术的反映是一个相对的概念，而审美反映，则明显地显示着主体的一方的。

不过，反映与表现虽然相互一致，但在不同的艺术形式的运动中，它们的表现方式又各自有所侧重。在叙事作品中，一般着重客观画面的描写，客观性特征占有优势，作者本人隐而不露；甚至在叙事长诗中，作者的主观性虽已大大加强，但是由于客观性特征形成的艺术画面，不会使整个艺术情势发生根本性的变化。至于在抒情诗、感事诗、哲理诗、散文诗中，虽然也会出现客观景物的形象，显得图情并茂，但是其主导情势则是人物、作家的感受、感情、思想的抒发的表现，主观性特征占有优势。这种创作的特征，就是我们一般所说的表现。一些门类的艺术，如音乐、舞蹈，它们的目的不在于如实地描绘现实，不在于反映事物的现实性，它们主要使用象征、联想的手段，来表现人物、作者的感情的流动与变幻，抒发他们的主观情绪，即重表现而不重再现，所以属于表现艺术。有时在这类艺术中，也会有艺术形象出现，但它们描绘出来的场景，不是生活原有的形式，而是感情水滴中的折射，是为感情改造了的生活形式的变形，一种象征，表现也是现实主义创作的重要特征。因此，反映与表现是现实主义创作原则的两个方面，当作家以描写事物的客观性特征为主，即重在表现事物的现实性及其本质特征，这时的反映是离不开表现的，反映包含了表现，否则反映将是没有反映者的反映，反映本身也就不可思议。当作家通过作品以表现人物、作家本人的主观情绪、感情为主，此时表现必然受制于作家对生活的激发，否则表现将是失去客体引发的表现，虽然有时这种生活激发可能不那么直接。以描写事物客观特征为主的审美反映，意在通过艺术形象的塑造、生活现象的描绘，揭示出事物的本质方面；以突出人物、作者感情的主观性特征为主的表现，意在通过主体的审美抒发，直接在主体的震动、折射中，显示着事物的精神和特征。这样看来，审美反映与表现，都提供"新的现实"，或是重建了客观性特征强的社会生活的"新现实"，或是重建了充满浓郁的主观性特色的感情、心理的"新现实"，两者都是创造，不存在孰高孰低的问题。只要具备一些艺术感受的能力，谁不为林黛玉的失落的青春而感叹呢？又有谁不为那声调明朗的普希金的爱情诗作而感到青春的无限温馨呢！但前者主要以曲折、动人的画面展现在我们面前，而后者却以青春的哨音和回响叩击着我们的心灵。

与审美反映相互联系着的是模仿说和镜子说，这里需要做些说明。现代主义作家贬低、否定现实主义原则的时候，总要把这一原则与模仿说、镜子说相提并论，认为模仿、镜子就是复制。于是我们有的文章也不用脑子、不查材料、罔顾创作实践，跟着别人说模仿、镜子就是僵死的反映等等。其实，要像无产阶级文化派那样否定一切传统，那是最容易不过的，但现实生活往往并非如此。

模仿是早期现实主义使用的一个概念，把它作为今天的现实主义的特征显然是不妥当的。但模仿并不是指一般意义上的仿作，它的内容完全不像现代主义者所丑化的那样可笑。亚里士多德在论及模仿时，提出了"可然律"与"必然律"的问题。它大致从两个方面触及了创作的特点：一是要求文学从现实生活出发；二是在创作中，诗人还应顾及可能发生的事，带有理想因素的事。这是他的模仿说的基本内容。文艺复兴时期模仿说得到了进一步的丰富。这时期的巨人们从各个领域探究世俗生活，要求文学从天国返回人间。这时期的作家、艺术家都歌颂人的本身。文学从神到人，这使人本身成了艺术模仿的对象，使人本身成了理想。这种理想符合现实要求,所以"文艺复兴的美学首先是理想的美学"①。后来别林斯基谈及主张模仿说的塞万提斯和莎士比亚时说,前者"用无与伦比的《堂吉诃德》击败了诗歌中的虚伪倾向",后者"则使诗歌和现实永远调和、结合了起来。他那广无涯际的、包含万有的眼光,透入人类天性和真实生活的不可探究的圣殿,捉住了它们隐藏的脉息和神秘跳动"②。18世纪的启蒙主义者给模仿说注入了新的因素,例如莱辛认为,模仿不等于如实记录,而包含"鉴别"在内。"艺术的使命,就是使我们在这种鉴别美的领域里得到提高"③。19世纪的现实主义作家常常强调要按照生活的本来面目写作。契诃夫是这种主张的拥护者。他在给苏沃林的一封信中写道:"最优秀的作家都是现实主义的,按照生活的本来面目描写生活,不过由于每一行都像浸透汁水似的浸透了目标感,您除了看见目前生活的本来面目以外就还感觉到生活应当是什么样子……"④可见要求按照生活的本来面目写作,并非照葫芦画瓢,并非临摹,而是贯穿着作家的目标感,要让人看到生活应当是什么样子。镜子说也是这样,这不过是要求文学真实反映现实生活的比喻。雨果说过:"戏剧是一面反映自然的镜子。不过,如果这面镜子是一面普通的镜子,一块刻板的平面镜,那么它只能映照出事物暗淡、平板、忠实、但却毫无光彩的形象;大家知道,经过这样简单的映照,事物的色彩就失去了。戏剧应该是一面集聚物象的镜子,非但不减弱原来的颜色和光彩,而且把它

---

① 米·奥夫相尼柯夫:《美学思想史》俄文版第1卷,67页,艺术出版社,1985年。
② 《别林斯基选集》第一卷,满涛译,359页,上海译文出版社,1979年。
③ 莱辛:《汉堡剧评》,张黎译,359页,上海译文出版社,1981年。
④ 《契诃夫论文学》,汝龙译,217页,人民文学出版社,1959年。

们集中起来,把微光变成光彩,把光彩变成光明。"① 这样看来,镜子说难道就是僵死的吗?

涉及主体在创作中的主导作用时,一些现代主义作家指责现实主义作家扮演了一个全知全能的上帝的角色,说他们任意地摆布人物和读者,所以主观武断。毫无疑问,一个作家不可能穷尽生活的全部底蕴,他的认识也极为有限,他在历史上渺小无比,以至湮没无闻。但在自己的作品中就不是这样了。英国作家萨克雷说,作家知道一切。福楼拜也说过,作家不要进入作品,但又要让人们感到他无处不在。甚至雨果也认为,真正的诗人像上帝一样在他自己的作品中无时不在,无处不在。这些话无非是说,作品中所描写的一切,大体上是被作者所把握了的。人的命运,故事进展,全都出诸作者的妙手安排,而非超现实主义的无意识写作。即使在创作过程中出现最初构思时未能料及的东西,作为结果,仍然是作家的审美把握。伟大作家的力量,正在于他能把握住自己的人物;当人物背叛他时,他始而困惑,继而能够凭借自己的艺术直觉,转向人物发展的、被进一步把握的艺术逻辑,从山重水复疑无路的险地,转入柳暗花明又一村的境界。而可怜的小作家,恰恰不能做到这点,他始终把握不住人物,不了解他的人物,在人物身上,他无所发现,因为他对生活无所发现,缺少独特的见解。创作主体的感知、认识,是流动、发展的,不是一劳永逸,固定不变的。在这种意义上,上帝就是一个会思索的血肉之躯,就是一个有无限智力的人自身。即便是现在某些多线索、多结构的故事,也是作家不断探索、有意为之的一种手法。他的作品中的人物结局,或是没有结局的结局,都

---

① 雨果:《〈克伦威尔〉序》,载《雨果论文学》,柳鸣九译,62 页,上海译文出版社,1980 年。

是他得自生活的暗示；即使现在在作家中颇为流行的一种还原生活本色的写法，也都是他们对生活逻辑的一种意念。作家在描写中可以自由选择对象，但他所描写的，必然是被他所把握了的，就是他虽写到纸上而仍感朦胧的东西，也是如此。在这一范围内，他必然是全知全能的，具有主观创造力的，否则他就会在作品中扶乩般地不知所云了。

其实，一些现代主义作家同样在自己作品中扮演了一个上帝的角色，不过这是一个对于人生含有悲剧观情，把社会视为一团混乱，对人的前途表示绝望的上帝。罗布-格里耶的小说艺术探索是可以研究的。他在《橡皮》中自以为是在对抗现实主义的写作方法。他在小说中通过物的变化来表现人的关系，他这样写而不那样写，这本身不就表明他是个会翻花样的上帝吗！尤奈斯库的荒诞剧作是很有特色的，也是应该加以研究的。本文作者曾观赏到几个荒诞派剧作的演出，震惊于让·日奈的《女仆》对心灵的强烈的打击力。剧中人物并未变形，而其心理的扭曲和由此形成的荒诞，竟使观者的心为之隐隐作痛。《秃头歌女》使人感到生活的荒诞处处都有，让人去思索它们。但是尤奈斯库身上也有一个上帝，他说不是任何社会使他感到荒诞，而是人的本身就是荒诞；又说，任何社会的制度都不能把人从生之恐惧、死的绝望中解救出来。这不就是一个全知全能的荒诞派上帝吗？只不过现实主义的"上帝"，采取比较现实的观点，分析、研究社会，探索生活真理，总是怀有深厚的人道主义，想把人引向积极，使他向往生活，期望现实有所改变。而现代主义的"上帝"，喜爱传播宿命的恐惧，预言人的前途除了黑暗便是毁灭，挣扎、斗争全都无补于事，世界一片虚无、悲观，并把这种教义灌输给世人，这难道不是事实吗？自然，这个上帝也是极具人道主义的关怀的，而引起人们痛苦的思考，但毕竟是太消沉了。

审美反映的多样化和无限的可能性

黑格尔在《逻辑学》中谈到他的"绝对理念"时说:"最丰富的东西是最具体的和最主观的,而那把自己收回到单纯的深处的东西,是最强有力的和最囊括一切的。最高、最锋锐的顶峰是纯粹的人格,它唯一地通过那成为自己的本性的绝对辩证法,既把一切都包摄在自身之内,又因为它使自身成为最自由的,——仍保持着单纯性,这个单纯性是最初的直接性和普遍性。"① 黑格尔在这里表述的思想是十分出色的,我想可以借用过来探讨审美反映的多样化问题。

审美反映是一个不断发展的范畴,它的方式的无限多样与主客观双方密切相关。现实生活是不断发展的,不断被改造的,因此它的内容无限宽广,形式无限繁杂。这一方面好像不言自明,但往往不时出现分歧,例如绝大部分现代主义者对此都是持否定态度的。另一方面,审美反映的多样性主要取决于主体的主观性、能动性,它的创造性本质的发挥。主体就其本质来说是自由的,不过自由不是一个抽象的观念,不是随意性。只有当主体不断接近客体的真理的时候,它才是自由的。主体不同客体接触,不是为了把握客体,自由就会变成盲目,就会无所依附。但是在艺术的发展中,主体的主观性的不断变化,则是它的主导方面,是发展的动力。

我们在前面谈到,在反映活动中,有可能使幻想脱离生活,观念向幻想转化。在审美反映范围,这种可能和自由就更其广泛。因为审美创造活动,一方面固然要以现实生活为基础;另一方面,又

---

① 黑格尔:《逻辑学》下卷,549页,商务印书馆,1976年。

必须使主体意识脱离具体的现实生活的束缚，进入想象与幻想。审美反映中心理现实的形成，为主体的想象与幻想提供了自由驰骋的可能，自由创造的可能。由于心理现实具有心理的流动性，思维的联想性、跳跃性，切割整体的灵活性，所以主体可以通过心理现实的种种特征，打破现实的时序、空间，进行新的组合，呈现出主体的无限创造力。比如可以借用现实生活的形式，使用生活型的假定性手段，对现实进行如实的描写，或是借用现实生活形式，描写纯幻想的生活形态。可以通过特定的艺术假定性手段，进行变形的审美反映，这种审美反映，我把它称作非生活型的反映，如用夸张、荒诞、象征等手段创作的作品。还有那些表现主体情绪、意绪、某种感受的作品，它们既可使用形象，也可以不使用它们。空灵、情趣是其主要特征，等等。有时作家会对自己的想象、幻想不胜诧异，常常因此会不由自主地产生一种感同身受的境界感。

想象和幻想对于科学研究来说，同样是需要的，即使是激情和个性特征也是如此。但当结论一旦出现，它们都将被置于理论之外。至于审美反映，不仅离不开这些因素，而且要把它们融入对象中去，成为创作动力的组成部分。更其重要的是，还要在创作成果中保持主体的主观性。可以这样说，凡是主观性不强的审美反映，很可能是一种失败的审美反映。因为审美反映光有主观性特色还是不够的，还要具有最富主观性特征的东西。而所谓最主观性的东西，实际上就是真正属于作家，渗入他全部创造的巨大的主观穿透力，他的特殊的心理气质、审美感受方式、想象特征、感情强度、思想深度、激情倾向，以及对无意识、直觉的把握方式。这是保证审美反映方式多样化的最根本方面。

上述各种主观因素表现在不同主体身上各不相同。审美感受无疑受到审美心理定势所左右，特别是其中的心理气质和个性特征。

在某种意义上说，作家的心理气质决定了他感受的特征。一些作家对某类事物容易产生感受，感受也较深，而对于另一些生活现象，有一定感受而不易动心，在感情上较淡漠。由于这一原因，所以对于同一事物、现象的感受程度也就因人而异，有的强烈，有的冷峻，即使都有较深的感受，但色彩各异，倾向不一。所以作家心理气质的差别，往往形成了他们各自的心理感受范围。有的作家因其审美心理定势比较活跃，甚至不断改变，感受的范围较宽，可感受的地带较广。有的作家的审美心理定势比较稳定，感受的范围较窄。心理气质往往也影响感受的方式，形成主体的不同选择，给予作家的艺术创作以不同的个性特色。例如一些作家很注意深入人物内心，善于探及人物心理隐秘，但气质的差别，造成了各自的个性特色，如陀思妥耶夫斯基之于托尔斯泰，罗曼·罗兰之于弗·莫里亚克，鲁迅之于巴金。一些作家即使在同一的历史过程中具有一致的世界观、政治立场，但由于气质不同，即使是对同一历史事件过程的感受也是同又不同。例如表现于创作中，有的作家长于幽默叙述来揭示旧秩序的瓦解和新生活的形成过程，如赵树理；有的作家习惯了倾向抒情来描写日常生活，如孙犁；有的作家则喜好以史诗幅度的形式去进行艺术概括，如梁斌。

审美反映中的感受的开始，正是审美感情的发动。审美主体感受中的爱和恨、伤痛和喜悦，当进入激荡的状态，常常会使与它们互为表里的思想直露于外，形成一种两者清晰可见又浑然一体的激情。主体创作激情的多种倾向往往构成作品思想倾向的底色，而各呈异彩。

我们对于审美反映中的上述主观因素的研究是不够的，至于对这一过程出现的无意识、直觉、幻觉、梦幻等现象，更是如此。对于这些现象，心理学仍在研究之中，但是作为审美心理因素，同样也可以从审美反映的角度来加以阐明，进而反过来丰富心理学对于无意识、直觉、幻觉的理论上的自觉认识，极有可能扩大与丰富审美反映的领域和多种艺术手段的运用。

上述一切，都导向审美反映多样化的最高要求，即作家的艺术自我的创造，创作个性的创造。创作个性是主体主观性的不断求索和创造的结果，是主观性的集中表现，是主观性的最高要求，是主观性创造的极致。罗曼·罗兰说：艺术的力量在于提供"只属于他（指作家——引者）个人的自己的方面，自己的印痕，自己生活的芳香"①。高尔基则说："摆在人面前的任务是：找到自己，找到自己对生活、对人们、对既定事实的主观态度，把这种态度体现在自己的形式中，自己的字句中。"② 在某种意义上，文学的发展是靠无数的创作个性来推动的。富有创作个性的作品复杂多样、层出不穷。但是，不是那种准备束之高阁、藏之名山式的流传下去的作品，而是那些描述了最具体、最具现实与历史意义的人、事物、现象的特征，和灌注了创作主体最主观的、极端个性化因素的作品，它们最具有艺术的生命。

（附记：本文原载《文艺理论研究》1986年第4期，后来收入文集时采用了旧作《现代主义创作方法中的几个问题》中的某些资料，改写了几小段文字，特此说明。）

---

① 《罗曼·罗兰文集》俄译本14卷集，第2卷，220页，文艺出版社，1959年。
② 高尔基：《文学书简》上卷，曹葆华等译，426页，人民文学出版社，1962年。

文学形式的发生

审美意识的逐渐形成

我从发生学角度曾探讨了神话思维的一些特征,这里拟从理论方面分析这种思维的结构及其演变。

卡西尔在《人论》中反对把神话与艺术等同起来,他认为弗雷泽搞出的巫术艺术与我们的科学思维很难区别开来[①]的论述,是难以成立的,这种观点我们是同意的。但是神话思维作为前科学的思维方式,是有它的价值的。这里的重要问题是,要探索这种混合性思维的发展,即它后来为什么会走向解体与如何解体的方式。从原始神话的功能来看,原始初民把神话实际视为一种认识的手段。通过神话,显示了原始初民对于客观事物,已有一定的观察、识别能力。另一方面,原始神话的表现形式,又是一种感知的方式。这里仿佛有一副双重面目:"一方面它向我们展示了一个概念的结构,另一方面又展示了一个感性的结构。它并不是一大团无组织的混乱观念,

---

① 见卡西尔:《人论》,甘阳译,97页,上海译文出版社,1985年。

而是依赖于一定的感知方式。如果神话不以一种不同的方式感知世界，那它就不可能以其独特的方式对之作出判断或解释。""神话兼有理论的要素和一个艺术创造的要素。"① 卡西尔把神话的结构，看作是概括的结构和感知的结构的结合，是理论要素和艺术要素的结合，而这两种结合，又主要是建立在感情基础和感知世界的方式上的，所以认为神话是感情的产物，它们的产品都染上了这些色彩。原始初民虽已有区别事物的能力，但在关于自然和生命的认识中，两者的区别，都被更强烈的生命湮没了："他深深地相信，有一种基本的不可磨灭的生命一体化沟通了多种多样形形色色的个别生命形式。"② 在这种精神之下，神话世界乃是一个戏剧般的世界，一个关于各种活动、人物、冲突力量的世界，并都映照于各种自然现象之中。神话的感知总是充满了这些感情的质，它所感到的一切，都充满着欢乐与悲伤、欢欣鼓舞或意志消沉的气氛。在卡西尔看来，神话的理论结构要素，全都受制于感情的统一性的。

自然，如果神话思维总是为感知的方式所束缚着，使原始初民处于静止不动的生命一体化的过程之中，那么人类思维就难以发展。然而人类思维毕竟向前发展了，并在思维演变中出现了飞跃。这种思维的进步，必然使神话思维发生解体。当然，所谓解体，不是使神话思维消失于无，而是使其分裂为多种形式的思维。神话思维的这种变化的原因，可以先从其自身的结构中去寻找。神话和宗教思维，并不是完全无条理的、非逻辑的，但是它们的条理性又主要依赖于情感的统一性，而非逻辑法则。"情感的统一性是原始思维最强

---

① 卡西尔：《人论》，甘阳译，97、96 页，上海译文出版社，1985 年。
② 同上书，105 页。

烈最深刻的推动力之一"。① 把情感的统一性视为思维变迁的推动力之一,这一思想是深刻的,但是还需要对思维结构的整体进行观察。如前所说,神话思维的结构,大体分为两个方面,即感知方式和理性认识方式,两者相互结合,并以前者为主导。但是这种结构并非静止的结构,没有生命的结构。"我们不能把神话归结为某种静止不变的要素,而必须从它的内在生命力中去把握它,从它的运动性和多方面性中去把握它,总之要从它的动力学原则中去把握它。"② 这里所说的内在的生命力、运动性、多方面性、动力学原则,就存在于这个结构,它们就是这种结构本身的功能。正是这一结构本身各种因素的相互依赖和矛盾运动,使其自身发生解体而又获得进一步的发展。

思维运动是人类实践活动的反映,是人类的外部动作不断内化活动的结果。思维结构实际上是一个矛盾的统一体,当它受到劳动实践的影响,这个结构的不同层面就会发生相应变化,使原来的静止状态失去平衡,产生矛盾运动,相互制约而又各自变化,出现新的同化与顺应,形成新的构建和思维的不断内化、深化与简缩的过程。随着人的实践活动的发展,认识活动的深入,这个过程最突出的表现就是神话思维的混合性、统一性结构发生解体,之后,分化而为抽象的理论思维、宗教思维、艺术思维。神话思维的分化与不同类型的思维的自身的独立,使人类有可能告别原始,走向文明与现代的门槛。

神话思维发生瓦解,其关键在于它的结构运动及其分裂,使得原来无处不在的拟人化原则,不断受到限制与缩小。以理性的因素

---

① 卡西尔:《人论》,甘阳译,104 页,上海译文出版社,1985 年。
② 同上书,97 页。

不断清除拟人化成分，一面衍化而为一种独立的初级理论思维，进而演变成为科学；一面使拟人化原则进一步与理性因素结合起来，发展成为宗教、艺术思维。结果是一面不断清除拟人化因素，建立科学思维，一面又使拟人化原则在另一些领域里获得巨大的发展，这标志着人类的自我意识进入了一个新的水平面。

自我意识是人类认识反映精确化的表现。卢卡契说："反映的精确性是每一种生物生存的条件，没有反映能力的必然要死亡。"① 这里说的当然不是机械的反映论。人在认识的反映过程中，通过长期的实践经验，改进了自己的生理器官，而不断把握着理解事物的客观规律性。人通过工具的使用，通过劳动过程，从自然界分离开来，成为活动的主体而与自然对立。自然对象只是由于劳动对象或劳动工具才成为对象，只有通过劳动才形成"主体—对象关系"。"形成中的人，甚至原始人与自然界在极大范围内还是联结在一起的，主体和对象之间，人和环境之间的界限长期是变动的、不确定和不分明的。'我'和'非我'的严格区分是人的意识非常晚近的形式。"② 主体与客体，我与非我的区分，也使得人进而区分了想象与现实，挣脱了拟人化的思维方式，使得理论与艺术各自逐渐成为一种独立的形式。"要真正科学地把握客观现实，只有与人格化、拟人化的直观方法彻底决裂才有可能。"古希腊的哲学家们从与科学连在一起的艺术、宗教中，看到了这种障碍物，所以他们把拟人化当作了他们精神上的主要敌人，而这已是进入文明时代的事情了。自觉的审美意识的出现，和人的自我意识的确立是相互促进的。可以说，神话

---

① 卢卡契：《审美特性》第一卷，徐恒醇译，47、105 页，中国社会科学出版社，1986 年。

② 恩斯特·费肖尔：《艺术与人类》，转引自卢卡契：《审美特性》第一卷，徐恒醇译，50 页，中国社会科学出版社，1986 年。

思维本身就是一种审美意识，它通过拟人化的方式，把整个世界，把主体与客体，把现实与想象，把我与非我混合于一起。但是，这是一种非自觉的审美意识。非自觉的审美意识从神话思维中分化出来，成为半自觉的审美意识，它和理论思维成为独立的思维形式，在时间上几乎是相等的。"两者都是缓慢地、充满矛盾地和不均衡地由日常生活、思维和感情中分离开来的。这是一个长期的发展过程，直到每一种反映构成人类活动的一个特殊领域，成为独立的……直到对客观现实反映的这种特殊方式成了它的特性，直到它的规律性首先在实践中以后又在理论中被认识。"① 如果科学使自己成为独立思维的根本途径在于不断排除拟人化，从而在旧有思维的分化过程中双方不断表现出日益明显的矛盾性，渐进性，那么审美意识在充分保留非自觉性的情况下，则进一步发展了拟人化原则，并且继续了一个很长的过渡阶段，甚至在其高度发展的阶段，仍然保持着与宗教的密切联系，以致两者在外表上仍然难分难解。宗教、艺术都诉诸拟人化，但是两者又各不相同。宗教拟人化，继续着原始神话艺术的精神，崇尚自然神灵，把对超验的彼岸世界的幻想，当作现实。这是对人和现实关系的虚构，是对人与人，对人与自然关系的一种幻想的非现实化，但却是超验的彼岸世界的虚构。这种虚构的方式具有审美特征。而艺术审美的拟人化，是形成真正的自我意识、开掘人身上的潜能的此岸世界的真实的虚构。我们从黑格尔在谈及艺术的需要时，可以看到这种审美拟人化的根本特性，在于"人是一种能思考的意识，这就是说，他由自己而且为自己造成他自己是什么，……自然界的事物只是直接的、一次的，而人作为心灵

---

① 卢卡契：《审美特性》第一卷，徐恒醇译，161页，中国社会科学出版社，1986年。

却复现他自己,因为他首先作为自然物而存在,其次他还为自己而存在,观照自己,认识自己,思考自己,只有通过这种自为的存在,人才是心灵。"① 人通过对自己的观照,形成对自己的观念,又通过实践活动来认识自己。"人通过改变外在事物来达到这个目的,在这些外在事物上面刻下他自己内心生活的烙印,而且发现他自己的性格在这些外在事物中复活了。人这样做,目的在于要以自由人的身份,去消除外在世界的那种顽强的疏远性,在事物的形状中他欣赏的只是他自己的外在的现实。"② 我们当然可以按照我们自己的见解去理解黑格尔把人的自由理性的需要,解释为艺术的起源,我们所理解的自由理性,就是人的审美需求,理解自己,通过对现实的投影,复现自己的心灵,引起观赏的需要,从而形成更高级的拟人化。

神话演变与神话原型

随着原始初民走向文明的大门,人的自我意识和自觉审美意识的逐渐形成,神话思维发生解体,这种种因素,自然要导致神话的解体。我们来观察一下神话的形态和它的解体过程是怎样发生的。

中、外神话中都有开天辟地的原始神话形态,而且在内容上出奇地一致。《太平御览》引徐整《三五历纪》,有盘古开天辟地的故事。其中说:"天地混沌如鸡子,盘古生在其中。万八千岁,天地开辟,阳清为天,阴浊为地。盘古在其中,一日九变,神于天,圣于地。天日高一丈,地日厚一丈,盘古日长一丈,如此万八千岁,天数极高,地数极深,盘古极长,后乃有三皇……"徐整在《五运历

---

① 黑格尔:《美学》第 1 卷,朱光潜译,38—39 页,商务印书馆,1979 年。
② 同上书,139 页。

年纪》中又说:"首生盘古,垂死化身,气成风云,声为雷霆,左眼为日,右眼为月,四肢五体为四极五岳,血液为江河,筋脉为地理,肌肉为田土,发髭为星辰,皮毛为草木,齿骨为金玉,精髓为珠玉,汗流为雨泽;身之诸虫,因风所感,化为黎氓。"希腊神话也有这种说法:宇宙天地原本不分,混沌一团。或说黑暗之神爱莱蒲司与其母夜之神生子光明与昼,两子逐走父母,代为主宰。看到地球上的混乱,两人命其子爱神为助手,于是天地始分。爱神又以箭射入地,乃生万物[①]。北欧也流传这类神话。又如造人神话方面,女娲的故事是极为有名的。《风俗通》说:"俗说天地开辟,未有人民,女娲抟黄土作人。剧务,力不暇供,乃引绳于泥中,举以为人。故富贵者,黄土人,贫贱凡庸者,绠人也。"《圣经》记上帝耶和华用尘土抟人,将气吹入鼻孔,使之有灵魂,这就是亚当。后又从亚当身上取下一根肋骨,做出亚当妻子夏娃,使之繁衍人类。

神话意识把自然万物都一一神话化,星辰日月都被视为神的化身,农业、畜牧业都有发明、管理的神;特别是神谱中的英雄,人与自然斗争,以建立秩序的神话,神话英雄争夺帝位的神话,吸引着原始初民,使他们产生莫大的兴趣。例如我国女始祖女娲补天,夸父追日,精卫填海,羿射九日,缴大风,杀凶兽凿齿、九婴,诛修蛇,擒封豨(野猪),嫦娥奔月,鲧、禹平洪水,黄帝、蚩尤大战,炎、黄阪泉争雄,等等。西欧神话则有众神之王宙斯,普罗米修斯盗天火给人类而受罚,以及诸神参与人间部落斗争的故事,等等。

在文字发明之前,无疑这类神话的传说,以口头讲述的形式代代相传,但是采用何种口头形式,这是值得研究的问题。一般说来,

[①] 见茅盾:《神话研究》,39页,百花文艺出版社,1981年。

在原始初民中间流传的涉及开天辟地、氏族祖先起源的故事,恐怕也只在一定的场合才讲。这一定场合,就是带有原始宗教祭祀性质的仪式。仪式在原始人中间与巫术具有同等意义。那种大规模的祭祀仪式,实际上就是祭神活动,目的为部落消灾降福。这时巫祝口诵巫词,把神话与神秘传说掺杂到一起,歌颂英雄祖先。由于这类神话中的主宰人物反映了各自的社会关系,也即野蛮时代高级阶段的社会关系,所以具有"神圣性",它们的内容事实上只为少数人秘密传授,代代相传。毫无疑问,口头式的代代相传,会使神话的内容不断发生变化。

但是促使神话发生变化,还有更为重要的原因。如我国商代氏族极多,每个氏族都有自己的氏族始祖诞生的神话。西周也是如此。但是从整个历史来看,我国未有璀璨的神话体系流传下来,这主要是在商代、西周时代,神话意识慢慢为理性意识所替代,神话也逐渐历史化了。传至东周,先祖英雄神话增加,原来的那些超自然的神祇神灵,"人化"为历史传说中的英雄,先祖世界与神灵世界,明确划分为不同的世界,并向各自的方向发展。东周是中国政治、经济、社会、文化大变革的时代,知识、技术普遍发达。"士大夫与平民之间都产生了在世界观上的觉醒,因而造成神话支配势力的减弱与理性力量的发达。"① 崛起的儒家,不言"怪力乱神",这在世界文化史中是一个十分奇特的现象。这样,神话在儒家手里遭到大力的删削,并力图对它们进行合理的解释,于是神话的流传、发展与创造遭到了极大的遏制,或使其改变了原来的意义。一些神话被保存着,一些神话则受到理性主义的消解。黄帝四面、夔一足的神话,就被孔子消解,这是大家熟悉的例子。这样,黄帝、帝尧、大禹等

---

① 张光直:《中国青铜时代》,284 页,三联书店,1983 年。

等人物，都一一被改造为"历史人物"，列入"世本帝系"，同时他们在祭礼的仪式上，也都被看作祭祀帝王的先祖来看待。倒是和这种"中原文化"有一定距离的楚文化，仍然充满了绮丽的神话幻想和神秘色调。在屈原的作品里，有女娲、后稷、王亥（牧神）等神话人物的出现。那里有关于最尊贵的天神伏羲的祭歌，有驾龙辀、举长矢、射天狼的东君太阳神的神姿描绘，等等。他的《九歌》，据有的学者考证，表现了两千多年前居住在云梦泽一带的被古史称为"濮越"的古印度尼西安人的多种祭神仪式。他的《国殇》和《礼魂》，则描写了猎头仪式，这种仪式遗风，仍可在今天印度尼西安人中间找到①，可备一说。但是他的《天问》却动摇了古神话的神性的威严，对神秘的万物和空漠无垠的宇宙，诸神的神力创造，提出了种种疑问，给神话打上了伟大的人性的烙印。

我国汉族神话十分丰富，瑰丽、璀璨，但未形成庞大的神话系统，也许这有待日后的整理与创作，使之系统化；我国少数民族文学中的神话、史诗就很繁荣。西欧、印度神话保存得比较完整，在它们基础上衍生了不少巨著，自成系统。神话对后世文学影响十分巨大，就希腊神话来说，"希腊神话不只是希腊艺术的武库而且是它的土壤。"就是说，希腊神话一方面本身就是希腊艺术的组成部分，另一方面，它又成了培育新的艺术的源泉，成为神话原型。神话被解体了，但作为神话原型在后世的文学创作中被吸收继承下来，这就是需要说明的思想。神话原型这一术语，借自容格与诺思洛普·弗莱的论著。容格从心理学的角度提出人的心理深层存在一种"集体无意识"，并认为"集体无意识主要是由'原型'所组成的"，"与集体无意识的思想不可分割的原型概念，指心理中的明确的形式

---

① 见《光明日报》，1984年10月21日。

的存在，它们总是到处寻求表现。神话学研究称之为'母题'；在原始人心理学中，原型与列维·布留尔所说的'集体表象'概念相符。"① 容格认为人类这种本能心理现象作为集体无意识而保留下来，并通过它们使人看到了艺术创作的动因。

弗莱提出文学作品叙述方式中有一种神话叙述方式。他在《文学即整体关系：析弥尔顿诗〈黎西达斯〉》一文中，提出原型"指一个或一组象征，它们在文学中为作家们反复地运用因而形成约定俗成的东西"。"这种文学中的惯例，其历史起源可追溯到远古的仪式，但是它不仅在文学中，也在生活中始终隐隐约约地存在着……"② 后来，弗莱进一步明确了文学原型的概念，他说，关于文学，首先注意到的东西之一是其结构单位的稳定性，并认为文学中的主题、情景、人物类型，都可找到原型。这样，弗莱就把所有文学纳入了他的神话—原型系统，划出了多类意象以及四种体裁，如喜剧、传奇、悲剧、反讽，并使喜剧和春天对应，叙述英雄之诞生；传奇对应于夏天，叙述英雄之成长与胜利；使悲剧与秋天相合，描写英雄之死亡；反讽与冬天相呼应，描绘英雄死后之世界，构成文学循环运动。弗莱为文学追根溯源，揭示文学发展之原型，其公式是有启发意义的。但是把文学发展纳入这种类似季节变化的循环轨道，很难自圆其说。因为文学终究是一种社会文化现象，不是按照一个自然的循环圈滚动的。不过他与容格的理论中的原型思想，可以借用来说明文学和神话的某些关系。原始的神话思维的解体，实

---

① 容格：《集体无意识的概念》，载《神话——原型批评》，104 页，陕西师范大学出版社，1987 年。

② 诺思洛普·弗莱：《文学即整体关系——析弥尔顿诗〈黎西达斯〉》，载《诺思洛普·弗莱文论选集》，341 页，中国社会科学出版社，1987 年。1997 年译者对 1987 年版的译文有所修订。

际上就是人的思维进一步的发展与精细化,并从非自觉、保留非自觉因素,逐渐走向自觉。

文学的产生,它的基本精神与基本形式,孕育于神话、故事传说之中,并与之一脉相承,这就是神话原型。我们可以把神话原型分作几个方面,如审美意识的原型,这是最基本的方面,还有如故事、主题的原型,审美的形式的原型,以及人物特征原型等,从这些方面来加以考察。

先说审美意识的原型。原始初民的神话思维由于为拟人化所贯穿,所以本质上接近于审美意识。这种对世界万物所引起的美感,深深地积淀于人类的心灵之中。

可以这样说,后世多种主要的美感范畴,都已在神话中萌生。例如崇高这一审美范畴,这是初民在长期的实践活动中,对自然的永恒,宇宙的无穷,生命活动的奥秘,人类改造自然的伟力,所引起的那种感受。生活在深山老林、空旷平原、崇山峻岭、大河上下、海洋边岸,观察着狂风暴雨、雷电交加、日出日落、月盈月亏等奇妙壮美的大自然的变幻;一面体验到人在自然面前的渺小,一面又感受到自己改造自然的伟力的喜悦。古人的这种心理意识,带有神秘的色彩。于是在他们创造的神话里,表现为天神的至高无上,身大无比,变幻自如,无所不能,为创世、为造福子民而甘愿牺牲一切的献身精神。如盘古的开天辟地,女娲的抟人、补天,都充溢着一种古老的崇高精神。这种审美意识逐渐成为人的心理积淀,在后世用文字记载下来的神话中显现了出来。在我国文学中,屈原的作品明显地受到神话中这种崇高的审美意识的影响,其辞气势浑厚,意象壮丽,变幻无穷。古希腊神话中的崇高的审美意识同样十分突出,如有宙斯主宰一切的威严,有通过普罗米修斯所宣扬与表彰的那服务于人类的伟大、崇高的献身精神,在后世各个时代,起到惊世骇俗、推动潮流的作用。①

又如悲剧的审美意识,也是一种古老的心理积淀。自然的破坏力量,巨大的灾难感、水灾、旱灾、饥饿、凶猛动物的威胁,无法控制的病与死,氏族、部落之间的战斗、杀戮,都为悲剧意识提供了精神、心理的积累。另一方面,悲剧意识的形成,也与不断举行的仪式有关。祭祀仪式上总要供上牺牲,有猎物,有时甚至是活的人。当古人进入农牧时期,他们观察着植物的生与死的循环往复,绵延不断。为了有利于繁衍,他们就创造了死神与再生神,并把这种现象移入社会生活。"为了纪念这些神之死而举行祭仪时,因他们的死而引起的悲痛被因他们的复活而引起的欢乐和喜悦所代替。"同时随着人的死亡与复生,人们开始希望摆脱人世的痛苦,希望得到永生。"悲剧是歌颂难以弥补的损失的悲壮的歌,是颂扬人永生的欢乐的赞歌。"②

神话悲剧,有的和崇高结合一起,如普罗米修斯偷火给人类而被钉于高加索;精卫填海,刑天死后还继续反抗上帝等等。另一种悲剧意识具有神秘意味,如俄狄浦斯之死。弑父娶母,在远古时期是一种正常现象,但是随着文明、伦理的发展,悲剧虽然可以承袭古老的弑父娶母的故事,却受到了新时期的伦理道德的否定,英雄人物的悲惨结局,正是英雄人物自身的行为的结果,宿命因素与社会因素相结合于一起。至于后世与宗教相关的悲剧,主要表现为一

---

① 将中国神话与欧洲神话中的英雄人物做一比较,是很有意思的,中国神话中的大部分英雄人物是开天辟地的人文始祖,是补天女神、大地之母,是射日与追日英雄,大地之神,是填海精卫等,他们是勇于进取、为民除害、不屈斗争的英雄人物。欧洲神话中的英雄,除了普罗米修斯为人类盗火,其余英雄之间的斗争,大都是出于个人恩怨,或城邦之战。

② 鲍列夫:《美学》,乔修业等译,97、98页,中国文联出版公司,1986年。

种灾祸、苦难、痛苦，如欧洲中世纪与基督教有关的悲剧；另一种是东方型的，如表现人生之痛苦，死后升入天堂；或以轮回转世来解决现世的悲剧冲突意识。随着人的自觉意识的提高，人代替了神，产生了各种爱情悲剧，各类个人的悲剧，民族的悲剧，以至国家的悲剧等。它们的内涵各不相同，但悲剧的原型大体一致的，即个人的死亡或苦难，对人与社会具有不可弥补的损失、崇高的不朽价值，等等。

又如喜剧意识，在原始社会，这一意识的形成原因，有几个方面，一是狩猎、收获后的娱乐、庆祝活动；二是仪式活动中的喜庆、娱神场面。此外，当然还有生活实践中的种种因素。这种种方面逐渐形成与积累着喜剧、滑稽的审美意识，成为原型，在后世的生活、文学中获得发展。例如，中世纪西欧的狂欢节活动，每年有2~3个月之久，这时节日往往成为全民的节日。平常的各种社会秩序，这时全被颠倒过来，原来的崇高与威严，变成了滑稽与渺小，而国王与乞丐，都沉浸于平等的狂欢。这在中世纪的民间文化与稍后的《堂吉诃德》《巨人传》中，都有反映。

第二方面是母题、故事情节的原型。这一线索广泛地深入到后世文学的各种体裁之中。例如，像创世记的故事，造人、启蒙人类的主题，在创作中一直绵延至今。屈原的《离骚》《天问》《九歌》等作品，广泛地运用神话材料，其中"有些神话还是首见，成为原始的记录。如鲧神话中的'鸱龟曳衔'一事，'化为黄熊'一事，羿神话中的'射河伯、妻雒嫔'一事，'献蒸肉之膏后帝不若'一事，等等，都是"①。《楚辞》之前的《穆天子传》，则纯为神话小说。其后汉赋、汉魏六朝诗歌中，神话影响极多。李白、李商隐、

---

① 袁珂：《中国神话传说》上册，51页，中国民间文艺出版社，1984年。

李贺,都曾用神话题材写作。《西游记》《封神演义》,都是很有影响的神话小说。这些作品采用大量神话主题、情节,推进了文学中的浪漫主义潮流的形成。

神话母题原型的运用,在西欧文学史中更为突出。几乎历代都有伟大作家利用神话题材写作。但丁的《神曲》,莎士比亚的不少剧作,歌德的《浮士德》,弥尔顿的诗作,等等,这一传统一直延伸到当代西欧文学,如乔伊斯的《尤里西斯》,一时很有影响,以至一些评论家认为,文学在向神话回归。如前所说,弗莱就把整个文学的发展,纳入了神话原型的研究。

第三,从形式的角度看,神话实际上是各种艺术形式的源头。原始神话在某种意义上是和仪式相通的。仪式是神话的主要实现方式、保存方式。在仪式上,有关于神圣始祖的起源的叙述,有祝愿部落生生不息的简单的祷文,有关于禳解灾祸的咒语的说唱,有哑剧式动作,有祭祀、供奉牺牲的过程,以及这一类的祷文、祝词。这种种形式,即仪式上的歌唱、舞蹈、雕塑式的偶像的萌芽,逐渐演化成为后世的诗歌、故事叙述和传说。毫无疑问,这些形式因素,在日常生活中就已存在。例如古人群众性的狩猎大收获,往往是一种盛大的欢乐的庆祝,这既是初民的一种生活方式,又是一种盛大的"文艺"演出。这时有故事的叙讲,传说的回忆,也有表达强烈感情、显示身体运动节奏的舞蹈,有猎人在行猎中灵活的技巧和力的表现,动物的种种形态的模拟。其时,野性的呼喊,如火如荼的原始热情,激荡奔放,满足着初民感情的需要,审美的需求。格罗塞讲道:"能给予快感的最高价值的,无疑是那些代表人类感情作用的模拟舞蹈,最主要的例如战争舞和爱情舞;因为这两种舞蹈也和操练式的及其他模拟式的舞蹈一样,在满足、活泼和合律动作和模拟的欲望时,还贡献一种从舞蹈里流露出来的热烈的感情来洗涤和排解心神。"① 而仪式的作用就在于把日常生活中的各种演唱、表演，集中起来，程序化起来，进行综合与提高，形成后世艺术形式的原型。

第四，人物形象塑造方面。神话一般叙述事件发生的过程，而这过程中的主要对象是神与英雄。其中特别是神的形象，完全是按照人形的一种纯粹的、夸张的幻想，描绘也极简单。他们无所不能，充满了神性与神秘感。就形象而论，女娲是人头蛇身，炎帝是牛头人身，教人播种五谷，被尊为"神农"。黄帝传说有四面，是中央天帝，不但治理神国，也治理鬼国，是人、神的祖先。这类幻想式的形象，距离真正的人间的人物形象甚远，但是在后来的神话故事中常常被发展、更新。

文学的前形式

神话思维不断分化，自觉审美意识的逐渐形成，拟人化手段的使用的专门化与范围的缩小，促进了理论思维与宗教思维、艺术思维的日益分离。原始神话一面被保留下来，一面又被不断改造，同时又出现了新的形式，即语言艺术的形式。自然，达到现代意义上的文学形式，是要经历一个漫长的过程的。根据后世出现的诗歌、叙事故事、戏剧等文学形式来看，可以断言，在这些形式生成之前，必然存在着与之相应的形式因素，后来的文学形式，就从它们演化而来。就文学形式的发生而论，神话只是其总源，从总源到文学形式，必定存在许多中间环节，虽然前面已触及这一问题，但这正是需要深入一步探讨的。

我们主要讨论诗歌这种文学形式。诗歌的产生，不少学者认为与

---

① 格罗塞：《艺术的起源》，蔡慕晖译，167 页，商务印书馆，1984 年。

仪式有关。这里讲的自然是广义的仪式。例如，在游乐仪式上的狂热的感情、粗野的叫喊，首先是满足着初民感情宣泄的需要。这类呼喊，大都缺乏内容，浅薄而粗野，很少有高超的思想表现。原始初民一般在低级的感官的快乐范围里选择材料，"粗野的物质上的快感，占据了极大的领域"①。据 H·维尔纳的描述，如果说原始初民有了抒情歌谣的话，那么，它们总是与手势、音响分不开的，它们都是些没有意义的语言，纯粹的废话；他们在歌舞中吟唱，以便宣泄饱餐一顿或狩猎胜利后的狂欢。"就在这抒情的叫喊声中，在对饥渴的痛苦的呼唤声中，后来，在对燃烧的性欲的赤裸裸的表示中，以及在对死亡的无可奈何的悲叹中，我们发现一切高级形式的抒情诗的萌芽。"②

19 世纪末俄国文艺学家 A·维谢洛夫斯基的历史诗学的研究，系统地提出了诗歌源于古代民间仪式的观点。他认为原始的混合性的艺术，是一种有节奏的动作，并与音乐、歌谣、语言因素结合一起。由于其时语言尚十分简单，一般即兴的短句或叫喊，并无多大意义，但往往起着节奏的作用。这种仪式上的叫喊，随后就慢慢变为与简单的音乐相结合的合唱的语言成分，因此，诗歌的萌芽源于这种集体仪式活动。这位学者认为，随着风尚的变化，仪式、典礼合唱中原来纯属即兴的无意义的叫喊，慢慢被赋予了意义，这时诗的萌芽形态，就真正破土而出了。仪式、典礼混合性的活动中，有合唱，同时也就有了领唱、轮唱，于是便慢慢成为诗的形式。"歌是用多种多样互相补充的诗节交替编成的"，"礼仪和祭祀合唱的范围愈来愈稳定，由于动作要求有规则的节奏，所以就同文词更紧密地

---

① 格罗塞：《艺术的起源》，蔡慕晖译，184 页，商务印书馆，1984 年。
② 转引自李斯托威尔：《近代美学史评述》，蒋孔阳译，197 页，上海译文出版社，1980 年。

结合起来，于是便形成了更稳定的文学形式和民间故事图式，这些作品随歌曲、格律一起，脱离了仪式，并在仪式之外，获得了审美性质。"① 仪式中的原始的合唱、独唱、轮唱，开始时实际上只是一些叠字叠句，它们起到节奏的作用，表现初民的高兴与悲叹，从而成为真正抒情诗的源头。但是，真要使诗歌成为诗歌，必须脱离仪式。独立出来的歌词，一是它的确形成了自己特有的形式，二是它不仅以形式娱人，同时还要有点什么引起人的类似的感受。无论抒情诗，还是叙事诗，大体都是如此。

A·维谢洛夫斯基关于诗歌起源民间仪式的论述，广泛地引用了人类学、民间文学所提供的资料，是很有启发的。但是，他的一些论点是有争议的。例如苏联的文学研究家梅列津斯基认为，神话和仪式是不可分的，仪式常常演出神话。但把仪式视为诗歌发展源头，把神话视为戏剧发生的母体，是一种机械论的观点。又如，维谢洛夫斯基用"偶然性"来解释诗歌文本的出现，梅列津斯基认为这也是不能服人的，原始诗歌不是即兴之作，不是个人印象的简单的表现，也不是集体主观性的自发的自我表现，原始诗歌是一种有目的活动。原始初民根据词有魔幻力量的信仰，认为形式与内容都是神圣的，仪式上使用的词汇，即使只有一个词，也被认为是有神奇力量的，所以"偶然性"产生诗歌不占主导地位②。但是，我们以为不应把这一问题的提法绝对化起来，因为在远古，事物恐怕一开始都具有偶然性的因素，不能忽视偶然性是一种伟大的创造力量。维谢洛夫斯基对传说在叙事作品产生过程中的作用估计不足，对非仪

---

① 转引自尼古拉耶夫：《俄国文艺学史》，刘保端译，179页，三联书店，1987年。
② 见别尔德尼柯夫主编：《世界文学通史》第1卷，23页，莫斯科科学出版社，1983年。

式的叙述传统，对原始仪式综合性中的文本的作用同样不够重视。他力图使仪式脱离神话，结果使语言艺术发生中的内容方面的成分，完全从属于仪式，忽视了原始仪式意识形式的混合性，仪式和神话语义上的一致性。但是，维谢洛夫斯基关于抒情诗起源仪式的论述，还是一种有力的理论。合唱、叠句，趋向抒情，而集体合唱到个人领唱，使唱者由集体变为个人，变为诗人。这自然是人的自我意识的确立与审美意识走向自觉的表现。

诗歌产生于仪式、神话，这是一个重要方面，问题还在于要透过神话、仪式而窥见其动因。因此，用一种单一的理论来阐明诗歌的发生，就往往会出现顾此失彼的情景。李斯托威尔论述原始诗歌发生学的一些观点，还是值得重视的，他说："原始艺术在每一个地方，都严格地和个人或集体的实用动机，热衷于保存和延续个人以及个人所属的种族的激情混在一起，纠缠在一起，并受它的支配。游戏、性欲、饥渴、战争、魔术仪式、日常劳动、生活方式、思想和事件的传达和纪念，这一切都在或大或小的程度上对艺术活动的发展作出了贡献，并对它的产品打上了不可磨灭的印记。"原始艺术是有用的，实用的，并且"完全没有从生物学的利害感中解脱出来。"① 不妨设想，那种原始的野性的呼喊，作为诗歌的萌芽，都与上述各个方面有关，即使它粗俗、浅薄，但神秘而充满活力。

至于叙事诗，一般认为，它起源于原始初民想把历史的、当前的事件传达给他人，或使之代代传递而形成，与神话仪式有着密切关系。但是也有人如英国的鲍乌拉认为，在原始部落中不存在叙事

---

① 转引自李斯托威尔：《近代美学史评述》，蒋孔阳译，203—204 页，上海，上海译文出版社，1980 年。

诗①，只存在歌谣、戏剧、神话，而神话通常用散文故事叙讲，这也是一种观点。随着社会生活的不断发展，农业经济的出现，古人的生活渐趋稳定、丰富，社会结构更有组织，人与人的关系也日益复杂，例如出现了阶级关系，有了压迫、剥削、不平、贫困；家属、血缘关系缩小，但更形牢固。与此相应，人的感情世界渐趋深刻、细腻，同时较之往昔，人对自然的盲目性不断减少，形成一种更高级的自然的人化与感受。这种种方面，都促进了人的语言的发达，审美感受的复杂化。他们一面叙说着神话、传说，唱着歌谣，征战的胜利与失败，欢乐与悲伤，同时还有关于婚丧喜庆、各种仪式的歌，如春天的仪式的歌；歌颂春之繁荣，秋之收获，生死相依，回环不已的世界感受。

与此同时，也要看到神话、仪式中不仅有唱，而且还有叙述部分。神话不仅在仪式活动中得到操演，而且也在仪式之外被人讲述。随着神话思维的解体，一部分为大家公认的神话，仍然保持着神圣的特性，而另一部分则逐渐失去其神圣性，流传于一般初民中间。于是在神话这棵大树的主干的影响下，产生了传说、神奇的民间故事，作为口头文学，为语言艺术的新形式的发生，开辟了道路。

传说、神奇故事与神话不同，如果要对两者进行比较，那么神话具有一种神圣的意识，它们在隆重的仪式上被操演，它们的主人公是人类的祖先，或部落的创始人。他们开天辟地，治水治害，被人们顶礼膜拜，从而成为指导一切意识形式的源泉，自然也为民间故事、传说的出现，提供了条件。而传说、神奇故事的特征，在于它们的非神圣化，在于它们似乎可信又不可信。柳田国男说："可能

---

① 见别尔德尼柯夫主编：《世界文学通史》第1卷，26页，莫斯科科学出版社，1983年。

有过这样的蒙昧时代,凡是知道传说内容的人,都深信不疑地奉为事实,但现在相信的人是越来越少了。"他又说:"传说的一端,有时非常接近于历史……而其另一端又与文学相近,有时简直要像融于其中。"① 它们一般人都可以听,供人娱乐,甚至听后也使人害怕。其中有神话式的人物,有启蒙的英雄,有力大无比的勇士,他们为民造福,为民除害。此外,传说中有妖魔鬼怪,山神地灵,树精花妖,食人巨兽,等等。"神话转而为民间故事的几个基本阶段是:非仪式化与非神话化,对神话事件的真实性的严格信仰的减弱,自觉虚构的发展,神奇幻想中民族学具体性的逐渐消解,普通人代替了神话英雄,神话的早年时代被代之以神怪的不确定时代,起源因素弱化或丧失了,从集体命运转向对个人命运的关注,从宇宙的命运转向社会的命运,与此相关,出现了一系列新的情节和某些结构上的限制。"② 总之,民间故事中的一切都显得世俗化了,这里的主人公关怀的不是人类的生存,而是为自己个人,寻找吃的、用的,甚至女人,而不懈努力,作出冒险。他们以自己的美德,得到神明的保护,或得到野兽的帮助而达到目的。这里也有神话式的人物,但更多的是一般的人、妖婆、魑魅魍魉、冬老人、水妖,而图腾形象为普通家畜的形象所排挤。于是,从故事的语义看,宇宙的语码变成了社会的语码了。

诗歌形式发生的前奏

从神话到用文字记载下来的诗歌,历时久长。我国的《诗经》

---

① 柳田国南:《传说论》,连湘译,26、30页,中国民间文艺出版社,1985年。
② 梅列津斯基:《史诗和长篇小说历史诗学导论》,51页,莫斯科学出版社,1986年。

《楚辞》,印度的《吠陀》中的《梨俱吠陀本集》《罗摩衍那》,希腊的《伊利昂纪》和《奥德修纪》,都被认为是后世文学的源头。从它们的形式来看,其中有抒情诗、叙事诗、神话史诗等。它们是各国神话、传说、民间故事长期发展、流传、创新的必然结果。这些作品都创作于二千年之前,是运用不同文字和文学语言记载下来的文学珍品,显示了这些国家的高度文明。

前面主要讨论原始初民的神话、仪式、传说、民间故事的发生,也即文学的萌芽,雏形,前文学,那么现在就面对成文的、形式古朴典雅、完美的诗歌、史诗,真正的文学了。

从神话走向文学,语言因素的变化,是主导的变化。因此,必须从语言的各个方面来探讨文学形式的发生。第一,语言作为符号,是古人群体生活、相互交际的产物。古人的原始性的语言,作为原始思维的载体,是一种近于艺术思维的语言。原始时代,人的语言在神话、巫术意识的观照下,往往被赋予了物质的力量,即语言不是作为表现思想的符号,而是被作为事物本身,或一种力量的存在。例如巫术中的咒语就是如此,事物名称、动作,被当作事物、行动本身。神话也是如此,它被当作一种真实的存在,一种神秘的现实力量的体现。

随着思维的日益分化与发展,拟人化原则不断受到限制,开始形成科学语言与文学话语,从此语言艺术展现了一个全新的面貌。不过在后世的一些诗歌中,无论作为形式也好,实际作用也好,仍然存在着思维的混合性特征。如后来用诗体写成的自然科学论说,以及把诗当作具有实际效力的语言使用的有趣活动,如《左传》中载有一些国家办理外交全用当时流行的一些话语作相互应酬、对答,双方全借赋诗示意,以致孔子后来说,"不学诗无以言",使诗的作用几乎等于实用语言的一部分。但是从根本上来说,诗的语言、文学的话语，已开始形成一种专门的语言，与科学、理论性的语言分离开来了。作为文学语言，不论怎么区分其类型，其本身都是具有含义的，即使是没有实际意义的虚词，在特定的语境中也是如此。既然语言都具有意义，那么，文学语言与科学语言分离开来的标志是什么呢？区别就在于科学语言的指实性特征，与文学话语的非指实的虚拟性特征。使用科学语言的结果，目的在于通过语言的实际意义，揭示出这语言以外的一个实在的世界，或是正确的反映，或是一种谬误的描述。文学语言使用的结果，就在于通过语言的实际意义，创造出一个并非真实的虚设的世界。这就是两种语言不同的实质所在。文学使用的语言，与科学语言同属一种语言，自然具有同样意义，但何以与科学语言不同，却创造了一个虚构的世界？其关键就在于文学创作避开了语言的陈述功能，而充分利用了其表现功能，成为后世所说的话语。

表现功能由语言与语意的游离现象即"语义游离"和"语义抑制"现象组成。所谓"语义游离"，即语言可分为属类名称和专有名称，属类名称的词汇的组织，形成涵义结构系统，这种涵义结构具有广泛、普适的特点，即它与所指的对象形成脱节，造成一种不确定性。不是为了认识，却为感情所把握的"语义游离"，形成了描写中的"空洞幻想的自由"。例如"蒹葭苍苍，白露为霜"，任何人可以根据自己的生活经验想象出一幅深秋苇塘的景色来，没有实指性质。另一种情况是，"人们可能有意无意地使涵义结构失去根基，切断了它与指称对象之间的指称关系"[①]。所使用的文字符号与对象之间的正确无误的关系已不复存在。"这些词语在主观交流的范围内有

---

① 贝克：《艺术中的意义判断》，载《当代美学》，邓鹏译，183页，光明日报出版社，1986年。

市场，但在所指范围内却没有意义"①，形成所谓"语义抑制"。例如，历史人物、城市地名都是实在的，这里并不排斥语词的实指意义，但在语义被游离的语境中，其语义受到了抑制。

语义游离、语义抑制使语言的使用，在不丧失其本身的意义的情况下，不同程度地脱离其所指对象，引向更为广阔、更为模糊和多义，为走向新的虚构世界的创造，提供了可能，从而使其自身成为艺术的话语、文学的话语。文学话语通过词、句的组合，构成最基本的审美单位，进而形成与单个词义截然不同的语言的审美结构，造成种种审美意象。文学话语的这一特性，使之与科学、理论语言区别了开来。这一区别，实际上也正成了文学与科学的最基本的区分之一。当然，也要看到，在不少作品中，这两种特性都存在。当作品偏重于语言的指称性、陈述性一面时，它们往往就是历史、哲学、伦理著作；当它偏重于非指称性和表现性一面时，它们就是文学作品；如果加以综合考察，它们可以称作历史，或哲学著作，也可称作文学作品，如《左传》。而有的文学作品，往往杂有许多指称性的叙写，也具有史料价值，如《伊利昂纪》等。关于《诗经》，孔子就说过，通过它，可以"多识草木鸟兽之名"，这也是应予承认的。

第二，文学话语的形成，是和语言的极大的丰富性分不开的。以《诗经》为例，这时的话语已获得了高度的发展。如果把它与格罗塞在《艺术的起源》一书中所收集的原始歌谣，即那些发达很晚的原始部落的歌谣相比，那么前者已摆脱了原始歌谣的语言的单一、感情的简直、物质化的欲望的特点，而真正进入了文明时代；语言

---

① 贝克：《艺术中的意义判断》，载《当代美学》，邓鹏译，184 页，光明日报出版社，1986 年。

表现的感情细腻，涉及的方面繁多。《诗经》中的《国风》是15个国家的民间地方歌谣的汇集，语言统一，音韵一致，都是经过"雅"化了的。《雅》《颂》则是士大夫的创作，或为仪式或为祭祀而写，自然都用雅言。这种规范化了的语言，对我国后世的语言的统一和文学的创作，起了重大的影响。《诗经》一书的词汇，"据今人杨公骥的统计，305篇一共使用了2949个单字；据向熹《诗经字典》，则是2826个单字。"夏传才认为："许多单字是一词多义的，按词义计算，大约有3900多个单音词。"而《诗经》的创作时代，正好是汉字语言词汇转向双音词、形成不少复合词的时代，这使语言的表达功能大为加强，大为丰富。所以"举其整，可以说《诗经》使用的词汇约5000个"。胡朴安在《诗经学·诗经之博物学》一书中统计，其中有"草名105个、木名75个、鸟名39个、兽名67个、昆虫名29个、鱼名20个、各类器物名称300余个"。清陈奂统计有"建筑物名82个、畜名83个、服饰名65个"。此外还有其他种种有关地理、时间、方位的名词，等等。如人物名词，就已分成各种各样，有黎民、人民、农夫、大王、蟊贼、同僚、先祖、孝子、孙子、老夫、妇人、文人、寡妇、私人、善人、圣人、君子、庶民、众人，等等（《周颂》《大雅》）。在《小雅》里，就有先人、哲人、大人、仆人、谋夫、征夫、男子、女子、天子、农人、牧人、富人、死人、公子……爪牙，等等。在《国风》《鲁颂》《商颂》中，就有美人、好人、家人、大夫、先君、寡人、公侯、童子、后生、叔父、硕人、狂夫、元子、舟子，等等。① 显示各种动态的复音词，表示各种动

---

① 本段所引杨公骥、向熹、胡朴安、陈奂等人的文字，均转引自夏传才：《诗经语言艺术》，3页，语文出版社，1985年；并见夏传才：《诗经语言艺术新编》，3页，语文出版社，1998年。

作、行为变化的形容词，双声、叠韵的各种形容词、虚词、语气词，都已广泛使用，并完全脱离了诗歌的原始状态。两千多年前，我国语言的词汇就已这么丰富，词意的区别就已这么细致、确切，真令人惊叹不已；其中大量词汇，我们今天仍在使用。

　　第三，从语言和音乐韵律的关系来说。原始诗歌总是和音乐结合在一起的，娱乐性的诗歌，仪式上的、口头传诵的诗歌，都离不开唱。《诗经》的三个组成部分风、雅、颂都从音乐得名。风是地方的乐调，"国风"就是各国的地方土乐；雅是正的意思，雅乐即夏乐，官方音乐；颂是宗庙祭祀乐歌，因此这些诗都是唱的。《墨子·公孟篇》说：儒者诵诗三百，弦诗三百，歌诗三百，舞诗三百。《史记》讲到孔子时说："三百五篇，孔子皆弦歌之"，以正其声。外国的早期诗歌也是唱的，即使像史诗那样的鸿篇巨制，也不例外。《奥德修纪》写到有关诸神和英雄的故事，就是由音乐师演唱出来的。"这时使者也来了，带来了忠诚的乐师，那是缪斯女神最宠爱的人；女神给了他不幸，也给了他幸福；她剥夺了他的视觉，但给了他甜蜜的歌喉，使者庞托诺在宴会的众人当中给乐师放了一把银镶的座椅，靠着大柱，又把清音的琴挂在上面一个木橛上，并且告诉他怎样可以拿到……他们吃饱喝足之后，缪斯女神就引动乐师，让他歌唱英雄们的光荣事迹；他们的声名直达广天……"① 可以看到，无论中外，诗歌都是合乐诵唱的。不为诵唱的诗歌也是有的，但在尚未产生文字的条件下，很难流传和保存下来。

　　对于诗歌的发生来说，仪式、舞蹈中的呼喊、应和、音顿而逐渐形成的节奏，起着直接的促进作用。有的学者认为，节奏起源于劳动，所以诗歌也是劳动的产物。例如毕歇尔认为，节奏产生于劳

---

① 荷马：《奥德纪》，90—91页，上海译文出版社，1979年。

动之中，人在劳动中由于持续的体力、精神紧张而产生疲劳，只有通过劳动的自动化、运动的无意识化才能减少，从而促使力量的支出得到调节，在生理上得到平衡，使身心获得轻松感。"一个运动持续愈短，愈容易一致，每一种劳动活动至少由两种因素组成，一种较强，一种较弱；上升和下降，推动和牵引，伸张和压缩等，这样就使它的量度大大简化，这种运动好像受到了自身的抑制，因此，我们总是把有同一强度和在同样时间内运动的规则性重复看作节奏。"① 随着劳动而产生的节奏，作为一种音响，通过后天的习得而进入意识，成为一种潜在的"萌芽的审美自在存在"②。劳动节奏是一种不分音节、但是按照节奏的呼喊。毕歇尔说："在劳动中，原始人在歌咏方面所迈出的第一步，并不是按某些音节的抑扬规则将富有意义的词排列起来，使自己思想感情达到快适并使别人能够理解，而是一种与劳动性的歌声相适应的序列，以便加强给他带来轻松化的感情，提高积极的情趣。第一批劳动歌谣是由构成语言和词的原始材料的那种简单自然音响组成的，这样形成的歌谣，只是由无意义的音响序列构成，在其表演过程中只把这种音乐效果和声音节奏作为运动节奏的支承材料来看待。为什么这两种节奏相互间具有一致性呢？这种必然性是由对呼吸的共同依赖关系决定的。"③ 毕歇尔的观点是劳动中产生节奏，以弱化劳动强度，使生理上获得适应，同时节奏又与人的呼吸有关，而第一批歌谣由此随着节奏应运而生。从一个方面来看，毕歇尔的这种理论是很有道理的，诗歌形式的发生，确与节奏相关，而节奏又与人的生理节奏、劳动节奏紧相联系。

---

① 毕歇尔：《劳动与节奏》，转引自卢卡契：《审美特性》第一卷，徐恒醇译，208 页，中国社会科学出版社，1986 年。
② 同上书，210 页。
③ 同上书，213、214 页。

但是由此把诗歌的发生归结为劳动，那就把问题绝对化了、片面化了。事实上，劳动只是提供了诗歌产生的可能与背景，并不是产生的原因本身。固然，一些诗歌的发生，直接与劳动有关，这种情况也是存在的。但真正的诗歌的出现，恰恰是摆脱劳动的结果，这也是事实。

卢卡契对毕歇尔的评价甚高。毕歇尔从发生学的角度出发，把节奏视为人的审美特性之一。节奏最早源于劳动，但重要的是，如果这种节奏确实对诗歌的节奏发生了影响，那么就应从中找出中介因素，或中间环节，而不是做直接的、简单的比附。诗歌的节奏要成为客观现实的反映，只有不断超越具体的劳动过程，并与劳动相分离，才能形成具有审美意义的节奏。毕歇尔认为，诗歌的形式不是诗人的随意"杜撰"，而是由劳动节律逐渐变化为诗歌节律的，即它是由打夯的声音和打击节奏形成的，在原始的劳动歌声中，人的声音只能服从并伴随着这种节奏。卢卡契则认为："古代诗歌虽然众所周知是由劳动节律的这些因素构成，但都不再保有某种劳动的节律，而是由这些因素的一系列其他观点所制约的组合方式形成。"①他认为，节奏在巫术、仪式中脱离了日常生活，包括劳动在内，才获得了审美特性。这一观点我们是同意的。正是这样，诗歌在仪式上获得了其萌芽的形式的。当然，也不能把这里的原因同样加以绝对化。

节奏引起了人的审美趣味，也培养了人的审美的形式感，即把对生活的各种感受，通过一定节律表现出来，因此节奏很可能是一种最早的审美形式。仪式上的集体的呼喊、重复，然后又发展到个

---

① 卢卡契：《审美特性》第一卷，徐恒醇译，222页，中国社会科学出版社，1986年。

人的领唱等等。照格罗塞的说法，原始初民的抒情诗，只需采用一种审美的有效形式，即节奏的反复就成。初民用以咏叹他们悲伤和喜悦的歌谣，"也不过是用节奏的规律和重复等等最简单的审美形式作这种简单的表现而已。"① 这些歌谣以口头的韵律的形式，传达着初民的感情。节奏感作为审美的形式，或一种形式感，对初民的吸引力极强，以致为了获得这种形式感，从这种形式感中获得审美的愉快，而多半不是劳动的愉快，他们对歌谣的形式往往比对歌谣唱了什么还更加注意。在一些部落里，一些著名的歌谣，"甚至在不懂他们的语言的部落里也有人爱唱"。又如"许多澳洲人，不能解释他自己家乡所唱的许多歌谣的意义……他们对于歌的节拍和音段比歌的意义还看得重要些"②。为了要变更和维持节奏，他们甚至将词句重复转变到毫无意义的地步。这种情况是完全可能的，为了迁就节奏，一些诗歌的文本往往成了"没有意义的感叹词的节奏的反复"③。歌德与席勒都深刻地认识到节奏的形式的功能。席勒在给歌德的一封信中，谈到在戏剧中审美化了的节奏，可以"按照一个规律处理所有的人物和环境，虽然它们在一个形式中表现着内在的区别，节奏由此迫使诗人和他的读者由性格的区别中达到某种普遍的东西，即纯人性的东西"，节奏"构成了诗歌创作的氛围"④。卢卡契认为席勒在论述中提出了节奏的三种职能。一是节奏使相互结合的内容上异质的东西同质化；二是节奏的意义在于选择重要的东西

---

① 格罗塞：《艺术的起源》，蔡慕晖译，176 页，商务印书馆，1984 年。
② 转引自格罗塞：《艺术的起源》，蔡慕晖译，189 页，商务印书馆，1984 年。
③ 同上书，198 页。
④ 席勒致歌德的信，1797 年 11 月 24 日；转引自卢卡契：《审美特性》第一卷，徐恒醇译，226 页，中国社会科学出版社，1986 年。

而排除次要的细节；三是节奏能为具体作品创造一个统一的审美氛围①。节奏的这些审美功能，是经过长期的转化而获得的，也即经过作为审美中介的仪式、巫术活动而获得。"巫术所反映的节奏不断由它的实际的起源中分化出来，把它用于新的运动和歌唱形式中，从而创造了各种形式之间新的变化和组合，而不排除和削弱它的秩序化职能。"② 节奏获得了形式的特性，成为一种抽象的形式要素。照卢卡契的说法，这是一种"非世性"的特征，即节奏作为世界形式要素的反映，在一定意义上它是无内容的，因此节奏又可涉及任何内容，成为一种形式的格局。但是，"审美形式特征的标志正在于，它始终是具有一定内容的形式"，只要形式的抽象因素不能与内容有机地结合起来，就必然会导致节奏的僵化。同时，节奏又都具有激发感情的功能，当节奏开始成为形式，激发也就成了目的。

卢卡契把节奏的发生与生理因素联系起来的论述，其积极的意义就在于反对把生理因素作为审美形式的主导，而只把它作为综合条件之一。自然中的日夜的更替，季节的转换，脉搏的律动特征，确实对节奏的形成都是有影响的。

节奏形成音顿，促使诗歌用韵，这在中外语言艺术形式的发生中都是如此。从《诗经》收入的诗歌来看，除少数无韵诗，都是合韵的，它与节奏一起，形成诗歌的韵律。《诗经》中的诗，有的句句用韵，即一韵到底，有的隔句用韵，有的一、三、四句用韵。王力的《诗经韵读》，集古今音韵研究之大成，注明了每一篇的各句的韵脚。诗中的叠字、叠句、双声叠韵、重章叠唱的使用，造成了诗歌

---

① 见卢卡契：《审美特性》第一卷，徐恒醇译，226 页，中国社会科学出版社，1986 年。

② 同上书，227 页。

的节律感、音乐感，使诗能诵能唱。叠字即重言，音响悠扬，富于节奏感，善于绘声绘色，刻画心理。叠句即句子之重叠，连续反复，交错使用，加强了诗的节奏。双声叠韵，增强诗的音乐性、意境感。重章叠唱，采用章节复沓的形式，以咏唱同一章节，往回反复，大大增强了感情的抒发，形成浓重的抒情氛围。钱穆在《略论中国音乐（一）》一文中说："中国文学重情，故能和合进音乐，而融会为一体。而中国文学又有一大特点，如诗辞之有韵是也。……使吟诗者，留有余情不绝之味。所谓一唱三叹，唱者一人，叹者三人，于句末着韵处增叹，遂使此诗句之韵味，益见有余而不尽。"[①] 这种抑扬起伏、节奏鲜明、回环往复、余韵无穷的抒发，创造了无比优美的诗的意境。

前文学向文学的过渡的审美中介的确立

在艺术手法方面，可以说此时已积累了大量经验。如赋、比、兴的表现方法已广泛运用。借物起兴，先言他物，然后引起所咏之事，或是用作定韵、起情，这几类表现方法一般混合使用，形成诗歌艺术的跃进，关于这方面的成就，前人早就有论述。如刘勰曾指出："是以诗人感物，联类不穷；流连万象之际，沉吟视听之区；写气图貌，既随物以宛转；属采附声，亦与心而徘徊。故灼灼状桃花之鲜，依依尽杨柳之貌，杲杲为出日之容，瀌瀌拟雨雪之状，喈喈逐黄鸟之声，喓喓学草虫之韵。皎日嘒星，一言穷理；参差沃若，两字穷形。并以少总多，情貌无遗矣。虽复思经千载，将何易夺。"[②]

[①] 钱穆：《现代中国学术论衡》，258页，岳麓书社，1986年。
[②] 刘勰：《文心雕龙注》，范文澜注，693—694页，人民文学出版社，1958年。

可见,《诗经》时代,古人的审美感受已非常细腻,表现手段已趋丰富、多样。

也有人从赋、比、兴的使用数量上进行考证。有人认为《诗经》中兴多于比、赋,有人则认为赋运用得最多,兴次之,比更次之①。由于认识不同,角度各异,所以较难取得一致意见。但是赋、比、兴的审美价值还没有被充分认识。我以为不仅要把赋、比、兴看作是一种表现方法,更重要的是它们是人的审美能力的质的飞跃,是从前文学走向文学的审美中介的确立,是文学审美特征的最终的形成。

比较一下上古歌谣《弹歌》与《诗经》中的诗歌。《吴越春秋》中的《弹歌》无疑运用了赋体,这是一种有节奏的文字简练的叙述,描绘一幅行猎的图景。从文字上看,它只是提供了一个最简单不过的文本,一个骨架。作为一种极其粗糙的审美意识的表现,它接近于后世的纪实文学,开始获得文学的一些初级特征,这是前文学。《诗经》中的诗歌的叙事性描写与之比较,则就复杂多了,而且获得了审美的新质。首先,诗歌作品扩大了创作者的主体因素,人的审美感受力逐渐走向精细化,人的感情、情绪、思想在语言、节奏的丰富中,具有了感情的血肉。其次,创作主体性的加强,改变了叙述、表达的方式,形成了具有个性特征的多种叙述角度,如有描写、对话、设问性的叙述,等等。

但是创作主体的审美特性的加强,更为明显地表现在赋、比、兴的运用上。赋、比、兴的广泛使用,使它们原本不那么紧密的关系逐渐融合,这种融合最终使文学从前文学中脱颖而出。"比者,以彼物比此物也",也就是比喻,取比。在《诗经》中,比喻有明喻、

---

① 见谢榛:《四溟诗话》卷二,53页,人民文学出版社,1961年。

暗喻或隐喻，借喻与对喻。所谓兴，即见到一种景物而触动创作主体内心，引起感受而发出歌唱。原始诗歌作为一种生命律动的自由表现，应该说也是通过赋、比、兴来寻找形式的，但是比、兴在古歌谣中的成分极小，在我看来，它们尚处在一种隐潜状态。《周易》中的一些卦爻辞已有明显的变化，比、兴的成分大大增加，成了从前文学走向文学的中介物，或过渡中的"活化石"。

赋、比、兴的融合，是人对自然、社会审美观照的不断深入与把握，是从对自然、社会的无意识的人化，走向自然、社会的有意识的人化，是人由无意识的生命本能的创造，走向自觉的审美创造。当然，这不是现代意义上的自觉。总之，是人的审美的隐潜状态，走向显形，由单一而走向丰富。由于这种审美能力的发展，人把自己与自然、社会自觉地沟通起来，进行比较，在心理感受中找到契合，形成多种形象的排比，广泛地抒情，从而使人的审美表现成为可能。赋、比、兴的重要性，正在于这种相互融合，而不是它们的单独的存在。融合促成了一种全新的审美结构，即抒情诗与叙事诗。以叙述来说，这种融合摆脱了原来的单向叙述，使叙述成为审美叙述，使主体的原始野性的呼喊，变成音韵多变的抒发感情的叙述，从而创建了一种诗的意境，使诗歌成为真正的文学，使文学获得了本质特征。

比、兴通过对人物、事物的抒写，来暗示一种独特的意义，或一种普遍的意义，引起歌唱其他事物，赋予并加强人物、事物的感情色彩。毫无疑问，比、兴的出现，特别是兴的广泛运用在这里具有象征意味。但这里的象征已与原始神话里的象征不同。神话的世界具有两重性，既是现实的，又是象征的，但这是一种总体象征，它奇特、超自然，具有神秘色彩。在《诗经》里，象征从总体象征演变而为局部的象征，成了一种艺术手段。象征一般通过联想，暗示其物，以此物代替他物，在约定俗成的条件下，往往成为一种符号，例如海棠象征女性，鱼则成了爱情、婚媾之象征。

从《楚辞》的抒写来看，如前所说，那里有神话世界、传说世界，但已不是神话。从神话、传说到《楚辞》的根本性的审美中介因素，仍是赋、比、兴以及它们的融合。比较一下上古神话与屈原的作品，前者是一种简要的幻想叙事，叙讲图腾式的先人及其功绩，如女娲；记述幻想中的先祖英雄传说，如夸父；此外，还有在民间巫术操作中出现的山神地灵。但是，这些传说、神话、巫唱始终未能成为文学。而屈原的作品同样写了幻想的世界，人鬼山神，奇花异草，祥物瑞兽，却充满了浓郁绚丽、光华夺目的神话色彩，成了文学，其原因在于通过大量赋、比、兴的运用，使故事的叙写成为一种充溢主体的审美感情的艺术创造。赋、比、兴再次显示了它们是创造主体的审美感受的成熟的表现，它们使艺术思维最终从神话思维中分化出来，使艺术思维成为审美把握世界的独立方式。

赋、比、兴是文学对自身的发现。

诗歌呼唤形式

在文学语言极大发展，韵律形成，艺术手法丰富，赋、比、兴作为前文学向文学过渡的审美中介的确立的基础上，诗歌呼唤着形式。

《诗经》中的大部分诗，以四言体为主，除此而外，尚有一言、二言、三言、五言、六言、七言、八言、九言的句式。一、二、三言诗作，数量极少，它们的原始的形式感较强，看来与初民的舞蹈、仪式以及劳动中的简单的呼喊有关。《弹歌》说是黄帝时代的歌谣，用的是二言形式："断竹，/续竹，/飞土，/逐宍（同肉）！"描写的是一幅行猎图。如果再往后探源,则可以从《周易》中看到诗歌的发展痕迹。《周易》是一部具有哲学性质的筮书,其中收集了一些以诗歌形式写就的卦爻辞,具有丰富的文学价值。高亨在《周易杂论》一书中指出,其中一部分短歌,"都是韵律和谐,节拍清晰,而且多是句法整齐,可以咏唱。"① 赋、比、兴的手法在这些卦爻辞中已广泛运用。如《中孚·六三》:"得敌,或鼓或罢,或泣或歌。"说的是虽然打胜了敌人,但有人高兴,有人悲伤。《丰·上六》:"丰其屋,蔀其家,窥其户,阒其无人,三岁不觌。"《睽·上九》:"睽孤见豕负涂,载鬼一车,先张之弧,后说之弧,匪寇,婚媾。"又如《大过·九二》:"枯杨生稊,老夫得其女妻。"《大过·九五》:"枯杨生华,老妇得其士夫。"《中孚·九二》:"鸣鹤在阴,其子和之。我有好爵,吾与尔靡之。"在这些诗歌中,有二言、三言、四言、五言、六言的句式,看来似乎很难说哪一种诗的形式占有绝对优势。但是到了《诗经》时代,四言诗成了主导,而且不同国家的诗作都被统一到这种形式之中,这不能不说是一种审美趣味的选择。

如何来看待这种审美意向呢?首先,这时社会已从奴隶社会发展到封建社会,人的关系日益复杂,有主子的奴役,有穷人、奴隶的被迫劳动,有征战,有游乐,有反抗暴政,有灾祸,有流浪,有劳动的愉快,有对爱情的渴望和思念,等等。由此产生了日益丰富、复杂的感情和心理,以及更加细腻的感受。这不能不说与农业社会的生活有关。其次,诗歌的流行,仍然主要在人民中间,如果过去多用一、二、三言的句式来表现感情,那么现在已经不够了。这是因为,从字义来说,字少,无疑在意义上显得单薄,局限很大,这是一。二,看来一、二、三字的句式,音顿强烈,在舞蹈、游乐中,

---

① 高亨:《周易杂论》,63页,齐鲁书社,1979年。

适用于表现狂喜的情绪和比较简单的急剧动作，音调显得急促。如前面提到的"断竹"歌就是如此。节奏短促，如集体反复吟唱，气氛就显得分外紧张而浓郁，带有一种原始的野性的味道。然而进入西周社会的人，精神世界有了较大的丰富，文明因素不断增长，原始的简陋的表达方式，已不能满足于统治者与老百姓的审美需要，也希望有精巧一些的形式，来表现较为稳定一些的、复杂一些的感情。这就要求句子的意义增多，音韵多变，节奏舒缓，整齐均匀，容量增大的诗章，于是便由一、二、三言走向四言。四言诗词类丰富，意义扩大，可以描绘细致感情；四言诗重章叠唱，音调悠扬，抒情咏怀，韵味增加；四言诗叙事铺陈，可扩大情节，讲述故事，向史诗演化。加上后来儒家的乐而不淫、哀而不伤、怨而不怒的审美趣味和选择的影响，大大地减弱了诗歌的原始野性，而显得温文尔雅，风姿绰约，形成了我国抒情诗的伟大传统。

《诗经》的神话色彩并不强烈，其中除少数几首涉及神话故事外，大部分诗作，特别是抒情诗作，好像距原始的诗歌是那样遥远。但是稍后出现的南方文学的代表——《楚辞》，却与《诗经》大不相同，而与神话、传说的传统一脉相承，不过这已不是那种粗糙的神话文本和民间传说，却是精美绝伦的新的诗体。《楚辞》可以让人更加清楚地看到文学形式的发生，即广泛地综合神话、巫词、祭祀、仪式、传说、民歌等因素，利用它们的内容，改造它们的内涵，借用它们的原始形态，炼制自己的诗式，保持了那种如火如荼的巫风与热情，显示着艺术创造的自由精神。前面提及的原始神话的种种原型，如审美意识的原型，故事、题材的原型，审美形式的原型，在文采华美、国色天香的屈原作品中，一一凸现了出来。这里出现了一个极为有趣的现象：从内容上看，屈原的作品似应在《诗经》之前，它那奇特浓郁的神话气氛，它那汪洋恣肆的无垠想象，它那绚丽神秘的神人风采,它那虚幻多变的魔巫之风,似和原始神话更为接近,而其形式却更为成熟。从形式看,《诗经》自应在《楚辞》之前,而其内容却似应在《楚辞》之后。这种奇特的现象,自然只有进入不同地区的文化发展的综合探讨之中,才能获得解答。

《天问》有一个神话、传说的世界,但它被作者悬吊在一个硕大无比的疑问中。原来神话里的不容置辩的神圣秩序,在这里被打上一长串问号,它们是什么,怎样的起源,为什么这样而趋于瓦解。从遂古之初,谁传道之,上下未形,何由考之?冥昭瞢暗,谁能极之,一直问到成王弑君自立,忠名何以更加显著,等等。这里涉及天文、地理、历史、神话,以及国家、民俗等方面。它不同于《周易》、老庄、《山海经》解释世界的方式,却以无神论的目光观察宇宙,追本溯源,寻求解答。

但是,还有另一个璀璨辉煌的神话世界,这就是《九歌》的神话系统。这个体系里的神话人物,与上述系统不同,都具有人的灵性与血肉。这里有天之尊神东皇太一,即伏羲,有云中君云神,有水神湘君、湘夫人,有大司命与少司命,有东君太阳神、山鬼,阵亡将士之魂。总之,天地日月,山神地鬼,以及香草美人,都出现在诗中。

《楚辞》的诗歌形式,如《天问》,明显受到《诗经》影响。在《诗经》中,即使是祭祀的歌,也是四言句式,显得端庄肃穆。《九歌》就不同了,它受到南国诗歌《周南》《召南》的影响,同时又为南歌《越人歌》所浸润。《越人歌》即湘水流域的土著古越人的民歌。屈原采用《越人歌》的歌体,来描述越人的祭仪。史书说:"楚地信巫鬼而重淫祀。""南方既是山川相缪之区,又是夷夏交接之域,在楚国强盛起来以后,从典章制度到风土人情,无不参差斑驳。蒙昧与文明,自由与专制,乃至神与人,都奇妙地组合在一起,社会色彩比北方丰富,生活节奏比北方欢快,思想作风比北方开放,加上天造地设的山川逶迤之态和风物灵秀之气,就形成了活泼奔放的风格,而活泼奔放的极点便是怪诞以至虚无。"①"淫祀"的习俗,活泼欢快的文化心理,富于变幻的山川地貌,绚丽多彩的神话传说,句式多变的民歌巫唱,就促成了以五、六、七言为主的楚辞形式。这些句式可容纳更多的意思,节奏上比四言更多变化,更加舒畅;而不少虚词、语气词的运用,使得节奏更富抑扬顿挫;不同的句式交相配合,在整齐中见错落,在错落中更为铿锵动听,愈见其无穷韵味。

用文字记载下来的语言艺术的形式,也就是文学形式的发生,也就是真正的文学的诞生。

艺术思维的新质与"有意味的形式"

如果把作为真正的文学的诗歌,与在它之前漫长时期里流传的神话、诗歌、传说、民间口头文学比较一下,那么可以说,文学创作的艺术思维,较之神话思维,甚至解体后的神话思维已有很大不同。

首先,这主要是拟人化(既是思维方式,又是手段)虽然在哲学著作中仍有所表现,但已逐渐成为文学创作的本质特征,人的审美意识由非自觉并继续保留这一特性,而走向自觉。以《楚辞》为例,《九歌》中的诸神与原始神话中的诸神,好像都是神,其实他们的差异很大。如果原始的神话是初民的集体创造,并把它与现实等同,那么《九歌》已改变了其原始形态,使之成为一种纯粹的文学

---

① 张正明:《楚文化史》,253 页,上海人民出版社,1987 年。

形态，一种文学创造。人通过自己的感情体验，审美地观照现实，形成一种新的自然人化，以自己的感情心理赋予对象，寄托着自己的情思。于是诸神就成了人的自觉的创造，通过神的世界，又折射出人的精神世界。像湘君、湘夫人，既是水神，又是像人一样的懂得爱恋之情的游荡于水乡的精灵。同时，拟人化又成了一种具体的艺术手段。例如《诗经》中的拟人化了的鸟，它已与民间故事、传说中会说话的鸟已大不相同。它口吐人言，它所讲述的遭遇，都积淀着人的感情与情思，以及人的希望与理想，从而获得了社会心理的特征，使得这种拟人化，成为人的审美自觉使用的一种手法。

其次，审美意识走向自觉，使得审美感情走向升华，使人的喜怒哀乐，获得更为丰富的内容，从而加强了社会性，甚至带有社会集团的特性。就拿诗歌中的爱情来说，这时的爱情的歌唱，已不是一种原始的野性的呼喊，一种性感的赤裸裸的表达。这时的爱情描写与咏唱，成了一种美好的理想、生活追求的象征，性的要求被掩盖了，升华为一种为人们珍视的感情，以致因为达不到这种感情而在心灵上痛苦万分，并受到欣赏者的同情。同时，爱情开始受到社会准则的制约，既有高尚与卑俗之分，也有优美与丑恶、美满和不幸之别。传说中的王子与公主的爱情，与妖婆、魔怪破坏的敌对性特征，逐渐减弱，以至消失，更多是出现了可能受到可畏的人言干预的爱情，或害怕被主子看中而强抢去的那种忡忡忧心，或因丈夫喜新厌旧而遭遗弃的呼号，或因丈夫远戍边地，关山阻隔，重逢无日的那种惆怅与痛苦。总之，人的感情由于文化的发展而日趋社会化，逐渐形成了一种审美理想。

再次，如果原始的诗歌、故事、传说是人民的一种集体创作，人类往往是一种类的代表，或是善与恶的象征，那么作为文学的诗歌，开始走向个人的创造，此时的创作者开始成为创作的主体。当然，这中间无疑是存在着一个很长的过渡期的。像《诗经》虽然大多为民间创作，但不少诗作已具有了个性的特征，特别是一些抒情诗、叙事诗，诗人的个性相当突出，其中抒情、写景，与一般民歌不可同日而语。至于在屈原的作品中，渗透全部诗作的是其强大的诗人的独创精神。希腊史诗是集体创作，但是人物开始有了个性化的某些因素，而渐渐摆脱了脸谱化。

克莱夫·贝尔在《艺术》一书中，提出艺术是一种有意味的形式，随后在西方现代艺术中，"有意味的形式"被使用得相当广泛。用"有意味的形式"来描述艺术，确是富有魅力的。但是，应用于文学形式的发生，我们可以作出不同于贝尔的解释。贝尔说，一切艺术品的"共有的性质"，就是"有意味的形式"，"在各个不同的作品中，线条、色彩以某种特殊方式组成某种形式或形式间的关系，激起我们的审美感情。这种线、色关系的组合，这些审美的感人的形式，我称之为有意味的形式。""有意味的形式，就是一切视觉艺术的共同特性。"贝尔又说："如果把一件物品本身看作目的，就比把它看作达到目的之手段或看作与人类利害相关的物品更令人感动，即有更大意味"；"不论你怎样来称呼它，我现在谈的是隐藏在事物表象后面的并赋予不同事物不同意味的某些东西，这种东西就是终极实在本身。"[①] 线条、色彩关系的组合，形成有意味的形式；有意味的形式能够激起我们的审美感情；线条、色彩表现的是不应与人类有利害关系的事物，它们所以成为有意味，在于它表现了事物表象之后的一个终极的实在。贝尔的这一理论，富有启发性，但也疏漏自见，并未说清楚"意味"何在，而具有某些神秘主义的色彩，

---

① 贝尔:《艺术》，周金环等译，4、47 页，中国文联出版公司，1984 年。

有的国外学者也认为这一理论不能自圆其说①。但是，如果借用过来，对"有意味的形式"做些新的探讨、解释，这对于用来说明文学形式的发生，却是很有意义的。

这里的关键在于对"有意味"如何理解？有意味的形式到底是什么？是什么因素构成了有意味？是什么激起了审美感情？

如前所说，原始初民在舞蹈、歌唱中只重节奏、形式而不重歌词的现象，这是十分可能的。这种节奏作为一种有规律的活动，无疑具有意味，因而使人为之激赏，但它终究未能保留下来，为什么？主要因为没有文字记载，纯形式的东西是难以存在的。现在回到以文字记载下来的诗歌来说。"断竹，续竹，飞土，逐宍"这首歌，都认为是最古老的歌之一。这首歌不是声调悠扬的歌，伴以舞蹈，也不是轻歌曼舞；它大概也不是古人行猎时唱的歌，而是围猎后的一种回忆，一种描绘，一种节奏强烈、急促的舞蹈与欢乐的齐唱。对于古人来说，这首歌的意味在哪里呢？又怎算是有意味的形式呢？意味之一，这首歌的歌词虽然简单，但词义丰富，涵盖面大，它们同时都是双音词，较之原来简单的单音词，要复杂得多。这歌通过词序的展现，再现了一幕一幕的行猎图，这里也许有狩猎知识的传授，技巧的训练，使人在回忆与再现的欢乐中感受到一种意味。如果此歌只是一种即兴的音响，不具上述意味，它就难以流传下来了。意味之二，就在于这歌的强烈的节奏与音韵，激发了一种使人愉快的感情。它既是生理的，使唱者、舞者可以舒展强有力的手脚；又是心理的，在反复叫喊、追逐的模拟中，显示着人的智能与蛮勇，惊恐与喜悦，再次体验了对力的崇敬，显示了一种感情化了的理想，

---

① 见贝尔：《艺术》，周金环等译，中译本前言，9 页，中国文联出版公司，1984 年。

确证了人的本身的力量。意味与词意不可分，也与韵律密切相关，这些因素的和谐融合，形成了一种有意味的形式。不仅词意有意味，而且韵律也具有意味。文学这种形式的发生，也就是一种有意味形式的发生。

再以《蒹葭》一诗为例。从表层看，它的意味在于其歌词的顺序，展现了一幅深秋景色，有人在苇塘边寻找他（或她）的所爱。这里有对爱情的热烈的追求，也有可望而不可得的无限惆怅。同时这种深沉的情绪，很难用节奏强烈、言词短促的句式加以表现，却在富有音乐性的、婉转舒展、回环往复的曲调中抒发出来，造成了一种意味。

如果再深入一步，何以此情此景与音乐的交融形式，激发了人们的审美感情？有意味的形式后面的"终极实在"是什么？在我们看来，这就是人类在长期劳动实践过程中，通过种种生活经验、自然变幻、感情变化逐渐形成的审美的心理沉积。其中既包括感受、感情、知觉和认识，也兼容对自然节律、线条、色彩、音响乃至语言变化的种种感受，组成一种人类共同的无意识的心理储存。它既是生理的、心理的，给予人以快适，与人的种种现实的感受、感情相适应；又是社会的，与人的升华了社会审美理想相一致，成为有意味的形式创造和审美需求的内驱力。

这种以诗语为载体的有意味的形式，就是审美意识的形态。

（原载《文艺研究》1988年第4期，发表时因篇幅过长有所删节，现恢复原状）

文学体裁的审美特性、规范与反规范

体裁的历史划分

我们在前面讨论了文学的发生,主要谈的是诗,和诗差不多同时发生的,在我国还有散文。在欧洲,最早的文学形态,不仅有抒情诗,还有史诗和戏剧;史诗(叙事)、抒情诗和戏剧,在西欧历来被认为是文学三大类型,这是根据"模仿所用的媒介不同,所取的对象不同,所取的方式不同"① 规定这种划分,主要从各类作品的性质着眼,是有它的一定的科学性的,所以此说至今仍被普遍接受。

下面讨论文学的体裁问题。体裁的划分,有时在类和体裁之间的界线不易区别,这主要是论者所持的出发点不同。三分法注意从文学性质方面加以划分,而我国现代流行的四分法则主要着眼于作品的形态的区别。两种方式各有长处。文学作品的形式具体为体裁,体裁的多样性,反映了文学把握现实方式的多样性。这种多样的形式,都表现为一种独特的形式结构的审美统一体。

---

① 亚理斯多德:《诗学》,3 页,人民文学出版社,1962 年。

先看一下我国古代文论中有关文学体裁（文体）的论述及体裁的多种演变。

我国文学体裁理论到了魏晋形成了理论的相对自觉。曹丕的《典论·论文》一文，不仅提出了文学风格、作用问题，而且也涉及文学的体裁问题。"夫文本同而末异，盖奏议宜雅，书论宜理，铭诔尚实，诗赋欲丽。此四科不同，故能之者偏也；唯通才能备其体"，即将文章分成四科。其后出现了陆机的《文赋》，这是我国第一部研究文学问题的专著，其中关于文学体裁的论述，比曹丕进了一步，它区分了文学体裁的不同特征："诗缘情而绮靡，赋体物而浏亮。"这比曹丕的描述确切得多。其后不久，又出现了挚虞的《文章流别论》，这是论述文体的专著。这一方面说明了我国文学中已出现了多种体裁，另一方面又反映了人们对这些体裁特征、功能的细致认识。例如关于"颂"，文章说："颂，诗之美者也。古者圣帝明王，功成治定而颂声兴。于是史录其篇，工歌其章，以奏于宗庙，告于鬼神。故颂之所美者，圣王之德也，则以为律吕。"又说："赋者，敷陈之称，古诗之流也。古之作诗者，发乎情，止乎礼义。情之发，因辞以形之；礼义之旨，须事以明之。故有赋焉，所以假象尽辞，敷陈其志……古诗之赋，以情义为主，以事类为佐。今之赋，以事形为本，以义正为助。……夫假象过大，则与类相远；逸辞过壮，则与事相违；辩言过理，则与义相失；丽靡过美，则与情相悖……"① 挚虞此文不仅论述了当时已出现的各种体裁特点，而且还说明了它的起源功用，具有较强的科学性，故为《文心雕龙》多处引用。萧统编选的《昭明文选》，是文体理论的实践，也是按体裁汇集的文学总集。它力图区分文学与非文学的界限，专收诗、赋、散文一类著作，

---

① 《艺文类聚》五十六，《御览》五百八十七。

对诗、赋分门别类,划得更加细致。对于散文,则提出了它的起源与功用,指出了它的特征。《文心雕龙》50篇,有20篇论文学体裁问题,并把它分成34种,其中还分有多种细类,并在分别文笔的基础上,扩大了文学的范围。古代文、史、哲不分,但其中不少文章极有文采,把它们收罗进来,符合文学实际。其后,明代出现了吴讷的《文章辨体》和徐师曾的《文体明辨》。前者把文体分成59类,后者在前者的基础上,扩大到127类,仅诗歌就划分有25种之多,赋则被划为4类。它充分反映了我国文学体裁之丰富。

另一方面,这样的划分也反映了我国体裁分类中的缺点,它过于碎杂,缺乏概括、归纳与综合,不能上升到理论高度。清代学者在这方面有所发觉,但缺点依然存在,而且把后来得到广泛发展的文体,如小说、戏曲等排斥在外。褚斌杰说:"……对于文学的范围,他们囿于成见,始终不出诗、文范围,而对于戏曲、小说以及其他俗文学则很少涉及;其次,即使对于诗、文的编辑和分类,某些学者也过于囿于骈文家、古文家的门户,因而往往限制了他们全面看问题的眼光;另外,历代对于文体的分类,一般都流于繁琐,往往标类不厌其细而不能概括其繁,这固然与中国古代文体的纷繁丰富和多有异名同实的现象有关,但也与当时的研究者们还缺乏严格的科学的归纳法有很大关系。"[①] 此说极是。

体裁的审美特性

体裁是在其历史发展过程中形成的各种文学作品类型,是作品群的内在与外在的统一形式,是作品存在的必要的普遍形式。文学

---

① 褚斌杰:《中国古代文体概论》,41—42页,北京大学出版社,1984年。

形式通过体裁而把内容物质化，成为揭示文学的不同类别历史变化的形式结构。例如对于先秦时期的文学，我们只能从《诗经》的诗歌形式、楚辞这种形式以及诸子散文中见到。这时期的文学就存在于这些体裁的形式中。它们不是个别作品的形式，而是历史发展中形成的一种为不少作者采用的格局，一种独立的形式结构。

那么，这些独立的形式结构，是由哪些因素构成的呢？在我看来，第一，它主要为语言的审美特性所决定。语言的非指称性特征，它的语义游离、语义抑制，它的表现功能、多义性等作用，在实践中渐渐被人们所把握并总结出了一些规律性的东西。萧统的《文选》大体按此标准选取。《文选》区分了文学与非文学，将混杂着文学特征的散文排挤了出去，虽然这一措施并不完全正确，但注意到了诗与文的不同。而刘勰把先秦散文收入了文学范围，同样基于语言因素，当然还有其他因素。第二，语言的节奏韵律的不同，成了区别不同体裁的重要手段，这在我国的诗歌中甚为明显。在这方面，我国诗歌有一整套规则。第三是对象，以诗歌所描写的对象来说，不同的体裁不尽相同，甚至很不相同，而不同的对象也影响着体裁的选择。第四是容量，抒情诗与叙事诗，散文与诗歌，散文的各种体裁的容量都不一致，几乎都有一个自己的定量。第五是功能，从这一角度来说，各种类别的文学作品固然不一，而且同一种类中的各种体裁同样有别。当叙事文学发展起来后，还可以从叙事、对话的角度和运用，来确定体裁的特征。

体裁一旦形成，它就获得了相对的稳定性，作为把握现实生活的艺术形式而会长期存在。体裁是一种"艺术的记忆"，"就其本性来说，体裁反映了文学发展的最稳固的、'经久不衰'的倾向。"[1]

---

[1] 巴赫金：《陀思妥耶夫斯基诗学问题》，'56 页，三联书店，1988 年。

我国旧体诗，作为文学的一种类型的多种体裁，竟流传了两千来年，至今仍有人使用这种形式写作。这种形式已形成一种格局，具有了范式意义。旧时诗人创作，首先面对的是一套使用语言的规则，后代作者不得不继承它们。正是在这意义上，有人把体裁界定为"艺术创作的选择性"，似乎也有一定的道理。首先，作家面对丰富、多样的体裁格式；其次，他必须就其写作意图，进行体裁选择。可能，这种选择是直觉的、无意识的，也可能是很自觉的。总之，作者必须进行选择。

在体裁理论上，是存在着不同观点的，如：体裁是纯粹的形式问题，还是同时还涉及内容？韦勒克和沃伦在《文学理论》中说："总的说来，我们的类型概念应该倾向形式主义一边。"① 我国出版的《文学概论》说："体裁与形式因素，是关于语言的结构以及作品篇幅所形成的外表形态，虽然也和作品的内容有关，但它不是规定作品内容的，而为作品内容所规定，它不规定什么题材和主题，而是规定什么样的语言、结构等，表现这种题材和主题。"体裁在"很大程度上取决于外在形式"。

体裁的确涉及作品的外表形态问题。如果我们静态地分析作品，只从作品的外形加以比较、区别，那么这种最一般的分析，不失是一种理解的途径。如诗与散文外形有别，散文与戏剧的形态迥异，即使是叙事文学，篇幅的长短、大小，也极有讲究；同时，作品的语言结构，对于体裁的形成也起着重大作用，这些论述也都是有道理的。但要是谈及体裁不规定内容，而仅为内容所规定，不规定什么题材和主题，而只规定语言和结构，等等，那问题就复杂多了。也就是说，当我们进入动态的、发展的分析，就不那么简单了。

---

① 韦勒克、沃伦：《文学理论》，265 页，三联书店，1984 年。

体裁实际上是一个具有双重性特征的概念。一方面，它作为一种已被创造出来的形式，具有图式性结构的特点，也即具有形式的抽象性，这使人们往往认为它就是一种形态。但是另一方面，它作为创作的形式，又具有结构的具体性，是一种具有内容性的形式。

我们以为文学是一种并不完全同于贝尔观念中的"有意味的形式"。形式实际上是一个抽象概念，而体裁则把形式具体化了，体裁应该是一种真正有意味的形式，一种有意味的现象。一首诗，不仅与感情化了的、审美理想化了的词意不可分，也与韵律密切相关，结合成一种有意味的形式。词意有意味，它们的组合的全部含义，完成于具体的体裁的整合之中，使体裁也具有意味，成为有意味的体裁。20世纪20年代，巴赫金提出过"审美客体从艺术的外形的内容（或有内容的艺术形式）中形成的"[①]。到了60年代，苏联文艺理论界接受了这个概念。在我看来，把这一思想应用于体裁研究，对体裁进行动态的分析，不失是一种有意义的尝试。因为这样一来，在对形式作静态的了解之外，还可进行一种更为重要的分析，即将其置于作品的具体结构之中，使我们可以在内容与形式获得具体整合的体裁中，去理解文学作品。韦勒克、沃伦反对文学作品内容、形式的二分法，提出以"结构"与"材料"的观点来统一形式与内容，这是一种途径。但是当内容与形式通过体裁而也能达到统一，他们说体裁问题的解决"应倾向于形式主义"，这就使自己的理论局限起来了，结果拒绝了另一种试图解决形式、内容获得整合的可能性。形式主义是否定内容的，这种理论有它的启发意义的地方，但现在不少人为它护短，又走向一个极端去了。什克洛夫斯基在老年时写道："我在青年时代否定了艺术内容的概念，认为它是一种纯粹

---

① 巴赫金：《文学与美学问题》，49页，莫斯科文艺出版社，1975年。

的形式。""艺术是认识世界的手段,为此它建构自己的矛盾。我不明白这点,因此成了我的错误。"① 当然,什克洛夫斯基并不认为,艺术就是认识,但他后来意识到了艺术并非绝对的形式。

根据已经完成的作品,来确定内容决定形式这样一种极为流行的观点,实际上是相当困难的,因为这时呈现出来的形式已是真正的有内容的形式,而内容此时则是具有形式感的内容。如果从创作的角度来谈两者的关系,问题可能会更具体化一些。

首先,可以设想,创作主体企图表现什么。当然,表现什么可能对有的人是清晰的,明确的,对有的人可能是模糊的,说不清楚的。但不管怎样,他总想表现某种现象吧。其次,作者选择什么体裁,来表现他想表现的东西。在这种时候,"什么"的问题,似乎决定了"怎样为"的问题;但从另一方面说,当作家在选择体裁时,其实体裁也在选择他想表现什么,特别是当体裁形成了一种程序,一种相当稳定的形式,这时再用内容决定形式来进行规范,就很难说了。倒是往往相反,体裁的形式因素限制了内容。何以如此?因为体裁本身的形式,此时已不能单用节奏、韵律、容量来说明,而是通过上述因素,与对象、语义、功能等因素结合了起来,组成了有意味的形式。就是说,作品的形式是有意义的,意义必须进入形式,组成体裁,否则,意义只能是游离于体裁之外的非审美因素。在这种情况下,形式因素选择着内容因素。如前所说,我国古诗有一套严密的写作规范,这种规范发展到唐代,完全定型下来。用这种形式写出了无数好诗,这是事实。但是这种诗式,严格地规范着被纳入的内容,这也是事实。这种诗歌的表现是丰富的,但又是受

---

① 什克洛夫斯基:《什克洛夫斯基选集》第 2 卷,286、290 页,莫斯科文艺出版社,1983 年。

到明显的限制的。

把形式、体裁与意义结合起来研究,是一个很有意义的问题。诗歌创作是我国古代文学中的主潮。诗经、楚辞、唐诗、宋词、元曲,形成了我国抒情文学的伟大传统。诗作中的最高成就,当推唐诗。古诗用的是四言,楚辞是不等的长短句,魏晋以后形成五言、七言诗,到唐代达到形式的高度完美。这五言、七言的形式,也即诗的主要体裁,除了它们的纯形式的结构之外,善于表现什么?有的学者对此做了有益的探索,选择了具有典型意义的不同类型的诗做了分析,力图通过体裁的研究,找出一些诗体所表现的"抒情本质"。于是提出五绝主要表现了永不停息的生命之流的本质,形成绝句对生命的"本质主义"的观照。七绝诗中由于其流动性大于停滞性,往往造成了刹那间的感觉印象,形成了这种体裁的"印象主义"。五律较之五绝,大体也是如此,虽然多了四句,聚集了较多印象,但由于中间两句两两相对的整齐性,而被限制于固定的框架之中,使诗仍然趋向于本质的追求,因而"接近于'本质主义'绝句追求的境界"。但律诗中的印象形成也很明显。所以"律诗正是结合中国人本质主义与印象主义的最佳形式"①,而人的感情世界的本质化,就是"境界"。可备一说。

五言、七言诗的体裁,表现上述所说的内涵,或者还可以发掘出别的意味,这也是可能的。但这样严格的体制,却不能不使人感到,它限制了创作的自由本质。像李白那样才高气逸,腾踔飞扬,自由的创作思维固不受限制,但对于绝大多数作家来说,它凝固了他们的思考,局限了他们的视野,遏止了他们的开拓,这也是事实。

---

① 吕正惠:《形式与意义》,载《抒情的境界》,30、32 页,联经出版事业公司,1983 年。

形式成了框框，它选择着有限的内容，最后使这种体裁走向僵化，也自在情理之中。

体裁的规范与反规范

一、稳定性与主体创新意识

19世纪末或20世纪初开始，出现了许多文学作品，它们似乎脱离了原有的创作轨道，标新立异，崇尚新奇，在体裁上大大不同于前。契诃夫的戏剧，好像失去了使人兴奋的情节，剧作笼罩了一股抒情、忧郁的气氛。这能称是戏剧吗？

1928年，托马斯·曼在谈及易卜生的剧作时，引用了一位音乐指挥家的话："这出剧要不是可笑，那就像瓦格纳的剧作一样伟大。"托马斯·曼说，这位指挥家显然感到困惑：从原有的戏剧理论来说，易卜生的戏剧可能是可笑的，但创作本身却并不可笑。弗·伍尔芙指责现实主义，自己则用意识流手法写作；而詹姆士·乔伊斯、普鲁斯特更是在意识流中遨游，写出了长篇巨著。其后，在戏剧方面出现了荒诞剧，易卜生、契诃夫的作品简直不可与之比拟。在小说方面，除了意识流小说，表现主义小说，还有其他类型的小说。有肖洛霍夫的《静静的顿河》那样的作品，又有加西亚·马尔克斯《百年孤独》式的小说。后者既有惯见的小说叙述手法，同时在惯见的叙述中，又吸收了神话、传说和故事，这又称什么体裁？难怪在20世纪文学理论中，持体裁退化说的作家、学者相当不少。原有的体裁似乎已陈旧不堪，已失去了规范。就是托尔斯泰也认为长篇小说的体裁正在消亡，并且这一说法余音犹存。例如50年代以后，不少作家认为长篇小说已陷入危机。至于在中国，在五四运动时期，文坛上出现了鲁迅的新式的短篇小说体裁、散文诗、历史故事体裁、杂文体裁，在其他作家那里，则出现了新颖的话剧体裁、长篇小说、速写、随笔等体裁与形式。旧的文学的主要形式与体裁，可以说靠边站了。

体裁的稳定性、继承性受到了巨大的冲击，而且有的竟走上了末路。例如田园诗，在17～18世纪的欧洲曾流行一时，到了20世纪，虽未销声匿迹，但写者极少。又如歌颂英雄、帝王的颂歌，似乎庄严肃穆，实则不过是陈词滥调构成的空洞体式，历来被人弃之如敝屣。然而这一颂歌体式曾在我国大为流行。这主要是人们落入了对英雄和对自己的盲目性，一旦清除了盲目性，人们从个人迷信中醒悟过来，这种体裁很快就衰落下去。又如过去流浪汉体小说，人们虽然饶有兴味地阅读它们，不过现在却较少有人在去创作它。至于当代小说，已使评论不胜惶惑。那些实际上用散文体裁写的，其中只有个影影绰绰的人影，某些不可名状的情绪的表达，它们都一律被标以小说。上述种种剧变，在外国存在，在我国也很惯见。

那么，体裁就真的没有规范了吗？它的稳定性、继承性还起作用吗？体裁的规范是存在的。无论是我国的四分法，还是欧洲的三分法，都还是有效的。但是体裁的历史发展与变化，一种不断进行着的反规范现象，同样也是存在的。问题在于，一种共时性的标准化了的体裁，只存在于理论分析与认识之中，而作为具体作品形式的体裁，却是千殊万类，形形色色，互不相同的，体裁的动态的、历时形态，要丰富得多。

克罗齐在他的《美学原理》中说："每一个真正的艺术作品都破坏了某种已成的种类，推翻了批评家们的观念，批评家们于是不得不把那些种类加以扩充，以至到最后连那扩充的种类还是太窄，由于新的艺术作品出现，不免又有新的笑话，新的推翻和新的扩充跟着来。"① 于是他主张采取如前所说的态度，否定对体裁类型学说研究的必要，这自然要引起异议。但是他指出体裁不断变更的情况却是真实的。就是说，文学艺术的体裁不断在变化、更新、扩大，原有的体裁规范不断处于反规范过程之中。

从总体来观察，我国文学的体裁从《诗经》《左传》等著作算起，可以看出两种不同流向，一是诗，一是散文。诗经过了四言，楚辞，乐府，五言，七言，长短句的词，曲等，已如前述。小说、散文也有各种体制，正式的戏剧较晚才有。在西欧，一般是从神话到英雄故事，到史诗，小说，中世纪小说，宫廷骑士小说，流浪汉体小说，日常生活小说；喜剧、悲剧，它们与史诗发生得一样早，等等。中外文学中的共同现象是，文学体裁的发展与变化，都是一种不间断的传统与反传统、规范与反规范现象，但各有各的特征。例如，我国在神话、民间故事、传说之后，诗歌的形式得到极大的发展，成为绵延几千年的一种文学体裁，从而形成了我国抒情文学的传统。在西欧，以叙事诗为主，神话、史诗成了文学的源头，而后转向叙事文学，相对而言，叙事艺术比较发达。

二、阅读期待与反规范

在体裁规范与反规范的运动中，明显地受到两种力量的推动，这就是创作主体审美要求与读者期待。

一个作家进入文学创作，如前所说，他首先面临的是体裁的选择，在这方面他受到相当大的限制。这主要是文学体裁虽然多样，但在一定时代，一定阶段，总有多种既定的范式的体裁，或某种占

---

① 克罗齐：《美学原理 美学纲要》，75页，外国文学出版社，1983年。

主导地位的体裁，影响着创作主体。赋、诗、词、曲、小说，在我国文学中都曾经各是一定朝代的主导体裁。欧洲文学中也有这种情况，19世纪以来，小说成了主导体裁。因此一般说来，一个作家要在创作上作出贡献，那么他主要还不在于去创造新的体裁，而是在相当稳定的体裁形式里活动，在精神上、创作风貌上赋予这种体裁以新意。以词为例，苏轼、辛弃疾、李清照的不少词牌是同一的，他们的创新，恐怕不在于词作体裁上的反规范，而在于新的艺术境界的开拓，民族文化精神的高扬，文体气势的变幻。小说艺术就有点不同，作为体裁，固然有一定的结构与格局，但是小说是一种自由的形式。创作主体可以运用这种体裁所赋予的自由，给体裁本身注入新的因素。一部优秀小说，在体裁上总有创新特点。就是说，体裁、体制是同一的，但在具体形式上，都是呈现出差异的。

我国新文学的兴起，处在伟大的变革时代，文学创作中除旧布新的成绩十分突出。鲁迅创作了新文学的第一个短篇小说。他的其他短篇小说，几乎是一篇有一篇新的形式。茅盾的《子夜》开创了新文学中的长篇小说的新体裁，而巴金的《激流》三部曲，不同于《子夜》的具体形式，《四世同堂》又不同于《激流》三部曲，《财主的儿女们》又不同于《四世同堂》。它们都属长篇小说体裁，但又各自相异，自有特色。又如新诗，艾青的不同于闻一多的，戴望舒的又不同于艾青的。这里固然还涉及流派、风格问题，但在体裁形式上各具特色。又如在戏剧领域也是如此。新文学中的那些奠基人，几乎都借鉴外国文学样式和体裁，而同时又是新文学中多样体裁的创造人。他们给这些文学体裁都注入了新的审美因素。

至于在外国小说中，比如果戈理把自己的《死魂灵》称作"长诗"，曾使人聚讼多年。普希金把《叶夫盖尼·奥涅金》称作"诗体小说"。托尔斯泰认为俄国每个著名的作家，都给俄国文学形式注入了新的因素，使体裁不断更新。在谈及自己的《战争与和平》时他说："什么是《战争与和平》？它不是长篇小说，更不是史诗，也不是历史演义。《战争与和平》是作者想要表达而且能够表达的形式之中所表达了的东西。作者这种对散文艺术作品程序化的形式的轻慢声明，如果不是故意的，或者是不加引证的，可能会被认为过于自负。"① 请看，托尔斯泰自己不认为《战争与和平》是长篇小说、是史诗。什么原因？看来他把自己的小说与传统的小说以及当时正流行于西欧的长篇小说做了比较的观察。他继续说："俄国文学自普希金以来，不但提供了许多与欧洲文学形式背离的例子，而且相反的例子竟是一个也没有。从果戈理的《死魂灵》，到陀思妥耶夫斯基的《死屋手记》的俄国文学新时期，没有一部文艺散文作品因其平庸而完全与长篇小说、史诗或中篇小说的形式相符合。"② 不仅《战争与和平》，就是其他俄国作家的作品在体裁这种形式上也自成一格，而与他以前的体裁形式有所不同。这说明伟大作家的作品都具有创新的特点，都有突破，都赋予了原有体裁以创新特征，以至好像不再与原来的体裁传统相合。自然，像《战争与和平》在批评界仍被标为长篇小说、新的史诗。它确与那些专事描写恋爱的西欧流行小说不同，它与古代史诗也迥然有别。体裁同一，而在不同创作主体那里，又要做到各具特色，才能使作品获得艺术的独创性。巴赫金说："一种体裁的生命力，就在于它在各种独具特色的作品中能够不断地花样翻新。"③

20 世纪文学发生了激烈的变化，特别是在现代主义的各个流派

---

① 《托尔斯泰论文学》，128 页，莫斯科作家出版社，1955 年。
② 同上。
③ 巴赫金：《陀思妥耶夫斯基诗学问题》，载《巴赫金全集》第 5 卷，140 页，河北教育出版社，1998 年，译文有改动。

的创作中，出现了多种奇特的体裁形式，它们着实使人眼花缭乱，现实主义文学也是如此。布莱希特把自己的剧作划入社会主义现实主义范围，但与传统的、苏联的戏剧大不一样。他讨厌传统的古典戏剧，建立了相应的非亚理斯多德式的戏剧理论，就像利曼创立了非欧几里得的几何一样。他运用什克洛夫斯基的"感觉更新"（奇异化）的原则，又学习、吸收了中国戏曲艺术的艺术，建立了"间离"原则，建构了自己的戏剧——史诗剧。这种戏剧不主张发生耸人听闻的效果，所以故事情节往往以历史故事为主，要求观众不必与主人公发生共鸣；剧作不是展开情节，而是表现状况，中断情节就是表现状况的手段。这样就出现了布莱希特式的戏剧体裁。

文学体裁由反规范而达创新，不断综合是一种方式。所谓综合，就是作家不断通过原有的不同体裁相互渗透，形成新的体裁形式。这大致有几种方式，它们都以某一种体裁为主，而吸收、综合其他体裁的某些特征，形成新的体裁形式，这主要看创作主体对艺术形式的理解与艺术魄力了。例如鲁迅的《过客》，是独白与象征表现的综合。郭沫若的《屈原》是一种综合。陀思妥耶夫斯基的小说是一种综合，它以现代长篇小说的叙事方式，综合了欧洲古代小说中的梅涅普体裁（一种庄谐体对话），又融入了戏剧因素，并在作者艺术视觉方面进行变革，形成一种全面对话的复调小说。魔幻现实主义小说体裁也是一种综合。又如，据什克洛夫斯基的说法，新的艺术形式，"只不过是把低等的（亚文学的）类型正式列入文学类型行列之中而已"[1]。这又是一种方式。例如后起的长篇小说体裁就是如此，在我国也是这样，它曾被列为低级的文学品种。小说过去是普通民众的一种消闲解闷的艺术形式。西欧资产阶级的胜利，解放了长篇

---

[1] 转引自韦勒克、沃伦：《文学理论》，269页，三联书店，1984年。

小说，使它迅速繁荣，并形成文学中的主导体裁。在我国，曾被视为不入流的长篇小说，直到五四前后，才被尊为文学正宗，获得了应有的地位。

文学体裁的反规范变化，还受到另一类因素的影响，它既是文学本体因素，又具有强烈的社会接受性，这就是读者的因素。阅读使文学本体成为完整的概念，它的影响促进着文学新的体裁的产生。最明显的是，读者的阅读，对文学体裁是有选择的。可以这样说，一个时期作家趋向于某种体裁，除了作者的爱好、条件选择之外，主要是为了满足阅读的需要。一般说来，读者总是或多或少地接触过一些文学作品，口头的或书面的。哪些作品使他趣味盎然，哪一类作品使他索然乏味，或根本无法理解，这使他不断积累实用的审美经验，逐渐形成一种阅读的期待，其中包括对体裁的阅读选择，最终形成对创作主体在体裁选择上的影响。姚斯认为，"读者可期待的视野是由传统或以前掌握的作品构成的，由一种特殊的态度构成的。这种态度接受一种（或多种）类型的调节，并消解在新作品中"。他又说："一种既定的先已构成的期待视野……它可以引导读者的（大众的）理解，造成全面的接受。"[①] 因此，作品被读者的接受，和他由于阅读之后不断造成的"阅读视野"是分不开的。

"阅读视野"的形成，可能会出现多种情况。一是这种"视野"会自我封闭起来，如一些读者往往专注于一种体裁，使这种形式成为他们进一步阅读的期待。这不能不影响创作者的选择与适应。具有生命力的、获得不同读者长期阅读的文学作品的体裁形式，都是以这种方式发展起来的。例如科幻小说、侦探小说以至武侠小说，

---

① 姚斯：《走向接受美学》，载《接受美学与接受理论》，100页，辽宁人民出版社，1987年。

在近百年来相当流行，体裁上规范化倾向相当突出；但故事情节诱人，由于适应了相当大的读者层的阅读水平，满足了他们的阅读期待，所以这些体裁形式长期不衰。二，与此同时，阅读期待也不是一成不变的。对于较高层次的读者来说，阅读期待往往是一种在传统基础上的求新的心理表现，反规范的心理表现。传统特点，在这里表现为已有的阅读知识的积累，对文学体裁的熟悉程度，眼界的宽窄，实际的承受力，等等。反规范与求新则表现为对原有形式的心理上的不满足，要求写作的更新，克服一体化，体裁上的创新，乃至花样翻新，以满足新的阅读期待，以期拓展原有的阅读视野，形成新的阅读视野。表现在创作中，要求创作者使用同一体裁时，能注入一些新的因素，甚至新奇的成分。上面谈及的"感觉更新"即变异、奇异化，其原来意义限于技巧方面，用词方面。手法的变异，十分可能产生新奇的感觉，而至于影响体裁特点的变化，形成创新。这在当代诗歌、小说、戏剧中，有相当明显的表现。布莱希特的史诗剧、荒诞派的剧作，由于观念、手法的变化，使戏剧体裁发生了变异，结果促使戏剧的感觉的更新。小说同然，20世纪的小说家所采用的小说体裁，已大大不同于19世纪的小说形式。"新的文本唤起读者（听众）在其他文本中的期待视野……从而改变、扩展、矫正，而且也变换、跨越或简单重复这些期待视野……变异、扩展、矫正类型结构的范围，一方面打破惯例，另一方面则是惯例的再生产。"① 姚斯的这一表述，大体是符合体裁的继承与更新的规律性现象的。我们可以这样说，阅读视野促使作家再次生产惯例，即原有的体裁形式，同时又突破规范，打破惯例创立新的体裁。一

---

① 姚斯：《走向接受美学》，载《接受美学与接受理论》，111—112页，辽宁人民出版社，1987年。

部优秀作品,总是处于体裁的规范与反规范的转换、更新之中,它总是遵守原有的阅读视野,进行体裁生产,同时又超越原有的视野,实现体裁的更新。

前面说的两种阅读期待,一是体裁上的重复生产,二是按其自身规律在规范与反规范中进行创造性的生产。此外还有一种对于阅读期待、阅读视野不甚重视或不屑一顾的态度的体裁生产,这主要表现为后现代主义流派中的某些作家,把形式变异发展到极端。他们竭力不介入读者的阅读视野与期待,只以满足自己个人的审美趣味为快。文学创作的实验,包括体裁的实验,都是正当的,但不应只以作者个人的视野,特别是假定性极其狭隘的个人视野,去替代读者的视野与期待,否则,就难以沟通与交流,不能扩大读者的视野,不能再次造成新的阅读期待。

文学体裁研究中的社会性、历史性问题是十分重要的。自从俄国形式主义者与后来的新批评派强调作品的文本研究,把这一有意义的方面抛弃掉了,结果又走向极端。关于这点,姚斯的看法是对的,他指出:形式主义理论"把文学类型与形式的演变当成一种直线性的过程";"形式主义无视文学类型在日常生活历史中的功能,他们把同时代人和后人对作品的接受和作品对他们的影响问题,视为社会学主义和心理学主义,一概不予研究。"[①] 形式主义者无视社会学因素,使得他们专注于文学的纯形式方面,以致在体裁问题上未能有什么特别的建树。后来什克洛夫斯基谈道:"艺术按照新的方式接受旧的模式和创造新的模式时,是有认识作用的。艺术前进着,变化着。它改变自己的方法,但过去的东西是不会消失的。艺术利

[①] 姚斯:《走向接受美学》,载《接受美学与接受理论》,135页,辽宁人民出版社,1987年。

用旧的词汇，重新理解旧的结构，同时运动着，又好像静止不动似的。但此时它急速地改变着，不是为了自身的变化，而是为了通过事物的运动和它们的新的布局，在它们的不同中，显示出它们的感觉性。"① 这一观点改变了他原来的"艺术即手法"的论述，对于文学体裁中的规范与反规范运动现象，也是适用的。

三、文化交流和其他影响

此外，在文学体裁的变化、更新中，还有其他一些因素，如文化交流中的外来影响，科技和其他门类艺术的作用等。在国与国的文学的交流中，会产生文学体裁模式和体裁改造过程。欧洲的国与国之间的文学交流极为密切。普希金的诗体小说对俄国文学来说是一种创造，但是这种俄国式的文学体裁，是向拜伦诗作借鉴的结果。屠格涅夫的小说在俄国文学中独树一帜，但西欧小说的影响十分明显，即每部小说都贯穿着当时西欧小说中可见的恋爱情节。陀思妥耶夫斯基的小说在体裁上所受的影响十分复杂，其中有古希腊梅涅普体，有中世纪民间文学中的狂欢体，也有当时西欧的冒险小说的体裁因素。但这些体裁因素一到有才华的艺术家手里，都发生了质的变化。

印度佛学东渐，在我国魏晋以后，出现了大量佛典翻译，自然也带来了印度文学的影响，"变文"就是由此而来的。印度文学中有一种最特别的体裁，就是在散文记叙之后，往往缀以韵文的偈颂，重说一遍前面的意思。或是在散文记叙前亦往往缀以韵文的偈颂，类似一个提纲。所以要采用这种形式，原因是印度文学自古靠口头相传，但有关神圣的东西不能不形诸文字，这样安排，可以帮助人

---

① 什克洛夫斯基：《什克洛夫斯基选集》第 2 卷，7 页，莫斯科文艺出版社，1983 年。

们记诵。"但是这种体裁输入中国以后,在中国文学上却发生了不小的意外影响。像唐五代产生的'变文',便是从这种印度文学中得来的。"① 这种文学体裁很讲究结构,散文与韵文夹杂并用,形成说唱,既能引起听者的兴趣,又使道理明白易懂,是以前中国文学中所没有的,这与后来的我国的小说体裁的发展与革新,关系极为密切。

古印度民间文学对西亚、欧洲文学产生过积极影响,这可以从西欧一些国家的寓言文学发展中看到。根据德国学者特奥尔多·本菲(1809—1881)对一些国家的民间文学的研究,发现法国拉封丹的寓言源于印度的民间文学。经过梳理,提出了这样一条流传的线索:古印度有部书叫《益世嘉言集》,在4~6世纪时被加工为《五卷书》②;6世纪时,被译为波斯巴列维语;8世纪时,此书的古波斯文本被译成阿拉伯文,更名为《卡里莱和笛木乃》,并加入了一些新东西,成为阿拉伯古代散文的模板。11世纪、13世纪此书又被转译成希腊文,书名改为《斯蒂凡尼托斯和伊赫尼拉托斯》,出现了希伯来文本。13世纪此书又从希伯来文本译成西班牙文,同时原希腊文本被译成斯拉夫文,最后被改造为俄国民间故事。14世纪,此书又从西班牙文本译成拉丁文,其后又从拉丁文本译成了法文本、德文本、意大利文本。拉封丹寓言即从法文本改作而来。本菲的这种追本溯源式的研究,确实说明了一些文学体裁的演变情况。17世纪,法国的丹埃尔·雨埃主教著有《小说的起源》一书,认为小说源于

---

① 关德栋:《谈"变文"》,载《敦煌变文论文录》上册,187页,上海古籍出版社,1982年。
② 我国学者季羡林在他主编的《简明东方文学史》中写道:"根据《五卷书》改编、补充的还有《益世嘉言集》",6世纪时此书被译成波斯文与叙利亚文,后被译成阿拉伯语,更名为《卡里莱和笛木乃》。可参见《简明东方文学史》,111页,北京大学出版社,1987年。

东方，因东方人好追求新奇、幻想，符合小说体裁特征。

五四以来，我国的小说体裁，分明受到欧洲小说的影响。长篇、短篇小说我国古代也有，但鲁迅、茅盾的作品分明融合了外国小说的体裁特征。巴金创作的长篇、短篇小说，形式特别新奇，在当时中国读者看来，颇具异国情调。巴金说，他并未接受中国传统文学的写法。他认为应该保留的是民族精神，而不是形式。时代不同了，生活样式都改变了，思想的表现手法、写作的形式自然也应该改变。巴金的作品正是在相当欧化的形式中，表现我国的民族精神，与人们的心灵契合，结果反倒不觉得形式的欧化，却成了自己的民族的新形式了，原有的文学体裁得到了丰富。他的《激流三部曲》，作为"家族小说"这种体裁，在哪方面都堪与高尔斯华绥的《福尔赛世家》、托马斯·曼的《布登勃洛克一家》、马丹·杜伽尔的《蒂博一家》相媲美。我国话剧体裁借鉴自外国。曹禺的剧作，在体裁上有着明显的痕迹，三一律味很浓，但也有独特的创造。他的《雷雨》《日出》《北京人》，作为新文学的经典著作将会长期流传下去。

此外，其他艺术种类的发展也带动了文学体裁的更新，如电影，不仅以其表现手段为文学所利用，如蒙太奇，同时也给文学增添了新形式，如电影故事、电影文学等。又如音乐，诗与音乐的结合使诗音乐化，音乐诗化，产生了交响诗式的形式。科技的进步，特别是音像艺术的出现，大大地改变了人们的文化生活的方式。文学与音像艺术的结合，将会产生新的文学形式，使得小说不仅可以阅读，同时也可观看人物的活动与对话，使读者进一步身临其境。又如文学与摄影结合，产生了摄影文学，一种新的文学体裁。

（本文录自拙著《文学原理——发展论》1989年版中的第2编《文学本体的发展》第5章《文学体裁的审美特性、规范与反规范》）

文学民族文化精神

从体裁的演变、创作的主体性与群体性因素、创作原则等方面来探讨文学的发展，只是阐释了文学的自律方面的因素，还未揭示文学发展的深层原因，即他律方面的因素。文学发展的深层原因，存在于文化之中。文化是一个极为广泛的系统，既有物质的文化，也有精神的文化，需要确立文学是文化的组成部分，才能从整体上把握文学本体的发展。

文学作为文化的组成部分，似乎并非什么新思想。我们在前面谈过，古代所谓的文学，范围宽阔，有关文学的观念是一种杂文学思想，用文字写出来的东西，就称为文学。现今流行的文学观念，则是一百多年来人文科学获得飞速发展，学科不断分化、不断精细化的产物。文学作品反映了各个时代、社会的风尚习俗、感情思想、心理道德、哲理思考、种族、阶级关系、集团利益，以及作家个人的才能等等因素，并将这些因素视为自己的血肉。少数文学作品可以不必涉及上述各种现象，但是真正具有巨大的审美的、社会的涵盖力的文学作品，上述因素却是它的内在的血肉组成，与其他人文学科所研究的对象有着天生的、不可分割的内在联系。一个有趣的现象是，政治、哲学、伦理学、历史、心理学、社会学等学科，都有自身研究的特定对象，而文学研究则要宽泛得多，即使它从人文科学中分化了出来，逐渐获得科学的说明，但是人们在研究中，仍然可以把它与其他人文科学广泛地联系一起，吸取它们方法上的有用成分，建构文学研究的方向以及多样性的方法，而分化出多种学科来。

人们看到，19世纪，特别是下半世纪在欧洲出现了多种文学研究的派别，一是强调了文学研究与上述各种文化现象的关系，出现了人类学派、社会学派、历史学派、心理学派、传记学派等学派，但多以文学本身研究为主；二是由于研究者取向于这些学派的理论，强调了这些学派的理论，把文学本身当成了社会科学、人文科学的说明资料，而忘掉了文学本身，这两种现象都是存在的。

这样，文学自身是什么的问题，它的本质特征是什么，在文学研究中进展不大。如前所说，正是在这种情况下，在19世纪末与20世纪初，出现了文学研究中转向研究文学作品构成的学派，即后来被称作"形式主义"的学派，以及在20世纪中期前后延续了几十年的"新批评"学派。这些学派，一反过去文学的社会、历史、心理、哲学、时代、阶级等等的研究，而将文学研究专注于所谓文学的自身的"内在研究"，即作品构成的研究，并取得了公认的成绩。但是由于它把文学局限于作品自身，却是大大地缩小了文学本身的应有之义。

20世纪70年代末开始，西方的文学研究厌倦了作品的内在研究，把文学研究引向了政治、阶级、女权、后殖民主义、"新历史"、大众文化、图像、网络、影视、广告、身体、知识分子、公共领域、仪式、时尚、文学性、日常生活审美化等等现象，结果把文学的外在研究引到了非文学研究，即泛文化研究。而我国的文学理论与批评，此时厌倦了庸俗社会学，走向了"内在研究"——本文正是针对文学的"内在研究"而发的,意在连接文学与其他文化部门的内在关系,把那些浑然渗入文学的多种文化因素,视为文学的组成因素和文学的本体,探讨文学本体的本义;并把文化整体看作是文学发展的深层原因与变革的动因。

一个民族的文化必然渗入到文学创作中去,并影响着文学的发展,这种影响力的集中体现就是其民族文化精神。民族文化精神中有积极的文化因素与消极的文化因素之分,要使民族文化精神对文学创造产生积极影响,就必须使民族文化精神与当代意识相互结合,使得前者不是停滞不变,而是流动发展,不断适合于时代的需求。本文将文学置于文化系统的宽阔背景上来讨论文学,同时将文化又具体分为审美文化、非审美文化以及界乎两者之间的文化现象,如何融入文学,以凸显文学的各种不同的文化内涵,在此基础上建立文化诗学;至于恰恰掏空了文学的文化内涵和价值、已经走向相对平静的西方后现代主义"文化研究",固然在思想方法上为文学研究提供了不少有益的东西,但不在本文论列之内。

文学民族文化精神和国际文化

我们把文学看作是一种文化现象。关于文化,把它看作是物质文化与精神文化的共体是一种比较宽泛的了解,还有一些狭义的解释,把它们加以归纳,可以把文化视为一种具有规范性、整体性、历史发展的价值观念、行为系统[①],这与泛义的文化并不矛盾。文化

---

① 参见阅哈维兰:《当代人类学》,王铭铭译,241—251页,上海人民出版社,1987年;也可见怀特:《文化的科学——人类与文明的研究》,山东人民出版社,1988年。

是具体的，由价值系统构成的传统观念，体现在各个方面，如典章制度、民俗风尚、科学技术、宗教信仰、政治、伦理、文学艺术等。文学作为文化系统的一个组成部分，加入了文化运动的大循环，它的发展自然要受到各种文化因素的制约与影响。

说文化是具体的，一是指每种文化具有自身形态；二，每种文化的价值系统是具有实际内容的；三，这种具体的形态，具有国家的、民族的特色。因此，如果说文化是一种具有整体性的、规范性的、历史发展的行为系统、价值观念，那么它首先是指民族的，是一种民族文化。民族文化是在特定的历史空间、地理环境、语言交际、经济体系、社会制度、家庭生活等环境中形成的文化系统。

当今的文化主要是以民族文化的形式出现的。民族文化在其长期的发展中，形成了它自身的结构，它的思维特征，它的价值系统，最后，在这些因素的综合作用下，形成一种民族文化精神。正是民族文化精神，它的潜在形态的强弱兴衰，有形无形地制约着民族文学的发展，决定一种文化的去向与发展，了解这种文化内涵的结构是十分重要的。

在世界上为数不多的几种有着古老历史传统的文化中，中华民族文化是唯一保留至今、未被解体的文化，它的顽强的生命力自然值得我们骄傲。这种文化具有极大的包容性，它不断被创造，不断兼容，不断被丰富，不断吸收外来文化，不断被激活，成为一种有着源远流长的传统和内涵充实的文化。从历史观点看，文化不是固有的，而是一种习得现象，一种历史发展现象。先秦文化是各种地域性的文化。两汉文化融合了秦、春秋战国时期的各国文化，特别是中原文化与楚文化。魏晋时期，在两汉文化的基础上，又融合了早已东渐的佛学，使我国文学艺术的面貌发生了变化。唐代的对外开放，使西域文化涌入中原，形成中西文化的大交流，使得中华文化更新与光大。汉唐时代的人们的文化心态,是一种意识相当开放的历史的心态。对此,鲁迅曾作过描述,"遥想汉人多少闳放,新来的动植物,即毫不拘忌,来充装饰的花纹";"汉唐虽然也有边患,但魄力究竟雄大,人民具有不至于为异族奴隶的自信心,或者竟毫未想到,凡取用外来事物的时候,就如将彼俘来一样,自由驱使,绝不介怀。"正是在这种与外来文化的融合中,中华文化不断获得充实、更新与发展。中华民族文化的形式构成,自然包括56个民族共同的文化创造,但决定这种文化绵延不断的主导因素,则是儒家文化与和它相辅相成的道家、释家文化。可以这样说,这几家学说融合而成的文化与思想,成了几千年来中国人的生活哲学。儒道释三个方面的世界观、人生观、政治观、哲学观、伦理观、宗教观、文学艺术,组成了一个庞大的思想体系,制约着我国人民的精神生活,也影响着我国几千年的文学艺术的发展。

这个思想体系的价值是多方面的,可说自成系统。我们可以从人与自然的关系、人与社会的关系、人与自我的关系等方面来观察它的价值取向。儒家将天地人三个方面置于共同相互的关系上,所谓宇宙三才者,即天地人。在原始形态的儒学中,提出了"人"为贵、"民"为本、君为轻,水可载舟,也可覆舟的思想;提倡"仁"学,"仁者,爱人";确立了一套君臣父子、长幼有序,忠、恕、孝、悌,重人伦、讲礼义的伦理规范,在不断被改造之后,成为被历代封建阶级用来维护其统治的思想工具。几千年来,由于这种文化特征,自然地理条件,政治体制制度,形成了一种以"求善"为目的的道德型文化,和以"求治"为目的的政治型文化。这种"伦理—政治型"文化,或称"政教型"文化,以纲常、人伦为原则,以个人"修身"为本,作为维系国家、社会、民族发展的精神体系,由地域的多元化,到政治制度的大一统,形成了以入世思想为主导的儒家文化。

当然，儒家文化并不是一开始就占有主导地位。孔子周游列国，其学说并未受到欢迎。作为齐鲁文化的代表，它只是当时地域文化中的一个派别，并发生一些影响。像屈原其人，虽然是楚文化的代表，但其思想、创作，是明显受到儒家思想的影响的。他的创作充满了为国为民的激情、不能实现自己抱负的那种忧愤之情，而至于"虽九死其犹未悔"。在秦代，儒家文化几乎遭到毁灭性的打击，焚书坑儒主要是针对儒家的。只是到了西汉才有"独尊儒家"之举。其后儒家学说屡经起落，几经变迁，特别到宋代理学兴起之后，儒家才成了封建社会的真正占有主导地位的统治思想，在政治、文化、思想等方面，起到主导影响。

道家学说似乎是针对儒家学说而提出来的。庄子把自己的学说与当时其他的学说做了比较，认为自己的学说是从事对于宇宙、人生的探本溯源的思索，当属"天人""圣人"之为，而其他学说，如讲仁义、行礼乐的儒学，只是"君子"之为；而从事法、数术一类的则不过是"一曲之士"的劳作了。老子提出"人法地，地法天，天法道，道法自然"①，支配人的是一种充斥宇宙的道，是自然。在庄子那里，道的含义多样，最为根本的含义，道是宇宙的最后根源，道生万物，是万物的源头。在对待社会、制度方面，庄子持有一种批判、否定态度。当儒家四出奔走、游说，为社会、人伦、制度构设一种理想的规范时，庄子却视规范、制度为桎梏，以为它们把人异化了。他认为当时社会风气是，"合则离，成则毁，廉则挫，尊则议，有为则亏，贤则谋，不肖则欺"。他反对通过儒家的仁义道德对人的雕琢而改变其本性，主张人返回本真之地，"复归于朴"；他崇

---

① 葛实如、郑君华：《老子新本》，第26章，中国文史出版社，1994年。

尚自然、无为、无君，进入实际上是初民的"至德之世"。这样，庄子提出了人的人格、精神的建构，这种人格、精神应是自由的、独立的，应当做到"物物而不物于物"，摆脱各种有影之物的羁绊；应当理解人之死生，是命，是"物之情"，"死生存亡之一体"，追求一种安宁、恬静的境界，使自己成为"真人""圣人""大人"，成为自由"逍遥""无待"的，即精神上自由的无所负累的人。老庄的学说，实际上到魏晋时期，与清谈结合一起，才兴盛起来。原因是"清谈之兴起由于东汉末世党锢诸名士遭政治暴力之摧压，一变其指实之人物品题，而为抽象玄理之讨论，启自郭林宗，而成于阮嗣宗，皆避祸远嫌，消极不与其时政治当局合作者也"[①]。这种远避世俗、超然物外的思想，实际上成了后世文人人生观的一部分。老庄学说对我国古代哲学、文学艺术产生了极大的影响，陶渊明、李白、苏轼、辛弃疾、曹雪芹等人的思想、创作中，都能见到庄子的影子。可以说，在我国的文化思想的深层，起主导作用的是儒道学说，但同时还有释家学说。

佛教在西汉末已受人注意，魏晋以后，佛教受到玄学的影响，同时有的帝王亲自讲解佛经，石刻佛像成风，寺院林立，在我国不断流行开来。杜牧诗云："南朝四百八十寺，多少楼台烟雨中。"到了唐代，佛教经过了中国化的过程，演变而为禅宗，它慢慢与儒学相融合，使佛教儒学化。佛教是一种摆脱人世困扰的学说，它认为人世、自然一切皆苦，生老病死是苦，寒热饥渴是苦，人生变幻无常是苦，不息的生死轮回是苦，愚昧、贪、欲是苦，所谓苦海无边即是。何以解苦，走向理想的境界，达到涅槃？唯有通过"觉悟"，

[①] 陈寅恪：《陶渊明之思想与清谈之关系》，载《陈寅恪史学论文选集》，117—118页，上海古籍出版社，1992年。

做一个像佛祖一样的"觉者","悟者"。觉悟什么呢?觉悟"我"自己本身,其实是并无实体的"无我",因为美艳的躯体转眼之间即可变为腐朽;至于人世万象,都是虚妄、都是幻化。所以对内不应迷于自我,我即无我;对外不应迷于境,境即虚无,即空,四大皆空。顿悟于此,人就脱离人世苦海,进入了静寂、涅槃境界。

我们简述了儒、道、释三家思想各自的价值内涵,但是作为中华文化的一个重要方面即精神文化来说,它们实际上是融为一体的,它们相互渗透,互为补充,深入社会,附丽个人,成为我国民族精神文化的价值系统,从对社会、人生、个人所作的思索来说,显示了中华文化思维的鲜明特征。一是它的直观性,特别是儒家学说,它信奉"经世致用"的原则,思考的是实实在在的国家政治、人伦教化、长幼有序、个人的修身养性,等级的行为规范等等。它不讲乱、力、怪、神,认为那是难以把握、不可知晓的事;它不讲死,因为对于生也觉得不可捉摸,于是情愿所谓"讷于言"而"敏于行"。这种直觉主义思维的长处是务实,实用,接近生活;它的弱点是缺乏理论思维的概括力与深度,不利于科学发展与理论建设。二是整体性。道家思想全方位地思考道、天、地、人之间的相互关系,"道"是包罗万象的天地之母。老子提出"道大,天大,地大,王亦大"①,思考了以"道"为本体的自然观以及人的位置。《庄子·知北游》篇认为,圣人"原天地之美而达万物之理",顺照自然的规律,"观乎天地",与万物的自然本性相通,并意识到生命的"无动不变,无时不移",显示了其自然观的思维的整体性和辩证性。同时他提出问题,每每从具体的故事出发,富直觉性,却又是议论风生,襟怀恢宏,而又"体物入微",而且好用"跳过法",即类似于当今

---

① 葛实如、郑君华:《老子新本》,第26章,中国文史出版社,1994年。

的意识流手法。《文心雕龙·神思》篇云："古人云：形在江海之上，心存魏阙之下，神思之谓也。文之思也，其神远矣。故寂然凝虑，思接千载；悄焉动容，视通万里；吟咏之间，吐纳珠玉之声；眉睫之前，舒卷风云之色；其思理之致乎。故思理为妙，神与物游。"这简直是对道家学说思维方式的写照。三是重思维的顿悟性。释家思想是一种非理性思想，它的无我皆空的基本点，使它走向出世的沉思冥想，而重觉悟、顿悟，在觉悟、顿悟中使主体消弭于无形。上述思维的几个方面的特征，实际上已成为我国文化思维的一种心理结构，成了一个心理整体结构。几千年来，中国人的思维方式可能在不同时期表现不同，但大体在这一心理结构的框架内进行自我调整。总的说来我国文化的思维特征一方面是重直观，另一方面又重玄想，把先验的天道视为万物之源，并且对这种超验的源头，大多数学说只作肯定而不作寻根究底的探索。它们提出人与万物一体，重视了人的生存及其在宇宙间的位置，但又使现实的世界与超验的冥冥世界融为一体，使之相互适应，形成一种非理性的内向性思维，难以达到知性的、理性的科学的逻辑把握。

在这方面，欧洲正好相反，它重理性，推导出一个理念世界，并力图使它与现实世界结合起来。所以文化思维重感性、知性与理性的结合，重理论体系建设。但是，当理性解决不了这种统一，就推导出一个至善的"上帝"，接受了基督教的观念，使得理性与宗教信仰结合起来了。当科学的发展促进了理性的胜利，最终使宗教信仰黯然失色，人们发现，上帝死了，理性也已变得苍白无力，不可信任，于是人们便进入了"无家可归"的处境，这种思考成了当今最热门的话题。

中国式的内向性思维由于宗法制度、小农经济的长期影响，科学理论的不发达，强调自给、上下等级和谐，固守地域传统、先人经验、共同的道德准则，形成了一种极强的种族、家乡观念与社会凝聚力；而长期的封建专制统治，使得中国人伦秩序分明、等级制度森严，民主力量发展极为微弱。在人伦方面，有血性侠义的好的一面，也有极端野蛮落后的一面。在人与自我的关系上，中国人强调感情与理智、欲望与意志的统一，注意内心的自觉、自省，个人修养。上面所作的简单分析，大体勾画了我国民族文化的心理结构，它的思维特征。至于欧洲，由于地理条件和经济的多元化，流动性较强，人的思维呈外向性，思维方式就比较开放，社会意识形态较为松散而多变动，并使社会很快向民主化方向发展。在人与人关系方面，在欧洲就比较淡薄，平等增多了，但又形成了极端，特别是金钱成为社会的轴心后，人伦关系走向解体，对他人丧失信心。欧洲人强调自我，并把自我视为对象，宣布天赋权利。近代科学还从心理学等方面，分析人的本能，人的内驱力，强调个人欲望、权力意志的合理性。

民族文化精神正是在文化心理结构、思维特征的基础上凝聚、演变而成的。这是几千年来我国民族文化心理的历史积淀。这是一种"观乎天文，以察时变；观乎人文，以化成天下"（《易·贲·彖》），有血性和良知；爱人、尊重人的尊严与价值，讲究人伦；注意自身自省、反思与修养；有强烈的文化自豪感、乡土观念的文化心理形态。这是一种"先天下之忧而忧，后天下之乐而乐"（范仲淹），或是"为天地立心，为生民立命，为往圣继绝学，为万世开太平"（张载）的历久不衰的忧患意识，重社会利益，重个人对社会的责任感、爱国主义的责任感。这是一种坚持个人的人格尊严，维护自身价值，"与天壤而同久，共三光而永光"的"独立之精神，自由之思想"的崇高观念。它具有使中华民族获得生存、发展、团结、进步的强大的凝聚力；它胸怀宏放，主张和而不同，兼并包容，能够广泛地吸收他人文化精华，为我所用，不断创新，使我中华民族自强不息，而独立于世界民族之林。另一方面，东方制度、亚洲制度虽已被摧毁，但是这种文化的落后形态，仍然在现实生活中产生强大的破坏性影响，而且无孔不入。因循守旧、衰老惰性、保守野蛮、封建等级的无意识心态，严重地阻碍这种文化的进步与繁荣。这是一种极为复杂的、自成一格的世界性的文化现象。不过，它的崇高的智慧，那种能够不断更新自己的内驱力，它的兼收并蓄的宽宏精神，作为带有自己色彩的独特文化形态的传统因素与体系，还会长期发展下去。

民族文化精神作为民族的深层心理结构，影响着文学艺术观念的形成。文化精神进入文学艺术，将会转化为相应的文学艺术性的观念，或是促成文学艺术观的形成。例如，与那种以政治—伦理或政教为主导，又糅入了道家、释家文化观念的文化精神相应，在我国文学中主要是形成了为人生而创作的文学精神，并且作为文学的主导传统而支配了几千年。当然，文学"为人生"的含义是相当广泛的，它的主要内容可以说是一种忧患意识。中国古代文学与伦理、政治十分接近。自然，伦理化、政治化的文学是不足为训的，因此必须清除文学与道德、政治关系上的庸俗化理解，并应把政治当成社会文化的组成因素，当成文学的文化背景之一，在政治自身的含义上去理解政治。不过我们不能对含有政治、社会、道德意义的作品视而不见，贬低它们，不屑一顾。例如，我们不能说文采华美的屈原诗作，就不是文学了，他那为国为民的忧思，就一钱不值了，他那无限深沉的感情的篇章，就不是千古绝唱了！刘鹗在《〈老残游记〉自序》中，把哭泣归结为人之灵性的表现，并把它分为有力类与无力类。有力类中有以哭泣为哭泣者，有不以哭泣为哭泣者。他说："《离骚》为屈大夫之哭泣，《庄子》为蒙叟之哭泣，《史记》为太史公之哭泣，草堂诗集为杜工部之哭泣，李后主以词哭，八大山人以画哭，王实甫寄哭泣于《西厢》，曹雪芹寄哭泣于《红楼梦》"。这里所说的哭泣，就是家国情、身世情，其情愈深，其哭愈痛。这种"为人生"的文学观念，在欧洲也有，那些大作家往往宣布自己要当社会的书记官，或是强调创作的真诚，寄情于客观的描写之中。但是中国作家则如刘鹗所说，他往往寄心之哀痛于实录之中，或浪漫的幻想之中，显示了这些作家的至性的一面。同时，中国作家由于久受诗词的影响，所以主体感情分外强烈。他们创作的文学，是艺术地审视人生、充溢忧患意识的艺术。

充溢为人生的忧患意识的文学，从实际情况来说，只是整个文学的一个方面。魏晋以来，当审美思维获得独立发展的机会，形成文学自觉的时代时，人们发现，文学的写作是可以纯粹的审美需求为目的的。徐复观在《中国艺术精神》一书中说："老、庄思想当下所成就的人生，实际是艺术的人生；而中国的纯艺术精神，实际系由此一思想系统所导出。中国历史上伟大的画家及画论家，常常在若有意若无意之中，在不同的程度上，契会到这一点；但在理论上尚缺乏彻底的反省、自觉。"① 确实，这时期的文学艺术较之先秦、两汉文学已有所不同。魏晋时期的诗人们已开始对人生的苍凉发出慷慨的悲歌，后又转向山水，而至于感到"真意"却又"忘言"。看来，这种纯粹的艺术离开政治、国家大事已是很远的了，但是细加考究，一，它开头寄情山水，实际上正是由于不适意的人生促使成的。二，它用纯粹的艺术手段，描绘自己的感受，实际上正是在描绘一种人生处境，好像是离开了具体的社会生活需求的描绘，但却是在形而上地思虑更高层次的人生的处境与状态。在我看来，这

---

① 徐复观：《中国艺术精神》，41页，春风文艺出版社，1987年。

仍然是为人生。后来诗作中出现的禅意—象征，它们本身表现了一种人生况味。像苏轼的《前赤壁赋》与《后赤壁赋》，可说不受政治、伦理的羁绊了，它们写了赤壁夜游，一片明月清风。但在清风徐来之中，不正思虑自己有如"沧海之一粟"，"哀吾生之须臾，羡长江之无穷"，"知乎不可骤得，托遗响于悲风"，"盖将自其变者而观之，则天地曾不能以一瞬。自其不变者而观之，则物与我皆无尽也"，这正是一种出世的复杂的人生体验。

民族文化精神作为创作的深层心理结构，使艺术思维方式成为一种富有民族特性的审美把握方式，并在人们的气质中表现出来。法国人睿智、热情；美国人富于求实精神；英国人沉静、机智；德国人长于思辨，富于理性；俄国人喜深思，富社会责任感；中国人内向，含蓄，富于哲理悟性。所有这些在长期审视世界中形成的心理特征，在进入创作时便相应地转化为审美把握世界的特征。于是人们在狄更斯、萨克雷那里就看到了幽默、讽刺、多情善感；在巴尔扎克、左拉那里看到恢宏的构建；在托尔斯泰、陀思妥耶夫斯基那里看到深沉的道德、宗教探索；在惠特曼那里看到新大陆交响乐式的明快、奔放；在曹雪芹、汤显祖那里看到灵悟、雅致、沉郁的抒发。至于在人物、风尚习俗描写、语言手法使用方面，无不都渗透着民族文化精神或特有的民族心理气质。聂赫留道夫式的忏悔贵族不同于最后出家的贾宝玉；勃朗蒂的罗彻斯特与简·爱和屠格涅夫的罗亭与叶林娜也判然有别。即使是歌德的浮士德与马洛的浮士德的内涵也是不一样的。至于风尚习俗自然带有浓烈的地方色彩，被描写的对象愈有审美价值，地方色彩愈强烈，民族特性也就愈强。

文学的民族性特征形成文学传统的组成部分。文学传统一旦确立，就会成为一种极为稳固的因素，而不断受到后人选择；它的核心会被保留下来，流传下去，成为文学创作的广泛的参照系数而被继承下来。另一方面，稳定的传统又会成为一种排他惰力，显示出它的保守方面。因此文学本体要获得生命，就不能把民族特性视为一成不变的东西，而应看作是一个过程，即民族化变动的过程，就是不断地现代化的更新过程，使文学传统不断适应时代的审美需要，从而不断变更自己的观念，充实和完美自己的语言、形式、技巧，酿成创新。由此，对于文学的发展来说，传统和继承是它的出发点，而更新、创造则是它的目标和主导。文学发展就是由无数创新的环节构成的，是文学本体特征、民族性的不断演变过程；文学发展的历史，实际上就是继承传统又不断突破传统、不断创新的历史，没有突破与创新，文学也就失去了生命。

当代意识

文学的突破和创新，不在于对传统和继承采取虚无主义的态度。继承不是静态的、简单的重复，而是动态的、历史的过程。创造新文学需要现代化，说的是文学需要不断突破僵死的形式，使自己成为一种不可重复的东西，也即不断通过现代化来改造传统，创造一种适应当今潮流发展、与读者审美需求相适应的当代形态。

现代化的内容是多方面的，不过它的核心是当代意识问题。在文学理论中，当代意识尚未取得共同认可的含义，解释因人而异。例如常见的一种情况是，认为当代意识就是现代化，现代化就是西方化。其实这是对它的一种曲解。所谓当代意识，应是一种搏动着当代时代精神的宏放、宽容的开放性意识；一种富有民族进取精神的创造性意识；一种能够确立创作主体自身价值的自主性意识，是千百年来被压抑的人的独立精神的发扬。

千百年封建统治，把人们套入了前面所说的各种政治、伦理框架和一种人身依附的秩序。人们必须"循规蹈矩",从而失去了个性意志。人们必须遵照祖传旧章办事,于是新的发明,往往被视为异端,从而扼杀了人们的首创精神。人们必须把古人的思想观念,特别是有利于封建阶级的著述,当作宗教信条;他们生来的任务就是顶礼膜拜,就是代圣贤立言。他们面对腐朽的思想、意识,不能对它们进行理性的分析与批判,更不能有思维的更新与发展。其实,当代意识就是五四精神的继续,就是在时代先进思想的指导下人的献身精神的光大,就是民族精神的弘扬,就是自我人格的确立,就是个性主体意识的觉醒,就是人的首创精神的普及,就是理性批判精神的发扬,就是以文明与启蒙消除野蛮与愚昧。当代意识的自身功能,是一种极为活跃的活力。它与民族文化精神的撞击,肯定与批判,选择与扬弃,才能不断改造与丰富民族文化精神的内容与观念。

当代意识一方面投向传统,投向当代审美需求;另一方面,也要求把文学的发展、传统的丰富与更新,置于国际文化环境之中。一个国家的文学,既要有自己的独立标榜,也要不断与外国的文学经验融合,才能时时更新。在我国古代,文化交流与文学交流相伴而行。一是地区性的,如先秦时期国与国之间的交往;随后是国际性的不同民族之间的文学交流,如中国的魏晋文化曾受惠于印度文化、佛教;而唐代文化、文学一面吸收西域文化,同时又对日本文化、文学产生了极大影响。"古希腊在许多方面曾受惠于古埃及,而在有些方面,曾受惠于当时位于希腊在亚洲的版图之内的那些国家"①。

---

① 托·艾略特:《诗歌的社会功能》,载《美国作家论文学》,192页,三联书店,1984年。

随着 19 世纪科学的发展，航道的疏通，坚船利炮的轰击，通商口岸的开辟，一些老大帝国再也坚守不住自己的古堡，于是各国文化交流进入了一个新时代。表现在文学上，是各国文学的传播，并受到国际性的检验。歌德在 19 世纪 20 年代讲到近代意义上的德国文学在成长过程中说："我们德国文学大部分就是从英国文学来的！我们从哪里得到了我们的小说和悲剧，还不是从哥尔斯密、菲尔丁和莎士比亚那些英国作家得来的？就目前来说，德国哪里去找出三个文坛泰斗可以和拜伦、穆尔和瓦尔特·司各特并驾齐驱呢？"[①] 稍后，歌德以敏锐的目光见到一种新的文学格局即"世界文学"的来临。他在读过中国传奇之后说："我愈来愈相信，诗是人类的共同财产……所以我喜欢环视四周的外国民族情况，我也劝每个人都这么办。民族文学在现代已算不了很大的一回事，世界文学的时代已快来临了。"[②] 果然，文学的交流，一下摆脱了地域的束缚，汇入了文学的国际交流之中，成为扩大审美领域、了解他民族文化精神的一个有力手段。1948 年，法国作家莫洛亚在一次文学史讨论会上，描述了义学交流所产生的影响。"伏尔泰得益于斯威夫特，拜伦得益于伏尔泰，缪塞又从拜伦处索取拜伦自认为得之于法国的东西。普鲁斯特奉罗斯金、艾略特、狄更斯为业师。""美国小说家今天在法国红极一时，但他们之中有的人承认曾受惠于福楼拜和左拉，另一些人则称得益于普鲁斯特。我们同时代的作家，即莫里亚克、杜哈曼、于勒·罗曼这一辈，颇得益于托尔斯泰、屠格涅夫和契诃夫，殊不知托翁诸氏声称他们是师承某些法国小说家的，而这些法国小说家

[①] 《歌德谈话录》，朱光潜译，48 页，人民文学出版社，1978 年。
[②] 同上书，113 页。

在法国现在已很少有人问津。"① 我国五四后的许多著名作家,莫不从外国文学中吸取营养。

但是更重要的是,对于文学本身来说,交流不仅是为了互通有无,而正如艾略特所说的,一是为了使自己复苏,二是使自己成为不朽,这是更深一层的意思了。他说欧洲国家中没有哪一种文学能独立于其他文学而独立存在。"……在一定时代里,它们当中每一种都依次在外来的影响下重新复苏。在文化领域里专横的法则是行不通的;如果希望使某一文化成为不朽的,那就必须促使这一文化去同其他国家的文化进行交流。"② 当一种文学处于绝对的封闭状态时,陈陈相因的格局,定型的思维,定势的教条、规范,必然会使它缺乏生气,走向停滞与蜕化。外国的文学的触动,新的文学思维的形式,可能会赋予它以新的机杼,在文学观念、语言、形式、技巧等方面有所借鉴。广泛的文学交流,给有的国家的文学注入了生命的活力。谁能想象没有外国文学的影响会有中国五四新文学呢?五四新文学就其本身来说,是在外国文学影响下的新的创造,就其对传统文学来说,它是中国文学的复苏。同时复苏也可以在更广泛的意义上去理解,如接受了外国文学影响给本国文学带进了新东西,或开辟了新的航道等。像拉美作家从欧洲、美国文学中吸取了各种艺术手法,庞德从中国古代诗歌中获得了更新诗作的"意象",等等,也是给本国文学一个复苏的契机。

一个国家的文学的不朽,可以从文学的两种价值上去理解。一是它作为有价值的审美创造物而被保留下来,成为一种历史形态;

---

① 莫洛亚:《文学史会议上的讲话》,载《文艺理论研究》,1985年第3期。
② 托·艾略特:《诗歌的社会功能》,载《美国作家论文学》,193页,三联书店,1984年。

二是它所显示的典范意义，由于其自身的生命力而能够流传下去。但为此必须又要继承又要更新，使这两种价值融合在一起，才能使作品成为不朽。前一种价值是一种已完成的形态，后一种则在动态中完成，即吸取外国文学的新的良规，融合新机，造成新的艺术，并使之成为新的传统。并不是所有从外国搬来的东西，都能成为不朽，只有那种能为本国人们逐渐接受，激活了旧传统的因素，进而自身形成一种新传统才能造成文学的不朽。如五四新文学中的惠特曼式的气势、泰戈尔式的韵味、左拉式的精神或是有关人的生存的文学观念，以至"为艺术而艺术"的思想，它们既是外来的，又促成了新的文学的诞生。

在与外国文学关系研究中，常常提出世界文学与民族文学关系的问题。我们在前面已谈到，所谓"世界文学"，只是对各国文学发展的一种总体把握，不宜把它视为一种文学实体，一种统一格局。歌德在谈及世界文学时，并不是指一种一体化的世界文学的来临，一种单一化的世界性的文学现象。有的学者目睹各国文化的交融，提出了"一个世界的文化"的论点，也是可以理解的。如闻一多说，世界四大古国的文化，慢慢地起着变化，"互相吸收，融合，以至总有那么一天，四个的个别性渐渐消失，于是文化只有一个世界的文化"①。于是有的论者认为将出现一体化的总体文学，这是值得探讨的。一，这种一体化的文学只能在一个极其漫长的历史过程中出现，现在我们虽然可以看到交融，但是一体性尚只是一种设想。二，不能把文学与自然科学等同起来。世界各国文化，如果是指自然科学，技术发明，共同道德准则，等等，我想在这些方面实现一体化是不

---

① 闻一多：《神话与诗》，载《闻一多全集》（一），201页，开明书店，1948年。

难的。由于人类的共性、审美爱好、理解的日渐接近，文学在不少方面逐渐融合那是可能的。至于只是把文学作为自我表现，单纯地抒发各种感受，心理无意识，这倒可能很快会使文学一体化起来的。但是文学是最具个性化的东西，是具有特定社会、环境、心理、地域色彩、风尚习俗、民族特征的现象。在国家、民族消亡之前，文学是不可能成为单一化的世界现象的。而且只要众多的人种不为单一的人种所代替，地域永远是一种差别，文学就很难一体化。文学又并不总是按照某种心理学化的式子创作出来的，所以仍然顽强地保留着民族特色。

在未来的、长久的发展中，文学将仍然是民族文学，它的发展的途径将是主导、多样与综合。对于一个国家来说，民族特征将是它的主导，如果失去这一特征，那么这种文学就会失去被人称道的品质。大量描写格杀打扑的通俗文学，它的普适性很大，人们的兴趣主要在于它们的刺激性、较浅层次的审美价值，而不在乎民族性特征，所以它们的文学品格不会很高。这类作品中的人物，换个外国人的名字照样可读。所谓多样，就是指对外国文学采取开放态度，提倡创作风格、流派的多样化。所谓综合，就是吸取他人之长，为我所用，创造新的形式。我们在前面论及的拉美"爆炸文学"，正是这种创新的文学。

（本文录自拙著《文学原理——发展论》中的第3编《文化系统中的文学》的第9章第1节，余3节从略，它们是《文学与审美文化》《审美与非审美文化的宗教与文学》与《文学与非审美文化》。《文学发展论》出版于20世纪80年代末，后有修订，作者认为文学与文化有着不可分割的内在关系，是文学研究的应有之义；同时写作这编也与当时文学研究的态势有关，即这时期文学理论中否定文学与社会文化关系的倾向相当流行,盲目崇尚内在研究的偏颇十分突出,甚至提出"新批评"是文学研究唯一正确的方法,正在寻找解脱之途。由于对外国文论的隔膜,结果不少学者转向了正好其时被西方学界诟病的文学"内在研究",于是出现了中外文论研究中的一次错位。)

文化系统中的文学

文学与审美文化①

在上面,我们探讨了民族文化精神与民族文学的一般关系,在这里,我们将把文化具体化,研究它的实在的形态和文学的关系。我们把它划分为审美文化、非审美文化和介乎两者之间的文化形态,这就是音乐和绘画,宗教,以及科学、哲学,伦理道德与政治。

一、文学与音乐

文学与音乐、绘画同为审美文化,它们的共同性比较明显。例如,它们都用实践—精神的方式审美地把握世界,但方式却各不相同,不可替代。贝多芬说,诗歌和音乐相比,领域不受限制,它的境界无限宽阔。门德尔松则认为语言代替不了音乐:"语言在我看来

---

① 文学与审美文化,这里仅谈了文学与音乐、绘画的关系。当今,图像艺术如影视艺术、音响艺术、电子文学艺术日新月异地发展着,正在以极快的速度"侵占"着以文字为营构的文学的传统场地,或者说正在改变着传统文学的面貌,这是需要严重关注与深入研究的。

是含混的、模糊的、容易误解的,而真正的音乐却能将千百种美好的事物灌注心田,胜过语言。"① 门德尔松的这种认识,自很别致,但对于大多数人来说,恐怕正好相反。

文学与音乐关系密切。文学的产生,无疑晚于音乐。古代诗歌,体裁不一,但无论中外,都是诗与歌的结合。根据史书记载,"《诗》三百五篇,孔子皆弦歌之,以求合《韶》《武》《雅》《颂》之音"。孔子自己说:"吾自卫返鲁,然后乐正,《雅》《颂》各得其所。"《诗经》之后是《楚辞》,也是与音乐结合一起的。楚国有着特有的色调浓烈的民间音乐,它"富于幻想,变化曲折,悦耳动听",史书上称之为"南音"。这些乐曲,源于民间的祭神歌曲与巫歌。王逸说:"昔楚国南郢之邑,沅湘之间,其俗信鬼而好祠,其祠必作歌乐鼓舞以乐诸神。屈原放逐,窜伏其域,怀忧苦毒,愁思沸郁;出见俗人祭祀之礼,歌舞之乐,其词鄙陋,因为作《九歌》之曲。"这说法是可以接受的。《九歌》中巫灵天神、云神命神、河神山妖一一登场,充满浪漫色彩,最后是《国殇》,以"合乐合唱合舞"收场,诗、歌、舞合而为 的场面,是可以想象得出的。

乐府兴起于汉代,也是诗与音乐的结合。《汉书·礼乐志》说:"至武帝定郊祀之礼,乃立乐府,采诗夜诵。有赵、代、秦、楚之讴。以李延年为协律都尉,多举司马相如等数十人,造为诗赋,略论律吕,以合八音之调,作十九章之歌。"乐府有机构采来民间诗篇,包括乐调在内,这诗篇就叫作歌诗,也即歌辞。然后配以"声曲折",即歌谱,供乐工演唱。这种能够合乐的诗,发展到东晋,就直接被叫作乐府了。汉诗以相和歌、杂曲为其精华。宋人郭茂倩谈

---

① 萨姆·摩根斯坦:《作曲家论音乐》,茅于润等译,77 页,人民音乐出版社,1986 年。

到相和的含义时说："凡相和,其器有:笙、笛、节鼓、琴、瑟、琵琶、筝七种"。因此汉魏以来的那些歌,都可算作乐府。如曹操的《薤露歌》《蒿里行》《苦寒行》等十分有名,而他的《短歌行》也传诵千古,现在其曲已失,但可以想象配乐后的铿锵、苍凉的歌唱。蔡文姬的《胡笳十八拍》,不仅留下了辞,而且留下了曲。郭沫若说:"那像滚滚不尽的海涛,那像喷发着熔岩的火山,那是用整个灵魂吐诉出来的绝叫。"音乐歌辞,紧相配合,跌宕起伏,激越悲愤,深沉流荡,声情并茂。

南北朝时期,乐府的发展随着民间歌曲的发展而发生变化。民间不断有新声出现。如"吴歌声""西曲歌"。它们不断被文人采用,在其基础上进行创作。北朝又吸收了北朝的民歌民乐。最后到了唐代,乐府演变成了各种诗体。它常使用"歌""行""曲""吟""谣"等为题,与乐调的性质相合,具有极强的音乐特征。唐诗把乐府的创造推向一个高潮,唐诗的律绝体、歌行体、长短句新诗体,以及后来的宋词,无不都从乐府演化而来;而元曲则使文学与音乐的结合发展到了一个全新的境界。

纵观诗歌的流变,是否可以说诗的多种体裁是与不断发生、出现的民间"新声"有关?当然也要看到,并不是所有的诗都可入乐,这类不能入乐的诗谓之"徒诗"。乐曲中也有没有舞蹈、唱词的纯乐器演奏部分,称作"但曲"。南朝开始,诗、乐、舞开始出现分离现象。一些乐府诗歌不再"被之金竹",而逐渐由唱而变为吟。此外乐谱的记述不科学,大量散失,失去依凭,也是原因。脱离管弦的诗,由于按诗的格律而作,而且用法极严,所以虽不入乐,但可吟唱,音乐性仍很强。

与诗一起发展的还有赋和散文。赋是诗的衍变物,是楚国的一种新兴文体。赋的原义是"铺陈其事",由于叙事成分的增加,诗的因素就势必减弱，这样便形成了诗与散文之间的一种形式。但赋在文采、音节上又受诗的影响，因此赋的音乐性是明显不过的。在五言诗尚未风行之时，赋是汉初文人喜用的一种文学样式。至于散文，原是史书、哲学著作，由于它们之中的部分著作的艺术性极强，所以后世都把它们视为散文作品。

　　音乐与诗的结合、音乐与诗的分离，对于文学发展各有其特殊的意义。除了上述音乐造成诗的韵律特点外，同时在诗歌描写中，还引进了听觉艺术的特征，使视觉艺术的描写，与幻象的听觉艺术的抒发，相互结合起来，形成一种"通感"，增强了诗的意象的变幻与新奇感，显示出诗意的丰富性。这种通感的沟通，在我国诗词艺术中极为普遍，形成了一种特有的艺术手法。诗的音乐性影响了我国散文的发展，表现为我国名家的散文，不是通过无声的阅读而必须通过诵读，才能领会其妙处。旧式私塾中，把这种诵读叫作"叹文章"，即按文意起伏，或缓舒或急促、或读或吟、抑扬顿挫摇头晃脑得像唱歌一样。这里有诗的一唱三叹，令人回肠荡气，有赋的音韵对称与排比似如歌行板。钱穆说："然中国文言亦尚声，中国之文学尤以音为重，如诗是矣。散文亦寓有音乐妙理，故读其文、玩其辞亦贵能赏其音。高声朗诵，乃始得之。"又说："中国古文，字句章节，长短曲折，亦皆存有音乐妙理，非精究熟玩者不能知。今人务求变文言为白话，但白话中亦有语气，有音节，亦同寓音乐妙理，不可不知。"[①] 此说极是。如陶渊明的《桃花源记》，王勃的《秋日登洪府滕王阁饯别序》，柳宗元的《钴鉧潭记》，杜牧的《阿房宫赋》，范仲淹的《岳阳楼记》，欧阳修的《秋声赋》，苏轼的前、后《赤壁赋》，归有光的《项脊轩志》，都充溢诗声音韵，可供朗诵叹

[①] 钱穆：《现代中国学术论衡》，278、279页，岳麓书社，1986年。

读。当然，一些现代的诗歌散文，也是有节奏、乐感的，如戴望舒的《雨巷》，音韵多么流畅响亮。至于一般平庸的诗作，如当代不少人的所谓诗，不仅不知乐理为何物，而且只是一种自我发泄的鼓噪。

作为听觉艺术，音乐对后代小说的影响也是很独特的。小说叙述往往通过音乐的曲调来点染人物心理和环境，烘托出一种特殊的隐秘状态、神秘气氛。这在《红楼梦》《老残游记》里都有十分著名的段落。

诗与音乐的分离，同样意义重大，其最大影响是使文学和音乐各自成为自身，形成文学、音乐的自身的特征。诗固然难以摆脱音乐，但叙事却逐渐离开了音乐，成为新的艺术形式。当然，像小说这类艺术，开头是一种说书艺术，而说书艺术是要使用韵文的，特别是它受到变文的影响，因而在中间也往往会插入韵文。就是到成熟期，这种影响仍然十分强烈。只是到了现代，才彻底摆脱了音乐的束缚，形成新的体裁。这里说彻底摆脱音乐束缚，只是说明创作主体的自由度与体裁特征，却不影响创作主体自觉地在叙事艺术中注入音乐感。

在西欧文学中，古代剧场上演悲剧是以合唱的形式相配合的，而流传至今的叙事诗，则是民间艺人代代相传吟唱的记录。近代欧洲歌剧的兴起，是文学与音乐联姻的结果。不少歌剧是以著名的文学作品为本事的；而有的诗则入了交响乐，如席勒的《欢乐颂》，成了贝多芬第九交响乐的主调，开创了交响乐与诗体结合的新形式。欧洲诗人、作家像中国诗人、作家一样，广泛地把音乐乐曲名引入文学，如浪漫主义作家笔下的浪漫司、颂诗、哀歌等。音乐不仅与诗联姻，而且也渗入中、长篇小说创作。不少作家在表现方式上常常求诸音乐或音乐结构。如有的作家把自己的长篇小说称作"三部曲"。"三部曲"在音乐中指大型作品，小说三部曲取其结构宏伟、历时久长、前后连贯、各自独立之意。或把中篇小说称为"朔拿大",或把长篇小说称为多声部小说、复调小说,或在结构上把音乐对位移入小说。如海明威就曾说过:"我觉得我个人向作曲家学习的东西和从和声学、对位法学到的东西是很明显的。"① 也有不少作家音乐修养极高,托尔斯泰、罗曼·罗兰、契诃夫,他们的小说中的一些段落描写充溢着一种音乐感,如契诃夫的《草原》、罗曼·罗兰的《约翰·克里斯多夫》、托尔斯泰的《战争与和平》等。至于在象征主义的作品里,象征主义者又特别强调音乐性是他们的基本美学准则,通过音乐性以显示出朦胧性、多义性、不确定性,对此我们在前面已有论述。

二、文学与绘画

现在很少有人再将文学与绘画进行类比或视为一体了,它们早就相互独立,自成系统。但把诗画视为一体,中西古代文化自古皆然。苏轼谈及王维的诗画时,曾说过:"味摩诘之诗,诗中有画,观摩诘之画,画中有诗。"画是视觉艺术,诗是语言声音艺术。这就是说,苏轼把视觉与声音听觉相互沟通了。他在视觉中感应语言听觉,又在语言听觉中感应视觉,形成艺术思维中的通感与联觉。于是他又得出结论:"诗画本一体,天工与清新。"说明诗画创作,原则相同,一在天然自成,二在清新独特。诗画的这种关系,宋代的张舜民也有类似的表述:"诗是无形画,画是有形诗。"张舜民着眼的是形,或是无形,本质上诗画同一。这种同一说、一体说,指出诗画开辟的境界有所不同,但只有有形无形之别。

持诗画同一说,在西欧也不乏其人。公元前 500 年的古希腊抒

---

① 见董衡巽编:《海明威研究》,64 页,中国社会科学出版社,1980 年。

情诗人西蒙奈底斯就说过:"诗是有声画,犹如画是无声诗"。贺拉斯也说过:"诗歌就像图画:有的要近看才看出它的美,有的要远看;有的放在暗处看最好,有的应放在明处看,不怕鉴赏家敏捷的挑剔;有的只能看一遍,有的百看不厌"。① 贺拉斯在这里把诗完全当作画来对待了。诗本是朗诵的,但也与视觉艺术通,可以近看、远看,如同玩赏绘画一般。

有意思的是文艺复兴时期的雕塑家、大画家达·芬奇在比较诗画时却大力推崇后者,贬低前者。他说眼睛是灵魂之窗,是心灵的要道,绘画能够通过这条要道,畅通无阻。"绘画包罗自然的一切形态在内,而你们诗人除事物的名称以外一无所有,而名称不及形状普遍。"② 英国的散文家赫列斯特(1778—1830)则相反,他说:"诗歌比绘画更有诗意。尽管艺术家或鉴赏家喜欢说画中有诗,但这只表现他对诗缺乏认识,对艺术缺乏热情。画呈现事物的自身的形象,诗呈现事物的内涵。画所表现的对象,限于事物自身所有;诗所暗示的对象,则超越事物,并以任何方式与之联系。"③ 但是在文艺评论中,后人很少用这种比较两者孰优孰劣的方法来讨论诗画。翻开我国古代文论,不少论者往往以画论诗;打开画论,则不少人常常以诗论画。那么,到底是什么因素促使人们把诗画并论的呢?

如果认为,苏轼的"诗中有画""画中有诗"确有道理,那么这诗中的画与画中之诗中间,就存在一种共同性的东西,这就是诗画所共同要求的境界或意境。"境界"最早出现于佛教典籍,后在画论中所使用。画论中有形、神之说。有人以为画重形似,如陆机:

---

① 贺拉斯:《诗艺》,载《诗学*诗艺》,156 页,人民文学出版社,1962 年。
② 达·芬奇:《芬奇论绘画》,人民美术出版社,21—22 页,1979 年。
③ 转引自伍蠡甫:《中国画论研究》,199 页,北京大学出版社,1983 年。

"丹青之兴，比《雅》《颂》之述作，美大业之馨香。宣物莫大于言，存形莫善于画，"① 以为画是重形。有的重主观情思，如庄周等，而东晋画家顾恺之提出"以形写神"（《论画》）和"迁想妙得"。所谓"以形写神"，即形乃神之依据而不陷于形，写形是为了显示神，神就是对象的内在精神和特征。因此他画人不马上画眼睛，而要经历数年，反复揣摩，其缘故在于"四体妍蚩，本无关于妙处，传神写照，正在阿堵之中"。他的"迁想妙得"，说的是画家把自己情意注入绘画，达到情景交融的地步或境界。历代画家大体上围绕上述问题张扬自己的观点。南朝谢赫提出的绘画六法十分有名，其中气韵说最为历代画家所乐道。钱锺书在《管锥编》中谈到，谢赫的六法由于过去句读标点有误，往往读作"气韵生动"，而按本意，应以读作"气韵，生动是也"为好，并指出神韵与气韵即状貌、风度，在当时是同义。唐代张彦远在谈及绘画六法时，提出气韵与形似的关系，提出"夫象物必在于形似，形似须全其骨气"，"若气韵不周，空陈形似，笔力未遒，空善赋采，谓非妙也"；"以气韵求其画，则形似在其间矣。"② 宗白华在《中国艺术意境之诞生》一文中，引录了方士庶在《天慵庵随笔》里的一段话："山川草木，造化自然，此实境也。因心造境，以手运心，此虚境也。虚而为实，是在笔墨有无间，——故古人笔墨具此山苍树秀，水活石润，于天地之外，别构一种灵奇。或率意挥洒，亦皆炼金成液，弃滓存精，曲尽蹈虚揖影之妙。"③ 他认为这里包含着中国绘画的精粹。艺术境界，就是

---

① 转引自张彦远：《历代名画记叙论》，见俞剑华编著《中国画论类编》上卷，28 页，人民美术出版社，1986 年。
② 张彦远：《论画》，见沈子丞编《历代论画名著汇编》，36 页，文物出版社，1982 年。
③ 转引自宗白华：《美学散步》，59 页，上海人民出版社，1981 年。

"以宇宙人生的具体为对象，赏玩它的色相、秩序、节奏、和谐，借以窥见自我的最深心灵的反映；化实境而为虚境，创形象以为象征，使人类最高的心灵具体化、肉身化"①。此说极有见地，显示了画的诗韵。

诗论论及意境较画论为晚，但也先有形神说。陆机在《文赋》中就说道："期空形而尽相。"《文心雕龙·物色》篇提出"自近代以来，文贵形似"。唐代王昌龄提出"搜求于象，心入于境"；皎然提出"采奇于象外"，"假象见义"。司空图在《诗品》中谈到"意象"，即象与象外的合一，主观与客观的融汇。他的"象外之象"，"景外之景"，"超以象外，得其环中"，以及"韵外之致"，"离形得似"，"不著一字，尽得风流"的诗论，对意境理论的形成十分重要。韵就是从字义到言外之意，"韵外之致"追求的是诗作语言表面之后更深层、深远的意义，"离形得似"即脱离事物外貌而达其内在之真。这些观点，无疑深化了诗歌理论。其后宋严羽在《沧浪诗话》中谈到诗的意境、神韵，如"羚羊挂角，无迹可求。故其妙处透彻玲珑，不可凑泊，如空中之音，相中之色，水中之月，镜中之象，言有尽而意无穷"②。近代王国维进而对"境界"做了进一步的阐发。历来诗歌都把情景交融视作境界，实际上这只是境界的条件，要构成境界，还应在情景交融的基础上体现出一种深邃的内涵，一种人生的意境，一种艺术理想。

宗白华认为"艺术意境"不是一个单层的平面的自然的再现，而是一个境界深层的创构。从直观相的摹写，活跃生命的传达，到最高灵境的启示，可有三个层次。他引用蔡小石在《拜石山房词》

---

① 宗白华：《美学散步》，59 页，上海人民出版社，1981 年。
② 严羽：《沧浪诗话校释》，郭绍虞校释，24 页，人民文学出版社，1961 年。

序中的一段话,作为他境界三层次说的佐证:"'夫意以曲而善托,调以杳而弥深。始读之则万萼春深,百色妖露,积雪缟地,余霞绮天,一境也。(这是直观感相的渲染)再读之则烟涛颃洞,霜飙飞摇,骏马下坡,泳鳞出水,又一境也。(这是活跃生命的传达)卒读之而皎皎明月,仙仙白云,鸿雁高翔,坠叶如雨,不知其何以冲然而澹,翛然而远也。(这是最高灵境的启示)'江顺贻评之曰:'始境,情胜也。又境,气胜也。终境,格胜也。'"① 这段论述,确是深得意境之妙。宗白华把三境与印象主义和现实主义、浪漫主义、象征主义相比,有些形似之处,但作如此类比,又恐太实,怕显得勉强。

从画论、文论来看,对诗画精神的论述,画中有诗、诗中有画,通过境界、意境确是相互贯通,而我们看到,不少诗人往往就是画家,不少画家,往往就是诗人,所以他们在作品中也就诗画并论,如梅尧臣说的,"诗中须有我,画中亦须有我",强调两者精神的一致。但是这一致性,并不是同一的东西。钱锺书敏锐地觉察到在我国的传统的文艺批评里,对诗和画有着不同的标准。南宗画在绘画传统中有公认的崇高地位,与南宗画相呼应的诗歌中的神韵派,却得不到承认是标准的诗风。例如王维的画,是画中"大写",他的《卧雪图》中有雪中芭蕉,体现了兴会神到的独特神韵,和削多成一、意高笔减的"大写"精神而受尽颂扬。他的诗风与画风相同,而后世的王士禛标举神韵说,形成神韵诗派,却未能获得公认正宗地位,千百年来为各派所公认的大诗人却是杜甫,神韵派诗人只能算是"小的大诗人"或"大的小诗人"。他们对此持有异议,暗有"谤伤",甚至公开说"摩诘不宜在李杜之下",但都无济于事。于

---

① 宗白华:《美学散步》,75 页,上海人民出版社,1981 年。

是便形成这样的情况：王维在旧画传统里"坐着第一把交椅"，但在旧诗传统里却数不上他，而为杜甫所占有。因此明显地出现了诗画评价中标准的不一。"中国传统文艺批评对诗和画有不同的标准；论画时赏识王世贞所谓'虚'以及相联系的风格，而论诗时却重视所谓'实'以及相联系的风格。"① 再进一层，有的著名画家如董其昌在比较著名代表人物时，往往认为王维高于吴道子，认为吴道子是"画工"，但在并论画风、诗风时，却又把"'画工'吴道子与'诗王'杜甫齐称。换句话说，画品居次的吴道子的画风相当于最高的诗风，而诗品居首的杜甫的诗风只相当于次高的画风"。也就是说，"用杜甫的诗风来作画，只能达到品位低于王维的吴道子，而用吴道子的画风来作诗，就能达到品位高于王维的杜甫"②。钱锺书要求对这种"中国旧诗和旧画有标准上的分歧"进行解释。

中国诗画批评标准不同的存在，是一个具有普遍意义的问题。它的关键所在，就在于诗画具有共同的特性，但到底是两门不同的艺术。在《拉奥孔》里，莱辛就它们的不同特点进行了探讨。此书的另一标题就是《论画与诗的界限》。莱辛反对古典主义把诗画视为一体的说法，指出两者在符号、媒介、对象、功能上均有不同，并从时空的关系，论述了两种艺术的差异。莱辛从模仿说出发，认为诗画都是模仿艺术。"出于模仿概念的一切规律固然同样适用于诗和画，但是二者用来模仿的媒介或手段都完全不同，这方面的差别就产生出它们各自的特殊规律。""绘画运用在空间中的形状和颜色，诗运用在时间中明确发生的声音。前者是自然的符号，后者是人为

---

① 钱锺书：《旧文四篇》，20 页，上海古籍出版社，1979 年。
② 同上书，23、25 页，后出版本作者文字有改动。

的符号,这就是诗和画各自特有的规律和源泉。"① 所谓自然符号,就是色彩、线条、物形,所谓人为的符号,就是声音和语言。由于绘画只能进行并列的布局,所以它的对象"只能运用动作中某一顷刻,所以它应该选择孕育最丰富的那一顷刻",或称"包孕最丰富的片刻",通过它可以上承过去,下见未来。由于媒介关系,这片刻只能存在于空间,而"必然要完全抛开时间";所以,绘画的对象只能是单纯的物体。诗运用语言、声音这种人为的符号,可以进行持续性的模仿,表现事物的动作、通过运动暗示物体,而不是对事物进行详细描绘,但画则以物体暗示运动。从功能上看,作为视觉艺术在于体现事物发展的瞬间,而且是并非高潮的瞬间,即包孕性最丰富的一瞬。诗为语言艺术,在于展现生活的流动,使人感觉到动态的美。莱辛也承认,绘画也能模仿动作,但是只能通过物体,用暗示的方式去模仿"动作","诗也能描绘物体,但只能通过动作,用暗示方式去描绘物体。"②

钱锺书在《读〈拉奥孔〉》中指出,"包孕最丰富的片刻是个很有用的概念",这一美学观念强调了"画家应当挑选整个'动作'里最耐人寻味和想象的那'片刻'……千万别画故事'顶点'的情景,因为一达顶点,情事的演变已到尽头,不能再'生发'了,那个'片刻'仿佛女人'怀着身孕',它包含从前种种,蕴蓄以后种种"。③ 他指出这一避开"顶点"的道理,中国古代画家早就了解,而且认为,这一手法,实际上也适用于文字艺术的。他说,诗文里的描述是继续进展的,可以将动作原原本本写出,"但是它有时偏偏

---

① 莱辛:《拉奥孔》,181—182页,人民文学出版社,1979年。
② 同上书,93页。
③ 钱锺书:《旧文四篇》,40页,上海古籍出版社,1979年。

见首不见尾,紧临顶点,就收场落幕,让读者得之言外。换句话说,'富于包孕的片刻'那个原则,在文学艺术里同样可以应用"①。事实正是如此,叙事文学虽然主要描绘行动,但同样广泛使用了这一艺术原则。

近代以来,当人们对时间与空间的观念发生变化后,特别是认识到时间不仅可以是历史的,还可以有心理的时间,时序可以颠倒,并且可以进行共时的艺术描写,诗与绘画在某个方面又发生了新的一致,而意象派的诗人也力图把绘画搬入他们的诗作。

讨论了时间艺术、空间艺术的对象、手段、功能以及它们的特征的不同,就可以对"中国旧诗画有标准上的分歧"问题进行初步的说明了。这就是绘画可以突出王维的富有神韵的大写,以表现"包孕丰富的片刻",神思的飞扬和空灵。但这只能满足人们对空间艺术的审美的一个方面。人们还需要另一种审美形式,这就是动态的审美,不是凝固、瞬间的,而是连续不断的动态的审美,而这点,只有文学描写才能做到,即使是连环画,也无法取代,这是一方面。另一方面,诗画之间确是存在着不同的批评标准,同时还存在着诗与诗的不同准则。王维的诗无疑具有巨大的审美价值,他的不少优美的诗作,说明了人的审美感觉能够精致、空灵到什么程度。但是杜甫的诗比之王维的诗,同样有巨大的审美价值,而且从动作方面来说,非王维的诗可以比拟,叙事诗、史诗以及另一种类型的抒情诗、感事诗,在表现审美意象的变幻中,还能广泛地、深入地描绘现实生活和历史,广阔地表现人类精神的价值。这就是为什么神韵派诗人想谤伤杜甫而又无法贬低杜甫的真正原因,甚至连苏轼也无法办到,而只得承认杜甫的不可动摇的地位。

---

① 钱锺书:《旧文四篇》,43页,上海古籍出版社,1979年。

审美与非审美文化的宗教与文学

文学与宗教，较之文学与哲学、道德的关系来说，是极为特殊的。这种特殊性在于宗教在把握世界的方式上与文学非常接近，而在内在联系上却愈来愈远，日益淡化，以至若即若离，相互脱离。但是宗教却又是那样深入人心，有仪式的、有教义的宗教，有把思想当成信仰而至迷信的宗教，还有因为没有信仰，或是信仰毁灭而以为生活本身、人的本身存在就是荒谬的宗教。我们在这里说的是狭义的宗教。

海涅在《论德国宗教和哲学的历史》一书中，开头就说："法国人最近读了我们的一些文学作品，就以为能够理解德国了。然而他们借此只不过从完全无知的状态，刚刚上升到问题的表面，因为只要他们不理解德国宗教和哲学意义，我们的文学作品对他们仍是一些默默无言的花朵，整个德国思想对他们仍是一个拒人于千里之外的哑谜。"① 海涅的这一论断，思想十分深刻。这对于其他国家有着悠久历史，曾为哲学和宗教长期所左右和影响的文学来说，也可提出这种要求。不了解欧洲宗教，就难以理解欧洲的文化和文学。

巫术是一种原始宗教，而后世的宗教与原始宗教不同之处，在于前者已从混合思维中分化出来，形成一种独立的思维形式，一种独立地认识和把握世界的特有的方式，它与哲学、伦理道德把握世界同又不同。相同之处是宗教是一种戒律，清规，信仰以至迷信。不同之处是，如果哲学、道德力图从现象探入事物本质，揭示事物

---

① 海涅：《论德国宗教和哲学的历史》，11页，商务印书馆，1974年。

的规律,则宗教是一种非理性的先验理论,是建立在人对现实虚幻认识的基础之上,成为对现实生活的颠倒反映。可以这样说,"一切宗教都不过是支配着人们日常生活的外部力量在人们头脑中的幻想的反映,在这种反映中,人间的力量采取了超人间的力量的形式"。[①]同时,它们的不同之处表现在宗教还是一种实践的力量。它所规定的戒律、清规,都是以信仰、盲目服从的准则形式出现的,形成善男信女仪式化的顶礼膜拜;并以虚幻的满足,来对抗似乎是难以改变的现实。"宗教里的苦难既是现实的苦难的表现,又是对这种现实的苦难的抗议。宗教是被压迫生灵的叹息,是无情世界的情感,正像它是无精神活力的制度的精神一样。"[②]

文学与宗教的思维都从混合思维中分化出来,但却在把握世界的方式上有惊人的一致之处。比如,宗教的教义主要通过丰富的幻想,建立了自己的形象系统,在生动的描述中表现出来的。这里同样有动之以情,也有潜移默化,而且靠着特有的仪式的外力干预,建立一种人生理想。我们就从这几个方面对两者进行比较。

先说幻想与现实的关系。文学需要幻想,宗教也需要幻想,这是两者的共同性。文学的幻想源于现实,宗教的幻想同样源于现实,但它对现实做了非现实的理解。文学的幻想是为了创造艺术真实,审美地反映真实的人生,即使采取多种变形的艺术形式,甚至是远离现实的形式,但仍然是主体的现实精神的折射,其立足点主要是现实。艺术幻想创造一种虚幻的世界,它并不把它的作品当作现实;虽然如此,这种虚幻的现实却使人感到真实般的现实。宗教的幻想在目的上就不同,它虽同样以幻想创造了一种虚幻世界,但却把自

[①] 恩格斯:《反杜林论》,311 页,人民出版社,1970 年。
[②] 《马克思恩格斯文集》第 1 卷,4 页,人民出版社,2009 年。

己创造的世界,当作一种真实存在的现实;这个世界不存在于现世和此岸,却以为存在于来世和彼岸,从而以虚幻代替现实。

文学与宗教的另一共同特征是它们的形象手段。所谓形象,说的是生动、具体、可感的特征,和形象的抽象特征。文学审美地反映生活,借助于主体感情的把握,对生活画面的描绘,人物、情节的穿缀,即使把它们予以淡化,也不过使其特征淡化就是。宗教的形象性是十分突出的。现今流行于世的宗教,一面有仪式的教义的宣讲,另一面又无不通过生动的故事,进行形象的宣传。原因在于形象性具有直观性、可感性、生动性,易为读者、听众所接受,并且在此基础上形成宗教文学。《圣经》《古兰经》,佛教典籍,比如《佛本生故事》,实际上就是文学作品。除此而外,宗教的形象性特征,还表现在以绘画来描绘宗教教义,以及对宗教的始祖、圣者、圣徒等一系列人物的塑造,形成一种宣扬宗教思想的形象的实体与体现,如泥塑、雕刻、绘画,成为一种特有的宗教艺术。宗教的形象性特征还表现在宗教音乐之中。宗教形象与文学形象的不同,在于文学形象具有生活现实本身的特点,生命变化的特点,人的个性化特点;而宗教形象则是一种符号,一种建立在想象基础上的虚幻的象征,一种对此岸世界深深的失落与对彼岸世界寄予无限厚望的象征,它是抽象的人。神是完美的人的形象,它的产生是由于各形象的相似,由于类似的形象不断地融合为同一个形象。在这里,神就是"完美的人"的形象。但真正的各种佛像雕塑,却富有神韵生命。后世的人也许应该感谢宗教信徒的无限虔诚与坚毅的力量,他们创造出了无数艺术珍品,并尽力保藏至今,使后人站在巨佛石刻之前,或聆听圣乐时,能够感到人的绝妙创造的无比伟力,和人的庄严、和谐与永恒。

文学以生动的描写动之以情,发生潜移默化的作用,宗教同然,并进行公开说教,形成动人的感受与说教相结合的特殊方式。宗教说教往往通过仪式进行。仪式本身是一种形象化的过程,它具有一种神圣感、神秘感、畏惧感,这是文学所不具有的。最后,文学与宗教都力图建立一种理想。文学建立的是一种世俗的人的理想,人的完善的理想,社会生活崇高、和谐的理想。当然,当非理性主义突入生活,突入今天的文学,文学也就离开了理想,或是理想往往变成乌托邦理想,使人厌倦、失望。宗教则始终是一种理想,一种来世的理想,一种寄希望于彼岸的理想。自然,宗教给人以理想。人是需要理想的,他需要符合于自然界的人的理想,而不是超自然的理想。但是这还不够,人还要一种符合于社会繁荣、和谐的理想,要求建立人与人是一种对话关系的理想。

宗教文学比宗教本身似乎要复杂一些。我们可以把宗教文学分成两类:一类是描写那些宗教创始人、圣徒的活动传记故事;一类是为宗教传播的目的而创作出来的故事、寓言、箴言、启示录等。这两类著述都有文学价值,而且相对地来说,后一类记载完全可以被当作文学创作,《圣经》、《古兰经》、佛教故事,就是由这几方面的记述组成的。《圣经》中的《旧约》是古代以色列与犹太部落的文献汇编,它记载了公元前13世纪至3世纪有关创世的传说、历史、教规、法律、诗篇、箴言、情歌等等。这里充满幻想,箴言极富智慧,诗篇歌颂神威、正义。《新约》则是基督教兴起后写成的有关耶稣及其信徒的传说。中世纪建立神权统治之后,《新旧约全书》就被奉为《圣经》。《古兰经》记载了伊斯兰教创始人穆罕默德创教、教义内容、传教活动、社会理想以及种种神话、传记、故事、寓言等。佛教国家流传的《佛本生故事》,则是一部寓言、童话、故事的结集,故事富有寓意、智慧,形式生动活泼。

在世界各国文学中,宗教与宗教文学对文学创作影响巨大。欧洲中世纪只知道一种意识形态，即宗教和神学，文学自然也处在宗教与神学的统辖之下。但是也不能把问题简单化，要对中世纪的文学作进一步的研究。看得比较清楚的是中世纪以后的文艺。例如基督教对欧洲文学的影响，十分复杂。它表现为不少作家受到宗教思想的影响，并从《圣经》中汲取思想，采取其中的故事素材，进行再创造；有时不少作家实际上是反对教会的封建专制的，但他们却采用了宗教文学中的一些情节，创造出宣传反宗教的人文主义思想的作品。和人文主义时期的雕塑、绘画一样，文学中的宗教故事中的人物，已失去了神圣的光环，而变得世俗化了。但丁把宗教里的境界地狱、炼狱、天堂，搬入了《神曲》，向往着人文主义的光明。弥尔顿以《圣经》中的故事为题材，描写了亚当因受了引诱而失去乐园，今后只能依靠自己劳动生活，以及歌颂撒旦的叛逆精神。他的《复乐园》取材于《新约·马太福音》，描写不受任何物质、精神引诱而复得乐园，《斗士参孙》取材于《旧约·士师记》，描写力士的复仇，歌颂人的反抗精神。歌德同样把宗教故事中的形象，改造为艺术形象，如《浮士德》里的靡非斯托非勒斯成了一个"否定的精灵"。

欧洲不少作家不仅受过宗教教育，而且进行宗教探索，表现在创作中，效果各不相同。在果戈理身上，宗教探索是毁灭性的，他晚年屈服于宗教教义，害怕自己著作的批判倾向，在追求宗教的爱、和谐的狂热中毁了自己。托尔斯泰否定教会，揭露它的虚伪、腐化，为此被革出教门。但他宣传基督教的普遍的爱，爱一切人，也爱你的敌人，罪孽的获赎则全在普遍的爱。在艺术主张方面，托尔斯泰宣扬一种宗教艺术观。他认为："现代的宗教意识——即承认生活……的目的在于人类的团结——已经显示得够清楚了，现代的人们只须摈弃美的理论（这种不正确的理论认为艺术的目的是享乐），那么宗教意识就自然而然地会成为现代艺术的指引。"① 他认为基督教义不仅所有的人都能了解，而且整个现代生活都渗透了这种学说的精神，有意无意地都受着这种学说的指导，"基督教的艺术的任务在于实现人类的兄弟般的团结"。陀思妥耶夫斯基的探索也极为独特，他在艺术探索中把艺术、宗教、伦理、人性的探索融汇一起。例如他作品中的伦理、人性探索中的失败者，最后往往只有求诸于宗教的探索，而形成作品中的某种神秘色彩。可以这样说，在这些作家的小说里，凡是赤裸裸地宣扬宗教、伦理的地方，使人难以卒读；把笃信宗教的人物视作最高尚的理想，最能排除人间烦恼的形象，并不总能获得读者好评。

宗教对我国文学产生重大影响。我国的道教从原始巫术演变而来。"道"就是从古代神道设教的神道演变而来。在古代主神道者有专门的官职，即巫祝史，他们通过仪式，沟通神与人，随着封建社会的兴起，出现了神仙方士。"所谓的'方'，主要就是不死的仙方。这种方士，也从事巫祝术数，自称他们能够通神仙，能够炼不死的丹药，能够飞升成仙。"② 这类神仙思想在《庄子》里就有描写，如在荒山云岭，有异人居住，吸风饮露，不食五谷，能乘云气，御飞龙等。这种宗教思想反映到文学中，大概以《楚辞》为最突出，其中宗教思想与神话浑然一体。但是作为宗教，对中国文学影响更大的是佛教。佛教输入需要通过翻译，不少著名文人或参加翻译，或参加监护勘定，无形中使释、儒二家结合起来。儒家多半为文人学士，他们的参与使经文典范化，使经文不亚于本民族创造的经典文学。在唐代，《法华经》《华严经》《维摩经》，都是文人案头必备之

---

① 托尔斯泰：《艺术论》，183 页，人民文学出版社，1958 年。
② 卿希泰：《中国道教思想史纲》第一卷，34 页，四川人民出版社，1980 年。

书。同时不少文人又大量翻译了佛教故事、寓言,进而扩大了佛教的影响,佛教的影响最集中地表现为一种出世文化精神的形成。佛教宣扬人生皆苦,苦海无边,生老病死,轮回不已,四大皆空。根绝人间一切烦恼的办法,就是实行禁欲主义与苦行,即"灭谛",通过"寂灭",以解除自我烦恼。"圆满"一切"清净功德",而达到"涅槃"境界,即扑灭一切生死轮回而证得一种最高的寂静的精神境界。这是一种回避现实、世俗的出世思想,它深深地影响了儒家的人生观。儒家思想原是入世的。所谓入世,就是建立功名富贵的人生观。出世思想一经确立,于是这两种思想形态就在儒家身上产生了一种奇妙的结合,如前所说形成了入世、出世互补的文化心态。当他们仕途得意,就以儒家学说为本,充满建功立业、封妻荫子的思想;同时辅之以佛教的思想,以作为个人的内在的修性养身之道。这就是白居易说的"外服儒风,内修梵行",也就是柳宗元说的"统合儒、释",以儒家学说为本,以佛济儒。当他们失意时,无法获得功名利禄,就转向释道思想,以为人世皆浊,并以啸傲山林为清高,从佛道思想中求解脱。这种思想精神不能不透入他们的创作之中,映照到诗歌里,就形成一种诗风,这在唐代的诗作中特别明显。韩愈辟佛,情绪十分激烈。但当自己仕途受挫,就悟到佛理之妙,赞颂起佛家的生活情趣来了。柳宗元谪贬永州,他的诗文表现了一种超脱现世的境界,颂扬禅趣的意境。王维仕途受阻,就去佛教中寻找慰藉:"一生几许伤心事,不向空门何处销"。他的诗作不仅提供了闲、空、寂的悠然自得的田园境界,而且使其诗作走向了象征主义,而在诗歌中独树一帜。佛家思想在后来的文学中如宋词、元曲中,都有表现;而且有的以禅理入诗,形成一种风气。

佛教文学的传入,对我国的文学体裁、表现方式、语言等方面,都有深远的影响。例如唐代的变文,就是佛教的佛经变文。为了宣传佛教思想，于是有人将宗教故事写成了供讲唱的韵文散文体。变文"是一种新发现的很重要的文体……'变文'的意义和'演义'是差不多的。就是说把古典的故事，重新再演说一番，变化一番，使人们容易明白"①。变文和变相在唐代都极流行，庙宇巨壁上，都有地狱变相等壁画，同时据说没有一个庙宇不曾唱过变文的。变文开始是讲唱佛经故事，随着这种宣讲方式的不断发展，很快就为文人们所利用，用以讲唱民间故事和传说，于是就为文学开创了新的文体。"这种新文体的'变文'，其组织和一部分以韵、散二体合组起来的翻译的佛经完全不同；不过在韵文一部分变化较多而已。翻译的佛经，其'偈言'（即韵文的部分）都是五言的；而变文歌唱的一部分，则采用了唐代的流行的歌体或和尚们流行的唱文，而有了五言、六言、三三言、七言，或三七言合成的十言等等的不同。在一种变文里，也往往使用好几种不同体的韵文。"② 变文还有散文部分，其间插入了骈俪文，尽管并不对仗，但大多仿效使用，蔚成风气。这种混合使用的文体，对后世的文学体裁影响深远，如诸宫调、宝卷、弹词，甚至以后的话本形式。此外由于大量佛教故事、寓言的输入，也丰富了我国原有文学的表现方法与语言。

　　佛教的输入，对我国古代文学理论发展也产生了良好作用。《文心雕龙》吸入了佛家思想；皎然以佛理说诗，他提出的诗式、意境等观念，影响了后来的司空图、严羽等，一直蜿蜒曲折而达于王国维。

---

① 郑振铎：《插图本中国文学史》2，449页，作家出版社，1957年。
② 同上书，451页。

文学与非审美文化

一、文学与科学精神

自然科学与文学的关系，从中国古典文学来看，两者是截然分开的；从欧洲古代文学来看，两者是相互激荡、互施影响的，而且愈往后去，文学主要受到科学进步、科学精神的影响，而发生重大的变化，而且看来这种方式将是主要的趋势。

科学和文学的关系大体表现在下述几个方面。

一是，一些作家，特别是古代作家的作品，以优美的文学语言，描写了一系列现在看来纯属科学方面的问题。这一情况生动地表明，在古代人类思维形态确是混合性的。例如屈原的《天问》，天问就是问天，过去的解释是"天尊不可问，故曰天问"。这里所指的天，就是泛指自然、社会现象。《天问》构思奇特，对人类、历史、自然现象，根据神话提供的材料，一连提了170多个为什么，其中如远古开端，谁人传之？曾是昼夜不分，谁来划分？宇宙明明暗暗，原因何在？天高九重，是谁筹划？东南地势为什么倾塌？等等。公元前的罗马，有卢克莱修的《物性论》，探讨物质运动，却用长诗形式描述，当时人的思维就已如此精深，提出问题为后世科学所证实，确实令人惊异不止。不过后来思维分工，就很少见到这种形式了。

二是，文学在一定时期能够给予科学以巨大的推力，这种情况在历史上不多见，像文艺复兴时期表现得最为明显。那是欧洲文化全面发展的时代，各种科学获得了迅猛的发展。但是作为文艺复兴精神的体现，作为人文主义思想的旗帜，作为开路先锋，作为各个学科发展的鼓舞，则是文学艺术。文学艺术是文艺复兴中最为辉煌的成果。但丁、薄伽丘、彼特拉克、塔索；乔叟、琼森、莎士比亚；拉伯雷、蒙太涅；洛卜·维加等人，在冲决中世纪的罗网，张扬人性、人道，反对黑暗统治、愚昧，歌颂人的伟大方面，都是时代的旗帜。他们使人文主义思想广为发扬，引起各个领域的变化，并且也促进自然科学的发展，"自然科学也就是在这场革命中诞生和形成起来"。我国新文化运动发轫于五四运动。五四运动原是文学运动，但它以民主、科学感召世人。中国现代意义上的自然科学，只是在五四以后才兴盛起来的。

三是，自然科学的蓬勃发展，又以其认识世界的方式和求实的精神影响着文学。自然科学发展到18世纪末，仍然主要是搜集材料的科学。但是到了19世纪，自然科学从整理材料，研究过程，事物的发生和发展，形成了一个具有伟大整体联系的科学。这种整体联系的科学精神，就是观察、比较、研究、分析、综合。这种科学精神强烈地影响着19世纪现实主义文学的形成。

司汤达作为小说家，作为法国现实主义文学奠基人，也研究历史、哲学、机械、数学，特别是心理学。他说："一种艺术永远有赖于一种科学，它是一种科学方法的实施。"[①] "在政治中，有如在艺术中一样，不研究人，就不能取得高度的成就，因此必须勇敢地从自己本身，从生理现象起步。"[②] 司汤达要求语言明确、正确，"感情的语言"要达到数学的精确。他的《论爱情》一书，是欧洲有关人的精神生活的复杂现象心理分析的最初尝试之一，所以此书往往被选入感情心理学文选。《论爱情》对爱情做了分类，有表示强烈欲

[①] 转引自李健吾：《科学对法兰西十九世纪现实主义小说艺术的影响》，载《文学研究》，1957年第4期。

[②] 转引自米·贝京：《艺术与科学》，122页，文化艺术出版社，1987年。

望的爱情，有使人倾慕的爱情，有肉欲的爱情，此外还有追求虚荣的爱情。同时司汤达还进一步探讨了爱情的产生：先是喜悦、神往，想得到对方青睐，于是产生希望，继而形成爱情，最后产生第一次定形。接着又出现怀疑，改变了原先希望，害怕得不到幸福，于是出现第二次定形；交织着怀疑与希望，感到唯有对方才能给以幸福。之后又产生第三个思想。……同时司汤达指出，爱情的定形是一个不间断的过程，不断变化，不断定形①。《论爱情》作于1822年，这对他后来的小说创作无疑极有影响。1831年问世的《红与黑》，以对人物微妙的心理分析著称于世。

19世纪强大的科学精神，也显现于巴尔扎克身上。这位作家说他的《人间喜剧》的构思得益于自然科学之处甚多，"是从比较人类和兽类得来的"。动物学研究当时已相当盛行，"只有一种动物。造物主只使用了一个同样的模子来创造一切有机存在物。"他说这类学说"早已深入我心，我注意到，在这个问题上，社会和自然相似。社会不是按照人展开活动的环境，使人类成为无数不同的人，如同动物之有千殊万类吗？"② 在创造人物方面，巴尔扎克提出"分析""综合"是他主要的方法，我们知道，这也正是自然科学的方法，获得新成就的方法。

在福楼拜的身上，实证主义的自然科学精神同样极为明显。他提出人类"越前进，艺术越是科学的，同样科学将变成艺术的。二者在底面分手，又在顶点相合"。又说"文学将越来越采取科学的姿态"。福楼拜有一个医生的家庭环境，"他从父亲方面得到他的实验

---

① 司汤达：《论爱情》，维柳纳斯等编《感情心理学文选》俄译本，280—286页，莫斯科大学出版社，1984年。
② 王秋荣编：《巴尔扎克论文学》，58页，中国社会科学出版社，1986年。

主义倾向,这种使他用无限的时间去理解最小细节的对事物的绵密观察,以及这种使他同时成为一位学者与艺术家的渊博爱好"。① 这种实证主义科学思想,使他在写作小说时总要在他描写的地方,进行实地的细致观察。他的笔像解剖刀一样划入人的心灵深处,有时甚至到了极其严酷的地步。文学"将主要是展览的,意思是说,不是教诲的。应当画成画,显出自然的本来面目,而且是完整的画,里外统统画出来"②。像福楼拜这样的艺术家,曾经历了无数次革命与随之而来的反动,以为社会、改革不能产生决定性影响,社会进步是依照"自然规律"进行的,他以为唯有科学与艺术才能拯救社会。因此他的文学观常常与生理学联系起来的。

左拉更是如此。他重自然科学,他的文学宣言取名自然主义。自然主义者的前身,就是博物学者③,重视科学方法,以及一些具体门类的学科,如生理学、遗传学、医学等。他把这些学说当作他写作《卢贡·马卡尔一家》的指导思想,以致把一些人的社会特征都从遗传、血缘关系加以处理。他说:"我要自己研究的卢贡·马卡尔家族的特征是纵欲,我们这一时代追求享乐的疯狂倾向。就生理而言,一个家族初次受到一种有机的病害,病害形成神经和血液的症状,就一步一步慢慢发展成为这种特征,按照环境,决定家族每一个人的感情、欲望。"④

四是,在科学与文学的相互关系中,科学也往往可以成为描写对象。如儒尔·凡尔纳、威尔斯等人的科幻小说,至今吸引着读者。

---

① 转引自李健吾:《科学对法兰西十九世纪现实主义小说艺术的影响》,载《文学研究》,1957年第4期。
② 同上。
③ 同上。
④ 同上。

我们看到一种奇妙的现象，文学在这方面远不是消极的。在这些作家的作品里，有不少伟大的科学猜测或预测。像凡尔纳海底旅行工具；像巴尔扎克在一部小说里写到人的心理时提出，在人的机体中，有一种尚未为科学探知的液体存在，它对人的心理状态产生影响。这是一种"假说"。几十年后，科学家发现了"荷尔蒙"这种激素，建立了"内分泌学说"。

20世纪科技的急剧发展，使社会生活发生了极大的变化，出现了一些新的艺术品种，如音像艺术等。与此同时，科技的发展给文学以巨大的影响，其中最大的是心理学。意识流的研究与运用，改变了文学中的时间观念、空间观念；精神分析学说的运用，扩大了文学描写的对象，对作家发挥"自我观察""自由联想"都有启发，深化了人对自我的认识。

科技的发展，使一些人预言，文学将彻底改变其性质。一种预言是书面文学将不复存在，而代之以音响艺术、视觉艺术。不过，我以为只要人仍然用语言交往，文字的语言艺术恐怕仍会流传下去，继续被创造着，因为别的艺术无法替代它。另一种观点是要求文学彻底"科学化"，这在苏联20世纪六七十年代十分流行。这些问题常常是在崇拜科技进步的名义下进行的，而很少注意这种进步本身的矛盾，而且非常重要的是，文学的作用在本质上被贬低了。那时一些理论家断言，文学的未来取决它在多大程度上掌握了科学方法。但也有不同看法，它强调文学的巨大的审美意义，认为审美意义并不取决于"科学化"。十多年过去了，文学仍以它固有的方式创作着[1]。

文学数学化是文学科学化中的又一论点。数学偏于抽象，善于

---

[1] 见苏联《文学报》，1984年12月19日。

从繁复中归纳出公式定理。文学显示的是具体，某些诗作的抽象化，仍然要通过形象获得，即使只是淡化了的形象，否则它就会向哲理转化。说科学与诗、文学的合流，文学数学化，这实际上使人们退回到混合思维状态去，取消诗与科学的区别，尽管可以把这种混合思维说成是高级的，是否定的否定，但从思维发展的过去和现状来看，这不过是一种科学主义的表现。

二、文学与哲学和文学的哲理追求

文学与哲学，两者的关系就文学的角度来说，文学有过哲学化的时代；就哲学的角度来说，哲学有过文学化的时代。不过愈是晚近，哲学著作愈是失去文学价值；而文学却不尽然，它仍紧紧地缠住哲学。有的派别的作品，如存在主义文学，哲学意味很浓，使其失去哲学意味，它自身就不存在了。一首怀古的诗，或是写景的诗，如果就事写事，给人印象不深，如果蕴含某种哲理，就使人值得玩味了。所以文学与哲学之间至今保持着一种深刻的内在联系。

文学与哲学自然已构成两种独立的文化现象。就文学与哲学的相互关系来说，文学还仍旧能够施加影响于哲学，如文艺复兴运动中的文学，不过后来文学的这种作用愈来愈淡化了。倒是哲学不断地影响着文学，甚至时时赋予它以一种精神，以不同的质感、形态，透入文学机体。排斥这种影响是可以的，但这只意味着自己的浅薄，一种文学的萎黄病。

哲学对文学的作用与影响表现在哪里？从各自的目的来说，哲学在于阐明世界、人的处境及人生的意义。文学则在于感受世界、领悟人生，品味人的命运的斑驳色彩。而人从哪里来，又到哪里去，往往成了它们共同探索的命题。然而在这些问题上，哲学的探索则是主导的。

从静态的角度来看，哲学的影响造就作家和形成文学的哲理追求。创作主体的人生观的形成有多种途径。一种是，结合生活实践，自觉地把握哲学理论，吸取营养。这类作家的知解力一般说来较高，如作为文学家的先秦诸子，后来的柳宗元、刘禹锡，以及清代的一些诗人，如龚自珍等。外国文艺复兴、启蒙时期的文学家，不少都是哲学家。一种是，不少作家广泛涉猎社会、科学著作，形成了自己对生活的独特理解和人生观，影响他们的具体感受的世界观，如鲁迅，他所提出的阿Q式的国民性问题，是一种文学性的哲学发现。当然也有不少作家对理论不感兴趣，思想的抽象观念较少，他们主要从生活本身吸取形象和直觉的观念。

　　哲学进入文学，有两种方式。一种是直接介入，它往往是一种说教，即使是《战争与和平》的尾声的历史哲理的抒发，虽然对于了解小说、作者的历史观念极为有益，但一般读者是不注意的。所谓哲理，就是对人生的一种哲学思考，就是对人、人的命运，他的处境，他的过去与未来的一种独特的感悟。它们组成了作品的精髓，作品的意味，在人物的况味中获得。可以毫不夸张地说，任何有意味的作品，那种有较大的审美价值、社会底蕴的作品，都是以一种人生哲理为核心的。固然不少作品不具这种品格，也可能是优秀之作，但蕴含着人生哲理的优秀作品，其审美价值要丰富得多，其艺术的品格要隽永得多，其艺术生命要长久得多。在屈原的作品中，不是有一种可以和今人相通的无尽的忧患而执着的崇高的追求，以致"惟天地之无穷兮，哀人生之长勤"？曹操的《短歌行》："对酒当歌，人生几何？譬如朝露，去日苦多！"发出对短暂人生的慨叹，音调何等苍凉！他的《龟虽寿》，却又显示了"老骥伏枥，志在千里"的志趣。读陈子昂的《登幽州台歌》，其印象会随年龄和阅历而变幻。"前不见古人，后不见来者。念天地之悠悠，独怆然而涕下"，显示了独立苍茫，古今易变，天地无穷，人生易逝，个人不得志的孤独喟叹。这类寄寓人生哲理的诗作，极富深度，它们给人以启迪。有不少风景诗作也是如此。苏轼的"横看成岭侧成峰，远近高低各不同。不识庐山真面目，只缘身在此山中"，人生哲理何等浓郁。又如朱熹的"半亩方塘一鉴开，天光云影共徘徊，问渠那得清如许，为有源头活水来"，把读书收益与流动的自然景色相比，极富理趣。

《三国演义》《红楼梦》等小说，处处充满着生活的哲理，令人回味无穷。"滚滚长江东逝水，浪花淘尽英雄。是非成败转头空。青山依旧在，几度夕阳红。白发渔樵江渚上，惯看秋月春风。一壶浊酒喜相逢。古今多少事，都付笑谈中。"艺术上，此词十分通俗，千年往事，是非成败，转瞬皆空；唯青山依旧，春风长驻，夕阳长红，说得悠闲、轻松。接下去马上是"话说天下大势，分久必合，合久必分"。从历史的变迁来说，极富历史辩证精神。于是从合到分，就引出了一幕幕金戈铁马、斗智斗勇的历史画面。最后三国一统，归结为天数，自然是一种历史唯心主义。但暂时的一统又会再回到小说开场的调子上去。这部小说的人物关系、对话、诘难、反难，充溢着哲理意味与智慧，让人叫绝。

中国文学中的哲理的探索，一般表现为对人生的慨叹，时空的易逝、转移，灵悟和沉思冥想。在西欧的文学中则有所不同，它多探索人的本身，人的自然天性，人的欲望与情爱。莎士比亚借哈姆雷特之口说："人是一种多么了不起的作品！理性是多么高贵，力量是多么无穷！仪表和举止是多么端正、多么出色，论行动，多么像天使！论了解，多么像天神！宇宙的精华，万物的灵长！"这虽然是用嘲弄的口吻说出来的，但它表达了人文主义对人的一种理解。伊丽莎白时代的诗歌中充溢着文艺复兴的柏拉图主义，如斯宾塞、马娄等人。德莱登写过哲理诗，蒲伯的《论人》充满了哲学观点，英国的浪漫主义诗人哲理气息十分浓厚。歌德也是哲理诗人，他的《普罗米修斯》一诗，歌颂天神创造了自由人，人之全能，人讥笑神，人可以成为神的典范，认为"纯洁的人性在赎偿人类所有的缺陷"。伏尔泰的悲剧不很成功，但其哲理小说脍炙人口。他的哲理小说，是对现存社会、王权、神权、"一切皆善"的嘲笑与批判。这种哲理的探求在19世纪文学中特别强烈。哲学家们看到了人的复杂性，人是一个秘密，要从各个方面、各种观点来探索人。当然，文学中的哲理探索，只能是文学探索的一个组成部分，而无独立意义。一旦独立出来，也就不存在文学的哲学追求了。

同时，从动态的观点看，文学发展往往会被哲学思想的发展所左右。在社会运动中，当一种哲学成为统治阶级维护其政权的思想基础时，它将被渗入到生活的各个方面；当一种哲学成为一种社会思潮时，它将左右着文学的面貌。前面所说的儒、道、释互补的哲学思潮，贯穿着中国文化与中国文艺，形成了三种艺术风格，相互消长。一种是"先天下之忧而忧，后天下之乐而乐"；一种是"大鹏一日同风起，扶摇直上九万里"；一种是"江流天地外，山色有无中"。

当代不同的外国哲学思潮，纷纷介绍到了我国，其中存在主义哲学特别容易被人接受，这主要是存在着某种适合于这种哲学的现实土壤。这种思潮正在影响文学，并使这种文学获得进一步的发展，这是一个值得探讨的现象。

三、文学与道德探索

为了审美，今天不能再从道德角度对文学进行评价了！人学中的人是个复杂的现象，他的种种非道德行为，他的反人性行为，甚至性变态，如果放到审美的镜子里，就能见出其复杂性，就能扩大读者的审美感受。如果要作出道德判断，这就是线性思维，就是非审美批评！审美批评是批评的主导方式，还存在其他批评方式。这里问题的困难在于那种复杂的人性，是否被一种批评说清楚了？同时问题的困难，还在于文学能不能描写道德问题，进行道德、伦理探索？如果把那些进行赤裸裸的道德说教的作品，称作文学，这当然与对一般关于文学的理解相去甚远。文学当然可以与道德无关，但也不能把道德从文学中驱逐出去。如果文学本身在审美的把握中进行道德的探索，批评却说它与道德无关，仅是一种审美活动，这恐怕连审美也说不清楚的。这不是评论对读者的嘲弄吗？

　　道德伦理把握世界的方式，一定程度上与文学相同，但最终目的不同。道德主要在于调整人们的关系，行为的准则，区分善恶、是非、美丑；通过舆论、习俗、规章，作出判断，影响人们的心理、意识与行为，这是一方面。另一方面，道德准则又是很具体的，从历史观点看，各个社会、阶级、集团除了共同的道德准则，还有不同的道德规范。封建社会就有一整套三纲五常、愚忠愚孝、家长统治、盲目服从的规范；资本主义社会有以金钱为核心而建立的道德，但也有人道的道德规范。它们作为生活的组成部分，必然要被描写到文学作品中去。文学则主要是通过美与丑来审美地把握。审美地把握什么？审美地把握善与恶，人性与反人性，假与真。因此，美与丑的评价，并不是与善恶、真假对立的，而是一致的。我们固然可以说，审美不必求之于道德、伦理，例如一般的风物小景的描绘，具有普遍哲理意味的短小篇什，它们不具社会意义，也不涉及道德，不应去追索微言大义。但是应当看到，大部分作品直接或间接地写到道德、伦理关系，而渗入艺术结构。可以这样说，人的道德、行为关系，较之与政治、哲学的关系要深入得多，广泛得多，它们涉及社会、家庭、个人的各个方面。没有这种关系的反常情况发生，老实说，文学不知要缩小多少阵地而变得单一乏味。

　　文学使善恶描写升华为美与丑，因此许多理论家都把善恶、美丑联系一起，认为"善是一种美"。当爱克曼谈到古希腊悲剧把道德美看作一个特殊的目标时，歌德说："与其说是道德，倒不如说是整个纯真人性；特别是在某种情境中，它和邪恶势力发生了冲突，它就变成悲剧性格。在这个领域里，道德确实是人性的主要成分。"① 有的作家说："美学和伦理学，这是一根杠杆的两臂，一臂延长变轻，则另一臂必然缩短变重。正如一个人失去道德意义，则他对美就特别敏感。"② 更进一步，西欧作家常把善与美、真并提，即所谓真、善、美的统一。古典主义理论家波瓦洛提出"处处能把善和真与趣味融成一片"，在"欣赏里能获得妙谛真知"。③ 夏夫兹博里认为，"凡是既善而又真的，也就是在结果上愉快和美的"。④ 狄德罗在《绘画论》中说："真、善、美是十分相近的品质。在前面的两种品质之上加上一些难得而出色的情状，真就显得美。"⑤ 托尔斯泰对此持反对意见，认为真、善、美的统一是不可能的，因为"真是事物的表达跟它的实质的符合，因此它是达到'善'的手段之一，但是'真'本身既不是'善'，也不是'美'，甚至跟'善'与'美'不相符合"⑥。显然，托尔斯泰的话是有一定道理的，真、善本身并不就是美，但美必须建立在真、善之上。真有时是丑的，重要的是创作主体对这种真—丑的态度，是对它表示善，还是表示恶，还是

---

① 《歌德谈话录》，朱光潜译，127—128 页，人民文学出版社，1978 年。
② 托尔斯泰：《论创作》，13 页，漓江出版社，1982 年。
③ 波瓦洛：《诗的艺术》，64 页，人民文学出版社，1959 年。
④ 北京大学哲学系美学教研室编：《西方美学家论美和美感》，64 页，商务印书馆，1980 年。
⑤ 同上书，135 页。
⑥ 托尔斯泰：《艺术论》，64 页，人民文学出版社，1958 年。

其他倾向？

在文学理论、美学中，也有把美与善绝对分离开来的现象，如柏拉图、康德。前者认为美不是有用的，不是善；后者认为审美与利害无关，也即审美是非功利性的。反映到创作中，唯美主义流派断然割裂了美与善、文学与功利、道德的关系，也即本节一开始所说的那种情况。

应该承认，文学与道德就其渊源来说非常密切，它在发展中成功地脱离了道德，但只是部分的。各个社会的道德观念渗入文学，是一种根深蒂固无法清除的现象。中国儒家道德，有封建性的道德，如父子、君臣、夫妇中的封建性部分；也有可以继承的部分，如长幼有序、朋友有信等；至于忠孝节义，要看什么场合，愚忠愚孝自然都在清除之列。与此同时，也有民主性的方面，可以改造与发扬。这两个方面都进入文学，成为它的血肉。《诗经》中既有歌颂统治者的颂诗，也有鞭笞他们的讽刺诗。在屈原诗中有高尚志士的形象，在文天祥的《过零丁洋》《正气歌》中，有伟大的爱国主义者的激烈忠怀。这些诗作都是违反审美规律而创造出来的吗？读者感动时是非功利性的吗？在抗日战争时期，当唱起《满江红》时，不是总会使人热血沸腾起来的吗？当然，非功利性也是存在的，不过在这里，只能在这种意义上去理解，那就是当读者阅读岳飞的《满江红》而激动不已的时候，并非一定要马上拿枪去打仗。

在欧洲，各时期都有自己的道德观。古希腊的英雄时代，荷马史诗记载着最受人称颂的道德就是尚武勇敢，就是人的智慧，只要有此品质，不分阵营敌对，一律给以歌颂，其后出现了"公正""幸福""和谐""忘我"。在柏拉图的理想国中，提出统治者要有理智、智慧，武士要有意志、勇敢，生产者要有欲望、节制的道德观念。其后又出现了伊壁鸠鲁的合理的快乐主义道德观，斯多葛派的节欲主义。中世纪盛行先知摩西的十诫，提出宗教道德，勿抗恶、原罪、赎罪，等等。文艺复兴时期反禁欲主义，提倡世俗的、感性主义的道德观。自由爱情、友谊、人生享受、幸福、高贵、善良、爱自我，都成了小说家、诗人们歌颂的品格。以后，又出现了利己主义、利他主义和合理的利己主义道德观。它们都渗入18世纪、19世纪欧洲文学之中，而同时宗教道德观也深深影响着不少作家。

文学的道德探索大致表现在下述几个方面。

一类是道德因素胜于审美因素的作品，这主要是道德训诫小说、醒世小说。它们多半产生于封建时代，部分地、直接地宣扬封建道德伦理，颂善抑恶，劝人为善，宣扬恶有恶报，善有善报观念，有时通过迷信的超自然的力量来达到。这类小说思想艺术都不高，但在一般断文识字的读者中间比较流行。我国的武侠、公案小说，对封建统治者的腐朽有所揭露，但主要宣扬封建伦理、善恶因果关系，把少数侠客义士的行为视为济世之术。18世纪与19世纪初俄国的训诫小说也是如此。这类小说宣扬古风遗俗、逆来顺受的奴隶道德，描写好人，必定好得世上无双，描写恶人，则集恶德于一身。有的作家，利用民间故事体裁编织故事，劝人为善，改恶从良，进行说教。这类小说又被称作宗教小说。

第二类作品具有一定的道德探索价值。这类作品在世界文学中极为普遍，实际上几乎所有重要作品，都贯穿着这类主题的探索。我国的封建伦理道德，到宋代大为加强，后来形成了宋明理学的"去人欲，存天理"的主张。所谓天理，就是封建道德的准则，所谓人欲，就是违背封建道德的感情和行为，其中包括正常人的道德行为。明清的一些小说，在进步思想的影响下，反其道而行之，竭力歌颂男女爱情，为了反抗封建婚姻，为了自己的青春情爱而不惜牺牲、殉情。像《西厢记》《牡丹亭》颂扬了青年男女之间的新的美好的道德关系，以致像《牡丹亭》中的人物可以因爱情由生而死，由死而生。这类文学在西欧更是大量存在的。

文学的道德探索和理想的人的探索往往结合一起的。这种情况的出现，是由于旧的道德规范已不能满足新的社会关系、运动，于是社会先进人物提出了新的理想人物的主张。例如布鲁诺曾提出过英雄的、热情的道德理想，他以 12 种新的道德来代替 12 种罪恶。如用诚实、守信代替残忍、欺骗、虚伪，以明智代替狡诈，以智德代替诡辩，以法律代替罪行，以判断力代替不义，以勇敢代替虚弱，以知识代替粗野，以悔悟代替自制、放任，以纯朴代替虚荣，以勤劳代替懒惰，以仁爱代替阴险等等。这适合于一般人，而对于少数人则应具有英雄热情。文艺复兴的巨人们，都具有这种品德。布鲁诺说："宁愿体面的英雄的灭亡，也不要不体面的和卑鄙的胜利。"他本人就是一个由于反对教会、抨击教会而被烧死的英雄人物。16 世纪、17 世纪的空想社会主义者提出金钱是万恶之源，新的道德准则是快乐即德行，认为这是"自然的命令"。其后这种空想社会主义的道德观为另一些人所发展，到 19 世纪中叶，车尔尼雪夫斯基把这种新人新道德的理想，写到了他的小说《怎么办?》中，在这种社会里，人人劳动，道德高尚，有合理的利己主义的品格。合理的利己即利他人。所以在小说中，当男主人公见到自己的同伴同样爱着他的女友时，他可以毫不踌躇地自我牺牲，以成全同伴的爱情需求，潜离他乡。俄国的无产阶级文学有些英雄人物形象与此一脉相承。

三，更有一类作品的道德探索，具有永久的魅力和震撼人心的力量。之所以如此，主要在于这种道德探索与深刻的哲理探索结合一起的。例如陀思妥耶夫斯基、歌德、塞万提斯等人的作品就是这类作品的典范。人类的命运，善恶爱恨，宗教道德，复杂交叉，显示了强大的艺术力度。20 世纪的文学中，文学的道德探索方面多样。

有莫里亚克、肖洛霍夫、索尔仁尼琴式的道德探索。同时由于非理性主义哲学的影响,如弗洛伊德主义的影响,出现了道德消解主义的文学思潮与流派,如"新小说"等。

四、文学与政治的多层次关系

很长一个时期,文学被政治纠缠得十分苦恼。文学与政治的关系相当复杂,否认这种关系的存在,以为就不存在了,这在理论上过分天真了些。政治是什么?从文化系统来说,它是物质文化,又是精神文化。从物质文化方面来说,政治就是权力设施,社会制度。从精神文化来说,政治是一种意识形态,一种社会理想。两者比较一致地结合一起,政治就较平稳;两者不相协调,就表现为社会斗争以致战争。

分析文学和政治的关系,我以为不能把政治当作一个笼统的概念,引出一些同样是模糊、笼统的论点。可以把政治作为一个系统,从不同层次分析它与文学的关系。

第一,政治作为政权机构,在任何社会里,都要求有相应的文化设施与之配合。各种形态的政权,对于文化形态包括文学,具有极大的制约意义。如果文学与之发生对抗,它会运用自己权力予以改造,使之弱化,或动用暴力予以消灭。因此普列汉诺夫看到:"任何一个政权只要注意到艺术,自然就总是偏重于采取功利主义的艺术观。它为了本身的利益而使一切意识形态都为自己所从事的事业服务,这也是可以理解的。"但是政权只在少数情况下是革命的,而在大多数情况下是保守的、反动的,甚至革命的也会变质的,所以不能认为艺术的功利观只为思想进步的人所具有。这种情况可以说比比皆是。中国封建政权,历来把文学视为附属品,驱使它为统治阶级服务。在外国,各个时期的政治势力同样十分重视文学。18世纪法国革命期间,剧院只准上演歌颂新政权的戏剧,而不容许演出古典主义作品。斯达尔夫人先是由于其思想倾向于吉伦特派,而不能见容于雅各宾派,被迫流亡英国、瑞士;继而由于其《论文学》一书,颂扬自由,而被拿破仑逐出巴黎,不得不亡命于德国和意大利;她的《论德意志》一书,则被拿破仑下令销毁。在19世纪的文学史里,法国作家不断遭到迫害,或参与政治斗争。俄国作家也是如此,拉其谢夫、普希金都因随笔与诗作,获罪于当局而被放逐。在我们社会,一些人提出文艺要为社会主义服务,为人民服务,这就是社会主义文学和政治的关系。当然,也存在着反对使用"社会主义文学"的主张。在一个时期里,不少人因文学创作而获罪,遭到残酷迫害,而因此丢掉身家性命。

第二,从政治作为社会斗争、战争的角度来看,它对文学的影响也是一目了然的。就以两次大战为例,不少作家以它们为素材,不知写出多少好作品。例如,有《火线》《西线无战事》《生死存亡的时代》《太阳照常升起》《丧钟为谁而鸣》《人的命运》《幼狮》《裸者与死者》《第二十二条军规》《生者与死者》《这里的黎明静悄悄》等等。

第三,从政治作为一种社会理想、思潮来说,它在文学中得到了广泛的反映。曹操的诗表现了他的政治抱负,想做到"周公吐哺,天下归心"。陶渊明有山林诗人美名,但他的《桃花源记》勾勒出了一幅不知有秦汉的理想的乌托邦图景。李白想实现"安社稷""济苍生"的政治理想,不满统治阶级的穷奢极欲,但得不到赏识,发出"大道如青天,我独不得出"的慨叹。杜甫的诗作,常常描写历史事变过程,也写征战、苦难。"自谓颇挺出,立登要路津。致君尧舜上,再使风俗淳。"此后的无数文人如白居易、柳宗元、欧阳修、王安石、苏轼、李清照、辛弃疾、陈亮、刘克庄、张元干、文天祥等人的诗词,无不维系着国家、民族的命运,而充溢着诗人的博大的爱,深沉的忧思,献身的精神。19世纪、20世纪的外国作家,如雨果,在《惩罚集》里就喊出:"在这样一个国家里,制定出来的法律是为了保卫罪恶的行为";惠特曼、马克·吐温、德莱塞、托马斯·曼、罗兰都在自己的作品里追求一种社会理想;高尔基、肖洛霍夫、帕斯捷尔纳克、普拉东诺夫、布尔加科夫都以不同的方式和艺术形式,显示出自己的曲折的社会理想的追求与向往。

第四,不少作家本人就是政治家、思想家、革命家,他们写出的作品中,明显地会流露出他们的政治抱负。

从上面几个方面看,文艺和政治的关系是分层次的。因此在讨论这一问题时,首先要明确所谈的问题属于哪一个层次。如果笼而统之,反而会使问题纠缠不清。从文学与政治的第一层次来说,大概问题最多。一般说来,政治要求文学与它保持一致,与它有所配合,组成一个与之相应的文化管理系统,于是就出现了一大批歌功颂德的作品。当政治趋向清明,矛盾并不突出,这类与之相呼应的作品中也必然会出现一些好作品。但是还有另一种情况,不能否认,文学与政治有时是会发生矛盾的。这种矛盾的发生源于各自的性质和对象。比如,一般说来,政治从集团利益出发,考虑的是千百万人的关系;它要求文学为它服务,表彰它的德政。文学同样考虑千百万人的关系,乃至人的命运,但这只能作为一个出发点。作家进入创作,思考的却是具体个人的遭遇,他的个人的情思和心理。政治家要求文学家把他描绘成人类广大利益的表现者,文学家按此要求写作可能写出好作品来。但为了使他笔下的政治家变为活生生的人物,他不仅要写政治家的豪情壮志,雍容大度,而更主要的是描写他的日常个性和言行,甚至不为人知的个人生活的一面,以显示其多面的人性。或是相反,描写那些在政治上并无任何定见,知识浅陋的政客，但在家庭生活中却可能是个模范丈夫，在朋辈中则可能是个谦谦君子；或对外国人卑躬屈膝、慷慨大度，而对国人则是一副居高临下、盛气凌人的主子嘴脸。巴尔扎克就窥见了这种矛盾，他说："作家的法则，作家所以成为作家，作家能够与政治家分庭抗礼……或者比政治家还要杰出的法则，就是他对于人类事务的某种抉择，就是他对于一些原则的绝对忠诚。"[①] 这里所说的"人类事务"，大概就是指对人的命运的具体思考；这里所说的"分庭抗礼"，大概指领域不同，不理会政客们那一套骗人的政策；这里所说的"原则"，大概是指人性的复杂性；这里所说的"忠诚"，就是对艺术法则的服从，就是对反动政治或是反动的集团利益自觉不自觉的抵制，就是去写出真正的艺术形象，而非政治家的抽象要求和抽象形象。但是要做到文学的独立是很不容易的，为此很可能要作家付出艺术生命，如屈原，普希金。这就是作家的真知灼见，否则何来"杰出"之说？

文学与第二层次的社会斗争、运动的政治关系，可以表现为两种倾向，一种是顺应，接受影响，参加斗争；一种是反抗的倾向。文学参与的程度一般取决于作家卷入的程度。与第一层次的政治相比，这一层次的政治较少强制性。但有一种不由自主地把大批作家卷入潮流的情况，这在历史上很多。卷入运动未必不能写出好作品来，如民族解放运动、民主革命运动。

文学与第三层次的政治关系是一种真正的平行的关系。作为社会思想、社会理想的政治，文学可以写它，也可以不写它，作家的选择在这方面是自由的。有的论者认为描写政治斗争，这是一种浅层次的文学现象，这是没有根据的。谁能说《三国演义》是浅层次

[①] 王秋荣编：《巴尔扎克论文学》，63页，中国社会科学出版社，1986年。

的文学现象呢？谁能说一些写了无意识、性本能的作品就一定是高层次的文学现象呢？这里问题仍然在于怎么写，而不应在题材上又设置框框。

文学是一种独特的文化现象，它随着整个文化的大循环而运动、发展。各种文化因素的变化，都会反映到文学中来。文学可能成为纯文学，即不关哲理、不及伦理、不写政治的文学，专写心理因素、意识流，原色展示，进行文字调度的文学，只有纯审美意义的文学，并被作为文学向自身回归的表现。但是这样的文学，缺乏巨大容量，显得像是一个精瘦、干瘪的女人。一些人以为社会、伦理、政治哲理等因素进入了文学，就会使文学非审美化了。这是一种唯美主义浅见。因为这类因素一旦进入创作，首先已被审美主体所感受，其次进入艺术结构网络，就完全成为审美的因素了。文学的灵魂和精神，正由于它们才显得灵动与丰满，这一现象在现代外国文学中也是如此。有排斥社会文化因素主要以显示文字调度的那种精瘦女人式的文学和令人回味的文学，前者如某些"新小说"，后者如某些象征主义作品。有融合社会文化因素，并且给以升华和造成强烈震动的文学，如某些荒诞派、表现主义作品，它们无疑丰满而有血色，虽然都不在于美的创造，但它们的展示足以使人惊心动魄。至于对于现实主义文学，似乎较少受到限制，整个文化是它们的创造场，这场地显得无限广阔与厚实，深沉而真切。

文学作品不写政治，不写其他文化因素，是可能的，但是阻挡不住其他部分文学要去写这些文化因素。拉美的"爆炸文学"的代表人物，写的作品充满政治色彩，从未听说他们的作品是属于浅层次的文学。宣称文学不写其他文化因素才算是文学回归自身，这在纯艺术论、象征主义、一些现代主义流派理论中早就有过。提出这种主张，主要是受到纯文学的理论的影响，这是一；二是认为现代主义特别是后现代主义文学才是发展方向，是把它们的一些代表人物的理论奉为圭臬的结果；三是由于文学与政治的一些实际矛盾所引起的。但就总体来说，这是片面的，是唯美主义浅俗见解的极端化表现。这种种经验能否使我们可以说：文学具有排斥非审美文化的可能性与最终的不可能性？

（本文录自拙著《文学原理——发展论》中的第3编《文化系统中的文学》的第9章《文学与文化精神》中的第2节、第3节、第4节）

三十年间

中华人民共和国成立已60年了，60年又十分自然地划为两个30年。前30年是探索社会主义建设的30年，后30年是改革开放、进行经济建设的30年。改革开放30年来，我国的社会主义政治、文化、经济发生了重大变化。这是一个在解放思想、实事求是、贯彻科学发展观、以人为本的思想指引下，逐渐走向一个物质文明急剧发展、精神文明不断需要提升的时代，这是我们民族走向伟大复兴的时代。

我国文学理论在前30年间，曾被当作阶级斗争的风雨表和工具而背弃自身学理，经历了十分艰难的过程。文学理论中偶有新鲜的思想出现，都要被教条主义所扼杀。前30年间，文学理论并非一无所有。从现代的目光看，那些从20世纪50年代初直到"文化大革命"被批判的文艺思想中，就不乏闪光的有价值的东西，需要我们实事求是地评说。

这后30年，文学理论获得了前所未有的思想活力和学术发展的空间，建设有中国特色的文学理论，已成为我国文学理论界的共识。"有中国特色的当代文学理论新形态，是一种以马克思主义为指导，以现代性的追求为动力，在全球化的语境中充分立足于本土，在现代文论传统的基础上，不断地自我反思与批判，广采博取中外古今思想资料中的有用成分，鉴别创新，形成了一种具有科学的和人文精神的、开放的、动态的、形式复合多样的形态。"①

新时期的文学理论，在解放思想、改革开放的思想指导下，在不同阶段不断提出新问题，讨论新问题，进行理论的探索与建设，大体经历了几个发展阶段，同时，这也是我们自己亲身地、历史地、完整地经历过来的。

第一阶段是从1978年到1989年之间，文学理论从拨乱反正走向独立自主阶段。此时文学理论中的各种错误思想特别是"文革"中的独霸一时的错误文艺思想被提了出来，受到激烈的批判。同时中断已久的外国文学理论如饥似渴地被大力介绍过来，促进了文学理论新形态的探索，取得了初步的成绩。第二阶段是从1990年到世纪末之间，不少人经历了几年的冷静反思，同时在文化市场形成中文学创作出现了许多消极因素，从而引发了人文精神讨论与新理性精神的倡导，和在文化研究的输入与大力影响下，努力探讨具有中国特色的文学理论新形态，出现了理论著作多样化的实绩。第三阶段是新世纪开始至今，在全球化语境中，在后现代主义文化思潮传播、文学与文学理论的消亡声中和"文化一体化"的讨论中，我国文学理论加强了本土化也即中国特色的进一步的探讨，继续文学理论多样化的建构。一些学者对30年不同阶段的划分不尽相同，但在观点、内容上比较一致。当然，也有对30年的估计不同而结论殊异，这也十分自然。这个总体过程的各个阶段，各有联系，相互交织，难以截然分开。它们的主要宗旨是，要使文学回归自身，符合自身

---

① 参考拙文《文学理论30年：成就、格局与问题》，载《华中师范大学学报》，2007年第5期。

特征，发展多样化的文学创作；建设有中国特色的文学理论，发展文学理论的多样化形态。

解放思想，首先要解决文学理论中的文学和政治关系问题，恢复文学与文学理论自身的身份，其次是恢复文学的灵魂，也即恢复文学的人性与人道主义。这两个问题涉及文学理论的全局。教条主义与极"左"思想，剥夺了文学自己的独立身份，使它失去了自身的灵魂，并且在文学理论中谈人色变，迫使文学理论走到"文革"时期的绝路的地步。

文艺和政治关系早在20世纪初的中国文学理论中就已提出，到了"文革"年代，文艺完全被等同于政治，使文艺与文学理论走向了极端荒谬的境地。1978年的"实践是检验真理的唯一标准"的大讨论，触动了文学与政治关系的这条主导神经，所以次年年初，就有文艺是"工具论"还是"反映论"、为"文艺正名"说等，展开了对文艺从属政治、文艺是阶级斗争的工具的质疑与批判。1980年初，邓小平在《目前的形势和任务》中提出，今后"不继续提文艺从属于政治这样的口号，因为这个口号容易成为对文艺横加干涉的理论根据"。说文艺不从属于政治，"这当然不是说文艺可以脱离政治。文艺是不可能脱离政治的。"① 之后提出文艺要为人民服务，要为社会主义服务，则是发展的必然。后来这一问题争论甚多，甚至有人宣称文学和政治无关，走到了另一极端。其实作家写作，可以不涉政治，不写政治，但是创作实践告诉我们，在中国，大量作品往往既涉及写作者的政治态度，又涉及被写的内容中的政治生活、政治成分，因为整个生活包括政治在内都进入了文学创作，所以说文艺与政治无关就缺乏根据。有的作家作品中的政治、道德倾向很

---

① 《邓小平论文学艺术》，27页，作家出版社，1998年。

露，甚至是不健康的、很坏的倾向，可是要求评论只谈谈它的叙事策略，技巧特色，这也是强人所难。由于文艺与政治关系这一问题在马克思主义文艺思想中占有特殊的地位，所以它的理论上的解决，在我国只能通过自上而下的政治机制的操作而得以缓解，后来有学者认为，这是"当时马克思主义文艺理论中国化的重要标志"[①] 是有道理的。

和文学与政治关系具有同等全局性的文学理论中的又一关键问题，则是文学中的人性与人道主义问题，它们关乎文学艺术的灵魂。新时期文学中最早发表的作品，描写的是人性被严重扭曲的现象，那时最早的优秀电影，表现的是由于社会运动导致人性的严重异化。文学呼吁人性、人的价值、人的尊严与人道主义，呼吁人的本性的复归，揭示人与非人的界限。这一讨论在文学理论、批评中是自动发起的，后来哲学方面的学者也不断介入这一问题的讨论。文学与人性、人道主义问题，特别是前者，自20世纪20年代末开始，就引起了争论；40年代毛泽东在《讲话》中对人性论进行了批判，认为现今人性只存在具体的资产阶级的阶级性或无产阶级的阶级性。50年代教条主义的流行，使得描写人性问题成了创作禁区。鉴于文学作品对人的简单化的描写和庸俗化的理解，有的学者提出作家不能把人当作现成的工具来写，而应当作活生生的人来写，于是提出了"文学是人学"的主张。教条主义与极"左"思潮把人性观念绝对化，给主张文学与人性有着密切关系的学者、作家，戴上了资产阶级人性论的帽子。不分青红皂白地反对人性，尔后导致"文革"中出现一批文学、戏剧怪胎绝非偶然。80年代初，在文学与政治关系

[①] 朱立元：《新时期文论大发展与马克思主义文论中国化》，载《文艺争鸣》，2008年第7期。

讨论的推动下，人性、人道主义的讨论就提上了日程，实际上这是为文学招魂的讨论。文学不通人性，不具人道主义品格，也就不成其为文学，人性、人道主义是文学的灵魂。这一讨论使人们认识到人除了阶级性，他还在自身的历史交往、演化中，积累了共同的精神素质、心理、感情、审美意识等共同人性现象，它们是现实人的根本特征和现实关系的组成部分，因此"不存在文学能不能描写共同人性的问题，而是如何认识和描写的问题"①。

文学与政治、文学与人性和人道主义的大讨论，是使人重新认识自己的一次启蒙，是恢复扭曲了的人，恢复人的本性，使其成为现实的真实的人，是文学思想的大解放，是使文学回归自身的重大举措。随着上面两个根本问题的被触动与在相当程度上的清理，促使人的审美意识发生激变，文学自身原有的种种问题立即活跃起来。20世纪70年代末，有些学者就马克思的艺术生产与物质生产的相互关系展开了论争，同时文学和生活的关系、文学审美特征问题、形象思维问题、艺术真实和艺术理想、感情与思想的关系、现实主义和现代主义、现代主义的各种流派、两结合问题、文学意象、境界论、文学典型问题、文艺心理学、文学创作的"向内转"、对认识论与反映论的激烈批判等等，都是当时的热门话题，它们有如决堤之水，奔进流泻，汪洋一片，引发了文学理论界前所未有的热烈争论。

但是这些众多问题，实际上都涉及一个根本性的问题，这就是这一时期不断触及的文学观念的探讨，即在解放思想、改革开放、文学回归自身获得独立身份和恢复自己的灵魂过程之中，我们如何重新来理解文学现象，探讨文学的本质，调整原有的对文学的认识，

---

① 见拙文《论人性共同形态描写及其评价问题》，载《文学评论》，1982年第6期。

建立具有现代性意识的文学观念。文学观念的更新,因为必然会影响对于其他问题的认识。20世纪70年代末,有的学者坚持文学是意识形态说,但不属上层建筑,并就马克思的艺术生产与物质生产相互关系发生争论(1878~1980年);有的学者继承过去的文学观念,认为文学是社会意识形态,接着下去认为是一种特殊的意识形态,这种特殊性表现为文学的形象性,或是文学是用形象思维的,再下去文学是语言艺术,这种文学观念通过新的"三段论法"联结而成。或是有的马列文论研究者从逆反心理出发,认为既然文学意识形态学说过去造成了那么多的混乱,于是干脆否定马克思主义的文学意识形态说;或是说马克思从来没有讲过文学是意识形态,在马克思的著作里,从来没有这样的文字记载,可见把文学看作意识形态是错误的,文学只是一种社会意识形式。20世纪80年代初开始,文艺心理学研究开始兴起,这一问题的探索连绵不断,中期达到高潮;同时也有学者从"精神分析"学说来探讨文学本质问题,或是对这一问题进行批判;而这时英国女作家伍尔芙和我国学者的"向内转"说相当流行,而贯穿于整个80年代后期。80年代上半期,美国的"新批评"文学观被介绍过来以后,那种认为文学不过是一种虚构,只与语言、意象、隐喻、象征、修辞、叙事等种种审美成分、因素有关,而排斥文学与社会、思想的联系,使得"内部研究"的风气一时大为流行,"内部研究"确实是需要的,给以必要的重视也在情理之中。但是这种"新批评"文学观,以作品本体论代替了文学本体论,它强调了作品的内在结构成分、因素的分析,而不见作品结构的种种因素与社会、思想有着不可分割的内在联系,对此我在20世纪80年代初就有评述。在文学观念的讨论中,有的作家、学者主张文学就是文学,或是文学什么也不是,和政治、思想、伦理道德无关;或是文学只是作家感情的表现,文学是语言艺术,于是有的作家提出了无功利、无目的的"纯文学"文学观。而且"纯文学"文学思想很快得到了一些年轻作家的响应，加之在当时颇为流行的法国"新小说"理论的影响下，出现了一批专注于"叙事策略"的"先锋小说"，持续了好几年，直至到 80 年代末这种任意摆弄叙事策略、使读者阅读兴味索然的小说难以为继时才发生转向。也有学者从"三论"即信息论、控制论、系统论出发，讨论文学本质现象。有的学者从文学的象征特征，提出了象征论文学理论。有的学者对"文学是人学"的原有观念，进行了新的解释。有的学者从文学主体论出发，提出了主体论文学理论。除了上述多种理论观点，还有一些学者强调了过去完全被忽视的文学审美特征，进行了深刻的阐释，同时提出了审美反映论，并把文学界定为审美意识形态，等等。从上面情况看来，文学现象极为复杂，它自身呈现了多层次性，而每个层次都可以表现为自身的本质方面，因此文学本质观念本身就具有多本质性。加上人们对文学的理解不尽相同，切入点各异，所以必然造成文学观念的多样性。其中理论上的多种导向，促成了这一时期的"审美主义"与"纯文学"文学观的形成。其实，从总体上说，这一时期各种文学观念的提出，包括纯文学观在内，都是对过去文学从属于政治的文学思想的反拨、批判与新的探索。与此同时，我们不能忘记这一时期文学研究新方法的大力介绍，出现了介绍外国文学研究的方法论热，而且连续了好几年，为当时各种文学观念的出现做了铺垫。

但是从 20 世纪 80 年代不同层次的、多样的文学观念来看，较有影响的有"文学是人学"说，认识论文学观，和文学意识形态论相反的文学意识形态否定论，以为文学只是虚构，与社会生活真实无关的"纯文学"论，只强调审美特征的"审美主义"文学理论，张扬文学表现人的内宇宙的主体论文学理论，以及审美反映论与审美意识形态论文学观。

"文学是人学"是针对教条主义把人当作描写的工具而说的,文学应该描写活生生的人,张扬了文学的人道主义,这一很有针对性的观点,开了解放文学思想风气之先,扩大了人们对文学的认识,使文学与真实的人结合起来,有力地批判了高大全、假大空这类虚假的文学主张,功莫大焉。主体性文学论是人性、人道主义讨论的必然继续与具体表述,与"文学是人学"也是相互呼应的。文学主体论认为过去主体在反映论中完全是消极被动因素,所以那是客体文学,是没有主体的文学,现在要重建具有首创精神的创作主体,建立新的主体文学。纠正过去创作中创作主体的缺失,强调创作主体的创造地位与巨大功能,这是文学理论的一大进步。有的作家有感于此,后来阅读了阐释文学主体论的文章,真有一种解放之感;同时这一观念对于促进文学理论框架的反思,影响很大,这都是应该肯定的。然而庸俗社会学派对此理论至今仍然耿耿于怀,予以贬低。自然,论述文学主体论的文章,理论自身有许多缺陷:首先它自称是一种政治批判,批判的对象是反映论,并且它不顾反映论的应有之义,没有弄清反映论的原义,却对被长期庸俗化了的反映论再度庸俗化地大加挞伐,从而使得对反映论的批判变成双重庸俗化的批判。其次,把现实主义文学不分青红皂白地当成一种僵死的反映的代表,这自然与大量创作实践不符,在理论上缺乏必要的知识支撑。再次,它把作者主体实际建立在浪漫的想象之上,把主体变成不受客体任何约束、无所不能的主体了。关于马克思的艺术生产的研究,20世纪80年代影响不大,或者说没有什么影响,主要在计划经济时期,一般认为资本主义与艺术生产是敌对的而未顾及其复杂性。但是进入90年代,当我国转入市场经济轨道之后,这一问题就显得复杂化了,特别是文化产业的兴起与实施,与艺术生产的关系如何协调,物质生产、精神生产、艺术生产与商品生产以及各种生产目的之间的相互关系,成了不断争论的问题。这方面西方马克思主义文论虽有不少理论著作、经验可供借鉴,但毕竟语境不同。整体来说,由于思想准备的不足,这一问题尚待进一步通过文化建设与艺术实践给以充实与提高。

至于文学审美意识形态说,早在20世纪80年代初就有几位学者提出来了①。文学审美意识形态论的提出,是有历史原因与历史过程的。一些学者针对过去文学理论忽视文学审美特性的弊端,提出了文学审美特征论,击中了旧有的文学理论的简单化特点,所以冲击力很大,这对于进一步探讨文学本质特征是完全必要的。同时持有类似观点的这些学者,几乎参与了当时发生的各种理论问题的批判与讨论,如文学和政治的关系、形象思维、生活真实与艺术真实的讨论。他们肯定了文学作品对于人性与共同人性描写的多种形态;揭示了认为文学只描写感情与思想无关的偏颇,强调了它们之间的内在的相互关系,并在艺术创作心理研究方面下了很大功夫,出版了心理美学丛书。他们针对否定现实主义的倾向,展现了作为创作原则的现实主义是不断的综合与创新,同时肯定了现代主义的创新特征,但不同意一些学者对现代主义的过分张扬,批评了"新批评"的"内部研究"文学观的失误,等等。特别针对长久以来把文学意识形态的理论进行简单化的阐释,只突出文学的认识功能,或是针对当时出现的文学意识形态否定论,或是针对只重主体表现而鄙视客体,或是针对只重形式因素与否定社会思想而主张无功利、无目

---

① 1982年,两位学者在自己的论文里,不约而同地提出了文学是"审美意识形态"的概念,有钱中文的《论人性共同形态描写及其评价问题》,载《文学评论》,1982年第6期;还有孔智光的《试论艺术时空》,载《文史哲》,1982年第6期。

的的"纯文学"论与"唯美主义"理论。这些学者在吸收不同学派长处的基础之上,坚持被一些人不断批判的反映论,在阐述文学创作问题上,不约而同地提出了审美反映。他们探讨了反映论如何被简单化、庸俗化,其能动性是如何被阉割的;并从发生认识论的观点描述了在审美反映的心理过程中,主客体相互的转换和审美主体的创造性特征;进而探讨了审美、审美意识与意识形态之间较为复杂的关系,提出了审美意识形态论。审美意识形态论这一观念,力图克服过去文学意识形态观念简单化以至庸俗化的倾向,同时也抵御了"纯文学""审美主义"的势利俗气,使文学本质特征中最为基本的方面融为一体。我曾在《论文学观念的系统性特征》一文中,提出"作为语言艺术的文学的特性既非单纯的意识形态性,也非单纯的审美。强调意识形态性是必要的,但如果局限于这点,会使其审美特性变为附属物;强调、突出审美特性是必要的,但如果只见这一特性,又会砍削了文学的另一本质特性"。"文学作为审美的意识形态,以感情为中心,但它是感情和思想认识的结合;它是一种虚构,但又具有特殊形态的真实性;它是有目的,但又具有不以实利为目的的无目的性;它具有阶级性,但又是一种具有广泛的社会性以及全人类性的审美意识的形态。"[①] 尝试就文学本质作出这样的概括,对其不同方面看作互为表里而又是相反相成的融合,其实都是针对20世纪80年代上半期文学理论论争中出现的各种思想的片面强调和理论上的偏颇所进行的比较持中的阐述。因为上述各种现象,都是文学自身特征不同层次的组成部分,各执一端,必然片面,无助于问题的深入。文学审美意识形态论凸显了意识形态理论共性的方面和文学自身的审美本质特征,而这正是那时有关文学本质问

[①] 见拙文《论文学观念的系统性特征》,载《文艺研究》,1987年第6期。

题争论的焦点所在。我个人就这一问题的表述，在不同场合的文字上存在一定的差异，但其本意有如上述。这种把文学最为本质的特征融合一起的观念，较之其他单一化的文学观念更具概括力一些。之后其他学者以自己的独到的识见与教学实践的经验，对文学审美意识形态进行了充实与丰富。不同学者的表述可能各自有所侧重，但总的观念、目的是同一的，可为互补，后来大体上趋于一致，成为20世纪八九十年代一些学者的共同建构。这一文学观念后来被不少高校老师在教学中所采用，也与这一情况有关。但是，对于文学本质的复合特征而只作单方面的片面的强调，在文学理论中至今并未得到彻底的改变。马克思说，各种意识形态可以历史地从其产生的现实基础之上"追溯它们产生的过程"①。这说明马克思的意识形态理论不是从天上掉下来，就其自身来说，它既是对于当时意识形态理论的一种接受并做了质的改造，同时也是充分认识到它是贯穿历史过程的产物。本文作者力图按照这种历史唯物主义原则，即"追溯它们的产生的过程"的方法，曾经描述了文学作为审美意识形态的历史源起及其逻辑、历史的生成过程。当然，人们可以不用马克思主义的意识形态理论来讨论文学本质问题，认为意识形态这种说法已经过时，这都是学术自由。但是对于有点马克思主义常识的学者，能够完整读懂马克思的《〈政治经济学批判〉序言》中有关唯物史观的那段著名的论述，即既读完上半段又读完下半段的人，讨论文学本质问题，意识形态理论恐怕是难以违避的。但是到了新世纪，有的人说马克思从来就没有说过文学是意识形态，所以文学是意识形态说是根本错误的，只可提提文学有意识形态性，云云；

---

① 《马克思恩格斯全集》第三卷，43页，人民出版社，1960年。该书第42页的"意识形式"，现新版已改译为"意识形态"。

或是说现在要"淡化意识形态"了,所以以后文学理论不应再提意识形态,云云。这说明这类马列文论家只读了马克思《序言》中有关基础、上层建筑和意识形态学识那段著名文字的上半段,下半段因不合自己心意,就不念下去了,或是只当没有看见一样,下半段就不算数了。这样一来,就从马克思主义的唯物史观退到没有历史主义的唯物主义,或者只是半截子的唯物史观了。按他们的说法,提出问题,要按马克思说过的和没有说过为准则,否则就是根本错误的。可是,马克思明明说过艺术是一种意识形态的形式,文学是艺术中的一种形态,怎么就不算意识形态了呢?这样,对于这类学者来说,意识形态理论不具学理性,不是一个完整的科学形态,不过是某种临时应对的策略而已,可以应时而需,让它缩水或是任意抻长,可以说这是学术中的典型的无原则性的表现了。意识形态理论不是淡化不淡化的问题,却是需要科学地予以阐明的。如前所说,有的外国政治家、学者所说的意识形态,其实主要指的是他们反对的政治,其他的意识形态门类他们怎么反呀?针对文学现状,不要用政治来代替文学,或是用权力干预文学,这里才谈得上"淡化"问题。可是那些要淡化意识形态的文论家,十分明显地,以为只有政治才是意识形态了!这样的文论有什么科学性呢!

第二个时期是在经过了 20 世纪 80 年代的大讨论、90 年代初的沉静的反思,特别在 1992 年之后,我国继续坚持解放思想、改革开放,市场经济的确立,全球化思潮的不断激荡,使得人的思想包括审美意识进一步发生激变,文学创作、市场需求,需要重新布局。这一时期文论研究特别是马克思文学理论的中国化,取得了重大的成绩,而文学基础理论也得到了前所未有的发展。不少学者对于涉及文学艺术的马克思的《1844 年经济学哲学手稿》,做了很多阐发,有的学者成绩斐然。马克思主义的人学思想的研究也获得了一定程度的深化,同时也出现了语言学转向的影响。就学科性的著作而言,在文学文体学、文学叙事学、文学语言学、文学修辞学、文学社会学方面,出现了许多很有分量的专著,讨论问题的范围有所拓宽。2000年到2002年间出版的"新时期文艺学建设丛书"收入了36种论著,当然,还有相当数量的学者包括一些中青年学者,他们的著作都有很高的学术含量,只是由于出版方面的原因,未能使丛书延续下去。"丛书"与这些未能收入的著作,无疑显示了30年来文学理论实绩的重要部分。就基础理论中的专题著作、文论来说,80至90年代,有关文学审美特征的问题的研究十分突出,学者们提出了"文学审美特征论"、"审美意识"论、"审美反映论"、"审美意识形态论"、"审美价值结构论"、"审美中介论"、"审美的文化选择"、"审美体验论"、"审美实践与文艺学"、"宗教文艺与审美创造"、"审美教育"、"审美超越"、真善美的感悟、"审美功利主义"、"审美与道德本源"、"审美幻象"、"审美现代性"、"审美人类学"、"审美文化"、"文学价值论"等,还有不少这方面的论述。我们从来没有说过审美就是文学,审美本身含义复杂与多样。审美现象超出文学,其实这种现象早就存在几千年,现今更是如此而已。但我们如果要讲文学,那么没有审美特征的东西是难以称作文学的;同时,也不好把有的西方马克思主义者的观点搬来就用,简单地说审美就是意识形态,这里需要阐明两者关系的复杂性。文学审美特征论是80年代批判极"左"文艺思潮中形成的共识。尽管上面提及的有关审美问题的研究,由于思想不一,观点不尽相同,甚至大不相同,但是它们通过比较,相互切磋,共获进步,促使在整体上形成互补,而且有些著作有着较高的理论深度和创新精神。纯粹审美论者只承认文学的"内部研究",可以导向"纯文学""审美主义"与"唯美主义"。像文学审美意识形态论正是针对这些思想和庸俗社会学思想而提出来的。因此现在受到来自两边的夹击，自在情理之中。

再就文学基础理论中的其他问题研究来说，这时期有大型的"文学文体研究"丛书研究，有"文学艺术本体论"、"文艺学范畴"、"文艺学的人文视界"、"文学作品论"、"文学创作论"、"文学发展论"、"文学思潮论"、"文学人类学"、"艺术人类学"、"美的艺术显形"、"文学美探源"、"文学语言学"、"超越语言"、"创作心理研究"、"作家心态研究"、"文学修辞学"、"文学文本研究"、"艺术本体论"、"文艺人学论"、"艺术的精神"、"艺术文化论"、"艺术文化学"、"现代诗学"、"文学接受理论"、中外"阐释学"、"文学批评理论"、"圆形批评"。还有"文学风格流派论"、"典型问题研究"、"形式理论"、"文学与道德"、"文学意义生成研究"、"隐喻"、"形象诗学"、"小说形态学"、"意识形态与文艺"研究、"新意识形态批评"、"文艺学的民族传统"、"原型与跨文化阐释"、"比较诗学"、"范式与阐释"、"艺术与商品"、"中国现代文论传统"、"中国现代文学价值观的演变"、"自律与他律"、"中西文学理论融合研究"、文学作品存在的方式、人与自然、人的诗化与自然人化方面的研究，等等。从上面的所提及的方方面面可以看到，文学理论讨论所涉及的范围之广前所未有，显示了文学理论问题、形态的丰富。上面所说的各种文学基础理论问题，在文学理论的更新过程中发挥着不同的影响。还有这方面的不少论著由于手头资料缺乏，只好暂付阙如。

市场经济的建立，经济的转轨，促使文学艺术进入了市场化机制，使得原有的文学艺术的价值与精神发生裂变，于是促成了20世纪90年代一场有关文学滑坡、重振"人文精神"的讨论，但分歧极多。随后提出的"新理性精神文学论"，是综合了特别是20世纪以来在哲学思潮、社会实践、唯科学主义、科技霸权、人文科学、文学艺术中反复出现、不断重复、具有导向性、互有联系的几种规律性现象,给以综合阐释的一种理论观念。它以现代性为指导,以新的人文精神为内涵与核心,通过交往对话精神,协调人与社会、自然、科技、人与人的相互关系,确立一种新的思维方式,包容了感性的理性精神,关注人的生存处境及其健全的、自由的全面发展,以克服不断出现的文化危机与人的异化。这是一种文化观念,一种学术立场。这也是一种在中外文化、文学理论交往关系中以我为主导的、对人类一切有价值的东西实行兼容并包的、开放的实践理性。

中国古代文论的研究也已开始走向繁荣。古代文学理论体系与不少这方面的专题研究,质量厚重,并且始终保持了强劲的势头。一些青年学者的这方面的著作,也很显功力。至于古代文论的现代转化的问题,这一时期出现了探讨"中国古代文论的现代意义""中国诗学之现代观"的专著,分量厚实,此外还有"古代文论的现代阐释""中国古代文论现代转化的历史回顾"等专题研究,都对转化的研究有所深入。实际上,古代文论中的许多思想,已经转化为我国当代文论的有机组成部分。至于与文学理论关系密切的文艺美学、审美文化研究,如"文艺美学"、"中国审美文化史"、"华夏审美风尚史"、当代审美文化研究,这里难以细说,它们的构思与问题的提出,都具有原创精神,开辟了新的学科,拓展了美学与文学理论的新视野。此外如外国文论研究、中西文论比较研究、比较文学理论的研究,已大大不同于 20 世纪八九十年代前期,而显示了中国学者独立的个性,多种成果已令人耳目一新。

我在上面所描述的文学理论研究,所列问题只是一个大概,并不全面,其中不乏高水平的著作,它们思想新颖,充满生机,显示了我国文学理论的主体精神、创新精神。从总体上说,古代文论富有原创性,而当代文论锐意创新,也是新论迭出。

第三个阶段大体可以从新世纪算起，呈现了文学理论多样化的形态和中国化特色的继续追求与深化。由于后现代文化思潮进一步深入中国学界，中外交往对话的不断加强，大量新的文化、理论信息不断涌现，文化研究理论进一步地大力输入，文学理论特别是高校文学理论教学中的众多问题的凸现，于是就文学理论自身的现状和改革引起了讨论，加上参与讨论的人，学术取向不尽相同，也必然歧义丛生。例如有艺术终结论、文学消亡论之争；有文学载体的巨大变革、图像艺术、网络文学的扩展与原有文学阅读、图书领地的缩小的矛盾之争；有消费性阅读的普及与经典阅读的弱化之争；有日常生活审美化理论与现有的文学理论原理之争；有文学理论的扩容和扩向哪里之争；有要求文学理论批评化和坚持文学理论原理化之争；有民族文学与世界文学之争；有文学本质问题研究与反本质主义之争；有文学不是意识形态、文学意识形态否定论和关于文学审美意识形态之争，等等。这里需要特别着重提出的是世纪之交，在图像艺术、互联网文化的兴起和文学消亡论流播声中，文化诗学、生态文学批评与网络文学理论三大方面，却是异军突起，它们开拓了文学理论和批评的新境地，都有相当深度的学理阐释，出版了文化诗学①、网络文学新视野丛书②和多种生态文学理论专题研究，获

---

① 此外全文参阅了陈传才：《文艺学百年》，北京出版社，1999年；童庆炳等主编：《新中国文学理论50年》，安徽大学出版社，2000年；谭好哲主编：《文艺学前沿理论综论》，山东大学出版社，2001年；杜书瀛等主编：《中国20世纪文艺学学术史》，上海文艺出版社，2001年；王春荣等著：《中国文艺思想史论》当代卷，辽海出版社，2001年；庄锡华：《文学理论的世纪风标》，江苏文艺出版社，2001年；张晶主编：《交叉与融通——文艺学的新格局》，中国传媒大学出版社，2006年；张艺声：《比较学理论：中西文论阐释大视角》，中国社会科学出版社，2006年；葛红兵主编：《20世纪中国文艺思想史论》，上海文艺出版社，2006年；黄鸣奋：《互联网艺术》，文化艺术出版，2006年。

② 欧阳友权主编：《网络文学新视野丛书》，中国文史出版社，2008年。

得了突出的成绩，形成了文学理论的新的生长点。这些文学理论新形态的研究，我们可以说，既采用了西方文学理论中的资源，又继承了我国古代传统与结合了当代我国文学理论的实际情况，成为我国建设具有中国特色的文学理论中的新因素、新部门，从而与外国文学理论处于真正同步发展的地位。此外，还有如审美文化、大众文化、城市文化理论研究，其发展势头也是蒸蒸日上。一些专著如审美与道德的本源、文艺美学的研究，都有明显的进展。

世纪之初几年内，出现了几种体例各异的文学理论教科书式的编著，它们一改以往的编写方法，吸收了西方哲学思想和文论教程中不少新的因素，以后现代主义思想为理论主导，倡导反本质主义，着重知识形态的介绍。此外还有标举走向全球化时代的文学理论著作问世。上述种种论著涉及的范围广泛，各有特色[①]，不乏新见，特别是扩充了当前文学的知识状况、新的文学形式的探讨，它们无疑拓展了文学理论的视野，显示了文学理论的生机、日益多样和与日俱进的实绩。但是反对文学理论的本质观的探讨，并把本质观探讨说成是本质主义的这种说法，大可商榷。其实从根本上说，反本质主义同样是一种标举文学本质观的追求，只是在追求另一些类型的本质观，即把原有的各种文学本质观拆解为零星碎片的本质观而已。因而这些著作，一面在拆解原有的文学观，同时又在使用各种方式悄悄阐发自己的文学本质观，表现在对设置的各种章节的论述尤其

---

① 这方面的编著有童庆炳主编：《文学理论教程》，修订二版，高等教育出版社 2005 年；刘安海、孙文宪主编：《文学理论》，华中师范大学出版社，1999 年；南帆主编：《文学理论新读本》，浙江文艺出版社，2002 年；王一川：《文学理论》，四川人民出版社，2003 年；陶东风主编：《文学理论基本问题》，北京大学出版社，2004 年；杨铸：《文学概论》，北京大学出版社，2005 年；张法：《走向全球化时代的文艺理论》，安徽教育出版社，2005 年。

如此,即既在拆解,又在规范;而且章节的设置也有较大的任意性,很多也是老问题。同时即使那种自认为远离文学抽象本质、只从形式观点切入文学的研究也未能例外,其实它也是在追求一种形式论的文学本质观。这种文学观的论者无度颂扬外国人的文学观念多么高明啊,多么好啊,而斥责我国学者的文学观不过是些"陈词滥调",这就暴露了那种十足的挟洋自重的心态。改革开放已 30 年过去了,居然还会出现这种极端偏执的思想,真是令人惊异。这样说,当然没有排斥这些文学观存在的价值。上面说到的各类文学理论研究,层次各异,深度不一,不同意见与分歧自然存在,许多问题随着认识的进步,将会得到进一步的展开。看来在当今极端复杂的文学现象中,要找出一个囊括无遗、统一的文学观念是相当困难的,一劳永逸的文学观是不可能存在的,我们只能追求那种更多一些能够说明文学现实发展的文学思想;同时也要容忍、宽容可以在不同程度上说明文学现象的文学观念。

文化研究经过 20 世纪 80 年代的输入、酝酿,到 90 年代文化面向市场的时候就很快升温,在新旧世纪交替之际,出现了以文化研究理论替代文学理论研究的倾向,由此而引发了争议。但是经过讨论,文论研究与文化研究的关系有了进一步的厘清,一方面密切了相互之间的关系,就个人兴趣来说,两者研究自然也可以融合一起,成为一种个人风格。但另一方面,也明确了二者并不是一回事,它们各自认同了自己的界限。这时期介绍过来的西方文论,给我们很大启迪,它们有现象学文论、心理分析文论、存在主义文论、接受美学文论、阐释学文论,结构、解构文论、后殖民主义文论、女权主义文论、新历史主义文论等等,它们看重问题而不追求整体,实现了文化理论的零散化、知识化的后现代主义文化精神。这些不同形态的文论,价值、层次不尽相同,需要区别对待。文化研究的输入与大力介绍，使人们的知识得到更新，甚至可能导致文学理论中某些范式的转换。但是文化研究的长期热心倡导的倾向似乎掩盖了另一种倾向，即外国美学、文学理论中有着较为深厚学理的有价值的著作，被疏忽以致被遮蔽了，直至近期才重新引起注意。新的选择与译介，使人们对于当代外国文化理论、美学与文学理论面貌有了较为完整的了解。

近几年来，出版了多种总结近百年来文学理论的历史进程和新时期30年文学理论的论著、论文。有些论著学术含量较为厚重，史论并重；有的论文对于近30年来文学理论进程似乎不甚熟悉，以致对于20世纪八九十年代文学理论中所经历的事件相当模糊，对各种文学观念的历史出场都很隔膜。有的论著，只看文学年鉴的综论所提供的线索，只关心热闹的论争，却并不在意那些较具深厚分量的学术著作。当然，也不能一概而论，有的论文质量很高，有的专著质量平平也是常有的事。

我国当代文学理论在科学发展观的指导下，以建设中国特色的文学理论为目标，需要在出发点上形成一些共识。

一，对现代性的强烈追求，面向实践的需求，这与科学发展观是一致的。现代性含义各别，但我们在这里讨论的是我们根据实际情况与需求所给以规范的现代性，是我国文学理论所要求的现代性，是文学理论自身科学化所要求的现代性，是使文学理论走向自律，获得自主性，并与他律相融合，使文学理论走向开放、对话与多元，在继承中形成理论自身的创新的现代性。现代性的强烈追求，促使学者们看到文学理论中不断呈现的、层出不穷的问题，

需要面向当代文学发展的需求，使得理论自身不断演化、更新与发展。后现代主义文化思潮在把知识零散化中提出了许多新观点，在点的深入方面极有启发，但从总体上说并未出现被它们引以为荣

的颠覆，消灭了大叙事与整体性，所谓颠覆的愉快不过是它们一种并不牢靠的一时快感，因为大叙事与整体性仍然在继续着，虽然大叙事并不是研究中的唯一方面。以此来观照我国当代文学理论，如前所说，我以为近30年来当代的文学理论，正是把文学理论自身当作一个矛盾体的，不少学者充满了自我反思与自我批判精神，有意识地在文学理论传统、特别在现代文论的基础之上，在批判、鉴别之中进行创新。例如中国现代文论传统的确立，中国古代文学理论体系研究，文学人学研究，文学审美特性的讨论与建树，文学观念、文学研究方法的大讨论，文学心理学、文学文体学的研究，就是贯穿了现代性的反思与自我反思、批判与自我批判，面向文学实践的需求的产物。古代文学理论的现代转化的提出，意在提出近百年来对于理论遗产的割裂，而力图通过批判与鉴别，激活古代文论，进一步把优秀的理论传统中的有用成分，有机地融合到当代文论的创新中去，所以完全是一个充满现代意识精神的命题。这样做，自然很有难度，这是一个长期的过程，不能指望一加提倡就可一蹴而就，但是在建设当代文学理论中极有意义。

二，需要加强创新意识与原创精神，不断突破原有的理论认识与框架而有所更新。有的人至今还在用马克思说过的话和没有说过的话为准则，来批判别人提出的问题的是与非，得与失，这种凡是派学风早就该被抛弃了。文学理论中的有着不同理解的理论范式的转变，随着我国文化的转型，将会不断出现，或是正在逐渐生成。一个观念、一个范式的提出与阐发以及它们的生命力，一是在于它们生成的深刻的现实性，即它们与现实需求的关系，它们是针对现实中的什么问题而说的？为什么这时提出了这个观念？这些抽象化了的观念，能否反映被它们概括了的复杂现象的真实性与实在性？评判它们的价值，在于把它同过去的观念进行比较，看看增添了什么新东西，而不是随手拿些在知识背景上完全不同的、不同领域的、不在同一层次上的观念，以总是以符合自己意图的拆字办法，进行衡量，如果不合自己的身材与自己的知识背景，就宣布被批判的观念不能成立、不合法，就算清除了对方，这就使得问题的讨论南辕北辙了。二是在于它们的深刻的历史性，它们是否按照其自身逻辑、学理提出来的，它们是否有着自身的历史演变的轨迹、发展的前景，以及它们与其他相关观念之间的内在联系，从而成为观念系统中一个组成部分，并能否被读者所接受？或是为什么不少读者接受的是这一观念，而不是别的观念？学理顺了，被认知的东西就多一些，被说明的方面就更会宽阔一些。

在这里，历史性和现实性是结合一起的。历史性也就是历史意识、历史观与历史生成意识，脱离了历史意识、历史发展观，唯物史观就是简单的、直观的唯物主义。其实，被有的人不断反复标榜的唯物史观、科学观，不过是半截子唯物史观，因为他们阉割了它们。任何观念都是在历史中发生的，反映着历史的、现实的需求，或是反映得多一些，或是反映得少一些，一旦在当时现实生活中发生影响，它就成了历史的存在。评价这种历史存在，如果不顾历史的语境及其演变，排除历史主义，使用半截子的唯物史观去进行批判，那就会把被批判的观念当作是天上掉下来的东西，徒然显出批判者不过是个历史不在场的角色，并使批判变成一种故意的同义反复而又似是而非、玩弄空洞概念的演绎，变成一种乏味的宣传。人文科学的思维是两个意识的对话与理解的思维，而非单一的解释和判决，更非既当运动员又当裁判员的判决；它是价值的积累与增值，而非压制、绞杀与消灭。我不断强调的交往对话精神，正是针对几十年来学术中的那种不断压制、绞杀、消灭而说的。需要建立一种良好的学术氛围，培养一种开放的、对话的、宽容的、有价值判断的即非此即彼的，而在总体上却是亦此亦彼的思维方式，兼容并蓄他者的长处，为理论创新创造良好的条件，开辟文学理论的创新时代。学术中的原创意识，只能产生于良好的学术氛围中。

三，在全球化的语境中坚实地立足于本土。前面已经论及，20世纪80年代初，我国文学理论界不少学者对当代文学理论也即80年代前的文学理论进行了全面批判，而对于那时被介绍过来的而知之甚少的西方文学理论、不少文学流派的宣言与主张，则充满了好奇与崇敬之情，如象征主义、唯美主义、形式主义、"纯文学观"、现代派文学等。美国学者威勒克等人的新批评派文学观，一时影响很大，促进了创作、批评中的"纯文学"与"唯美主义"思潮的形成。西方文学理论一些方面可以参考，但是照搬却是难以奏效。重要原因在于，一本好的外国文学理论著作，虽然不少成分具有知识的公认度，但它们终究是在它们自己国家传统文学的基础上总结出来的文学经验，或是只就文学中的某个方面展开论述，应该给以鉴别，所以我们必须坚实地立足于本土之上建设我们自己的当代文学理论。一些学者80年代就开始把理论建设的重点移置于本土，在全球化的语境中，他们以马克思主义为指导，立足本土，以我为主，确立自己的主体性，即从中国自身的文学现实出发，用中国人的眼光、知识来探讨理论问题，吸取外国文化中的各种有用成分，为我所用。文学基础理论每个时期的发展，与引进的外国文学理论的关系极为密切，它的中国化是个严重问题。在文学审美特征、文学本质观念、文学文体学、文学语言、文学修辞、文学理论范畴等探讨中，本土化意识是十分清晰的。就是到了90年代中期以后，即全球化思想逐渐扩散，后现代文化思潮日益深入我国学界，世界文化、文学与民族文化、文学引起争论时，很多学者在全球化的语境中，同样坚持本土立场，力主民族文学，但又主张融入世界文学，使两者相辅相成，相得益彰，提出今后的文学既是民族的，又是世界的文学的主张。那时当一些学者力主将文化研究替代文学理论研究时，有的学者却以独到的眼光，丰富的经验，提出了立足本土的有我国特色的"文化诗学"，这是值得肯定的。文学生态批评、网络文学批评同样如此。这些方面既是外来的，又是本土的。说是外来的，它们已在外国文化中兴盛起来，因此可以作为我们的借鉴；说是本土的，因为我们当今同样面临生态、网络时代，这些理论一旦借鉴过来，也就成了我们自己文化、文论的组成部分。新世纪开始，全球化的话语很有影响，有的学者提出了"文化一体化"问题。这是一个悖论，"文化一体化"的现象确实是存在的，特别在物质文化方面，简单地否定是不现实的。但是"文化一体化"又是不可能的，就是说一个民族的文化存在着深层的价值与精神，即使融入了外国文化的成分，促进了原有深层文化的更新，但也会使其变为本民族文化的精粹的组成部分，而成为本民族文化的新的传统。世界文化、文学应是多元共存的。

四，当代文学理论的科学化与人文精神。20世纪80年代以来，西方文学理论的大量引进，特别是形式文论、结构主义文论新批评文论、文学四要素说和现象学美学思想的引进，对于促进我国当代文论的科学化，起了有利的作用。参考上述理论，我国学者将组成文学的各种因素——语言、修辞、象征和社会、历史、思想等方面有机地融为一体，确立了文学研究的整体方法，建立了文学本体论，即文学存在的形式。但也如前所说，其中有的理论也助长了我国文学、文学理论中的"纯文学观""唯美主义"倾向。

文学理论是人文科学，作为科学理论，自然需要通过实证知识与一定方法进行讨论，同时任何人文科学又必然渗透着作者的主观导向，两者必须有机地结合一起而使文学科学有所进步。外国的人文主义美学、文学理论思想是甚为丰富的，其中一个中心思想就是贯穿着人的思想。我们的文学理论的人文精神渗透着对于人的命运的关注与叩问，对于民族命运的关怀，这就是贯穿于我们民族在其生存、发展中形成的民族文化精神，就是以人为本的人文意识。综观这一时期的文学理论，其主导倾向是充溢着人文精神的，虽然也有一些文学实践是反文化的。从20世纪80年代开始的人道主义、人性问题的大讨论，人学是人学的肯定，文学理论主体性的争论，文学人文精神大讨论，新理性精神文学论，文化诗学，文学与道德，文艺学的人文视界等，都显示了我国文艺学的人文精神与忧患意识，我国的民族文化精神。流淌于我们当代的文学理论的人文精神与忧患意识的以人为本的思想，是我国优秀文化源头的主导精神，而与当代理论的科学性相结合，组成了我国当代文学理论的又一特色。

上面所描绘的30年来我国文学理论的特征、问题与获得的巨大成绩，仅是一个概貌，事实本身远为丰富得多。我国文学理论围绕着现代性的演变，大体正在形成一种有着我国特色、具有一定独创精神的、开放的、动态的、多形式的格局。文学理论需要的是原创与不断更新，这是它的生命所系，也是我们民族伟大复兴中社会主义新文化建设的特征。

（本文原载《文学评论》2009年第4期，收入本文集时略有改动）

文学理论现代性问题
——生成中的现代审美意识与文学理论

现代性及其演变

现代性问题受到文化界的关注，已有十多年了。在我看来，所谓现代性，就是促进社会进入现代发展阶段，使社会不断走向科学、进步的一种理性精神、启蒙精神，就是高度发展的科学精神与人文精神，就是一种现代意识精神，表现为科学、人道、理性、民主、自由、平等、权利、法制的普遍原则。欧美学术界围绕现代性问题已谈了几百年，在其演变过程中，大致形成了各种马克思主义学派的、韦伯式的自由主义思想学派的以及保守主义思想学派的现代性观念，发展到近期又有哈贝马斯的交往理性的现代性理论派别。欧美等国家在不断追求现代意识、现代性的情况下，建立了高度发展的物质文明与精神文明。但是由于现代性自身固有的内在矛盾性，在理性精神的不断实现过程中，也造成了种种失衡，使理性精神变为只讲实用的工具理性。科技的飞速进步与物质生产的高度丰富，显示了人的无限潜能，但又形成了人的物欲的急剧膨胀，造成了物对人的挤压与人的精神的日益贫困，并使人在精神上时时陷入生存的困境之中。而在另一方面，近百年来具有锻铸、弘扬人文精神的社会科学，在提供多种知识、扩大人对社会的认识、加深人对自身了解的同时，在不同的人群、集团手里，又使理性变为反理性，并且走向反动，酿成了种种危机与动乱，给社会与广大群众制造了一场又一场的几近毁灭的灾难，从而不仅使自己的权威丧失殆尽，而且也不断加深了人的精神危机。

20世纪的不少欧美哲学家、诗人、作家，按照自己对现代性的理解，对上述现象或进行解释与批判，或进行诗意的反抗，揭示资本主义、科技发展和即将到来的信息社会下的种种矛盾。他们对技术至上、工具理性的全面胜利发出惊呼与警告，对人文精神的日益衰落深感忧虑，他们的呼声充溢了人类的悲剧意识。小说家们使用荒诞的手法，显示人的生存中的荒诞现象甚至生存本身的荒诞，艺术地展现人的价值，在物的阴影的覆盖下，不断地被消解与毁灭。现代性的发展，逻辑地从自身酝酿了反现代性的方方面面，并且愈演愈烈，形成了反现代性的思潮，同时这种反现代性方面又遭到现代性自身的批判，特别是人文的、哲学、美学方面来的批判。自然，这并非反对现代性自身，而是批判由于现代性的"僭越"而带来的消极的东西，即批判工具理性、伪科学所产生的反现代性所表现出来的方方面面。这种批判表明了现代性本身所具有的科学、理性精神的强大潜力。这种批判性也正是现代性自身所有的特征。

西方学者把20世纪最后几十年前的社会精神、学术思潮的现代性，定位于现代主义，把现代主义看成了现代性的最后形式，把现代主义的危机当成是现代性的危机，持这类观点的西方人士还真不乏其人。如美国学者弗·杰姆逊，在其《后现代主义与文化理论》一书中，将现实主义、现代主义、后现代主义解释为"分别反映了一种新的心理结构,标志着人的性质的一次改变,或者说革命",并把三者与资本主义发展三个阶段市场资本主义、垄断资本主义、多国化的资本主义对应起来。而本文作者认为,恐怕不宜将现代性与现代主义完全对应起来,它们是有联系又有区别的观念。标举现代性原则,批判现代性自身无节制的扩张,批判现代性因自身的反向异化而走向堕落,确实是近百年来的现代文化思潮的主导倾向,特别是20世纪的批判哲学,其针砭尤为激烈。不过,关于现代化的弊端,现代主义以前的非现代主义哲学、美学、文艺流派,都早就有所发现,并进行了一定的批判,所以也不好说,只有现代主义才体现了现代性。我们总不能把20世纪批判现代性消极面的多种哲学、美学、文学,都归入现代主义,纳入现代主义的轨道。当语言论哲学、特别是解构主义和与其密切相关的后现代主义思潮兴起之后,现代主义成了批判的对象,人们原有的思维与叙事模式普遍地遭到解构,人的价值与精神进一步遭到解体。当后现代主义宣布替代了现代主义,于是现代性也就被宣布为过时了。然而,我们知道,针对那些反现代性现象所进行的多方面的文化批判并未停止。要是完全把现代性定位于现代主义,那么对于反现代性的多方面的批判,还能存在下去吗?如果存在什么批判,那是否又一定就是后现代主义的批判了?恐怕未必如此。例如,我们事实上也在对现代性的消极面进行着批判,但这是一种现代文化的批判。

自然,可以说后现代主义就是一种批判。不过,从后现代主义观点出发的文化批判与现代性的文化批判,是并不一致的。现代性的文化批判仍在探索积极的因素,维护人的存在所需要的普遍价值原则与普遍精神,以便使价值与精神在被破坏中获得重建,这里的批判是为了丰富与更新。后现代性的批判,则是在颠覆了旧有的价值之后,说要重新塑造人的"自我形象",它往往是很聪明、机智地数落了现代性的种种不是,并且把它们视为现代性的全部内容,进而把现代性加以否定。"我们可以,而且应该抛弃现代性,事实上我们必须这样做,否则,我们及地球上的大多数生命都将难以逃脱毁灭的命运。"① 这就说得言过其实,简直是耸人听闻了。其实,即使在欧美,如果要使社会获得正常发展,那么现代性以及现代性建立的意识、话语权威,即使一部分过时了,而其基本原则、精神还是常新的,是人们的生存须臾不能离开的。在这方面,也许德国哲学家哈贝马斯认为现代性是个未竟事业的观点,似乎更有道理些②。而反对现代性的后现代哲学,确是看到了人们旧有思维的局限,提出了一些调节人的关系的新观念,它们可以用以说明后现代社会的某些现象以及诸多消极现象产生的原因。在我看来,可以将这些积极因素作为现代意识因素,融会到现代性中去,丰富现代性,但难以排挤掉仍在起到支配社会生活的现代性。把现代性从现实生活中驱逐出去,无疑会使现实生活的进展失去指向,即使进入资本主义全球化时代,也无疑会遭到社会正常发展需要的极大的反抗,受到人文、哲学、美学的批判。现今的所谓全球化,就是按照几个发达国家制定的规则,企图通过国际金融资本、信息技术的联合与组织,在全球国与国之间形成一种紧密联系、相互制约的政治、经济、文化的关系,它使得全球各国在政治、经济、文化上走向形式上的同一化与一体化。但是对于政治、经济、文化不发达的国家来说,全球化只是一种参与意识,在积极的参与中发展自己。因此,它们心目中的现代性与发达国家所主张的现代性并不是一致的。至于在未

---

① 大卫·格里芬编:《后现代科学》,转引自大卫·格里芬《后现代精神》,19页,王治河代序,中央编译出版社,1992年。
② 哈贝马斯:《论现代性》,见王岳川等编:《后现代主义文化与美学》,严平译,20页,北京大学出版社,1992年。

来，现代性的内涵可能会有所变化或变得复杂起来，但其原则与精神，无疑还会长期存在下去。

对于我们来说，我想体现了现代意识精神的现代性，是不会过时的。一百多年来，我国社会的现代化的道路十分曲折。我国社会发生过多次巨变，我们可以加速现代化的进程，但是社会的现代发展阶段看来是路途漫漫，难被超越。我们过去早就想超这超那，一蹴而就，结果这些盲目的跃进，却给人们造成了无数物质的与精神的伤痛。我们痛感于一部写于20世纪20年代初的俄罗斯的反乌托邦小说《我们》，竟有如此巨大的预言力，而不能不引起我们的深思。现代性的原则与精神看来也是如此。

现代性遭到多次歪曲，现今需要新的整合。就目前来说，广大的人群在物质上尚未呼吸到充分现代化的生活气息，在精神上也是如此。为了使社会进入现代，国家走上现代化的道路，我们过去有过不少人、现在又有多少人都在塑造各自的现代性。在20世纪里，有的学者把西方社会的现代性，当成我国的现代性加以弘扬，也即寄希望于全盘西化。但是早在19世纪下半期，西方的现代性就已暴露了它的另一方面的种种矛盾，至今更是危机重重。五四后一些人照搬照抄，但是这种学风一直受到人们的非议。另一些人把马克思主义理论加以传播与变通，并与中国的实际结合起来，使社会得到了革命的改造。但是到了20世纪50年代，又预设苏联的今天就是我们的明天，并且制造了一系列群众运动，这实际上也是一种典型的照搬。由于现代性被盲目的主观性所替代，由于根深蒂固的东方习尚并未寿终正寝，致使科学沦为现代迷信，理想被扭曲为早就被批判过的乌托邦，人祸连连，从而使现代性走向了反动，使社会发展遭到了极大破坏而濒临崩溃的边缘，人的精神家园败落为一片废墟，并且至今未能使人们在精神上完全走出其阴影。这已经成了几代人的铭心刻骨的时代感受,无疑,这必定会受到思想史的长期清理。

20世纪80年代改革、开放的时代,一些人痛感于自己的落后,目光紧盯现代的西方,以为西方的今天就是我们的明天,以为这就是现代精神,于是再度掀起了西化的浪潮,这在我们思想界、学术界都有广泛的表现。就以文学研究来说,不久前读到钱理群的短文①,谈及80年代他与同行提出"20世纪中国文学"的观念。这一观念不在于文字表达本身,而在于对其所作的阐述。倡导者对这一观念的解释,在后来文学史的编写中发生了众所周知的影响,但是在学界是存有不同意见的。20世纪八九十年代的现实生活逼人反思。短文作者认为,这一概念本身无须改变,但是根据20世纪文学发展的实际情况,现今必须对其含义作出新的阐述了;同时承认这一观念的提出,正是受到当时"西方中心论"影响的结果。对于一个学者来说,修正自己观点是常有的事,有的公开申明,有的暗中进行,有的暗中修正了还得表现自己是一贯正确的。短文作者要修正自己的观点,这已是实事求是的表现,但还和盘托出了思想来源,特别是承认受到西化的影响,却是要有勇气的。说实在,我读完这篇短文后,深为作者坦诚的学风所感动。西方中心论,在我看来,就是这位学者在80年代所理解的现代性,而今对现代性的认识站到了更高的层次之上。西方一些学者说,当代西方社会已进入后现代社会,现代性已经过时,80年代中期,此说传到了我国。到了90年代,我国一些年轻学者把西方学者的理论搬过来就用,高唱在我国的文化、文学中,已走向"现代性终结"。其实,这是又一种西化论的搬弄了,或是一种真正的"抄袭""模仿"了!警惕、批判与避免现代化带来的破坏性后果,跨越它的陷阱,我以为这并不会导致现代性

---

① 钱理群:《矛盾与困惑中的写作》,载《文艺理论研究》,1999年第3期。

的终结。我们要分析西方学者对于现代性的不同的解释与批判,但又不能局限于他们对现代性的所作的阐述。同时,我们也不能重蹈现代迷信所制造的现代乌托邦,来构筑我们所需要的现代性。

从现代性的历史进程来看,现代性是一种被赋予历史具体性的现代意识精神,一种历史性的指向。在各个发展阶段,现代性的内涵有着共同之处,但又很不相同。一些学术思想问题,在彼时彼地提出,看来有违那时现代性的要求,而不被重视,甚至还要遭到批判;而在此时此地,则不仅与现时现代性的要求相通,而且还可能成为现代性的基本组成部分。例如,对于五四后的多次学术思想的争论评价,我们从现时的现代性要求出发,可以说与五四时期的要求在总体上是一致的,但又是不完全相同的。五四新文化运动,是辛亥革命的一次深入,文化上的真正革命。这场运动,意在进一步摧毁封建制度,击溃旧的文化传统,走向更为彻底的现代化。其批判的准则,则是民主主义、科学主义思想,部分则是刚刚传入中国的马克思主义思想。这些思想形成了五四时期的现代意识精神,其指向表现为这一时期的现代性。这时期的任何文化现象,在新文化运动面前,在五四时期的现代性面前,都将陈述自身存在的理由,而受到检验与被取舍。提倡白话文,是我国文学叙述的一个转折;而当时的国学研究的趋向,与其时倡导的科学精神、人文精神相悖,妨碍了新文化运动的推进。稍后的"学衡"派、"甲寅"派,继续反对文学话语的改革,他们保卫旧文化,批判新文化,声称白话文学不算文学,对改革派极尽嘲弄之能事。毫无疑义,他们自然是时代的落伍者了。

五四运动的功绩在历史上彪炳千秋,当时对旧文化所采取的激进态度,从促进历史进步来说,实属必要,这是19世纪末、20世纪初我国文化不断演变的结果。但是也正是由于其后来的激进性,绝对性，使得新文化与传统文化之间横亘一条裂痕，这也是事实。一些学者不承认有什么断裂，认为继承得很好，这也是一种意见。我们一面为要赶上时代的发展，摆脱落后愚昧的局面，觉得只有从外国人那里寻找榜样与药方，否则似乎就难以自立。另一方面，特别是在五四运动几十年之后，由于我们中断了与传统的联系，总是使我们觉得在文化传统上飘零无依。说是我们有几千年的优秀文化传统，但又不断挞伐古代文化以致焚烧古籍，让人看不见、摸不到的优秀文化传统不知究竟在哪里，从而造成了广大人群文化、精神的贫困。这就是我们近百年来特别是近50年来的文化心态，虽然近20年来的情况有所改善。

在20世纪即将告终之际，百年来发生的种种事件，今天以历史的整体面貌出现在我们面前，这无疑可以使我们获得一种历史的整体感。对于现在的我们来说，历史的评价已可以不囿于一时一事，可以在历史的联系中了解它们，而成为一种整体性的评价。现代性也即现代意识精神，具有了更为宽阔的视角、宽容的气度。对于过去革命的文化思想的方方面面，将在历史的整体中受到重新的评价与审视，即使在过去被认为是保守的文化思想也是如此。一切有利于当今文化发展的因素、成分，都将被我们采纳、吸收；一切不利于当今文化发展的因素、成分，将被搁置起来。有些进步的现象，可能在与多种其他现象的联系中，由于消除了一时一事的孤立性，产生历史整体面貌的敞亮而发现其中的消极因素，甚至可能见到其走向反面的原因。原有一直被认作是消极的历史现象，同样可能由于消除了一时一事的孤立性，在整体的相互的联系中，因历史面貌的敞亮而可以发现其积极因素。这种现象，我想可以叫作历史整体的去蔽作用。"学衡"派对新文化运动的历史攻击固然不足为训，但今天看来，其研究学术的宗旨，却具有了新意。它主张"论究学术，阐求真理。昌明国粹，融化新知"。对于国学研究，其态度是"明其源流，著其旨要，以见吾国文化，有可与日月争光之价值；而后来学者，得有研究之津梁，探索之正轨，不至望洋兴叹，劳而无功；或盲肆攻击，专图毁弃，而自以为得也"。又说"本杂志于西学则主博极群书，深窥底奥；然后明白辨析，审慎取择……兼收并览，不至道听途说，呼号标榜，陷于一偏而昧于大体也"①。自然，这些宗旨，提倡者其实并未能真正实行，也难以实现，况且走到岔路上去了。但是就这等主张而言，现今抹去其灰暗的历史尘灰，则显出了其现代意识的精神；我们经过几近一个世纪的曲曲折折，今天求索的无疑也包含这种精神与主张，它们可以成为当今现代性的一个组成部分。历史中存在大量的"盲肆攻击"，大量的"专图毁弃"，这也是事实。盲目的滥肆攻击与随之而来的种种反理性的毁弃，都被历史发展的现实需要所毁弃了。

历史的整体性评价，是我们所主张的现代性的思维方式，它承认历史发展中的激变时期的一分为二的斗争的必要性，革命的必要性，否则，新的思想、文化以及制度无以自立，难以发展壮大；同时也主张新的文化、思想一旦产生与形成，就应在批判、鉴别的基础上，充分吸收旧有文化传统的精华，铸成自身的血肉；一味斗争、只主张二元对立的思维，导致了社会的灾难。当今现代性所要求的，应是一种排斥绝对对立、否定绝对斗争的非此即彼的思维，更应是一种走向宽容、对话、综合、创新，同时包含了必要的非此即彼、具有价值判断的亦此亦彼的思维。

---

① 《学衡》杂志简章，《学衡》1922年1月第1期。

文学理论的自主性问题与现代性

我国新时期的文学理论20年,是受到现代性的策动,力求新变、不断体现现代意识、精神的20年。由于历史、文化等等的原因,这是在文学理论上初步更新了文学观念、发生重大变化的20年。

在文学理论中,探讨现代性问题,自然不能把它与科学、人道、民主、自由、平等、权利等观念及其历史精神、整体指向等同起来,但是又不能与之分离开来。文学理论要求的现代性,只能根据现代性的普遍精神,与文学理论自身呈现的现实状态,从合乎发展趋势的要求出发,给予确定。我以为当今文学理论的现代性的要求,主要表现在文学理论自身的科学化,使文学理论走向自身,走向自律,获得自主性;表现在文学理论走向开放、多元与对话;表现在促进文学人文精神化,使文学理论适度地走向文化理论批评,获得新的改造。

从20世纪50年代初到70年代末,我国文艺界流行的是"文艺为政治服务""文艺从属于政治"的口号。十分明显,这里的主体是政治,文艺完全处于从属地位,文艺自身的主体性完全被否定掉了。70年代末,从"文革"的教训出发,在"解放思想,实事求是"的方针指导下,提出以后不再提"文艺为政治服务""文艺从属于政治",而改提"文艺为人民服务""文艺为社会主义服务"。我们在这里主要分析这两个"不提",因为文艺要成为文艺,首先要从其学理上进行阐明,使文艺真正成为文艺自身,即还其固有的自主性,文学理论同然。

文学与政治的关系,就现代文学理论来说,早在20世纪初,在梁启超的一些论著中已提了出来①，这纯属一种理论性的探讨；20年代有关这方面的讨论，也是属于这种性质。后来这一理论就发展到"文艺从属于政治""文艺为政治服务"的结论，这在历史非常时期也是必要的，而且也起过良好的社会作用。从20世纪50年代起，这一理论逐渐成了一种政治规定，成了一种体现一定政治要求的政策。于是理论被简化成了政策，并要求政治、文化部门、文艺家们都去贯彻。

照我们现在的理解，所谓政策，多半是在某种理论指导下，保证某种政治、社会主张得到实施而制订的一定的措施与手段，这是社会权力、财富分配、再分配的各种规定与措施。政策总是具有集团性，在其实施过程中具有强制性。审时度势，因时、因地的应时性、灵活性、强制性，正是政策的特点。政策是一种权力行为，把文学理论与政策搅混在一起，政策就可能替代文学理论，遏制文学理论自身的不断探讨与前进，消除理论自身的学理与自律性。20世纪50年代初以后的几十年里，事实上只有文艺政策而无文学理论，虽然文艺界有的负责人以文学、文学理论的名义常常发表讲话、进行种种总结，但实际上不是在探索文学理论自身，而是独霸了这一理论话语的解释权，文学理论被推入了"风刀霜剑严相逼"的绝境，学理探索实际上被封死了。一切与这一政策的规定有出入的、不相呼应的理论观点、看法，都受到权力的干预而备受摧残。政策与理论是不应混同的，事实上也无法相混，但是权力可以使之一体化。70年代末、80年代初，提出了在文艺中不再提文艺从属于政治，不再提文艺为政治服务的口号，而代之以文艺为人民服务，为社会主

---

① 梁启超：《论小说与群治之关系》，见夏晓虹编：《梁启超文选》（下集），3页，中国广播电视出版社，1992年。

义服务,这说明过去几十年里,确实把文学理论与文艺政策相混了,因为政策是可以替代的,而理论的学理可以修正,但似乎没有替代一说。

理论不同于政策是明显的。理论,特别是成了一种科学的理论,总是出于现实生活的需要、适应人们实践活动的需求而产生,所以理论具有鲜明的实践性特征。理论用来阐明某种自然界的现象,或社会现象,或多种人类精神现象,揭示它的产生,构成它的演变,导出它的结果,预示它的未来,所以具有自律性。理论依靠自身的学理而存在,学理具有自身的逻辑性,严密的推理性,从而构成这一学科自身的科学理论、知识体系。学理就是讲道理,探讨并说出事物真相,尽量去说明事物的普遍性特征及其独特性,所以总是追求真理,以理服人,而不靠虚伪,不靠外力的强制,不靠吓人。人们相信一种理论,是信服其道理,即学理;不相信它,是因为它谬误百出,有悖常理,即没有道理。历史经验证明,依靠权势、震慑性地强制推行的所谓理论,都是靠不住的。强行灌注,可能得手于一时,一旦出现谬误与失败,其后果将是灾难性的。学理具有自身的原则性、适应性、应时性,但原则性是主要的,并且也从来不具强制性。理论具有时代性、历史性的特性,它可以在历史的探讨中不断完善自己、完成自己,在认识的不断深化中形成,在形而上的不断升华中定形,但不致朝令夕改、被随意替代。任何理论的进步与发展,在于它的学理的增值,从而形成理论的增值与创新。可政策是一种手段,它适应需要,可以推动现实关系的协调与发展,体现它的"英明",无所谓价值的增值。一个有价值的理论体系,只是在某些方面表现得较为合理一些,完整一些,但不可能总是放之四海而皆准,世界上并不存在这样的万应理论。实际上,一种理论往往在这里可行,在别处就未必可行。一定要把某种理论说成万应灵丹,这就是理论的僭越与理论的迷信,这正是工具理性与企图制造愚昧的表现。在这个世纪,工具理性与迷信运动给人们造成的灾难实在太多太多了。同时,一个理论体系,由于自己学理的体系过于严密而不能吸收别的理论中的长处,即另一些学理的成分,拒绝丰富与充实自己,这必然导致其排外与自我封闭,使自身的学理发生僵化。那么,这种理论自己的局限就显露出来了,被它说明事物的普遍性特征的力量就日益缩小了。每当时过境迁,一种理论的学理可能就会失去其魅力,而当新的情况发生和新的社会实践产生需要,新的理论及其学理又会应时而生,并去影响实践。

文学理论的进展,是要靠学理的不断积累的。但如今,其学理被扭曲,积累被中断,而且一中断就是几十年,这理论自然就要停滞不前,甚至被破坏殆尽了。文学理论的命运是如此,其他学科也是如此。

西方文论真正走向现代,大体始于20世纪第二个10年间①,当然,其开始可能要推前到波德莱尔时代。19世纪西方学者包括俄国学者就提出艺术的独立性问题。20世纪初,外国文论自主性的提出,同样是要求文学理论回到自身,但其内容与80年代的我国文论回到自身的要求不同。不同之处在于,我国文论所要求的自主性,是要从政治的束缚下解脱出来,获得自身的独立性,使文学理论成为文学理论,明白自身的学理。西方文论所谓的独立性、自主性,则是指要研究文学自身,摆脱文学批评、研究中的所谓外部研究方法,即摆脱所谓心理学式的研究、历史研究、社会研究、印象研究、作家传记研究等等,使文学研究去研究文学作品自身的问题,如作品

---

① 见拙文《会当凌绝顶——回眸二十世纪文学理论》,载《文学评论》,1996年第1期。

构成因素、节奏、格律、文体、叙事、文学类型、评价等，也即使文学研究走向所谓内部研究。由于这一片面性的研究导向，西方文论在后来70年的历史过程中，内部研究占有了主导地位，并在文学作品的研究方面曲尽其妙，多有发明。但是由于这一导向具有极大的片面性，自然并未使文学理论真正回到自身，因为它把属于文学自身的另外一些组成部分否定掉了，使文学理论仍然残缺不全。但是不同于我国的是，西方文论自身的学理研究，虽然历经各种社会动荡，频受战祸的影响，但并未因强力压制而发生中断，而且派别一个接着一个，各自标榜，赓续不断。直到70年代末，不少学者包括结构主义理论家在内，认为内部研究的局限性已很明显，这类研究已经不能阐明文学现象诸多方面的问题。80年代，许多学者已不能容忍内在研究方式，纷纷摆脱这一研究方式的框架，而转向了外部研究，或标举多种理论旗号和所谓文化批评，或促成了内外结合的文学研究，使文学理论获得了较为完整的自主性，从而也体现了文学自身、文学研究的学理上的现代性。

20世纪70年代末，我们在前面所说的两个"不提"，使我国文学理论从失去自我的极端落后的从属状态，开始走向自身，恢复了世纪初曾经有过的学理的探索和文学自律的科学探索。文学理论可以走向自身，走向自律的科学探讨，这是文学理论现代性的起码条件，因此可以说这是文学理论科学理性、现代意识精神、现代性的初步体现。

自然，上述两个"不提"，不是说文学与政治无关，而是说两者不是从属关系，这是积极的一面。但由于不能全面理解两者关系，因此在创作与理论中，又产生了一些新的情况。一些作家与论者，痛感于几十年来政治的不协调的关系，纷纷要求文学与政治脱钩，论证文学与政治各自独立，文学审美创作凭作家天性行事，文学政治互不相关，希望政治少干预文学，要求文学与政治离婚，等等，这些情绪都是可以理解的。目前，关于文学与政治关系的上述观点，大致表现为两种倾向：一，通过文化批评的形式，一些人实际上在直接探讨政治问题，你可以说，我也可以说，只是要求政治不予干预。确实，这是自由，虽然对于这种自由意见不一，对此我们不予置评。二，在文艺创作思想上，这实际上可以分为两个方面。第一是，舆论上虽说文学与政治要分家，要离婚，但一些作家分明在自己的作品里，调侃、嘲讽政治；或是消解、解构政治，以致走到否定任何价值标准的地步，可又要求评论只能就其高超的文字、风格进行评说，否则就是政治批评，而政治批评就是棍子批评。第二是，在批判政治强力干预文艺时，形成了一种纯艺术倾向，即力图远离政治，甚至社会生活，把文学孤立于其他社会关系之外。一些写作者，一度热衷于话语游戏，进行语言猜谜式活动。当这种写作难以为继时（还会存在下去），又转入形而下的写作，凑合纯粹偶然性的东西，或化解历史，或从"新状态"转向"性状态"的书写。其实，文学作品可以不写政治，与政治分开，但是文学既然与生活密不可分，而政治又是生活的组成部分，因此文学创作也是难以避开政治的。

拉丁美洲的"爆炸文学"举世闻名，这是一种社会性、政治性很强的文学，不少著名的小说就是描绘一些社会、政治事件的。但是社会性、政治性强并未影响它们的艺术的独创，倒反使它们在世界文学中异军突起、独树一帜。当然，要充分估计到我国作家的社会、政治条件方面，有自己的难度，和他们的环境是很不一样的。新时期以来，我国不少年轻作家，曾把拉丁美洲的一些著名作家视为自己写作的榜样，刻意模仿。但是他们害怕社会、政治问题，所以也只是皮相地学习，缺少了拉美作家宽大的胸襟、民族与人类的生存意识和透入人性的警策力。他们的作品竭力离开社会性而渴望提高自己的审美层次，但提供的画面，往往在思想上显得十分单薄、干瘪，艺术上缺少光华，不具强大的审美批判力、人性深度的表现力，这是需要有洞透力的思想才能的。据报刊披露，深受我国青年作家崇敬的拉美作家加西亚·马尔克斯与巴尔加斯·略萨曾分别来过我国，但是他们不是来接受我国青年作家的褒奖，甚至传授写作经验，而是来了解中国社会主义的前途的。加西亚·马尔克斯"想了解的是 20 世纪 90 年代的中国的社会现状，所提出的全是有关社会主义前途和命运问题"，据闻，他长期关注的就是这些问题；巴尔加斯·略萨则以为，"文学首先是社会的发言，其次才是文学本身"①。在我们看来，这真是自投罗网，或者简直是庸俗社会学了！大概由于处境、心态不同，思想、魄力各异，所以他们虽然来到我国，竟未能和我国著名作家有过晤见，就纯文学问题进行探讨，没有留下那种像 30 年代泰戈尔来中国时，会见我国文艺界头面人物的佳话。

审美意识的激变与形成中的现代审美意识

当文学从属于政治的口号下解放出来之前，其实文学审美意识已在发生变化。文学的现代性可以受抑于一时，甚至一个历史时期，但是文学走向现代，走向更为现代意义上的文学，已是"青山遮不住，毕竟东流去"，难以阻挡。不再提文学从属政治、为政治服务，而提文艺为人民服务，为社会主义服务，则使文学活动的范围宽泛得多了，这无疑进一步促进了文学审美意识的新变，也即走向现代

---

① 见《文论报》记者报道，1998 年 10 月 29 日。

审美意识。

20年来，文学创作、文学理论求索现代意识精神，向现代审美意识的转变与移位，是不断求新、冲突、论争、更新思维方式、更新审美观念的一个过程。这是现实生活本身的复苏、文学特性讨论、西方文学、文论以及多种哲学思潮影响的结果。形成中的现代审美意识以及文学审美意识的新变，既初步改变了文学创作的面貌，同时也初步促进了文学理论的改造。首先这是文学创作的政治群体意识逐渐解体，不断生成个体的、个性化的审美意识的过程。

文学从属于政治、文学为政治服务，是出于政治斗争的历史需要而提出的口号。政治面对的是广大人群的事情，不管如何，它思考的是社会千百万人的关系，国家与国家的关系，反映的是集团与集团、阶级与阶级之间的权力、财富分配再分配状况。政治十分注意的是各个集团的政治要求与权力分配的方式与程度，共同恪守的政治思想原则；关心的是社会按其愿望建构的历史变革，以便从根本上改变、改善人们的生活方式。政治家看待人物，对其与之共处的同伴，主要着眼于其政治方向，政治主张，赞成还是反对，界限分明。他对于个人的经历与命运、私人的性格特点、操行品德、甚至个人的糜烂的私生活等等，都称作个人生活琐事，可以暂置一旁，或一概置之不顾，对于自己同样如此，即所谓看人要看他的本质，要看大节，而不应纠缠于其非本质的东西。他要求于人们的是对于他所提出的思想的认同，是对他提出的主张、理想最一般的本质的把握，是对其有关社会、历史发展学说的预设的本质与必然的赞扬，是对其进行的全国性的、大规模的社会试验的肯定与歌颂。一般说来，政治家的思考方式，偏重于剧烈变革中政治主张的前途，群体的命运，阶级关系的变化，而无法也无精力顾及或不大思考个人的遭遇，虽然他的主张与理想，往往会与历史的现实的发展紧相吻合或南辕北辙。这是一般政治家所具有的政治的群体思维方式。

不少作家在这种政治氛围中,在不断地改造自己原罪的思想运动中,也就接受了这种政治的群体思维方式,即对预设的社会发展规律的单一本质感、必然感,学会了对人的分等划类、二元对立的、非此即彼的鲜明区别的方法,对社会和人形成了一种固定的认识,并构建成了一种本质理解。当他进行创作,那朝他涌来的无限生动的生活的新鲜印象,先被政治群体意识之网加以本质地、必然地过滤,然后再将它们分门别类安置于现成的本质、必然的框架之内。"文革"前的文学创作大体就是如此,即使其中一些尚称优秀的小说创作,自然也难以摆脱时代的群体思维的框架。而一些杰出的作家,他们原有的独创与灵感,则在本质化、必然化的过程中被消解殆尽。但是创作不是直奔本质。

文学创作是一种审美感觉、感受、体验以致审美认识,是一种个人的、极具个体性的感情活动,而感情活动在人身上时时发生,时时会对生活现象产生瞬间感受与体验,因此审美是人的一种自由的感受、体验活动,所以也可以说,审美的本性是自由的。由于审美活动的特征是个人的、个体性的、自由的,同时也是独创的,一种独特的审美发现,所以即使作家关心人类、社会,但进入创作,他瞄准的总是个人,他感兴趣的只是个人的命运与遭遇,而且只是个人的独特的命运与遭遇。更为重要的是,在人物描写中,他要求的、感兴趣的正是政治家忽视的个人特征、个人活动、个人品德,他注意的是个人在家庭、私人场合的种种活动与表现,甚至是非理性的行为与行动。作家力图传递一种时代的氛围、意味、风尚,但也只能在自己作品里通过众多个人的、具体复杂的相互制约的关系而得以表现。这主要是,历史、现实生活是以纷繁的、偶然的现象表现出来的;而现象总是具体的、甚至是非理性的;具体的、非理性的东西往往寓于偶然，而偶然又不断生成；人对于偶然、具体的体验、认知，是一个相互作用的复杂过程，具有强烈的主观性特征，两者相互交流与相互渗透，进而生成新的现实；所以可以说，"最具体的和最主观的是最丰富的"。文学创作的不断出新，某种意义上就是偶然性的不断更迭与艺术对它的不断发现。个人的、独特的命运往往总是以偶然的、非理性的形式出现，并得以艺术地体现。只强调本质与必然，要求创作都要表现出本质与必然，创作者的感受与体验，就会落到群体式的、本质化的、必然化的、平均数式的水平上去。这样看来，作家的思维方式，实际上与政治所要求的群体式思维方式是不同的。作家自然可以去了解政治学说，社会设计，进行歌颂，但不是为这种思想设计进行图解与填充。其实，政治社会学说与社会设计，它们规定的本质与必然，正确错误与否，也要经过社会实践的检验，而且这种本质与必然，往往又包含了人们不愿承认、忌讳讨论的合法性危机。

作家进行审美创造，不仅在于表达个人感受、传递自己体验，创造独特的艺术形式，同时也在创造一种审美价值。这是具有语言美感的、愉悦的、具有强烈感受性的、思想认识色彩的审美评价。审美评价也包含了审美判断、审美批判。现今有的文艺理论学派，把审美批判提到社会批判的意义上去了。有价值的艺术创造，也是一种个体性的精神意识的发现。审美评价包含审美批判，审美要求批判，但目前来说，审美批判还难以发挥其功能，条件暂时还未尽具备。

70年代末、80年代初，在清理创作中的政治群体意识的同时，创作中的审美意识的激变终于发生了。

诗歌是审美创作中最敏感的部门，一些青年诗人一反几十年来的假大空诗风，创作新诗，重新把个人自我、独特体验、瞬间感觉，把象征、甚至总体象征、暗示、无意识、意识断裂、深度含蓄的朦胧意象，引入诗作，并被称作"朦胧诗"，一些诗作还显示了审美批判的活力。新诗的出现，使诗歌的语言为之一新。这一倾向一下就在诗界与诗评界引起了激烈的争论。争论的问题是，朦胧诗的诗意古怪，读不懂，不反映时代精神，不写英雄主义，不歌颂战斗精神，不抒发人民之情，只面向个人心灵小我，咀嚼个人悲欢。这些反题就是，诗歌要明白畅晓，要写出时代精神，要有战斗精神，要抒人民之情，要写大我，个人悲欢算不了什么。这从过去的文学理论来说，都是30年来耳提面命、翻来覆去、大写特写的辉煌命题。一些年长的诗人已经习惯于政治群体意识，一见个人抒情、内心悲欢、象征、寓意、怪诞、意象重叠、暗示、多义、瞬间感觉、非理性感受（确实有一些诗作写得十分极端），甚至少量隐晦的批判，深感这无异是对辉煌时代、辉煌命题的反叛。他们对于诗歌的真正精蕴已经淡薄，习惯于放声高唱，以致回到诗歌自身，竟反而不知所措。就像长期处于地下室的人，不断在歌颂阳光的辉煌，可是一旦走进真正的阳光地带，反而对真正的阳光的辉煌感到陌生，责怪阳光的刺眼了。他们的驳论，正是以往的政治群体意识的余韵，这种意识对不少人产生过影响（本文作者亦然）。不少诗人、论者实际上在相当长的时间里停止了个人思索，把思索看成是一件危险的事，或把思索当成是强者的专有品；在艺术表现上，都把诗的象征、暗喻、寓意与政治影射等同起来，把艺术上的标新立异，看成是一种反常现象。自然，80年代初持不同意见的一些诗人与诗评家，后来也都明白过来了。确实，那时，提出诗歌不屑于歌唱战斗精神、不必充当时代号角，也是要有一些理论勇气的。现在看来，这是诗歌最早的反叛，反叛艺术创作中的政治群体意识，回到个人的、个体性的审美意识。简言之，就是回到审美意识自身，并逐渐走向现代审美意识的生成。

　　小说创作的审美意识同样发生了激变。先是伤痕文学，一度引起了轰动效应，随后是反思文学、改革文学，酝酿了创作中的群体意识的淡化。特别是反思文学，其中审美意识的个体化特征已很明显，表现在作家开始了对人的命运的关注，人的个体价值意识开始觉醒，同时在审美批判方面出现了生机。阅读这些承受生活煎熬之苦的人的命运的抒写，使人惊心动魄而感同身受。从整体上说，这些作品，显示了文学的现实主义的倾向。这是一种从政治群体意识转向个体审美意识的现实主义，是告别那种倾心于假大空、乌托邦，培植人的愚昧感情的现实主义，是开始探索人的命运的现实主义。接着就出现了所谓寻根小说，它们有的张扬原始生命力，希冀超越现代，寻找民族性格的病根；有的以荒诞的形象与荒诞的手段，批判传统道德的愚昧与败落。但其总的意向，是针对过去创作中强烈的政治化倾向而发的；同时在艺术表现上，确也显示了形成中的现代审美意识，与五四后的新文学的审美意识是相呼应的。

　　八九十年代西方的各种文学理论思潮、文学流派的作品，不断被介绍到我国，激活了我国的艺术思维，自然会被或模仿、学习，或理解、吸收。特别是法国"新小说"派的叙事策略、"零度写作"，被一些青年作家移植过来，津津乐道。80年代中期我国出现的实验小说，就是这种时尚的产物，它们显示了现代审美意识的一个方面。这里有现代派式的某种审美主体性的张扬，但更多的是在满足文字游戏中出现的后现代主义式的对主体性的消解。它们思考过人，但据说一无所获；确实，如果在这些作品里出现了人的形象，那往往是它们作者的一些文字、智力游戏的符号。这类作品显示了语言能指的膨胀的可能性，它们扩大了艺术形式的探索，文学作品的形式空前受到重视；作品叙事形式似乎趋向精致。但这类文本，由于作者个人文字游戏爱好，醉心于作者、人物身份随意置换的叙事策略，以及因此在阅读中不断造成的审美中断，却令读者趣味索然。相应地说，在这类作品里，价值、意义开始弱化，并且不断受到嘲弄与消解。随后，在创作与批评里，不仅躲避虚伪的崇高，而且对真正的崇高也出言不逊，进行调侃、讥讽与亵渎。出现了还原生活本色的"新写实"、与接近传统的"新现实主义"等流派的创作。此外，还有沉迷于物欲、性欲、金钱欲望、精神虚无描写的自称最得文学精义的小说。与此同时，那些遵循现实主义原则写作的作家，却是扩大了自己的艺术视野，广采博取，吸收了多种新的手法，丰富了自己的写作方式，大大地改变了原有的现实主义的面貌，使现实主义得到了丰富与充实，使现实主义文学流派在八九十年代推出了不少力作，成为新时期文学的主潮。近20年来，审美意识的个体化的多样发展，渗入了文学创作的各个方面，并把这一特征发挥到前所未有、淋漓尽致的地步。

现代文学审美意识的再一个生成点是，当政治群体意识不断解体，却极为快速地形成了另一种带有群体性特征的意识，不过这是一种审美的群体意识，也就是大众文学审美意识。

在历史上，大众文学一般也称通俗文学，包括反映知书识字的市民趣味的言情小说、社会小说、武侠小说、说唱作品，以全民间文学。后来提倡文学大众化，要求文学为普通的人民大众服务，主要是认为严肃、高雅的文学作品的阅读圈子狭窄，不利于思想的传播，要求高雅文学向通俗文学靠拢，于是遂有大众化与化大众之争。50年代前的大众文学或通俗文学，相对地说，是当时不发达的市场经济的产物，它们在审美上标榜消遣、找乐；对披露隐私较为热衷，对社会黑暗有所揭露；它们具有娱乐性、趣味性，接近读者，也投其所好，但上乘之作较少。50年代后，文学在政治群体意识的影响下，一部分创作做了大众化、通俗化的努力，同时，此时民间文学也得到大力提倡；而通俗的言情小说、武侠小说，则屡遭贬斥，所以五六十年代，这类作品也就销声匿迹了。

80年代开始，当严肃、高雅文学得到复苏，获得发展之时，一种似曾相识、带有当代市民趣味与很快富有起来的中上层阶级情调的大众文化，日益蔓延开来，其中自然也包括大众文学。大众文学的特点，很大程度上取决于大众文化的特征。大众文化是随着市场经济而同步到来的。由于市场经济日渐全球化，西方的大众文化通过高科技手段，作为商品，开始了向我国的倾销，加上当时港台文化的影响，我国的大众文化也急剧发展起来。

大众文化的重要特征是它的商品性，它完全进入了市场的运转。市场的需求是，我喜欢的、投我趣味的就是好的，我就买，我不喜欢的，别人就难以强逼我买；阅读鉴赏，纯属私事，现今的官员、企业主爱读颂扬其德政的作品，而白领阶层爱读他们的圣经《白领指南》，都是个人趣味使然。这里完全是一种交换、买卖关系。大众文化的另一特征，即它的实用的消费性。报刊书籍，影视节目，要有绝对的轻松性、趣味性。个人趣味，请勿过问，而且这种趣味主要是满足个人的生理上的需要，用以调节劳累，消除疲倦，以利于他第二天以饱满的精力去增殖手里的货币或资本。所以，于我有利，提供轻松，就是价值，其他则一钱不值。消费性特征使文化产品大量地变成一次性处理的东西。大众文化的又一个特征，是它的世俗性，充分的享乐主义。它的原则是，过得舒适、闲适、快活，尽情享受并且更多的是声色官能的享受。大众文化的再一个特征是它的通俗性，通俗性的特点是省力，反对思考，杜绝思索，否则就是玩深沉；通俗性就是大家都能领会，都能参与，不用气力就能接受，因此，它钟情形而下，拒斥形而上。最后是它的复制性，大众文化作为商品,利用当今发达的科技,快速地成批制造、大量复制影像、光盘,使之迅速传播,并把其中大部分产品变成千篇一律、不具个性的大宗文化产品。大众文化因其广泛传播,极快地改造着社会的风气,左右着社会的行为习俗。可以这样说,现代生产技术、大众传播媒介,制造了大众文化。出版商、出版社看准了各个阶层中的大多数观众、读者这块广大的消费市场,组织生产,标举通俗,迎合世俗趣味,通过报纸、电台、影视的炒作,地摊的展览,使之流行开来。丹尼尔·贝尔描写过美国现代社会改造与大众文化、大众消费的关系,是很有意思的。他说,美国的大众消费始于 20 年代,汽车则是大众消费和富有的象征。汽车成为中产阶级的私室,放纵情欲的地方。电影的飞快发展,"起到了改造文化的作用"①。我国的大众文化实际上也具备了上述条件,流行歌曲、通俗的豪华演唱、演不完的电视肥皂剧、教授知识猜谜表演、歌星逃税与明星婚变故事、节目主持人自传、名人内幕、黑幕曝光与情杀报道,描绘打家劫舍、侦缉追杀、隐私窥视的快餐式小报,通俗小说、武侠小说等,正是在这一背景上不断被制作、推行开来的。它确实在影响着人们,改造着当今的文化,改变着人们的行为,培养着人们的文化素质。

  大众文化的上述特征如商品性、消费性、世俗性、通俗性、复制性与广泛的流行性,也就是大众文学的特征。在市场经济机制发挥作用的生活中,读者的阅读成了一种自由的选择,也即商品的选择;别人的赏析、理论话语,可能发生影响,但已无法越俎代庖。这样,就造成了读者审美趣味的严重分化,从单一而走向多样。在 20 世纪 80 年代初,热衷于大众文学是青少年、追星族一类人,原有

---

① 丹尼尔·贝尔:《资本主义文化矛盾》,赵一凡译,115 页,三联书店,1989年。

的严肃文学、高雅文学的热心拥护者，则显得忧心忡忡，担心因大众文学趣味有失高尚而产生的消极影响。但是时隔不久，这些人在市场经济的影响下，也来欣赏通俗文学，享受它的情趣了。到了80年代中期，大众文学即使不被认为是主流文学，实际上也成了民间的主流文学，即它是受到千百万读者青睐的文学，没有一种文学像大众文学拥有如此广泛的读者。过去费了不少气力，提倡文学要大众化，要接近读者，应者寥寥，看来在于违反市场规律。现今在商品经济的推动下，一部分文学自动大众化了，而且大众化得十分彻底。工人、农民、士兵、军官、学生、教授、政府官员、机关职员、总裁经理、老板大亨、外企买办、白领阶层、司机、外来打工者、小贩、售货员、离退休人员、家庭妇女、运动员等等，凭着各自的爱好，都可以在星罗棋布的地摊、商亭，选择自己爱读的东西。就这点而论，大众文学表现了审美趣味的广泛的民主性，它满足了人们的广泛的审美需求，显示了审美意识的极大的自由度和审美意识激变所能达到的广度。

在大众文学中，应该出现在内容、艺术上都有上乘表现的东西，这也是一件很有希望的事。我国四大古典小说，都是当时的通俗小说，后来进入了我国文学的主流。读者的阅读需求，自然是一种审美的需求，精神的需求，而审美的需求、精神的需求，是一种极富自由与个性色彩的需求，这不可能是集团行为的需求。作为读者的审美趣味，应该是千差万别的。但是当代的大众文学，由于它尚处在初级发展阶段，商品性、消费性、复制性的特征十分明显，所以一般都很粗糙，表现健康趣味已是不错的了。由于当今强烈的世俗性影响，特别是其浓重的低俗趣味，人的精神的缺席是其最大的特征。放弃了美学对生活的追求，就只能依赖人的本能了。精神的缺失、才华的平平，必然使作家专注于物欲的追逐与玩弄性的本能。

因此有意去迎合低级趣味，描绘官能刺激，成了一种十分普遍的现象。在这类作品里，充斥了色情描写；人在这类写者的笔下，两性关系发展到除了双方赤裸裸的、一拍即合的性事游戏之外，已全无任何人性、人情的联系。人在精神上既然无所希冀，于是人在性的追逐的欲望中，就日渐沉沦，一些评论家还要故作高深，声称在多种多样的展览式的性事描写中，有深意在焉！但对这深意始终未说清楚是什么东西。说生活使人绝望，无所作为，于是迫使人物只好进行性的发泄，这能算作什么深意呢！如今以大量展现隐私为标榜的通俗读物也是不少，那些所谓隐私的吐露，在所谓展示真实的名义下，出卖的也多半是两性关系的隐秘，否则就引不起已经世俗化了的人们的趣味了。除了性欲的追逐，还有就是物欲与金钱的渴求。这几方面的趣味，竟形成了一种广泛的群体性的审美意识，追求粗俗、平庸、平面、生活游戏、戏谈历史、解构历史，反对深度，热衷官能刺激与色情描写。这种群体性的审美意识，成了一种平均数式的审美需求，它失去了个体性的特征和对精神的向往，变得十分粗俗，走向物化；在选择上虽保持了自由，但是其审美色彩已大为减弱，并且这种趣味时时在渗入严肃文学。严肃文学一面在努力使自己通俗化，力图使自己获得更多的读者，吸取大众文学中的讲故事的长处；同时也往往经不住通俗文学粗俗化的侵袭，向粗俗化靠拢，因为商品化的后果总是诱人的。人要过得舒适、闲适、快活，去尽情享受，于是在文学是人学的名义下，倾向绝对的感性，大写两性交接，床上把戏，父子同嫖，甚至连作者自己的父母如何有声有色地做爱过程也未能幸免，以此来说明他来到人世，不过是其父母如此这般制造出来的一个"偶然"。这类作品，实际上已是大众文学中的末流，它们不能提升人的品性，而是贬抑人的精神。只是得力于大众媒介的炒作，才使得这类作品获得呵护与声誉。

审美意识的激变,是现代性的,是符合现代意识、现代艺术发展的需要的。大众审美意识冲破了种种藩篱与限制,体现了人的审美意识的自由;它是真正群众性的,所以显示了它的广泛的民主性一面。但是它又带着与生俱来的弱点,即粗俗性与庸俗化,这使它自身的提升显得甚为困难。

形成中的现代审美意识的意义是多方面的。它带来审美意识的更新,获得自主与自由,使审美意识走向自身,变得丰富与多样,从而成为体现了现代性的现代审美意识。但是我们还应见到,在形成中的审美意识,还带有现代性的负面因素,这就是在大众审美意识的影响下,把文学审美意识世俗化乃至粗俗化了。生存虚无,躲避崇高,亵渎任何崇高,贬斥意义、淡化价值。这种无意义写作表现为:"当写作成了功能性需要,不再指向任何意义之后,就等于否认了写作是一种精神活动,同时也等于否认了写作的精神品质。一种不指向任何意义的写作是虚无的写作,它给这个无意义之痛苦日趋严重的世界出示的是消解一切意义的话语证据,尽管这种证据是虚拟的。"① 世界是无意义的痛苦,写作不指向任何意义,它消解一切意义;它是身体感官功能的需要,本能的自动动作,它本身不过是一种虚无的写作,而非精神活动。

但是,我觉得,写作不可能不是一种精神活动,不可能像人的胆汁一样,胃里有了食物就会流淌出来;写作是审美的思维的活动,受到某种精神的支持,它本身就是一种精神活动。问题在于写作不是用提高人的精神为支撑,就是被那种把人物化、使人醉生梦死的精神所支配。对于文学的价值与精神,人们的认识可能是不尽一致

---

① 刘继明:《相对主义时代的写作》,载《长江文艺》,1998 年第 5 期。

的。不过，当说到写作不再是一种精神活动，写作表现的只是人的器官的某种功能活动，这实际上是说，一些人的写作不过是一种没有了精神的精神活动。这种写作思想的确是虚无的，这是西方那种反现代性的后现代性的移植，这也就是现代性在现代审美意识形成中表现出来的悖论。在这个到处充溢着市场意识的世界上，如果诗人、小说家果真能用不具精神、毫无意义、全无价值、不少人不屑一顾的东西，交换到有价值的人民币，这就近于当代神话了。其实，他们也制作了一种精神与价值的，这就是贬抑人的精神的精神，物化人、在精神上使人成为扁平的人、行尸走肉的负价值，这种负价值当今确能投一部分人所好；因为在现代性的策动下，人的生存本身确实也是充满了悖论的！

哲学理论基础与文学观念的多元化

文学现代性的策动，促进了文学中的政治群体意识的解体，审美意识的激变，使文学与文学理论初步获得了自主性与独立性，开始回到自身。这一过程正是文学观念走向开放、对话、多元，初步走向现代意识的过程。

文学理论初步回到自身，意味着回到文学理论的学理自身。文学是什么，对文学如何理解，持什么文学观念，这自然引起了文学理论工作者的广泛探讨的兴趣。80年代前几十年流行的是阶级斗争的文学观念。这种文学观念，从马克思主义的哲学出发，把文学界定为一定阶级的意识形态，是阶级斗争的工具，这在特定的社会历史阶段也是需要的。但是这样的理论概括并不科学，70年代末开始，和那时的诗歌中的反叛一样，文艺界提出了对文艺是阶级斗争的工具说的批判《为文艺正名——驳"文艺是阶级斗争的工具"说》①。此说一起,文学是意识形态、文学是工具论文艺观念马上发生移位。文学既然不是阶级斗争的工具,那么文学又是什么呢?文学与政治又是什么关系呢?并没有令人满意的现成的答案,于是大一统的文学观念受到了质疑。从80年代初开始,人们开始了对文学理论的学理探讨,被封闭的文学理论打开了大门,揭开了体现现代精神的理论求索的序幕。

批判与反思,促进了理论思维的空前活跃,出现了多种文学观念,如文学是人性的表现,文学是感情的物化,或是感情学,文学是审美,文学是人学的观念再度被提出并得到阐述。同时批判与反思,交织着各种外国哲学、文学理论思潮的引进,精神分析思想、心理学说、存在主义、本体论思想的引入,使得文学观念发生了激变而更趋多样。出现了种种争执,在相当自由的探讨中,如今可以各说各的,谁也不必服从谁的文学观念的说法。同时由于广泛的争论难以找到一个共同认可的结论,也使得一些论者认为,不如探讨一些具体问题为好,如文学语言学、作品分析等。自然,这些问题探讨都是文学研究的应有之义。也有论者认为,文学创造已进入语言论哲学阶段,认识论、体验论这类说法都已古老、过时。

这样,文学观念很快出现了多样化或多元化的趋势,而这正是文学理论演变中的现代性的体现。人们对文学的了解,不仅因集团而异,而且也因人而异。从文学的总体看,有多种多样的文学观念,它们各有不同价值;同时就文学本身来说,文学是可以分成不同层

---

① 《上海文学》专论:《为文艺正名——驳"文艺是阶级斗争工具"说》,1979年第4期。

次的，显示多种本质的，这样又可形成对文学的不同侧重的理解①。把文学理论观念的多元趋势，看作是体现现代性的一个方面，在于承认人们关于文学所作的思考，都是一种独立的意识与观念；各种有关文学的意识与观念，相互联系，又各自独立，自成权威，在人们认识的长河中都自有价值，并在相互之间形成一种对话的关系；自然这里也会发生理论的谬误，但是即使确是谬误，那也是在相互比较、对话中发现的。

文学观念的多元化，必然涉及哲学思想，文艺学的哲学基础有无多元化的问题？有关文学是意识形态、阶级斗争工具说的探讨与争论，很快涉及认识论问题。认识论一直被认为是马克思主义社会学说的哲学基础，并把它引入了文学理论，成为马克思主义文学理论的出发点。于是多年来就成了文学理论的唯一的哲学基础，形成了认识论文艺学、认识论美学。这样，在文学观念面向多样化的发展中，必然要使认识论受到质疑。

哲学认识论多种多样，在我国文学艺术生活中的阐述，是相当复杂的。一般认为，最科学的认识论就是唯物主义反映论，反映是分主客体的，主体反映客体并改造客体；因为马克思主义的哲学不仅在于解释世界，而且还在于改造世界。我们确实知道，当认识论被正确使用，符合生活发展，它所指导的社会科学理论，可以为此而创造出一个新的世界；当它失去理性，走向非理性、反理性，在它指导下的社会科学，也几乎毁掉了一个新建的社会。50 年代以后，认识论被普遍地移植于文学理论，而且是直接的移植。这种直接的移植，由于排斥审美的中介因素，于是把文艺径直界定为生活的反映，是一种意识形态，把文艺的功能，主要地看作是认识与思想教

---

① 见拙著《文学原理——发展论》，94、95 页，社会科学文献出版社，1989 年。

育，进而把文艺宣布为阶级斗争的工具，其次才是审美作用。但是，超越审美而大谈认识，这只是一般的认识、理论的认识。结果，文学被当成一种认识，以一般的认识、哲学的认识代替了文学审美的认识，审美对于文学来说，反倒是一种附加，于是形成了文学理论中的机械论；同时文学的阶级性被夸大，文学的功能被歪曲，这样就形成了文学理论中的庸俗社会学。近十多年来，这些问题不断被反复讨论着。

一种共识是，文学不是认识，退一步说，文学不仅是认识，文学创作与理论认识的对象显然不同，把文学当成认识，无疑漠视或取消了文学的审美特征。认识论无疑是需要的，但是首先，把认识论当成文学创作的哲学基础，只是在解释文学与生活关系这一点上是正确的，即文学的源泉是生活，不过这是哲学层面的问题。如果进入文学创作，仍然沿用文学是生活的反映这一说法，显然是难以解释清楚文学创作的其他问题的。如果一定要如此来讨论问题，那么它就会把诸如创作心理这类问题，宣布为唯心主义，就像50年代我国的一些唯物主义者总是与心理学说显得格格不入，排斥创作的心理探讨；此种现象，在一些人那里，直到八九十年代都还如此。其实，创作心理现象、审美意识虽然来源于生活，但一旦进入创作过程，就已脱离了具体的物象，主体改造了物的外形，甚至消灭了物的自身，这时心物一体，已是浑然不分的新现实，这里不再有唯物、唯心的界限。其次，文学确是具有认识作用的，这是一种客观的存在，不承认这点也是一叶障目，偏激矫情。这几年来，从认识论角度探讨文学问题大为减少，但不久前《文学评论》有关《白鹿原》的一篇评论，正是从认识论文艺学的角度来研究小说的。[1] 文章

---

[1] 见陈涌：《关于陈忠实的创作》，载《文学评论》，1998年第3期。

对小说中的人物之间相互复杂关系的探讨，重社会因素，条分缕析，缜密深入，这种分析，是其他学派所提供不了的。从社会学的角度看文学，文学的审美本质虽然重要，但其着眼点则主要是认识。从认识的角度看文学，以认识的方法研究文学，是文学研究的一个重要方面。其实，就文学总体来看，不仅古代文学提供了大量具有认识意义的材料，同时当代文学也是如此。据闻，一些外国学者阅读我国当代小说，主要从小说的认识意义出发，以了解我国当代社会生活、风尚习俗的变化，甚至社会改革的进展。一方面，他们可能认为，我国当代小说的审美水平不高，另一方面，这些小说确有认识意义。对此，我们从没听说我国哪位著名作家、批评家提出过抗议，或是认为，这是不折不扣的庸俗社会学。

文学观念的多样化，必然有赖于文学认识观念也即哲学观念的多样化。80年代，当认识论哲学在文学研究中受到各种非议，正是西方各种哲学思想、文艺思想长驱直入我国思想界的时候。十多年来文学观念上的突破，正是接受了多种外国哲学思想、文艺思想，首先是超越了认识论文艺学而获得的。对于文学认识问题的检讨，很快过渡到文学主体论、创作是审美或审美体验，即一种人生体验的讨论。于是文学创作不关认识，认识论已经过时，或已被取代，已被颠覆的说法，大为流行，而且由于对认识论实在反感，有的论者非要把认识论包括反映论在内，清除出文学理论而后快，走到非理性的极端去了。这样，认识论文艺学受到了一定的冷落，而人类本体论文艺学包括主体论文艺思想、审美反映论文学理论、语言论文学理论与解构主义文学理论以及文化批评，相继活跃起来，在相当程度上体现了当今我国文艺思想的多样性与现代性的进展。

文学主体性的提出，是80年代文艺学中现代性体现的一个重要方面。80年代初人性、人道主义的讨论，哲学中主体性的张扬，无疑把人们的注意力引向了人。西方哲学早在19世纪就转向了人，人的主体是人本主义哲学研究的中心。各种人本主义哲学派别对人的主体进行了种种解释，如生命哲学、弗洛伊德主义哲学、存在主义哲学、阐释学哲学、西方马克思主义哲学等，相应地也形成了各自不同的重视主体性特征的文学理论，给我国刚刚苏醒的哲学界、文艺界以很大影响。西方现代主义文学中的意识流流派与弗洛伊德精神分析学说，同样启开了中国文学界对人的重新认识。人们发现，过去作家不敢触及的人的内心生活，那里意识之流变化多端、瞬息万变，这是一个无限丰富的精神世界。人的意识与无意识、潜意识的区分，对非理性的认识，扩大了对人自身的了解。以往文学描写的外在的大千世界固然千变万化、多姿多彩，但现今发现的人的内心世界，同样魅力无限、仪态万方。这都为我国80年代文学主体性的提出准备了条件。

文学主体性针对认识论而发，它高扬人性与人的主体精神，倡导人的自我独立，要求无限地释放人的精神主体的主观能动性。它指责认识论是僵死的反映，是机械论、庸俗社会学，使人的主体创造性受到了极大的压制。文学主体性的提出，对于当代认识论文学理论来说，相当程度上切中弊端。它表明了一种与认识论文艺学对立的主体性文艺思想观点的出现，文学理论的哲学基础由过去的客体转向主体，并且由此大大激发了创作主体的想象力与独创性，改变了过去的单纯描写现实的写作方式，为再次把现代主义的文学写作原则，引入我国的文学创作，做了舆论准备。主体性的张扬，不仅使作家的创作想象力大大解放，在一个时期内使实验小说在一些杂志上大行其道，虽然这类小说的读者并不太多，而且同时也鼓励了奉行现实主义原则写作的那些作家，扩大了自己创作的自由度，丰富了自己的艺术思想与手法，使作家加深了对自己与人的认识，从而在整体上促进了我国文学面貌发生积极的变化，深化了人们对文学本质的认识。但是，文学主体性的倡导者在理论上的疏漏极多。这种理论所说的人的主体，实际上不是社会的、实践的人的主体，而是一种精神现象；所说的主体性，是一种与社会历史脱离的、天然自足的、具有无限能动性的自我心灵的主体性，是一种自在的普遍之爱的精神。把文学主体性，看成是一种脱离了实践的能动性，这把问题弄成纯粹的精神现象了。同时这一理论对主、客体之间的相互关系所作的解释，也不顾已有的哲学的、心理学的甚至发生认识论的成果，不见创作中在主体主导下主客体的相互影响、互为顺应的双向交流过程，客体在它那里，被全能的精神主体掩盖掉了。对认识论的评价，也是凭着一股否定的热情，把认识论的原意与认识论文艺学中简单化、庸俗化倾向，不加辨析，采取捆绑一起、等量齐观的办法，随意贬抑。结果，在认识上，以新的线性思维，代替了被其批判的旧的线性思维，也即在方法论上，以新的非此即彼代替了被其批判的非此即彼，从而在文学理论中引起了一阵新的庸俗社会学（社会学式的简单否定）的流行。

文学的主体性思想，引发了拥护者们的"主体性文艺学"的构思。在我看来，探讨文艺思想中的主体性问题，不仅可能，而且必要，但是否存在"主体性文艺学"，就难说了，因为文学理论里的各种问题并不是全由主体性来阐明的。张扬主体性的"主体性文艺学"，就其总体来看，它的真正的哲学基础是人类学本体论思想。这种人类学本体论文艺思想的拥护者认为，文学是一种自由活动，主体、活动、自由，揭示了文学对生存的根本意义；认为文学处于人类自由的最高位置上，是人类达到自由的活动，是自由地达到自由的活动，是自由地表现自由的活动。只有文学以自由为需要，以自由为对象、目的，因此，自由是文学的最高主题与唯一内容。又如认为文学研究可以跳过认识论、审美意识层次，通过人类学本体论就可解决，等等。上述思想是否就是文学理论中的人类学本体论文艺观念的内涵，是颇使人怀疑的，在这方面，不同论者的认识可能不尽一致。但是用人类学本体论思想来纠正认识论文学理论的偏颇，是十分必要的。主张文学显示人类的生存意义，这符合当今人类的精神的生存状态，也是一种现代意识的表现，人类生存意义实际上就是现代人的生存意义，在理论上与存在主义有着相通之处。100多年来，当人发现自己不断陷入自己制造的灾难，科技发展又不断使他缩小生存的空间时，这方面的种种困扰，确实使他滋生了惶恐与焦虑，感到生的孤独无依与死的惶惑与疑虑。为了对抗工具理性、科技万能给人带来的消极影响，哲人提出，人是诗意地栖居于大地之上，在本质上，人与自然万物同在。但是这仅是一种理想，真要做到这点，实在不易。提出这种说法、曾与德国法西斯站在一起过的哲人，是生存还是栖居于大地之上？如果是栖居，是否就是诗意地栖居了!？

接近于人类学本体论的生命本体论的文学理论思想，其出发点自然是人，它似乎比前者具体化了一步。论者认为，具有自由意识的人，总是觉得生活的需求永远不能满足，而感到束缚与痛苦，所以痛苦无所不在，痛苦成了具有生命本体意义的痛苦，也即生命就是痛苦。为了解脱这一痛苦，人们寻找到了诗歌，诗歌可以自由地使人进入想象与幻想，超越现实，而暂时忘掉尘世烦恼，抚平伤痛，完成对现实的改造，实现精神自由的实践。这意图自然很好，但这种补偿作用仅是文学的部分功能，文学还有其他功能，它可以鼓动读者，激励读者，加深读者的伤痛，甚至激起读者更为激烈、愤怒、痛苦的情绪。作者在情绪的宣泄中精神固然自由了，在想象中获得超越了，可如何使读者的情绪平静下来，实现生命的超越呢？组成生命本体的并不仅是痛苦,还有其他因素,如文学作品也有描绘欢乐的感情的,描绘人们具有哲理色彩的沉思冥想的,其中也不乏佳作,它们不写痛苦,我们还得称它们为文学作品。又如人的忧患意识也是一种生命的痛苦,但用生命的痛苦似乎还不足以涵盖它,它是处于更高的层次之上的。可见,把文学的诗情完全定位于生命的痛苦,这是弗洛伊德、厨川白村生命痛苦说的局限所在。如果说生命本体的意义就是痛苦,那要获得生命的解脱,就只好进入涅槃了。

新时期以来,由于人类学本体论、生命本体论哲学思想的流行,使得感兴说的审美观盛行一时,从而恢复了20世纪以来美学思想中的一条美学路线,甚至可以说是古代文论中的重要路线。由于这条路线被埋没、冷落了多年,因此一加发扬,那有关审美人生的感受的种种论述,无不使人感到亲切、新鲜。一些论者把文学的本质定位于审美,形成了文学理论、美学中的审美学派的气势。毫无疑问,在文学理论中以审美代替认识乃至政治趋向,可以说表现了文学本质自身的回归,开始了文学本质研究的新阶段,体现了文学理论现代性的进展。但是在实际的探讨中,有关审美的理解,可说人殊人异,见解各别,所以使审美变得多义,并使其内涵变得丰富起来。有主张审美的自然天性说的,有主张审美反映说的,等等。

比如,联系到文学与政治的关系,文学曾被政治所制约,被外加了政治目的,于是就有了审美创造是人的自然天性表现说,创作是无目的,作品也不是手段;按照青年马克思的说法,诗一旦成了诗人的手段,诗人就不成其为诗人了;诗人有时为了维护自己作品的生存,甚至可以牺牲自己个人的生存;谈及诗人弥尔顿创作,说就像春蚕吐丝一样,凭其天性行事,审美与政治各自独立的。自然,审美意识是人的一种自然本性的积淀,一些动物其实也有低级的审美感觉,但是作为人的审美意识,却是不断被其生存的、社会的因素所充实的。诗人创作进入入迷的审美状态时,为了艺术的完美,他把创作本身看成目的,而不及其余;或是他创作时并无明显的目的性,是无意识的,得之偶然,却佳构迭现,这种情况也是很多的。但是同样存在的是,诗人创作又往往是有目的的,而且有着明显的目的的。就以弥尔顿来说,马克思十分熟悉这位诗人,这是一位政治诗人,一位革命诗人,不像是单凭自己自然天性创作的诗人。弥尔顿在17世纪英国革命期间,积极参与政治活动;他维护英国人民处死国王查理一世的行动,随后与欧洲大陆反动势力进行笔战,因操劳过度以致双目失明。英国王政复辟时期受到迫害,后闭门家居,"一腔孤愤,泄之于诗",遂有力作《失乐园》《复乐园》和《力士参孙》的问世。弥尔顿歌颂自由,他激愤地说,一个民族赢得了自由,却不知怎样运用自由,愚蠢地又把他们的脖子套进了被他们打碎的枷锁,就只配永世为奴。他为"君权民予"辩护,声称"即使不是暴君——人民也有权留用或推翻他"。诗人主要写时事、朋友和他自己,而抒发的是争取自由的斗志与清教主义的宗教感。"在声韵上他是黄钟大吕之音,在情调上他激越、雄迈。"① 如果说,诗人在写诗时追求诗的尽善尽美而不把诗视为手段,那么他写作前、写作后分明是把写诗当成战斗的,而战斗正是目的。他凭其天性写诗,就像春蚕吐丝一样。但就其所受教养、经历来说,他的这种天性正是公民的天性,政治的激情,而并非他的自然本能的天性。弥尔顿正像春蚕吐丝一样,具有那种非把他的政治积郁、忧愤的意识诗意地表达出来不可的天性。看来,创作、天性、政治并不矛盾,矛盾恐怕是在创作与错误的政治、权力的横加干预之间发生的。

---

① 王佐良等:《英国文艺复兴时期文学史》,500、503页,外语教学与研究出版社,1996年。

诗人历来牺牲自己生命的有不少人,但他们结束生命原因多样,或是因诗作倾向得祸而被杀,或是因为愤世嫉俗,自己的政治观、哲学观、人生观以致艺术观,与现实社会格格不入而轻生。自然,为艺术而艺术的写作,或是倾向性并不很强的写作,受到政治迫害,也是存在的。80年代兴起的带有为艺术而艺术的纯审美倾向,固然是由于文艺与政治的不协调的原因,但进一步说,也是作家创作与社会环境的不协调的表现。普列汉诺夫说:"凡是在艺术家和他们周围的社会环境之间存在着不协调的地方,就会产生为艺术而艺术的倾向。"① 这一说法很有道理。我国创作中出现为艺术而艺术的时尚,是艺术长期受到政治压抑的必然产物,时代使然。作家与社会环境之间不协调性的产生,其中社会环境起到主导作用,因此社会环境的改善是必要的。不提文艺为政治服务,是改善社会环境的一个方面,文艺创作中的政治群体意识的逐渐消解,也是改善社会环境的一个方面。要艺术成为艺术,否则艺术将丧失自身。我在这里想说明的是,人类学本体论的纯粹的审美写作是存在的,也是可能的、必要的,而且这一思想还可以进一步探讨;但是具有社会因素而内涵丰富的审美写作,同样是存在的,更是可能的、必要的。因而后来当一些论者一味强调为艺术而艺术与纯粹的审美论时,这一理论的局限与不足,也就日益显露出来了。

当认识论、反映论受到多方指责的时候,审美反映论文艺思想却在悄然兴起。首先,论者认为,认识论与反映论是有联系的,认识论往往是通过反映论来展开自己的理论的,这使一些批评者毫不费力地将两者一视同仁,但是实际上不能将它们等量齐观。两者不

---

① 普列汉诺夫:《没有地址的信 艺术与社会生活》,205页,人民文学出版社,1962年。

同之处在于反映比认识宽泛得多,反映不仅在于认识。审美反映,其目的不在于认识,而在于创造审美价值,审美的认识是审美价值的派生物,所以审美反映就其本质来说就是审美创造。审美反映关注的是人及其命运,他的生存状态,"审美反映是以个体和个体命运的形式来表现人类"①。人在这里既是对象,又是主体。审美反映借助于感情与思想的认识、心理学、语言学、符号学而构筑审美心理结构,形成审美心理定势与创作的动力源。审美反映将文学看作审美意识形态,审美与意识形态性,熔铸成了文学的本质特性。文学必然是审美的,不过单一的审美不成文学,因为大量生活现象也有审美色彩的,文学审美总是通过语言所显示的形象、意象、意蕴、情调表现出来的,即使其社会思想十分淡薄。单一的意识形态性更不是文学的特征。审美意识形态通过语言结构成的作品、创作主体对现实的改造与审美价值的创造、审美接受与审美价值的再创造,构成文学本体,并建立文学本体论。自然,这一理论也只是认识文学本质特性的一条途径而已。

现在关于意识形态的理论,被各方面的人士搅得很乱。在"意识形态"一词的使用上,存在着几种情形。一些人明明主要是要抓政治思想、政治制度之间的思想对立,却说要抓意识形态,以减少与淡化政治色彩,避免直白说出政治,避开政治、政治制度的锋芒。但意识形态既包括政治,还包括其他各个方面,政治思想只是意识形态的一个方面,所以不能用笼而统之的意识形态一词来代替政治。这样做,结果是意识形态一词成了淡化政治思想、掩盖政治制度对立的替代词,这就把意识形态一词的内涵模糊起来了,显然是不科

---

① 卢卡契:《审美特性》第一卷,徐恒醇译,199页,中国社会科学出版社,1986年。

学的。另一种情况是,西方的不少政客、学者大谈意识形态,明明白白地说东西方的对立,是意识形态问题的分歧与对立。但是,他们所说的意识形态指的主要就是政治,指的是不同的政治制度之间的矛盾、对立思想。因为意识形态多种多样,在伦理、道德、文学、艺术、法理、宗教等意识形态中,当然存在着差异乃至对立的东西,但也确实还有众多的共同的东西。他们说你在某个问题上意识形态化了,但是实际上是针对不同政治思想、不同的政治制度思想而说的。这里使用意识形态一词,主要指的是不同政治思想、不同社会的政治制度原则。明明是政治问题,却说是意识形态问题。这样结果双方都把意识形态一词明里暗里当成政治概念使用,把意识形态复杂的内涵搞得混乱不堪。还有,比如不少西方的舆论指责别人意识形态化,好像他们表达的观念不是意识形态,也与政治无关。其实他们的观念政治性很强,他们的语言往往是些冷战的语言。把意识形态等同政治的几种混用的做法,我国的报刊也是这样参与其中的,久而久之,把意识形态的本意给遮盖了。在这里,我主张在词源的意义上使用意识形态一词,意识形态就是意识形态,包括政治思想与其他意识形态。由于人们把意识形态在相当多的场合被指为了政治,于是使得一些避谈政治的人,把意识形态与政治等量齐观,对意识形态一词刻意避而远之。比如说,文学与政治无关,与意识形态无关。自己明明在制造意识形态,表述某种思想观念,甚至是政治性的观念,却还说自己与意识形态无关。

依据一定哲学思想而建立起来的文学理论思想,还有多种语言哲学基础之上形成的不同文艺思想与不同文化哲学基础之上的种种文化批评。20世纪西方的各派文艺学,大都受到多种语言哲学的影响。索绪尔、维特根斯坦、海德格尔、列维-斯特劳斯、拉康、德里达的语言思想此伏彼起,推动了西方文学理论的不断更替。这些文艺学派不再执着于文学本质、内容的探索，而钟情于语言自身的能力变化与"语言说人"的论证、形式创造的多种可能，造成了文学理论中的形式主义学派漫长的统治，最后赋予语言以一种魔幻般的力量，消解了文学艺术的意义与价值，使得形式获得不断的更新，从20世纪20年代直至80年代，在文学艺术中引起一阵又一阵的人文危机，最终彻底地消解了人的主体。大概比较特殊的是巴赫金与哈贝马斯的语言哲学思想，他们力图通过超语言学与普通语言学，突出交往、对话思想，来改造人文科学，为文学理论的发展提供了新思路。各种语言学派的学术思想在八九十年代介绍到了我国后，使不少人趋之若鹜。特别是叙事学的研究，已有多种著述，但大多是综合西方学者观点写成，尚处在介绍阶段，使用的不少例子也是从西方学者那里搬过来的。同时，解构主义文论介绍到我国后也是盛行一时。一些论者热衷于消解旧有的理论权威，力图确立新的思维原则，有其积极的一面。但如前所说，由于模仿太多，因此连我国文化建设中的现代性的诉求，都被"终结"掉了。他们努力为边缘辩护，但又不甘心身处边缘，时时显露了想置身于中心的心态；而在创作中，则开始了语言的游戏与消解文学艺术价值与精神的过程，趋向平庸。

在我国近10年来兴起了文化批评。20世纪80年代，当认识论文学理论备受诟病，大量引进西方文论时，内在研究，形式、语言研究、文艺心理研究成了时尚。这种学术风气一直延至80年代中期以后，也即美国学者杰姆逊在北京大学讲述后现代主义与文化理论之后。这时不少中国年轻学者才相信文学研究除了内在研究，还可以有文化研究；加上比较文学研究是一种跨学科的研究，文学的外在研究还是可以成立的，虽然文学的外在研究与文学的比较研究并不完全相同。西方的文化研究，范围十分广泛，新历史主义研究、后殖民主义研究、女权主义研究、西方马克思主义文化批评、大众文化研究,一时使人目不暇接。解构主义兴起以后,一些人文科学的界限也开始被解构掉了。比如,文学理论的专门性已大为减弱,在欧美学校里,讨论尼采、弗洛伊德、拉康、海德格尔,就算是上了文学理论课程。像我们从苏联学过来的专门性的文学理论课程,在西方很少看见,或并不存在;而像美国人韦勒克的《文学理论》这样的著作,已不多见。这一倾向的出现,使人们相信,探讨文学问题,不能仅限于文学自身,还要把文学置于文化背景之上,才能较为深入地弄清文学现象的复杂内涵。像后现代主义文学不仅是文学问题,它与后工业社会其他文化现象,从物质生活到精神文化的方方面面紧紧相连,如果只从过去的文学理论角度去理解,是难以把握其面貌与本质的。于是就出现了艺术文化学、文化诗学这类问题的探讨。像俄国巴赫金的不少重要的文学理论问题的探讨,不仅仅限于文学现象,他的对话理论、狂欢化理论,都是建立在对欧洲文化本源发展的深刻理解之上的,它们既是文学问题,也是哲学、文化问题。当今文化批评正方兴未艾。

在哲学与文学理论的多样化中,马克思主义文艺理论的地位在哪里?近20年,人们对马克思主义的理解发生了深刻的变化。最主要的变化表现在,对待马克思主义采取了较为科学的态度。人们冲破了两个"凡是",将马克思主义与新的现实问题结合起来,定位于"解放思想,实事求是",如果不是如此,便将寸步难行。正是由于这一指导方针,开创了我国新时期的新局面。在哲学与文学理论中,过去运用的一些马克思主义原则,由于在实践中被简单化、庸俗化而受到质疑,甚至被人否定。但是它的基本原理,如经济基础与上层建筑理论、反映论、存在与意识的理论、历史主义原则、辩证分析精神等问题,很难被逾越,自然其中一些问题,也有待新的阐明;

又如文学与社会生活的关系、文学与群众的关系、有关艺术价值创造的理论、艺术生产与消费等问题,也都具有普遍意义。问题在于如何使用这些原则与方法,如果不去结合发展变化的现实生活与多样的文学创作来谈文学问题,不能发现原则与对象之间的真实联系,那么除了伸张一下众所周知的原则,可能就会把对象本身的具体性、丰富性全都阉割掉,从而使原则庸俗化,形成本本主义、教条主义批评。如果使用马克思主义精神,去具体分析对象,那么不仅对象的具体性、丰富性能够被揭示,而且原则本身也能表现出其无限的生命力。在文学艺术总体特征的探讨中,马克思主义文学理论占有明显的优势,这是其他学派的文论难以替代的;而其他文论的特点与作用,马克思主义的文学理论也难以全部包容。理论自身的原则应是被发展的,唯一的途径就是不断吸收其他理论的合理因素以丰富自己,使自己常新,这也是这一理论的生命力所在。如果它故步自封,以为什么问题都能阐明,那么它将无力面对文学中诸多独特的问题,运用它来解释众多的文学现象,必然就会力不从心,捉襟见肘,任何理论都是如此。

在现今的文学理论中,完全使用认识论来探讨文学问题的现象已不多见,其中文艺社会学与认识论可能最为接近。马克思主义文论原理在不少学者那里,实际上都有不同程度的新变,有的变革极大。例如关于反映论,如前所说,有的学者在探讨文艺问题时,并不把反映论直接移入文论,而是吸取其精神,通过审美中介,使其与其论述的对象相结合,使用审美反映一说,并且引进了其他学派的有用成分,加以综合,以适合文学理论自身的需要,这与以往的马克思主义文论已大不一样。有的论者将生产论移入文学理论,演化为艺术生产论。甚至探讨主体论文学思想,也要征引马克思的论点。自然,文学研究的途径很多,不少方法与马克思主义原则并无直接关系,原有的叙事学理论与原马克思主义文论就没有多少联系,虽然可以去建立马克思主义叙事学。西方学者往往将马克思主义文学理论与似乎毫不相关的其他文学理论学派联结一起,形成新学。此外,还有与各种哲学思想有联系的多种文学研究,如文艺心理学、文学阐述学、比较文学研究、神话研究等,这里难以一一评述。

今天,文学理论哲学思想的多样化与文学理论本身的多样化的格局,大体已基本形成,这种情景在20年前是难以想象的。这说明,科学认识的途径是多种多样的,一旦解放思想,实事求是,科学就会显示自身的千姿百态的本相。它们之中,有的真理成分多些,有的合理成分少些,但都是现代意识的追求与创造,是现代性的体现。各种文学理论交织一起,相辅相成,互为衬托,竞相争艳,显示了整个理论的丰富多彩,从而使我国文学理论处于前所未有的"狂欢化"的情状之中。

文学理论建设:传统的定位与选择

我国文学理论现代性的生成中,面对着强大的传统问题。似乎没有哪个国家的文论像我国那样,在传统问题上总是纠缠不清,要进行那么多、那么久的争论,以致今天仍在争论之中。这里的复杂性在于,近百年来,由于现代性的不断演变,使得我国文学理论走过的道路太曲折了,每个阶段的文论,总是处在现代文论、古代文论与西方文论冲突的张力之中而决定取舍。在今天建设新的文学理论的时候,我们实际上面临这三种文论传统,这就是古代文论传统、西方文论传统和近百年来形成的现代文论传统,我们就处在这三种文论的相互的张力之中。

20世纪之初,梁启超与王国维的文论,追求着当时的现代性,都在吸收外国文论经验的基础上，或把文学仍然看成"经国之大业"，与当时社会改造任务相连；或与传统的感兴文论相结合，借外国文论思想之助，更新了传统文论，这就是现今为人乐道的在《人间词话》中发挥的境界论思想与论述《红楼梦》时引进的文学悲剧思想。五四前后，由于这场五四文化革命而使传统文化成了批判对象，锋芒所及，古代文论受到巨大的冲击，由原来的中心而退居到了边缘。古代文论的式微，在于它多半是古代诗歌的理论总结，是一种感悟式的、直觉式的、评点式的模糊体验性的文论，由于它缺乏现代要求的强大的理性的、清晰的理论框架，不能很快向现代转换，经受住现代性的检验，难以用来解释五四新文学现象，于是受到冷落与批判，也是势所必然。其时一些人士出来捍卫传统文论，竭力为旧学辩护，反对革新，但也是难以阻挡新潮势头，显得力不从心，以失势告终；今天看来，他们在学术上取得一定成就，但他们那时被笑称为遗老遗少，也是合情合理。20年代，马宗霍曾出版《文学概论》（1925年）一书，该书体系采自西方同类著作，而术语则尽量使用古代文论中的概念，力图中西合璧。写于30年代初，出版于1942年的朱光潜的《诗论》，在其《抗战版序》中，又提及古代文论与西方文论的问题："当前有两大问题须特别研究，一是固有的传统究竟有几分可以沿袭，一是外来的影响究竟有几分可以接收"①，今天看来，这正好说到了问题所在。但由于当时形势关系，看来提得不合时宜，所以无有应者。40年代下半期，古代文论的研究才在一些高校有所展开。这10多年间，除了朱光潜的《诗论》，还有宗白华的一系列论文（后收入《美学散步》《美学与意境》）、钱锺书的《谈艺录》、方孝岳的《中国文学批评》、罗根泽的《中国

---

① 朱光潜：《朱光潜美学文集》第二卷，3页，上海文艺出版社，1982年。

文学批评史》、郭绍虞的《中国文学批评史》等,算是古代文论研究的主要成绩了。50年代后几十年,古代文论被当作了封建文化,除了少数人进行资料整理外,研究实际上已经停止。当时有的人认为,古代文论只具参考价值,决不能指导今天运动,古代文论引入当代文论,只能作为民族化的一种手段,即为当代文论增添一分民族色彩而已。直到80年代,古代文论研究才算真正受到重视。80年代初,我国研究古代文论的学者建议,可以用古代文论的框架来撰写文学概论,但未有实际的尝试。八九十年代,我国古代文论的研究取得了空前的进展,王运熙、顾易生主编的7卷8册《中国文学批评通史》、敏泽的三卷本《中国美学思想史》和罗宗强的多卷本《文学思想史》的出版,应是古代文论研究界的盛事了;此外如黄保真、成复旺与蔡钟翔等人的《中国文学理论史》、袁行霈等人的《中国诗学通论》、陈良运的《中国诗学批评史》和张少康等人的《中国文学理论批评发展史》,都是这一时期的力作。自然,这些著作还只是现阶段所达到的初步成就。史与论的关系是相辅相成的。史的工作在于披露理论历史的原貌,尽量恢复其原有的形态与本意;理论的工作则在于吸收以往批评史的成就,尽可能地进行科学的概括,总结出带有规律性的文学观念,深化已有的认识。我们不能等待史料发掘完了,批评史写完了再来进行理论总结,批评史是不可能写完的,古代文论体系的探讨也不可能完成于一旦。

面对新的文论建设,古代文论的地位与作用被提了出来,80年代末、90年代初,古代文论向现代转换的呼声四起,而到90年代末,召开了古代文论的现代转换的专门研讨会,《文学评论》组织了持续两年之久的专栏讨论。大家的共识是,我国古代文论必将成为新的文论建设的不容忽视的组成部分,因此应该充分继承古代文论优秀传统,不应再重蹈过去覆辙。同时对于古代文论如何转换,分歧不仅存在，而且十分深刻。比如所谓当今文论的"失语症"问题，成了引发讨论的话题。有的学者认为，我国当代文化基本上是借用西方的一整套话语，长期处于文化表达、沟通和解读的"失语"状态。当今文艺理论研究，最为严峻的问题就是"文化失语症"。论者建议在清理传统话语同时，使传统话语得到改造与更新，在"杂语共生态"中，在广取博收之中，逐步建立文论新话语。有的学者认为产生"失语症"的不应是我国文论，而是外国文论，我国古代文论话语方面，不是赤贫，而是满怀珠玑，自有一套与西方迥异的思维方式与文论话语。只要我们自己做好清理古代文论的工作，改弦更张，主动介绍出去，实行"送去主义"，必能将世界文论水平大大向前推进一步。有的学者认为，应以我国古代文论为母体和本根，认识与研究中西文论的异同，明白我国古代文论的主要精神与当代价值，吸取西方文论的有益营养，来建设有中国特色的当代文论。也有学者认为，古代文论作为一种宝贵的理论资源，一要开发，二要利用。古代文论的现代转换，不是满足于把个别古代文论范畴吸纳到当代文艺学中作为点缀，而要对古代文论具体的理论范畴进行逐步清理，先从局部开始；同时不能照搬古代文论的范畴体系，而要在整体上了解古代文论的根本精神、总体特征，加以改造，完成传统与现代的接轨[①]。这是问题的一个方面。

其次，是西方文学理论的问题。近百年来，西方文学理论一直影响着我国现代文论。我国现代文论各个历史时期的发生与演变，无不受到那个阶段被某些人所尊重的西方文学理论的影响。20世纪

[①] 见曹顺庆：《重建中国文论话语》，载《中外文化与文论》，1996年第1期；季羡林：《门外中外文论絮语》，载《文学评论》，1996年第6期；张少康：《走历史发展必由之路——论以古代文论为母体建设当代文艺学》，载《文学评论》，1997年第2期；蔡钟翔：《古代文论与对待文学建设》，载《文学评论》，1997年第5期。

之初，王国维与梁启超的文论，各自受到德国、日本文学思想、文论的影响，自不待言。二三十年代，欧美文学理论的影响在一些学者中间是存在的，如梁实秋、梁宗岱、朱光潜等人的著作，但在文艺界似乎从未成为主流意识。逐渐占有主导地位的，先是俄国的文学思想，而后来是直接或间接介绍过来的苏联的文学思想、马克思主义文学思想。从50年代之后，对我国文学理论发生影响的，则主要是苏联的文学理论，不管名家末流，一律拿来，供作我们学习的范本。那时在学习苏联经验、理论上，如有不同意见，不管有理无理，都是先打三扁担再说，可见其决心之大。

20世纪80年代的开放改革，对文化专制主义进行了清算，同时大量引进了西方文艺、学术著作，使得不少对现实感到惶惑的人，自然地把目光移向西方。与自己的境况相比，觉得西方什么都好，哪个理论都是闻所未闻，并且多种多样，当然包括文学理论，这确也有部分真理在内。隔绝既久，对什么都感到新鲜，因此面向西方的理想主义相当流行。一个时期里，在知识界与文论界，西化思想相当普遍，旧有的传统与文化思想被贬得一钱不值，西学为体的思想再度被炒热起来。在"走向世界"的口号下，实际上掺杂着两种思想，一是极力想改变落后状态，赶上西方，否则要永远落后下去；一是西方什么都好，极力要向西方靠拢。在文学理论中，这时既有认真、艰苦的理论探讨，也有大搬外国新术语的现象，虽然文化转型期术语转换是不可避免的，但是新名词的狂轰滥炸，显示了不少人的浮躁心态，各种西方理论，不管理解与否，价值如何，轮流登场，表演一番，显出一派众声喧哗。似乎一种新说的出场本身，就意味了它的存在，而存在就是价值与胜利。有些人对这种情况显得惶惑；有的人则忧心忡忡，只觉得天旋地转、上下颠倒、中心不彰，甚至被挤兑到一旁，失去了旧有权威的中心感觉。但由于自身知识结构的局限，无法对话沟通，在各种新理论的"狂欢"中只好徒呼奈何。如前所说，这种情况直到80年代末、90年代初以后才有所变化。主要是我国学者在理论探讨上有所深入，西方文学理论本身挣脱了大半个世纪的内在研究，而大规模地转向外在研究，它对自身的理论并非绝对完美的认识与检讨，清醒了不少人的头脑。当然更为重要的是，人们发觉西化道路在我国再度受阻，西化实际上是行不通的。西化实际上也是一种教条主义，在各个时期都是存在的，因此人们不能不考虑现实的实际情况。

那么，当代文论建设到底如何进行？在我看来，我们还得在原有的文化、文学理论传统的基础上进行。我们得面对传统，有关文论传统的看法我在前面已有所表述。长期以来，各种文论传统之间的张力，一再成为那个时期文学理论建设中发生争论的重要原因。五四文化革命以激进的态度，否定了旧有的文论传统，于是形成了与原有文论的中断。确实旧有的文化传统在20世纪初已腐朽不堪，但是任何一种旧有的文化又总有它的民主性的精华所在，依靠它们，使得一个民族得以绵延与发展，对这些因素进行必要的科学的改造，就可使之成为新文化的组成部分。如果把一个民族长期创造的精神文化全部否定掉了，这个民族在精神文化上靠什么维系而获得发展呢？

那么我们能够将当代文学理论建立在古代文论的基础上吗？这显然是十分困难的事。一是古代文论是古代文学创作的理论总结，如前所说，古代文学创作主要是诗歌创作，大多数诗学著作，主要针对诗歌而发，它们自有一套范式用语，由于这些术语多半属于审美的心理体验，因此各种术语具有审美的朦胧、模糊、含混特征，而无明确的界定，可以意会，但难以言传。同时一个概念，各家有各家的阐述与用法，并不统一，而且这些概念，文、哲、伦理、宗教不分，并非为文论所专用，文论术语多半借自哲学、伦理等诸领域。自然，朦胧、模糊的审美评价，又有它的优越性，即可以用来描述那些不可言说的现象，而这在文艺审美的现象中很多。但总体上说，它们已不适合用来阐述在现代性启蒙下发生的新文学现象，新文学在思想趣味、形式上与古典文学大异其趣，并且逐渐形成了一套借自欧美文艺理论进行阐述的新的术语规范。二是古代文论自身的体系与作为资源的问题。关于古代文论有无自己的体系，一个时候颇有争论，持否定意见的主要是些研究西方某个文论家、对本国文论则十分隔膜的人士。前面提到的一批有关古代文论的论著，从各自的认识角度，初步总结了古代文论庞杂而丰富的经验，这一工作完全必要。但它们只是古代文论思想的总结与概括，只是当代文学理论建设的一部分，难以成为当代文学理论自身。古代文论要在当代文学理论建设中发挥作用，成为当代文学理论建设的一部分，关键在于做好现代转换，使古代文论的一部分探讨面向现代。古代文论的现代转换是个十分艰巨的工作，现代转换并非使古代文论现代化，而是将古代文论作为资源，把其中那些具有普遍意义的、与当代文学理论在内涵方面有着共通之处的概念，即有着普遍规律性的成分，清理出来，赋予其新的思想、意义，使之汇入当代文学理论之中，与当代文论衔接，成为具有当代意义的文学理论的血肉。也就是说，现代转换就是一种理性的分析，目的在于激活那些具有生命力的古代文论部分，获得现代的阐述，成为当代文学理论的组成部分。古代文论话语极为丰富，可以构成自己的话语系统与理论体系。把古代文论送出去自然很好，可以促进在古代文论方面的文化交流，让外国人了解我国古代的文化成就，促进他们研究我国古代文化典籍，从而使外国文论有所吸收，有所获益，但是这仅是问题的一个方面，古代文论毕竟难以替代我国的新文学理论的。

古代文论难以替代当代文学理论，西方文学理论更不能越俎代庖，那么作为当代文学理论的基础选择也即文化选择，我以为也只有现代文学理论了，就是说，当代文学理论的建设，只能以现代文学理论为基点。

原因之一，现代文学理论虽然问题很多，但近百年来，它的发展，总是与西方当代文学理论思潮结合在一起的，它不断地在西方文学思潮的影响下使自己逐步地走向科学化、人文化，这也是客观的事实，从而体现了我国文学理论现代性的不断生成。我们今后在总体上阐述文学现象时，在前面已提及的现代文学理论中初步确立的一些重大原则，即使被修整，恐怕也是难以逾越的。不少观念固然借自西方文学理论，但一旦融入我国文学过程，也就成了我国现代文学理论的组成部分。当今各国文化进入更大范围的世界性交流的潮流，它们之间既有差异，又有同一，这差异性与同一性，使得不同文化相互接近，在现代性的追求中，不断相互吸收与进步并形成各自的特色。

二，现代文学理论大体上是与我国现代文学的发展相适应的，现代文学理论对古代文论传统的疏远，与现代文学的发展是同步的。在现代文学的生成过程中，也生成了现代文学理论，用以阐述现代文学。现代文学理论或提出旗帜与口号，对现代文学起到催生作用，或移植一系列外国文学理论的术语，用以解释现代文学的特征与品格。这套术语具有当代的科学性特征，这中间也出现过不少错误与问题，但至今仍在使用，虽然今天增加了不少新的观念与术语，但暂时还没有新的一套完整的术语替代它们，经过适当的调整与改造，恐怕它们还要使用下去。

三，我们所以认为要以现代文学理论为基础，还在于复杂的传统问题。现代文学理论由于五四的激进主义的一面而丢掉了古代文论传统,在今天,总使我们觉得现代文学理论缺少了母体的营养与根底,缺乏一种底气。我们一度从西方他山之石攻玉,但对自己的宝山弃置不顾。由于我们对古代文论中许多有价值的东西、有生命力的东西研究不够,未曾有过现代转化的过程,与现代文学理论未有沟通,所以总使人感到现代文学理论与强大的古代文论传统之间缺乏血肉的联系,而变得有如飘零的浮萍。但是这一传统又不能用以替代现代传统,因为如果我们这样做,那又会中断一个传统即现代文学理论传统,又会人为地造成一个新的隔阂。现代文学理论近百年来的经营,构成了现代文学理论传统,我们所使用的理论话语,正是现代文学理论所使用的话语。我们不可能再来使用古语说话。如果直接转向古代文论,那么很可能我们一时连话都不会说了。因为,古代文论中不少话语,我们已对它们十分隔膜,在语义上,与当代文学理论已不相通用,我们不可能用古代文论的话语来阐述当代文学现象。虽然有个别学者使用古代话语撰写著作,但也只是针对古籍,而难以对现代文学进行评论。我们只能在现代文学理论的基础上,充分地研究古代文论,把其中的有用成分,包括它的体系与各种术语,最大限度地分离出来,不是表面地使用一些古代文论的术语,而是丰富其原有的含义,赋予其新义,与现代文学理论、西方文学理论融合起来,使其成为当代文学理论的血肉,形成当代文学理论的新形态。这将是具有中国特色的文学理论的新形态,一种在长远时间里不断生成、不断丰富、体现现代性的文学理论的新形态。

过去,从事古代文论与从事当代文论的学者,基本上各搞各的,古代文论研究者缺乏对现代文学理论的把握,局限于对古代文论本身的解释,甚至以为古代文论与现代文学理论无关。对古代文论进行解释,恢复其原貌,即对其形态与历史进行还原,这一工作完全是必要的，这也是一种不可或缺的专门学问，自然应该继续下去。而从事现代、当代文学理论的学者，又十分缺乏对古代文论的深入的、全面的理解，不能把两种文论有机地相互沟通，融而为一。最近这一情况已有所改变，正在出现一种融会贯通的趋向。

现代性与文学理论人文精神问题

文艺学是一门十足的新兴的学问，尚未成熟的学科，处在不断变化中的学科。这是一门既是科学的，也应是充分的人文精神的学科。

我们在前面说到，现代性应是一种排斥绝对对立、否定绝对斗争的非此即彼的思维，更应是一种走向宽容、对话、综合、创造同时又包含了必要的非此即彼、具有价值判断的亦此亦彼的思维，这是从近百年来文学理论痛苦演变中凸现出来的一个思考。

在历史上，马克思主义文学理论在一个时期里，曾被当作终极真理，特别是马克思等人在这方面说过的话就是绝对真理，其他的文学理论流派都一一遭到批判、废除。这与社会激变的环境有关，不如此，它自身就难以存在下去，而且它受到的非难极多。这种思维方式大概是在这种环境下形成的。但是时间长了，一旦成了一种定型的思维方式，它就会向教条式的非此即彼的思想方式转化。马克思主义文学理论有关文艺的一些重大方面的论说，具有无可辩驳的科学性，指导性，有它的体系性，有的人极力反对，进行消解，也是枉然。但是也要看到，马克思主义作家也只是就文学的一些重大方面，当时出现的一些理论问题以及有关过去的不少作家，作出阐述与评价，它们难以替代全部文学理论。文学理论中还有许许多多问题，被古人与今人探讨着，而且后来文学发展中层出不穷的新问题，由于时代的限制，他们也难以涉足。我们发现，20世纪80年代传入我国的许多外国的文学理论学派所标榜的主张与独特见解，是马克思主义文学理论中所看不到的。就是在我国常常受到诟病的西方马克思主义文艺理论，在不少问题上，如艺术生产、艺术与政治、艺术与意识形态的种种关系、大众文化、后现代主义批判等，与西方的艺术生产联系密切，针对性强，不少阐述也富有真知灼见。反观我国一些正统的马克思主义文艺家，20年来，似乎未曾结合文艺发展的实际情况，提出过什么新的、有价值的理论问题来，这是颇值得深思的。马克思主义文学理论要获得进展，就应合理地吸收其他学说，用以丰富自己，使自己的理论与新的文艺实践结合起来，讨论、阐述新问题，从而使自己永葆青春。

文学理论的现代性，要求排除对一种思维、观念的终极真理性、绝对权威性。绝对权威、终极真理，说一不二，不准思索的思维方式，已经不合时宜，表现为逆现代潮流而动。人的思维、意识是多样的，它们各有价值。一种思维所提供的真理，只是真理长河中的一个浪花，它代表不了长河自身，更无法具体显示真理长河未来的曲折流荡。真理的长河，是由千条万条细流汇合而成的，它们的相互关系应是一种相互包容、相辅相成的对话关系，表现为多声合唱，而非同声齐唱，同声齐唱不适合于文学理论的创造，是没有创造力的表现。历史、现实告诉人们，把一种意识视为永恒的真理，并要强制他人接受，顶礼膜拜，这实际上必然导致漠视他人意识，排斥他人的独立意识与思想的存在，而把自己的意识当成一种超人思想，转而把世界变为独白、单语的世界。事实上，我需要他人而才能存在，他人存在也要以我为依托。"我离不开他人，离开他人我不能成其为我；我应先在自己身上找到他人，再在他人身上发现自己"；"证明不可能是自我证明，承认不可能是自我承认。我的名字得之于他人，它是为他人才存在的。""人实际存在于我和他人两种形式之中"，存在意味着为他人而存在，通过他人而确证自己的存在。意识作为他人的和我的意识，相互联系又是各自独立。"单个意识不能自足、不能存在。我要想意识到自己并成为我自己，必须把自己揭示给他人，必须通过他人并借助于他人。"① 这样，意识实际上是多数的，它们相互交织，各自独立，又具充分权利，自有价值，相互平等，在交往与对话中互为存在。自然，在意识之间，存有差异，在品格上有高低之分，价值上也有大小之别，但无法相互取代，而只能在交往、对话的关系中，互相启发，并为补充，否则就会把另一意识视为没有声音之物。实际上，他人也是能思考的，也能产生思想成果的，思考并不是几个人的专有权利。单一化的意识的理论，必然把他人视为没有思维能力的东西，藐视他人，鄙视人群，不能与之平等地对话，从而把他人视为非人，把人物化。因为实际上生活本身就是对话的，你无法离开他人而存在。这就是新的人文精神的表现。因此，现今如果还要鼓吹我的思想永世的绝对真理性，那实际上是在文学理论中传播愚昧，力图恢复独白、单语的世界了。

不过，这一恢复独白、单语世界的非此即彼的传统思维方式，相当根深蒂固。在20世纪80年代的文学理论的各种争论中，双方每每表示出都是绝对真理的化身，甚至连对方参与论争的资格都会受到质疑与嘲弄，以致在价值判断中随意性的、情绪化的成分极多。至于说到尊重对方、进行对话，承认在对方的阐述中存在某种真理，这种情况更如凤毛麟角。这种你错我对、你输我赢、非此即彼的思

---

① 钱中文主编：《巴赫金全集》第五卷，379、377、378页，河北教育出版社，1998年。

维方式,都是长期以来形而上学猖獗的结果。人们一面批判这种思维方式,一面自己又重复这种思维方式,没有相互丰富的愿望,缺乏共同建设的气氛,更无双赢的气度。这里可能主要是标举"解释",而忽视"理解"。自然科学的思维,是单一主体的思维,它的对象就是客体,而非另一个客体的主体,意识的工作主要在于解释客体,其方式偏重于独语,而达于认识。人文思维则具有"双主体性",它探讨的文本,是主体的一种表述,它进入交流,面向另一个主体,另一个主体也面向作为主体的它,进入对话的语境,它需要的是"理解"。巴赫金指出:"在解释的时候,只存在一个意识、一个主体;在理解的时候,则有两个意识、两个主体。对客体不可能有对话关系,所以解释不含有对话因素……而理解在某种程度上总是对话性的。"他引用的德国学者的一段话也是很有意思的:"人文科学对自然科学方法的责难……概括如下:自然科学不知道'你'。这里指的是:对精神现象需要的不是解释其因果,而是理解。当我作为一个语文学家试图理解作者贯注于文本中的含义时,当我作为一个历史学家试图理解人类活动的目的时,我作为'我'要同某个'你'进入对话之中。物理学不知道与自己对象会有这样的交锋,因为它的对象不是作为主体出现在它面前的。"[①] 人文科学重在理解,理解是人与人的对话,主体与主体的交流,意识与意识的交锋,"我"与"你"的相互讨论与了解。在对话与交锋中,两个主体,互揭短长,去芜存精,共同发现,揭示与充实真理因素。在共同的探讨中,可能主体双方的真理因素多寡有别,但都自有价值,即使一方意识全是谬误,亦应在对话、批判中被揭示,而不是在另一方居高临下的肆意贬抑中被否定与消灭。即使是谬误本身,亦有其认

[①] 钱中文主编:《巴赫金全集》第四卷,314页,河北教育出版社,1998年。

识的价值的。同时,在我看来,在一定时候,解释有时也是难以避免的。理解要求一定的价值判断,其中包含了一定的解释。

自然,我也认为,又不能把亦此亦彼的思维方式绝对化。亦此亦彼假设双方各有真理成分,并且不排斥一方或双方的谬误,但不排斥价值判断,即一定的非此即彼。绝对的亦此亦彼,绝对的相对主义,必然排斥价值判断,变成你对我对,消解了正确与谬误之别。更成其问题的是,这种绝对的亦此亦彼,有时对于对方并不理解,就匆忙作出否定,或匆忙作出肯定,以示大度,这之间其实并未存在真正的对话。对话是无尽的(有时虽然对话本身便是目的),但是又要承认,对话又是有一定目的的,对话的目的在于认识真理,辨别谬误,即使真理是无尽的,每一对话实际是为了增加对无限真理的有限的认识。文学理论中的独语状态已延续得很久很久,人们为此而深受其苦,一旦进入了对话语境,出现了对话状态,获得了对话的可能,反倒不习惯起来,不能平等待人。但是进行平等的对话,表现应有的对话风度,这不就是论者自身的一种人文精神的表现吗!用这种人文精神来改造文学理论的学风,不是十分需要的吗!当然如何形成这种方式(包括作者自身在内)来探讨问题,还是有待于共同的努力,这种风尚的形成看来不会一蹴而就的。

文学理论自身的学理探讨既是科学的,同时也应当是充满人文精神的。近百年来,文学理论倾向于文学自身的内在、本体的研究,自然十分需要,并且取得了重大的成就。但是各种形式主义学派的内在研究,在语言论哲学的影响下主要研究了文学作品本体,它的种种构成,对作品的认识不断科学化了,但也削弱了文学的人文精神。在形式主义普遍忽视内容基础上发展起来的解构主义,把文学作品的分析与文学作品的创造,当成了文字的任意组装与嬉戏,人文精神被逐渐地消解了。如前所说,20世纪80年代后在西方兴起的文化批评，正是对形式主义的一种反驳。结构主义被解构了，新历史主义、女权主义、后殖民主义等新学派的风行，标志压抑已久的人文精神的抬头。不管这些学派对我们适合到什么程度，但是有一点是肯定的，那就是文学理论需要标榜人文精神。在我们充分注意并研究文学的种种形式因素的同时，需要张扬文学的人文精神，呼吁人的血性与良知、怜悯与同情。在今天的文学批评中，具有人文精神的论说，已被消解掉了。

西方文学理论的泛文化性是十分明显的，文学理论从未像现在这样，被理论家们移入各种文化领域，或者说，各个人文科学的领域深深地渗入了文学理论，这使我们刚刚表现出了一些自主性的文学理论一下就面对极为复杂的情况。文学理论跨学科的探讨是必然的，但把与文学多少有些联系的学科称作文学理论，说文学理论影响了并改造了其他学科，说文学理论是一种历史的理论、历史意识的理论，说人们将通过文学理论来规划人文科学[①]，在我们这里暂时还未出现这类迹象，就我们目前的知识结构，还不大好做想象。文化诗学、文化批评是必然的，并且将会更加活跃起来，但是像西方的文化诗学那样，建构得太泛，文学的特征也就模糊不清了。文化诗学、文化批评的建构，不仅在于打通文学与其他文化领域，在更加广阔的文化背景上去理解并创造文学，同时也是为了赓续、弘扬新的人文精神。当然也难以逆料，目前泛文化的批评相当时髦，文学批评也已渗入社会、政治、经济领域，所以新学科的出现是必然的。随着文学与其他人文科学的联系而产生的新学科，如伊塞尔提出的"文学人类学"等，这都是可能的，也是可以预期的。

---

① 见拉尔夫·科恩主编：《文学理论的未来》序言，中国社会科学出版社，1993年。

这样，我们面临着对文学理论现代性的选择，同时我们也将被现代性所选择。

（本文发表于1998、1999年的《文学评论》与《文艺研究》，后有所补充，现录自拙著《审美与人文》，首都师范大学出版社，2016年版）

文学艺术价值、精神的重建：新理性精神

一

20世纪是文学艺术不断花样翻新的时代。现实主义文学艺术时时更新自己的手法，拓展生活的广度，深入开掘人生，而19世纪的批判精神至今一脉相承，余韵犹存。现代主义文学中不同派别的一些优秀之作，倾情于20世纪初的人的生存的艰辛与伤痛，恰如悲怆的交响曲一般，令人回味无穷。

随后，现代主义又受到指责。那些在语言哲学与语言论哲学思潮流行中出现的诸种形式主义并受其影响而产生的作品，在发现与运用语言自身逻辑、能指方面，发展到了极致。语言能指功能的自由运用，可以使作者自如地组织话语，随心所欲地结构句型、叙事形式，从而使艺术形式不断出新。如"新小说"、"新新小说"、活页小说即类似于扑克牌式的小说，页码可以自由穿插，故事可以任意连接；此外还有"不可解的"小说等。另一方面，由于这些文学新品种将文字自身逻辑的变化视为艺术目的，在理论、写作原则上的极端化，使得其创作目的趋向于游戏，文化意义受到排斥，艺术

的终极追问遭到放逐而陷于解体。这类作品的出新，是作者任意书写的任意形式，和艺术价值的淡化与消解是共生一体的。

美国学者丹尼尔·贝尔说，一些作家（指外国的）由于拒绝对生活的美学证明，结果便走向对本能的完全依赖。"它以解放、色情、冲动自由以及诸如此类的东西，猛烈打击着'正常'行为的价值观和动机模式"[1]。人在自我失落中自我娱乐，而鉴赏趣味则无须挑剔！于是另一方面，在20世纪的不少作品中，被压抑的性本能、原始欲望，有如挤破了潘多拉的铁盖，争相释放出来，演出了许多离奇古怪的乱伦、性倒错、性疯狂的故事来，特别在大众文艺中尤其如此，显示了文学艺术贬值、堕落的一面。

20世纪80年代上半期，我国文学艺术的探索，是摆脱旧有的束缚、标举着一种人文精神，恢复自身的价值，走向创新之路的运动。随后这一探索，深受西方各种社会哲学、文化艺术思潮的影响。令人眼花缭乱的是，当这些思潮如潮水般涌来之时，也正是我国市场经济举步入轨之日。80年代中期，不少人文知识分子突然发觉，自己已被抛入了物的世界，现今一切都飞速地围绕着物与权在旋转，一切都为实利目的所侵袭。现实生活的冲击是最基本的，人们长期为生活中的假大空的连篇谎话所困扰而被弄得晕头转向。昨天看来分明是光华四射的神圣之物，今天却发现不过是一堆俗不可耐的腐朽与霉烂。现实中的深沉卑污，使信仰黯然失色，它无情地嘲弄了自己。理想的解体是现实自身的解体。它使不少人也使不少作家四顾彷徨。一些作家走向世俗，面向底层，描绘普通人的生存的尴尬与卑琐的生活状态，拓宽了创作的领域。有的作家则躲开崇高，在

---

[1] 丹尼尔·贝尔：《资本主义文化矛盾》，赵一凡译，99页，三联书店，1989年。

嘲弄虚妄的崇高的同时，调侃任何崇高，甚至羞耻与良心，这就走向了虚无。有的投入"叙事策略"的追寻。他们以语言能指的自由挥写、叙事形式的多样变幻为创新目的，写得认真，玩得投入，一时有如在文坛上吹过一阵新风。但是意义的消解和形式构成的自由性，削弱了审美的生成，给阅读带来了困难。80年代中后期开始，中国文坛上不少作家表现了对人的自然本能的崇拜与激赏。在这方面，一些原本是写作严肃的作家竟也未能免俗。穿插于小说中的大量性事描写，一时使京城纸贵，显示了严肃文艺中的颓唐一面。有的评论家今天以优美的辞藻赞扬那种灵肉随时随地获得满足的粗俗快感，明天又在报刊上大唱作家的社会责任感应如何如何的高调，表现了文艺批评两面性的实用主义姿态。至于在大众文艺中，以颓废情绪为基调制作出来的书籍，更是在在可见，表现了文学艺术的反文化的一面。

文学艺术意义、价值的下滑，人文精神的淡化与贬抑，是一种相当普遍性的现象，虽然它并不代表文学艺术的全部精神。看来，20世纪文学艺术意义的日益失落，与人的生存质量、处境密切相关。今天，一些人文知识分子正在寻找一个新的立足点，重新理解与阐释人的生存与文学艺术意义、价值的立足点，新的人文精神的立足点，这就是新理性精神。

二

新理性精神将从大视野的历史唯物主义出发，首先来审视人的生存意义。一百多年来，人在生存中所遭受的挫折感不断弥漫，从东方到西方，由西方而东方。一种是有形的人的生存的挫折感。例如列强的侵略压迫、掠夺屠杀，使被压迫者的生存处于水深火热之中，它给人们留下的伤痛连绵不绝，至今犹存。由于东方侵略者失败后未受应有的惩罚，所以他们的后裔至今未有公开的认罪感。一种是无形的人的生存的挫折感，它是由社会环境促成，人身上深层的精神生存的挫折感。它几乎无处不在，显得持久而震动人心。

西方学者说，西方人经历了上帝之死，父亲之死，知识分子之死，作者之死，一直到人的主体性之死的灾祸。"上帝、国王、父亲、理性、历史、人文主义，已经匆匆过去，虽然在一些信仰园地中余烬犹存。我们已杀死了我们的诸神"①。随后又出现了后现代主义。法国学者利奥塔德在1979年发表的《后现代状况：关于知识的报告》一书中指出：后现代就是"对元叙事的怀疑态度"②。何谓元叙事？即西方启蒙运动后形成的崇尚"同一性""整体观"的思辨哲学，那些倡导自由、平等、博爱、科学求真的基本话语。后现代主义者还认为，叙事与科学范式不可通约。这无疑是说，过去的思想、理论全都受到怀疑。"现在我们一无所有，没有一样东西不是暂时的、自我创造的、不完整的，在虚无之上我们建立我们的话语"。③上帝死了，信仰崩溃了。人嘲弄了自己。那18世纪曾被宣扬一时的理性与理性王国，原来不过是乌托邦的幻影，理性、崇高变成了欺骗。人突然觉得无所依附，而至于一无所有；无不都是过眼云烟，茫茫虚无。精神的失落，给人带来了巨大的痛苦，这就是他精神性的生存的挫折感。卡夫卡在1910年12月15日的日记中，写到他所体验过的那种生存的绝望："我就像是一块石头，一座自己的墓碑，

---

① 伊哈布·哈桑：《后现代的转向》，刘向愚译，279页，时报文化出版企业有限公司，1993年。
② 利奥塔德：《后现代状态：关于知识的报告》，载《后现代主义文化与美学》，26页，北京大学出版社，1992年。
③ 同①。

那碑上既没有怀疑也没有信仰,既没有爱情也没有憎恨。既没有勇气也没有怯懦,只有一个模模糊糊的希望。然而,就是这希望也不过是碑上的铭文而已。"12年后他又写道:"……我的内心只有绝断的幻象,尤其我在那里(希望之地迦南)是芸芸众生中最痛苦的人时"①。这种没有希望、没有出路的情绪的人,就像一个步入死胡同的落魄者,欲前无门,突围无力,所谓走投无路即是,使人不胜凄惶。在20世纪西方的哲学中,特别是存在主义的哲学中,人的焦虑被作为人的一种生存状态而成为一个热门话题。生存的焦虑源于人所处现实社会的分裂、破碎与它的不确定性。这种不确定性,使人在其生存选择中难以预测自己的命运,他不明白何时会被什么灾祸所吞没。布洛赫说:"当焦虑超出生物学的范围,只是作为一种人的存在方式,尤其作为焦虑之梦呈现出来时,它在本质上就是以自我生存本能受到社会障碍为基础的。事实上,这是唯一毁灭性的,甚至把愿望转向其反面的内容,它最终使焦虑变成绝望。"② 焦虑大面积地弥漫与不断深化,演化而为绝望,使人成空虚的人,扁形的人。

其次,当哲学家、文学家写到因上帝死去而留下难以弥补的空缺时,物的挤压则如排山倒海之势随之而来,而且随后这种挤压愈演愈烈。诚然,人要生存,需要衣食住行,需要不断提高、改善它们的质量。人在对物的需求中,形成一种物欲,它一面激发人的热情,使财富不断被创造出来,使人不断获得物的满足与享受,这是不容争辩的。然而对物的无尽的追求的内在规律是,造成了对人的挤压,物的阴影遮蔽了人。物欲的发展不断转化为对金钱权力的追

---

① 弗·卡夫卡:《日记》,法兰克福,1984年,转引自古茨塔夫·勒内·豪克:《绝望与信心——论20世纪末的文学和艺术》,李永平译,20页,中国社会科学出版社,1992年。

② 同上书,14页。

逐，使自身成为一种异化力量，使人变为物的奴隶。首先，这力量是物质的，当它与权结合，一夜之间就可造就成千上万的暴发户与亿万富翁，在物质上掠夺另一些人，人被物挤兑。于是我们见到在尤内斯库的满舞台的"椅子"中，不见了人。其次，这力量又是精神的，它使社会时弊丛生，贪污盗窃、损公肥私层出不穷，甚至利用公众的失语与无言，变本加厉地进行，使社会普遍需要的公德、伦理蒙上血腥的污秽。人间的羞耻、良心、血性、同情、怜悯、诚实、公正、正义等等，进入了新的衡量秩序，即要以斤两来计算它们。人们可以围观人的死亡过程，可以容忍光天化日下的污辱，可以逼人嫖娼，把不从者当众扑打致死。物的挤压使不少人的人性泯灭，使人的兽性恶性膨胀；而对于那些洁身自好、无所依傍的人来说，物的挤压使他们陷于清贫，给他们造成巨大的精神伤痛。不少人由此失语，失去批判和反抗的能力，从而滋生了各种各样的宿命思想与悲观主义。在这物化的时代，历史、现实都可以用谎言替代，一切都可以进行机械复制，动用美容手术，从物质到精神；一切都可以假冒，一切都被弄得真假不分，一切都优劣难辨。物的挤压，制造了大量在精神上污秽的人，失去灵魂的人。这在文学作品中已描写得很多，莫里亚克式的人物，卡夫卡式小说中的人物，荒诞派文学中的人物，比比皆是。他们或是毒如蛇蝎，或是形同枯槁，或是状如幽灵，徒具人形。

　　属于这一类型的还有平庸的人。高级消费、电视广告，时时提醒人什么是"美满生活"的象征，它们刺激人的需要，教导人如何模仿电影明星，装演员姿势。它们劝导人关心享乐，打破旧禁，放纵情欲，及时行乐。它们影响社会舆论，改造文化。上述情况不仅外国有，在我国也是如此，在文艺中也属常见现象。在电视中，天天有人开导你如何吃喝，购买皇家气派，装出贵族风度；要不，就是一批批教授、学者、经理、演员、明星,被节目主持人哄得满台乱转,猜猜普通常识,猜不出作出怪相,逗人一笑,玩玩大人排排坐、吃果果、玩家家式的游戏。

再次,科技的进步的复杂影响,造成人文精神的下滑,制造了无数渺小的人。科技的发展,无疑是人的认识、创造能力无限可能性的体现。科学家对自然、宇宙奥秘的深入探索,理应使人的认识与理论具有更高的敞亮的品格。但是对于不少人来说,甚至不少科学家来说,却并未在精神上摆脱神秘主义的束缚,而陷入哲学上的怀疑论与极端的相对主义。对事物认识的相对性是必要的,但把相对观点极端化,必然会在对待万事万物上形成一种亦此亦彼、什么都行的思维方式,导致对价值、真理的怀疑,最后放弃终极追问。在后现代工业社会,科技高速发展,信息媒介已进入千家万户。科技带来物质繁荣的同时,却不断建立起了自己的霸权地位,几乎形成了对人的绝对统治。在知识激增的时代,人们"听见被人说过的东西是如此之多,并发现关于万事万物的看法可以自圆其说,因而他们感到对一切都毫无把握"[1],没有一种解释可以独霸称雄。加之,人们的教学方式也发生了变化,即在接受知识的过程中,人文因素急剧减弱,因为如今人们只需坐在终端机前就可获得必要的信息和知识。于是传统的人文科学受到强烈的挑战,这使人感到人文科学日渐失灵。同时在一些技术官僚看来,人文科学简直不屑一顾,因为它们不能创造物质财富,无法带来经济实惠。这样人文科学也就被逼放弃自己的合法化地位,而被悬置起来。但是人文科学的悬置与失灵,正是人文精神淡化的表现,正是使人何以为人的人文精神

---

[1] 转引自查尔斯·纽曼:《后现代氛围》,载《后现代主义文化与美学》,151页,北京大学出版社,1992年。

的下滑与堕落。于是我们在不少作品里看到,一切都动摇了,好像人人都是百万富翁,但觉得所有人却一无所有,住所陈设豪华闪光,而个人的精神愈益匮乏、贫困,似乎谁都没有忘记自己的突然贬值,因为它太令人痛心疾首。于是"自然的趋势是去寻找比自身价值更少的东西"。①

20世纪由于社会的频繁动乱,使不少人在失去信仰、理想之后,而变得内心惶惶,成为扁形的人。20世纪由于物的极大丰富,普遍地追求物欲,而使不少人道德沦丧,成为精神上丑陋的人、平庸的人。20世纪由于科技霸权的建立,使不少人失去理智的澄明,而成为不能正视自己力量的渺小的人。人的价值的低落,贬值,促成了他的精神生产的自虐性的堕落。那么希望何在?古斯塔夫·勒纳·豪克在其《绝望与信心》一书中谈到人的悲观绝望的处境,只是他的一个方面。人还有另一方面,即信心的一面。他认为这信心的一面,恰恰来自人的自身:"希望之所以转化为信心,是因为他们看到了褊狭的先定的意识形态(无论是种族的、阶级的、国家主义的还是民族主义的)的普遍消除……各民族之间尽管还存在着对立,但是他们在精神上和经济上却在相互接近。艺术具备了世界主义的特质。"② 他认为,无论是焦虑与绝望还是希望和信心,都根源于生物生命的自身。"在今天的文学和艺术中,如果我们只表现焦虑之梦和绝望的歇斯底里,而不去表现希望和信心,乃至……确信的情绪,

---

① 转引自查尔斯·纽曼:《后现代氛围》,载《后现代主义文化与美学》,151页,北京大学出版社,1992年。
② 古茨塔夫·勒内·豪克:《绝望与信心——论20世纪末的文学和艺术》,李永平译,4页,中国社会科学出版社,1992年。

那么毫无疑问,这是表现了'自然'生命的一半。"① 豪克对人、世界表现了乐观主义的态度,值得赞赏。但其具体观点看来不能完全同意。例如说到意识形态的普遍消除,这并非现实的事。例如,各国人民在精神、经济上有所接近,但文化隔膜至今很深;不少人在宣扬世界主义艺术,但是他们心目中的世界主义艺术不过是科技发达国家的某种艺术标本而已。又如他寄希望、信心于人这个"生物"与"自然"生命本能的另一面。但是毫无疑问,人只有作为"社会"生物时,他的理想与信心才能成为他的本质面的。

三

新理性精神难以力挽狂澜于既倒,但它绝不会去推波助澜。它要在大视野的历史唯物主义的观照下,弘扬人文精神,以新的人文精神充实人的精神。

新理性精神坚信人要生存与发展。人理解自己的存在。人的生命活动不仅是为了维系其自身的生命。人通过其自身的实践活动,总是指向什么而被赋予目的性,形成其活动的意义与价值,改造自己的生存,实现自我,超越自我。人有肉体生存的需要,要有安居的住所,因此他不断设法利用自然与科技,创造财富,改善与满足自己的物质条件。而同时他还有精神的需要,还要在其物质家园中营造精神安居的家园,还要有精神文化的建构与提高。人与社会大概只能在这两种需要同时获得丰富的情况下,才能和谐与发展。在这人的精神家园里,支撑着这无形大厦的就是人文精神,就是使人

---

① 古茨塔夫·勒内·豪克:《绝望与信心——论20世纪末的文学和艺术》,李永平译,63页,中国社会科学出版社,1992年。

何以成为人，要成为什么样的人，确立哪种生存方式更符合人的需求的那种理想、关系和准则。人文精神就是对民族、对人的关怀，对人的生存意义、价值的追求与确认。人文精神作为精神文明底蕴，首先具有普遍的人类意义。各个国家、民族的成员，告别原始森林而步入社会群体，必须找到共同的相互人际关系的契约式的准则，如从动物脱胎出来最先形成的羞耻感，随后在共同生活中形成的相互同情、怜悯、血性、良知、诚实、公正、正义感，等等。各个国家民族进入到今天现代化的阶段，上述使人何以成为人的精神，仍然是共同应予遵守的契约式的准则，这是人文精神的最基本方面。

其次，人文精神是一种历史性现象。例如爱国主义精神，历来都是指对自己的国家、文化遗产的爱，不同时期指向相同，但其内涵是不断变化的，特别在多民族国家里。又如每个社会的统治阶级，都会将上述具有普遍意义的人文精神，纳入自己的阐释，赋予其阶级、集团本身利益的色彩与意义。当统治阶级处于进步的阶段，它对人文精神的阐释，往往有利于促成社会精神的建设，它甚至还可能以本阶级、本集团的理想品格，来丰富与扩展人文精神，形成新的人文风尚，甚至时代精神。当这个统治阶级走向没落，念念不忘于一己之私利与权力，就会使社会颓风流行，使反人文精神、反文化现象迅速抬头。就西方社会来说，这个世界早就物化，金钱权力支配一切，理想幻灭，灾祸不断，那些使人成为人的最基本的准则，受到践踏，无数学人都深感在绚丽多彩的物质之后精神的贫乏。至于我国某个时期，由于把阶级斗争看成是社会发展的唯一动力，一味斗争，以达私利，从而严重地造成了人文精神的畸形发展而至毁灭。有时，文艺中那种失去了历史感，张扬不分正义、非正义的同情、怜悯、良心的现象，也是存在的。但是几十年来的批判，造成了良心、同情的泯灭。上述那种艺术描写，可能正是一种迷惘的反弹。80年代中期以后，商潮勃兴，人文精神无疑会形成一些新的积极因素，并在今后逐渐显露出来。但是商潮的消极面与腐败面，正裹胁着整个社会生活，从而使刚刚苏醒过来的人文精神，在社会生活的许多方面，再度失衡与沦丧。

再次，人文精神具有强烈的理想风格，在不同国家、民族的人文精神共同性的基础上，又各具自己的传统的理想色彩。有着几千年文化传统的我国，人文精神表现为对人际关系的重视，"观乎人文，以化成天下"；表现为中国历史人文知识分子修身自立的品格，坚持人格尊严，个人对社会的责任感，历久不衰的忧患意识感，"先天下之忧而忧，后天下之乐而乐"（范仲淹），"为天地立心，为生民立命，为往圣继绝学，为万世开太平"（张载）。在近代西方思潮的影响下，我国现代知识分子又提出"赛先生""德先生"，甚至近时又呼唤"莫先生"（道德）；提出知识分子的价值是"与天壤而同久，共三光而永光"的"独立之精神，自由之思想"说。自然，这是一种理想与追求。在"文革"中，中国几千年积累起来的而后不断遭到唾弃的中国知识分子的人文精神残余，在那场腥风血雨中洗劫一空，荡然无存！人文精神的失落，让中国人一时觉得做个人都困难！如果说，中国知识分子的人文精神传统，重在个人修身自立，与人际、社会关系的相互协调，那么在西方，就近代来说，人文精神的着眼点则是以个人为本的，如自由、人权、平等、求知、求真等。特别是自由与人权，它们关于人的方方面面。这种人文思想，发生过积极作用，作为理想，仍然有其光辉。但作为现实的人文精神，几百年来并不那么美妙。人权、自由本来是人生存的精神需要。但是，极端化了的人权、自由，却把对他人的侵扰与伤害，都当成天经地义的事。

新的人文精神的建立，看来必须发扬我国原有的人文精神的优秀传统，在此基础上，适度地汲取西方人文精神中的合理因素，融合成既有利于过去不被允许的个人自由进取，又使人际关系获得融洽发展的、两者相辅相成互为依存的新的精神。

面对人的扁形化、空虚感，人的大范围的丑陋化、平庸化，与自我感觉的渺小化，文学艺术应该揭起人文精神的这面旗帜，制止文学艺术自身意义、价值、精神的下滑。文学艺术是营造人的精神家园的一个重要部门。历史、现实中流传的文学艺术，毫无疑问有语言形式方面的因素，同时语言、文体的变革造成了与读者的新关系，这是文学人文因素的一个方面，但是还有内涵更为宽厚、深刻的人文因素的方面，而且是主要的方面，即对人的价值、命运的关注，为生民立命的热诚的一面。

西方学者说这也死了那也死了，但仔细想想，这些警世之言，有的说对了，有的说对了一半，有的说错了。在20世纪，一切都被否定了，一切都无望了。我知道，不少作家并不如此对待问题。例如，在20世纪50年代前的充满灾祸的西方社会里，海明威、雷马克小说中的人物，被东追西逐，飘零迷惘，挣扎死亡。这种失落的情绪在《永别了，武器》《生死存亡的时代》《凯旋门》里，让人感到最为揪心的了。20世纪50年代初，海明威在《老人与海》中进一步宣告："……一个人并不是生来要给打败的"，"你可以把他消灭掉，可就是打不败他。"这种铮铮鸣响的语言，充满了对人的同情与崇高的景仰。而几乎就在同时，当人们为战争的阴云所困扰，福克纳大声宣告："我不想接受人类末日的说法……人是不朽的"，作家的"特殊光荣就是振奋人心，提醒人们记住勇气、荣誉、希望、同情、怜悯之心和牺牲精神，这就是人类昔日的荣耀"[①]。人的生存的挫折

---

① 李文俊编选：《福克纳评论集》，255页，中国社会科学出版社，1980年。

感是真实的存在。在人遭受苦难陷入迷惘的时刻，看来只有那些具有海明威、福克纳精神力量的作家，会给人们以鼓舞，勇敢地生存下去。

当西方哲学家宣布这也死亡、那也死亡，无疑相应地在文学艺术中也掀起了一股非理性主义乃至反理性主义思潮。理性主义受到了非难。过去人们崇尚理性，排斥非理性。但是从人类心理、认识史的演变来看，非理性比理性更为古老。在欧洲，那隐潜的非理性在18世纪哲学中突变而为非理性主义，从此一发不可收拾；19世纪通过叔本华、尼采等人学说，形成了非理性主义思潮。非理性主义哲学抓住了理性主义避而不谈和难以阐明的隐蔽的现实现象，开拓了人类心理、思维、认识的新领域。但当它排斥理性，企图用非理性主义的种种学说来从整体上阐述世界时，这不仅突出了非理性主义的谬误，而且转向了反理性主义。非理性主义在过去的文学艺术中作为潜流而存在，如今深入各种艺术的形式，它们一面拓展艺术创造的机遇，更新人们的艺术思想，另一面它们又往往走向极端，无所顾忌地否定一切，特别是悲观地来阐释人的发展。它们见到了人的困境，描绘了人生的尴尬，以为这就是人的唯一存在形式。于是整个世界似乎都被焦虑、荒诞所充塞了，人的生存进取的意向被阉割了，使人沦为扁形的人。在我看来，诉诸人们感悟、心灵的文学艺术，不仅要描绘人的生存艰辛，他的不妙处境，同时也应像福克纳、海明威传达出人的自豪的声音。尽管反理性主义的白日梦尚未结束，但是新理性精神将把人的心理、认识的重要一面——非理性，与非理性主义、反理性主义区别开来。它将充分重视偶然性在历史、精神乃至文艺创造中的特殊作用。偶然性是新的人物创造基础。但是新理性精神不认可把非理性绝对化，使其走向反理性主义，反对用反理性主义阐释人生，解释世界。同时，反理性主义也可以从理性主义衍化而来。20世纪以来，理性主义的发展，一再因其极端而走向反面。理性与非理性一样是人的心理、认识的特有能力，它规范知识、自然、道德、社会。理性的阳光给人类的发展带来发展与繁荣。在漫长的发展过程中，理性演化为成套学说，并渐渐变为规律自身，致使人变成了它的工具。理性主义的绝对化，不仅主使人主宰自然，而且掠夺自然，制造形形色色绝对化的准则与规律，使之异化为"绝对观念""绝对意志"，企图导致对社会的绝对统治。被唯理性主义化的绝对意志，曾给一百多年来的近代社会带来无数混乱与灾难。它同样使人陷于失去理想和信仰崩溃的痛苦之中。结果唯理性主义竟是走向了极端的反理性主义。

新理性精神主张以新的人文精神来对抗人的精神堕落与平庸。当今一些文艺作品的写作，已使人严重地失去了羞耻感，失去了良知与同情，已丢失了血性与公正。一些误入文学"歧途"的人掉头而去，更有一些人大肆制作污秽的东西；当然也不乏作家高扬文学艺术的信仰与理想，虽然目前势孤力单，但会获得广泛的同情。上述情况在西方国家的文艺中也同样存在。因此我以为，当今的文学艺术，要高扬人文精神。要使人所以为人的羞耻感、同情与怜悯、血性与良知、诚实与公正，不仅成为伦理学讨论的课题，同时也应成为文学艺术严重关注的方面。以审美的方式关心人的生存状态、人的发展，使人成为人，拯救人的灵魂，这也许是那些有着宽阔胸怀的作家艺术家忧虑的焦点与立足点。人文精神在当今社会还有别的要求。但是如果不能唤起使人所以为人的羞耻感，不能激起他的血性与良知，诚实与公正，在精神上使人成为人，其他要求再高、再好，也是枉然。自然，最基础的与更高形态的人文精神，两者并不矛盾，相辅而相成。文学艺术无力拯救世界，但它可以在一定程度上调整现实生活的失衡。

同时，文学艺术也要强化人文精神的批判精神。近几十年出现的一些文学艺术流派，特别是受语言哲学、语言论哲学影响的流派，在文学回到自身的嘈杂声中，纷纷把注意力投到语言形式方面去了。语言表达的形式变化了，艺术形式更新了，文学好像回到了"自身"。但是它内涵单薄，审美因素不是丰富而是削弱，状如干瘪的女人一般。至于公众关注的问题，他们的焦虑与忧愁，不少人把它们当作社会学的对象而高傲地抛开了。这样的文学艺术，被圈入了狭小的同人范围，只好相互欣赏各自的"叙事策略"，而对公众无所言说。这点后面将专门论及。文学艺术给人愉悦，同时以其强烈的人文精神的批判力而招引读者。在当今我国经济转型期间，现实中的腐朽与反人文精神一面，较之人们在中外古典小说中所看到的图景，只有过之而无不及。不少作家在社会邪恶面前不求承担诺言，以减少写作的挫折，即生存的挫折，这也是环境使然。但是人文精神的委顿，怎能使自己深入时代的深层？怎能使创作走向博大、精深？刘鹗在《〈老残游记〉自序》中说："《离骚》为屈大夫之哭泣，《庄子》为蒙叟之哭泣，《史记》为太史公之哭泣，草堂诗集为杜工部之哭泣，李后主以词哭，八大山人以画哭，王实甫寄哭泣于《西厢》，曹雪芹寄哭泣于《红楼梦》。"如果作家不能全身心地投入使人何以成为人的关注，对人的良知、血性的关注，如果不玩玩深沉，何来这种渗入灵魂的忧患感和人文精神？同时，如今不少作家加强了民主意识，十分谦恭，愿和读者站在同一水平之上，不愿别人说作家是社会良知。的确，在这知识普泛化的时代，不会再有先知，而且良知与平等对待读者也不是一回事。但是就像从事科学研究的人中间，会产生有杰出贡献的科学家一样，在文艺创作中，也有那种关怀人的生存、说出别人深有感觉而又说不出来的那种人生感悟的震动人心的人。不可能个个作家都能成为社会良知，但成为社会良知的作家还是存在的。

20世纪的科技霸权主义以及其他形式的霸权主义，使无数人成为渺小的人。要使渺小的人成为真正的人，借助于文学艺术精神家园的营造，也是一条途径。这里必然要涉及创作的主体性问题。作者的主体性体现着他本人的人文精神的品格，他对人文精神有多高的理解与体验，这决定他在创作中站得多高。主体性曾是现代主义所竭力争取的，以致使得他们把写作当成了自我表现，或专注于作者自我的内心活动，或以变形的艺术形式来体现这些活动。现代主义创作倾心于揭示社会剧变中的灾难感，人的焦虑与压抑，悲惨的世界图景与精神的荒凉，人的无能为力与悲剧命运，失去拯救、命中注定与万劫不复。它的格调，在对人的关怀中，充满伤痛与悲怆的味道。作家的主体性在创作中表现强烈，但调子无望而低沉。它的人物的主体性，则呈现破碎，失去完整、和谐，表现了迷惘、不安、焦虑、无力，被不可知的力量任意摆布，无法抗拒，最后走向悲剧的死亡。后现代主义作家竭力贬抑作家的主体性。他们在作品中描绘的，多半是不具主体性特征的客体，所以这类小说也被称作"客体小说"。这类小说叙事角度确很客观，小说本文表现了一种叙事的多视角特征。这时作者在作品中有如物化的机械一般，以所谓零度感情去描绘静物和人物，起到了一架多镜头照相机的作用。他甚至会以零度感情去描绘那些令人发指的罪恶暴行。于是在字里行间透露出来的那种客观，实际上正好显示了他的缺乏人性的一面。我们看到，小说形式似乎更新了，但人物被淡化乃至替代了；他的主体性特征扭曲了，而最终人文精神被抹去了。由此人的渺小化，不仅为科技霸权主义压抑所致，同时，这也是一些作家有意使文学艺术人文精神自身贬值的结果。要使人摆脱渺小的感觉，在文学艺术中改造作家与人物的主体性，弘扬人文精神看来也是十分重要的一面。

四

新理性精神将站在美学的、历史社会的观点上，着重借助与运用语言科学，融合其他理论与方法，重新探讨审美的内涵，阐释文学艺术的意义、价值。因为审美曾被庸俗社会学消解过，也被所谓使文学回到自身的语言科学和诸种形式主义理论弄得相当混乱。语言科学的运用，曾把文学理论引向新的境地。各种形式主义理论与主张，原本在各自的片面中，程度不同地说明着文学作品中某一方面的课题。但是它们的全面僭越与操作，却使它们声称，艺术作品本身并没有什么价值，如果有价值的话，那只存在于它的操作方式与过程之中。于是我们看到，小说便成了无说之说，叙事成了无事之叙。而当语言变为自为体时，那种能指无节制的扩张，则使文学批评趋向于智力游戏。

语言来源于人的表达的意图，来源于人对世界的思考，而意图与思考就是语言的内容与指向。没有无意图、无指向的语言。语言的意图和指向的表达，形成话语的意义和价值。人的语言指涉人的自我，然而本质上更涉及对象，指向现实生活。如果语言失去表达人的感情思想的功能，人就将失去语言而退入原始森林。很难设想存在着一种纯粹是为了进行自我表现的语言。语言一旦成为社会性的语言，集团性的语言，它诚然对人具有制约性，甚至出现语言说人的现象。但只是一种假象，因为实际上这不过是隐蔽了的社会、集团的规则、关系的显现而已。

现代主义的兴起，引起了文学语言的变化。作家们看重语言的多变、奇异化、变异感，以引起艺术感觉的更新。语言的更新，促进了艺术形式的更新，也促进了艺术本身的更新。但是这一更新，并未完全使文学失去自身的目的性，中心思想，体裁界限，深层含义，可读性，确定性，甚至是模糊的确定性，虽然这种种因素已开始发生变化。"现代主义最初是出于对社会、秩序的愤恨，最后出于对天启的信仰，这一思想轨迹，使现代主义运动具有永不减退的魅力和持续不衰的激进倾向"，"但是回到艺术本身来看……这种寻找自我根源的努力，使现代主义的追求脱离艺术，走向心理：即不是为了作品是为了作者，放弃了客体而注重内心。"① 后现代主义一反现代主义的艺术目的，它借助"话语膨胀"，把现代主义的逻辑推向极端。所谓"话语膨胀"即对语言能指的崇拜，对语言能指功能的无限扩大。语言能指的分离与运用，原是有助于语言形式的更新。但是看来有一个度，即以有利于艺术的更新为限，即要使艺术成为艺术。语言能指功能的过度扩张，会导致言语的失控，造成组合词组、句子、叙述形式的随意性。在这里，变异、多样，成了变幻不定，最后反客为主，由表述的角色变为无所不能的新的造物主。语言成了一切之源，它所产生的文本就是一切，文本之外一无所有。这种把语言能指功能极端化的结果是，使文本出现了众多的新特征。如哈桑所指出的那样，有文本的不确定性，分裂性，非神圣化，无我性，无深度性，不可呈现性，不可表现性，反讽，杂交即不同体裁混用，混成模仿以及内在性，即"心灵通过符号概括自身的能力"② 以"重建宇宙"。哈桑把不确定性与内在性作为其两大主要特征，这是很有概括性的。

语言能指无节制的膨胀，形成文本的自恋与语言的自我运动。

---

① 丹尼尔·贝尔：《资本主义文化矛盾》，赵一凡译，98 页，三联书店，1989 年。
② 伊哈布·哈桑：《后现代的转向》，刘向愚译，265 页，时报文化出版企业有限公司，1993 年。

这种语言运动，到底是语言的自身运动，还是以人为主导，是人与语言的共同的运动，是不言自明的。后现代理论家、作家宣布了作者的死亡。"谁在说话，又有什么关系"，"谁在说话，有何差别？"福柯说，"这种无所谓的冷漠表现了当今写作的基本伦理原则之一"。这样当代写作就从表达的范围中解放了出来，"写作只指涉自身"，"这就意味着符号的相互作用，与其说是按其所指的旨意，还不如说是按其能指的特质建构而成。"于是写作就像一场游戏，"不断超越自己的规则又违反它的界限并展示自身"，"从而创造一个可供书写主体永远消失的空间"。于是写作者的个人特征消隐，"书写主体消除了他独特个人化的符号，作家的标志降低到不过是他独一无二性的不在场（或非在、隐在），他必须在书写的游戏中充当一个死去的角色"[1]。这样，后现代主义理论家就宣布了作者的彻底的死亡。不过在这里，作者之死只是在纯粹的写作的意义上说的，完全是一种策略，其目的不在于彻底清除作者，而在于强化语言能指和叙述的自由度。但是，又要说作者死了，叙述可以自由活动，这种策略不过是为了消解写作中的一系列其他成分而说的，我们还会在下面看到。作者提供的只是语言的自身运动的方式，也即他的文字码字方式。作者完全存在于这种方式之中，同时也存身于这种文字游戏的背后，只是策略性地宣告他的不在而已。

后现代主义消解了现代主义同现实的关系，甚至还有现代主义自我表现的原则。由于迷信写作的纯语言性质，由于只重视语言的自我指涉性，以致只能使现实与历史置身于语言之中，现实、历史倒成了语言的产物。于是这就切断了文学与外界的多种联系。这是

---

[1] 米歇尔·福科：《什么是作者？》，载《后现代主义文化与美学》，287、289页，北京大学出版社，1992年。

现代主义所倡导的文学自律性的极端发展。文学的自律性运动是文学自身发展的一种自觉过程，问题全在于人们把握这种自律运动的分寸。在谈及这种文学自律性运动的无节制的发展时，甚至像纽曼都认为太过分了，"我坚持认为，这种摆脱任何相互关系倾向的自律观的当代时尚，是一种欺骗"[①]。在这种情况下，讨论文学的真实性问题就纯属多余。如果认为真实性还存在的话，那不过是由作家完全虚构出来的一种自我感觉。

外国学者指出，有种被称作"生成性小说"，"本质上是非联系性的"，从相互关联方面来看，"生成者与外部社会的、地域的、心理的或其他方面的观点没有联系，它是从自身逐渐发展起来的"。又有一种被称作"未来的文学"，这是"一种与外部现实相隔绝的文学"[②]。这些小说纷纷割断了与现实的联系，同时在那些描写历史的作品里，所谓历史自然不过是作者随手拈来的语言衍生物，所谓历史的真实性，自然不过是作者虚构的自我感觉的真实性，无须多作讲究。虚构与事实的混同，发生了"历史被种种媒介剥夺了真实而变成了偶然事件"。这种语言的自身展现，似乎脱离了创作的主体意识，离开现实、历史的真实，那么它想说明什么呢？它什么也不想说明，它只想满足语言能指的自我扩张。因为在它背后的作者，认为一切出于偶然，无可追求，世界万物都处于无序之中，不可理解，难以沟通。于是意义、价值，或意义的生成、价值的生成，全都成了解构的对象。意义是主体对客体的把握中不断生成的认识，价值则是在人对满足他需要的外界事物的关系中

---

① 查尔斯·纽曼：《后现代氛围》，载《后现代主义文化与美学》，155页，北京大学出版社，1992年。
② 勒·缪萨拉：《重复与增殖》，载《走向后现代主义》，160、161页，北京大学出版社，1991年。

产生的,没有主体的需要就无所谓价值。既然主体已消亡,客体已幻化,于是去追求意义本身就变得毫无意义,价值本身也无所谓价值。后现代主义作品拒绝对人的生存意义价值的终极追问,因为在它看来人的生存本身本来就是一种幻觉,而幻觉之后仍是渺茫。那些终极追求,不过是故作深沉,自寻烦恼。今天已沉沦于万劫,何能再相聚于明天?

意义、价值的解构,导致叙事的不确定性。这种文本的不确定性,表现为含混、不连续性、异端、变态、变形。而变形又表现为反创造、分裂、解构、离心、位移、差异、分离、消失、分解、解定义、解秘、解总体性、解合法化,等等。"上述符号凝聚着一种要解体的强大意志,影响着政体、认知体、爱欲体和个人心理,影响着西方论述的全部领域。在文学中,关于作者、听众、阅读、书籍、体裁、批评理论甚至文学观念都突然变得靠不住了。"①

新理性精神极端重视审美,但不是所谓"纯粹的审美"。纯粹的审美是可能的,但其意义、价值有限,甚至可能是一种语言游戏。新理性主义重视"语言论转折"的重大成就,语言论引入文学理论,使文学理论流派不断发生更迭,不断出新。但是不难看出,文学理论中的语言论的渗透与演变,到后来也自成牢笼,成了消解意义、价值的手段。问题在于发挥语言能指功能可能性的同时,要找到一个适量的度,使其结束自戕的游戏,同时又能使理论真正丰满起来。

新理性精神自然要审视传统,因为传统是文化艺术之链,是精神之续。在中国几十年间,传统曾被贬得一钱不值,最后导致人性的泯灭,道德的沦丧,促成了今天的人心的裂变。这种后遗症不知

---

① 伊哈布·哈桑:《后现代的转向》,刘向愚译,155—156页,时报文化出版企业有限公司,1993年。

还要延续多少时候，80年代它又遭全面否定。但是人们刚从历史的灾祸中脱身而出，明白利害，所以未受多大影响。90年代传统又在恢复，恢复什么，如何恢复，是原封不动地保存传统，还是在现代精神下更新？在欧美文化中，传统常常遭到革新者的激烈否定。每个学派几乎都声称自己是对传统的决裂。诚然，它们抓住了传统文化、知识的弱点，力图改变人的思维方式，都有不同程度的创新而有所突破和丰富。甚至包括解构主义在内。但是这种决裂感的渲染，往往使人失去对传统的良莠之分、渊源之别，使人脱离了自己文化的土壤、文化之根，使人感到脱离了根的枝枝叶叶很快枯萎，使人产生文化的无所依托感，从而是使人走向精神的虚无飘零的重要原因。确实西方的精神危机，相当程度上是与对传统持虚无态度有关的。传统既然被切断了，于是与过去切断联系而产生的"最终空虚感"随之而来，失去信仰后的"在劫难逃感""世纪末感"天下大乱感，油然而生。精神家园到处是断垣颓壁，一片残败景象。人作为短命的历史化身，有如沙滩上的足迹，经海浪一冲便荡然无存的转瞬消逝感，也到处弥漫。20世纪下半期来，各种思潮，似乎都面临解体，意义、价值、中心全面消解，世界从此进入无序，一切任其自然，一切失去准则，一切只见差异不具同一，一切只有平面而不具深度，一切都不可确定，一切似乎都面临世界末日的审判。一部分人徘徊无依，零落彷徨；一部分人颓唐下去，信仰本能。对传统采取全面颠覆的态度，一脚把它踢开，那实在是一种反理性主义。文化传统是人类几千年间积累起来的精神成果。传统就是过去，然而不是纯粹属于过去的东西，它是通向未来、构成未来的过去。它包括许多旧的东西，然而生根于民族文化深层的东西，即使是旧的东西，也是最具持久力的东西，最具生命力的东西，因此否定它们就是铲除自己的历史立足点。文化传统具有极强的惰性，但完全可以给予改造，使之参与新理论的建设。自然科学的发展会对人文科学起到促进的作用，但并非任何科学方法都适用于人文科学。在科学霸权主义的威慑下，用激进的手段不分青红皂白地颠覆以往的一切哲学、知识积累，在一片荒原之上进行玩家家式的语言游戏，把人逐出自己的精神家园，使人踟蹰于茫茫的虚无。这种学说虽说启人思索，但最终不免彻底地消解自己。

新理性精神在文化交流中力图贯彻对话精神，文化交流应在文化的对话中进行。文化交流是一种文化比较，它会显示不同民族文化各自的异质性与共同性，它们的长处与短处，从而在一定程度上形成文化的冲突。文化冲突实际上是不同文化异质性成分的冲突，它的积极一面是，可以促成人们在比较中产生取长补短的心理，努力汲取新东西，利用他民族文化中有用的异质性成分，以补续、充实自己；或是用其激活本民族文化，使之产生新的转机，更新与重建。在中西文化的交流中，中国"输出"的"逆差"极大。相对来说，在思维方式上中国学者较之西方学者更具开放性。西方少数学者深感有与东方学者进行文化交流的必要，而大多数人仍处在欧洲中心主义的阴影下。异质性文化成分中是存在决然对立的东西，相互排斥的东西的，求同存异的方法是必要的。没有大范围的文化冲突，就不能产生文化的震惊，就不能激起本土文化的取长补短的愿望，就没有汲取与融合，就没有推陈与创新，就没有大范围的文化的重建。文化冲突中也存在各种对抗性的冲突。文化中的异质性成分，一方面是不同文化传统中长期形成的东西，不具对抗性质；另一方面则是不同社会制度、意识形态的文化积淀。发达国家的后殖民主义及其策略，在国际交往中必然引起文化冲突。它们通过经济、文化手段，输出它们的制度文化、意识形态，干预别国事务，这时对话就是唯一的途径。但是，正如我们在生活中所看到的那样，这样的对话可能会随时中断。纯粹的文化冲突不可能是导致战争的冲突，不应是亨廷顿所说的那种文化冲突。因为就文化性质而论，中国文化是一种以中和为本的平和的理性的文化，是一种和而不同、求同存异、兼容并包的文化。如果东西方都只以文化交流为目的，持有互通有无、促进各自文化更新的愿望，那何来战争之说？如果由文化交流、冲突而果真导致战争，那只能是西方十字军东征式的、或鸦片战争式的"文化冲突"。

新理性精神就其文化精神来说，将是一种更高形态的综合。在未来的文化艺术中，各民族的文化艺术将以其民族独创性而自立于世界，但是又会不断走向综合，吸取他民族文化中的新东西而走向融合。由综合而至融合，并非使所有文化走向一体化。科技文化也许容易接近，趋向一致，而文化艺术只有局部或某些方面，在科技飞速发展的时代，会融合成真正一致的东西。真正使人仰慕不已的、流传不朽的文化艺术，将是具有民族独创性的文化艺术。它将会在综合与融合中获得新质，形成新的文化艺术形态。在理论形态上也是如此。在首先承认各民族文化艺术的独创性获得充分发展的前提下，综合与融合将成为新世纪的一股潮流。

总之，新理性精神意在探讨人的生存与文化艺术的意义，在物的挤压中，在反文化、反艺术的氛围中，重建文化艺术的价值与精神，寻找人的精神家园。因为人一旦丧失精神家园，他就会彻底变成物的奴隶。他就会与孤独、焦虑、无聊、失望、绝望、荒诞为伴，就会在"无意义"中踯躅于精神荒原，浪迹天涯，失去创造的活力。人生来就是为了生存与创造，生存的创造与精神的创造。在科技如此发展的时代，不少人仍在生存的艰辛中挣扎，特别在精神上感到孤独与失望。可一些人却说生存本身就是虚无，这一切岂非都是荒诞！文化艺术果真失去了"是什么""为什么"的追问，它们本身还有什么意义？人的生存本身还有什么意义？他还能寄希望于明天吗？

（原载《文学评论》1995 年第 5 期）

新理性精神与文学理论研究

新理性精神是一种新的文化价值观

新理性精神的提出,是以当今人的生存状态、文化、文学艺术的实践与发展为基础的,也可以说是一种新的实践理性。从整体性的角度来阐明新理性精神,是需要进行专门的研究的,这里先就其历史、现实与逻辑的角度做个简要的说明。

理性走过了漫长的道路。理性是人类不断认识自身的能力,是人类树立自身各种生存理想、调节与规范自身的欲望与行为的能力,是调控人与社会、人与人、人与自然、人与科技之间相互关系,规范社会、政治制度、道德准则的智性思维力量。这种智性思维力量,既表现为科学理性,探索宇宙自然奥秘,研究社会形态的兴衰丕变,又表现为人文理性,关注人的生存状态,人的命运,人的价值与人文品格。理性是精神的,又是实践的。它指导创造各种文化价值,形成各种理想与学说,又策动构建人们的各种行为准则、道德规范以及各种社会制度。

当今文学艺术意义、价值的下滑,人文精神的淡化与被贬抑,是一种普遍的文化现象，一种世界性的文化现象。这与 19 世纪下半期特别是 20 世纪人的生存条件、人的生存质量与处境密切相关。理性的旗帜曾经鼓舞西欧不少国家在现代化方面突飞猛进，但是由于其不断走向唯理性主义，以为理性万能，于是由科学理性逐渐变为极端化的工具理性、实用理性，理性显示了自身的独断性。人文理性在唯理性主义、实用理性的影响下，受到贬抑而变得残缺不全。理性并未实现它的美妙的千年王国的许诺而受到了质疑。一百多年来，人的生存不断遭到挫折，20 世纪这个世界多次毁灭了理性，灾难频发，致使人们普遍地失落理想，或使信仰神化，进而引发出种种深重的精神危机。

19 世纪，谢林、叔本华在哲学上转向了非理性主义；尼采宣布"上帝死了"。随后出现"国王死了"，20 世纪中期，卢卡契提出了"理性的毁灭"，对种种非理性主义进行了批判。开始于 19 世纪下半期、高涨于 20 世纪的非理性主义、反理性主义哲学流派蜂起。弗洛伊德主义、唯意志主义、生命哲学、存在主义哲学，纷纷在生命、生命创造、本能、无意识、感性、意志、孤寂、迷茫、焦虑、绝望、死亡、非理性、反理性以及主体性等基础上，筑起自己的理论。这些哲学思潮的兴起，从不同方面暴露了理性主义的独断性、单一性与片面性，人类丰富的感性、价值、主体的能动性与人的尊严，被漠视、压抑乃至被否定了。因此可以说，这类极具人本因素的非理性主义哲学思潮，极大地拓展了人类的认识，使人类加深了对自己的了解。但是另一方面，它们又往往走向极端，从而又导致了对理性的否定，即以非理性的人文理性贬抑了理性的人文理性与人文精神。科学主义哲学在 20 世纪同样获得了重大的进展，像实证主义、分析哲学、语言哲学及其引起的转向，生动地推进了人们的认识，但是人文精神却又不在它们的视野之内。出现了"新感性""交往理性",力图从不同方向来解释社会生活现象,构想人类的新关系。接着又出现了后现代主义文化思潮,它一方面解放了人们的思想,促进了人们思维方式的改造,另一方面又消解了以往文化遗产的价值与精神。正如有的学者所说的:"上帝、国王、父亲、理性、历史、人文主义已经匆匆过去,虽然在一些信仰园地中余烬犹存。我们已杀死了我们的诸神。"① 随后还有人宣布知识分子之死、作者之死、人的主体性之死。人们不断暴露自身的粗俗、卑琐、无奈与虚无。

我们还要谈到科技。20世纪的科技、信息技术日新月异的进步与创造力,显示了人的认识与改造世界的无限伟力,创造了物质的丰富。但是高科技在传授丰富的知识的同时,它又挤去了人的人性品格的培育与教练的时间与机会,表现了非人性的消极的一面。最为明显的是人的自然环境愈来愈遭到破坏,人如何生存下去成了问题。爱因斯坦说:"我们切莫忘记,任凭科学与技艺并不能给人类的生活带来幸福和尊严。"在经济全球化的发展趋势中,一些富国在物质上获得了极大的丰富,但在总体上并未解决大多数穷国的贫困,这些国家的大多数人,依然在饥饿、死亡线上挣扎。同时,今天崇尚财富的时尚,以及无限地追求物的欲望与享受,形成了物对人普遍的挤压,使人情日益淡化,以致使不少人成为失去人性的人,使人在精神上变成了空虚的人、平庸的人、丑陋的人。在形形色色的"钱性权"这类恶棍横行肆虐的今天,嘲弄崇高与人文精神曾成为时髦;或是把人文精神与大众文化完全对立起来,宣布前者为"最后的神话",认为人文精神纯属子虚乌有。在恶俗横流、不少人失去生存理想的景况下,人们崇拜自然本能,激赏感性享受,人的精神趋

---

① 伊哈布·哈桑:《后现代的转向》,刘向愚译,279页,时报文化出版企业有限公司,1993年。

向多元而又凸现了一片混沌状态。在文学艺术创作中，一些人追腥逐臭，对粗俗、恶俗、腐烂的东西趋之若鹜，这极大地削弱与消解了文学艺术审美的生成。

但是人类必须生存下去，尽管前途明摆着诸多凶险，他理应在精神上获得健康的发展。因此，看到千百年来特别是一百多年来旧理性走向衰落这一情况，看到各种非理性、反理性主义思潮消极面的无度的张扬，一些人文知识分子正在寻找自己的立足点，一种新的理性的立足点。"新理性精神"是一种文化价值观，它主张用大视野的历史唯物主义、哲学人类学，来审视人的生存意义，重新阐释与理解人的生存、文化、文学艺术的价值。需要郑重说明的是，新理性精神不过是一些趣味类似的知识分子，在对待人的生存状态、现实状态与文化、文学艺术现象时所持的观点与立足点而已。它并非一时的心血来潮，随风起落的应景时尚，更非朝三暮四的理论游戏，而是较长时间思考的结果。半个世纪以来，就我个人来说，经历了20世纪50年代既有积极也有消极影响的种种教育，六七十年代严酷的生存拷问，八九十年代学术中的风风雨雨，各种文化思潮与文学理论时尚的洗礼，把它们综合一起而有所悟。在这意义上说，新理性精神实际上是一种生存的感悟。

"新理性精神"作为一种对于文化、文学艺术内在的精神信念，是对旧理性的扬弃。为了避免旧理性的覆辙，在对待非理性主义、反理性主义的各种思潮的极端化与虚无主义时，新理性精神需要在对它们进行现代文化批判的基础上，汲取它们的合理因素，从几个方面，确立自身的理论关系：这就是"现代性""新人文精神""交往对话精神"感性与文化问题。这些提法就其单个方面来说并非独创，有的论题，已经讨论过几百年了。我这里基本上是借用，但对它们做了改造，即力图给以自己的阐释，并从历史、逻辑的角度，将它们综合成一个理论的立足点。当今是综合创新的时代①。实际上，综合可能是一条创新之路。

1，在现代社会里，现代性实际上规范着人们对现代社会、生存处境、文化、文学艺术的看法。看法不同，形成了不同的出发点。新理性精神将以"现代性"为指针，以推动现代社会、文化、文学艺术发展的现代意识精神为其理论组成部分。有各式各样的现代性，这里说的现代性，是新理性精神的现代性。

新理性精神把现代性看作是促进社会进入现代社会发展阶段，使社会不断走向科学、进步的一种理性精神、启蒙精神，一种现代意识精神，一种时代的文化精神。这种现代意识精神，时代的文化精神，作为一个尺度，是我们建设新文化、新的文学艺术需要长久地遵循的原则。现代性是引导人们进行文化建设、精神创造的思想，这是一个人类"未竟的事业"。我们不能像某些西方现代主义者那样，把现代性仅仅看作是出现了反理性之后形成的东西，以为反理性才是现代性的表现，现代性只能是现代主义文化与文学艺术的特征，这是不符合实际情况的。其实，其他具有现代意识精神而并不反对理性的优秀的文化与文学艺术，不仅同样表现了现代性特征，而且还丰富、维护了现代性。同时我们也不能像后现代主义者那样，声称"现代性"已经终结②，当今是后现代性统治的时代了。其实，目前我们只是想做现代的知识分子，那些"后知识分子"并不切合实际，虽然在我们这里确实存在着不少"后现代状态"，必须进行研究。

---

① 见拙文《主导·多样·综合·一种趋势——文学研究方法漫议》，载《文艺报》，1986年第8期。

② 转引自王治河为大卫·格里芬编《后现代精神》中译本所作代序，19页，中央编译出版社，1992年。

新理性精神把现代性本身看作一个矛盾体,应当看到它的两面性,以避免使其走向极端。例如,忽视人的感性的需求而走向文化的唯理性主义,或是走向非理性主义与反理性主义,忽视人文的需求而走向工具理性主义,走向它的反面,从另一方面走向反理性主义。历史、现实中不乏这类情况,这种情况一旦发生,必然会给理论与生活实践带来危害,反之亦然。因此既要批判旧有的文化,也要批判现代性自身所具有的消极面。当今,极端实用性的工具理性主义横行,这是由于社会科学与人文科学在一个时期内走向反理性主义、走向反面而形成社会灾难的结果,是人们对社会科学、人文科学丧失信心使然。所以,在一个时期里,诸多复杂的种种现实关系,只能靠工具理性来处理,用简单、划一与实用的量化办法来解决了。同时,新理性精神把现代性的功能视为一种反思,一种文化批判,一种现代文化的批判力,也即一种思想前进的推力。需要坚持现代性的这一功能,使其自身处于清醒的现实主义状态,使其自身具有不断清理自身矛盾的能力。要使社会科学与人文科学走到它们自己的正路上来,需要的是对于历史、现实的不断的深入的反思,拒绝批判是无济于事的。新理性精神既反对隐瞒历史事实,搅浑历史事实,随意打扮历史、现实,使用实用主义的话语霸权,同时也反对把历史与现实视为一种虚拟与虚构,我们不能因为一些人虚构历史,而对一切历史持虚无主义的怀疑。话语并不能任意创造历史,话语行为是需要以现实、历史事实为依据的。

新理性精神主张现代性是在传统基础上建立起来的现代性,又是使传统获得不断发展、创新的现代性。这里有两层意思。一是,必须保护传统、继承传统。文化传统是过去的创造,是新文化创造的出发点与先决条件。我们无法绕开原有的文化传统,而必须继承传统。继承传统,自然必须保护传统、清理传统。学者清理传统文化、总结传统文化，展示传统文化的原有风貌，十分必要而自成学问。不过我们保护传统文化、清理传统文化，不仅仅是为了维护传统、保护传统文化的原状。继承传统，并非就是面对往昔、迷恋过去，继承的目的在于吸收它的优秀成分。在传统文化中，实际上不仅有着过时的东西、惰性的东西、妨碍进步的东西、需要不断给以剔除的东西，同时在传统文化中，还存在着属于未来的东西、全人类的东西，这正是传统文化的真正价值所在。正是这些成分，在"长远时间"中能够发挥其价值与作用，并且积极参与新的文化建设，体现着我们民族文化的价值与精神。漠视传统，中断传统，否定传统，标新立异，很是痛快，但到时还会重新发生有关传统问题的争议，给传统以新的科学的审定和定位，现在我们就面临这一局面。这样，我们需要充分了解我们过去的传统文化的价值。不少人一谈起传统文化，至今仍然持有不屑一顾的态度，这是令人悲哀的，不少著名的外国学者却并不如此。伽达默尔说："中国人今天不能没有数学、物理学和化学这些发端于希腊的科学而存在于世界上。但是这个根源的承载力在今天已枯萎了，科学今后将从其他根源寻找养料，特别要从远东寻找养料。"他又说："二百年内人们确实必须学习中国语言，以便全面掌握或共同享受一切。"①

二是，继承传统，其更高的目的在于创新，清理、总结传统是需要的，但并不是停留在原有的传统文化之上。人类必须不断更新，创造自己的新文化。传统是我们创新的过去，创新是传统的未来。因此创新应是传统之续，它脱胎于传统，又走出传统。继承是为了更新传统，创造新的传统。传统与创新，实际上是一个奇妙的联结

---

① 洪汉鼎：《百岁西哲寄望东方：伽达默尔访问记》，载《中华读书报》，2001年第25期。

体，这个联结体在其不同的孕育方式中诞生新东西。在这一孕育过程中，过分地倚靠传统或是过度地离开传统，都会使新生的文化出现畸形现象。同时，作为联结体的传统与创新，又是一个动态的过程。我们进入自己的传统，理解自己的传统，把握自己的历史与现实；作为创造的主体，同时我们又不断选择传统、改造传统、更新传统、创造新的文化传统，自然在更新、创造中，也包含了某种必要的断裂的因素。在当今新文化的建设中，需要通过现代性，对优秀的文化传统进行定位与选择。有三种文化传统，三种文化资源，即我国古代、现代以及外国文化传统。当代文化建设，只能以现代文化传统为基础与出发点，以现代批判精神对现代文化进行批判与改造，明确其行之有效的部分，吸收中国古代文化与西方文化中的有用成分，使之融会贯通，建立新的文化形态。

从历史进程来看，现代性是一种被赋予历史具体性的现代意识精神，一种历史性的指向。在各个发展阶段，现代性的内涵有着共同之处，但又很不相同；因此，我国的现代性诉求与外国的现代性的趋向，也是各有不同的。完全以外国的现代性准则来代替我国的现代性诉求，这实际上是西化思想，在历史、现实中证明是行不通的。但是现今看到不少的论者，实际上都把我国文化、文学，置于外国现代性的诉求之下进行。我们把自身置于国际背景、世界进程，并不是我们就要"向西看齐"，并不是以外国的现代性来替代我国文化、文学的现代性，一旦发现了两者之间的差异，就对我国的文化与文学艺术嗤之以鼻。这种西化式现代性讨论，不能不导致现代性阐释的失误。可以吸取西方学者论述中的有启发性的因素与长处，但不能用他们的论说，来替代我们对我国文化自身问题的阐释。至于后现代性，我以为可以吸取它的某些合理的因素，如我国文化、艺术中难得存在的怀疑精神，它的反对绝对的权威性，反对学术上的大一统、单一化、主张多元化，接受中的多义性等。但是应当拒绝它的虚无主义，即由于对语言能指的崇拜由此而产生的极端的解构主义倾向。因此，我以为要以现代性导向，来推动我们文化、文论建设的这一未完成事业。

在当今全球化的氛围中，发生着全球化与本土化的文化冲突与融合。现代性应在文化建设中确立自己的独立自主精神与进取精神，也即独立、进取的文化身份。独立自主就是确立自主的主体意识；进取就是为我所用的主导意识，识别并吸取他人的长处，不断用以激活并更新传统。文化冲突与融合，是一种客观的存在，要努力消弭冲突，积极地走向融合，具有我国特色的新文化，只能在融合中复苏并获得发展。

2，新理性精神将把"新的人文精神"视为自身的内涵与血肉。近百年来，由于科技的发展，物质的不断丰富，人受到排山倒海而来的挤压，物欲使人不断转向对金钱与权力的追逐，使人变为物的奴隶，人失去难以弥补的精神需求而变得精神空缺，并使自身成为一种异化力量。在现代主义的文化、文学中，人的精神家园已成为一片废墟。现代主义的文化与文学暴露了人的触目惊心的精神伤残感，它们为人的价值、人的精神的摧残而深为伤痛。后现代主义则宣布，"原叙事"被怀疑，崇高的"同一性"被否定，叙事与科学的范式不可通约，"我们现在一无所有，没有一样东西不是暂时的、自我创造的、不完整的，在虚无之上我们建立了我们的话语"[①]，这无疑陷入万劫不复的茫茫虚无与绝望了。20世纪90年代上半期我国学者关于"人文精神"的讨论，本来是个切中时弊的题目，但是讨

[①] 伊哈布·哈桑：《后现代的转向》，刘向愚译，279—280页，时报文化出版企业有限公司，1993年。

论很快就情绪化了。一些论者以为提倡文学需要"人文精神",是旧思潮的东山再起,于是认定人文精神是欧洲文艺复兴的产物,中国从未有过人文精神,何来人文精神的恢复之说?有的历史学家也来进行考证,认为当今所说的"人文精神",就是欧洲的"人文主义",我国历代文献里,没有"人文精神"之说,可见文学的"人文精神"之说,纯属子虚乌有,这真有些像黑色幽默了。有的论者认为,一些人提出文学的"人文精神",是为了企图获取话语的垄断权。实际上,这是害怕人们妨害他们的自由心态,以及唯恐人文精神的话语,可能会妨害他们对后现代话语的垄断权,因此人文精神被说成是一个"最后的神话"① 了。

人文精神是针对现实生活中的非人性与反人性而说的,是针对物的挤压、人的异化而说的,是针对当今现实生活中大大小小而极有威力的钱性权式的这类恶汉的暴力而说的,他们的暴力既是物质的,又是精神的,是针对文学艺术漠视人的精神伤残而说的。在社会转型、价值转换的时代,一些人在嘲弄旧的价值观念的同时,却同时嘲弄了人的应有的价值与精神,在批判伪崇高的时候,却同时又否认人的崇高的情操与品格,这是令人万分惋惜的。当身为人文知识分子的人,如果缺乏同情人、爱护人的阔大、宽厚的情怀,却在贬抑人文精神时,这使人原本所处的非人的生存境遇的氛围,就显得更加阴沉而浓重了。

新理性精神要在大视野的历史唯物主义、人道主义的观照下,弘扬人文精神,以新的人文精神充实人的精神,以批判的精神对抗人的生存的平庸与精神的堕落。所谓人文精神,就是在人与社会、人与自然、人与人之间、人与相互关系中,一种对人的生存、命运

---

① 见王晓明编:《人文精神寻思录》,106、131、137 页,文汇出版社,1996 年。

的叩问与关怀，就是使人何以成为人，要成为什么样的人，确立哪种生存方式更符合人的需求的那种理想、关系和准则的探求，就是对民族、对人的生存意义、价值、精神的追求与确认，人文精神是人的精神家园支撑，最终追求人的全面自由与人的解放。我国旧有的文化与文学之中，是充盈着深厚的人文精神的，这不是旧有的封建性十足的伦理道德，四维八纲，这是对人的生存命运、处境的关怀，一种对家园、邦国命运的深厚的忧患意识。这类思想，不能因为在几百几千年前，没有被标上"人文精神"，就不是人文精神了。我国文化、文学中的人文精神与西方的人文精神中进步的有用成分并未过时，缺乏人文精神、糟蹋人文精神的文学艺术是存在的，这是低级消遣的、粗俗的文学艺术，它们经过媒体的炒作而卖点看好，但无益于人的精神的健康与成长。而维系着一个民族生存、发展的部分文学艺术，总是充溢着人文精神的。新的人文精神的建立，必须发扬我国原有的人文精神的优秀传统，适度地汲取西方人文精神的合理因素，协调人与人、人与社会、人与自然、人与科技之间的相互关系，融合成既有利于过去不被允许的个人自由进取，又使人际关系获得融洽发展的两者相辅相成、互为依存的新的精神，并使新的人文精神成为文学艺术的灵魂。

3，新理性精神努力奉行"交往对话精神"。需要确立人的生存是一种对话的生存，人的意识是一种独立的、自有价值的意识的思想，人与人是一种相互交往对话的关系。把人与人视为一种交往对话关系，并把它作为新理性精神的组成部分，目的在于要在人与人之间、个人的思想与思想之间，确立起一种新型的平等的交往对话关系，以促成学术界的一种普遍的追求真理之风，提倡自由的思想，独立的精神。学术界不能没有这种新型的平等的交往对话关系，不能没有这种思想与精神，否则学术的个性是很难形成的，而学术的进步总是建立在众多的、不同的学术个性上的，同时在此基础上，希望改造人们长期以来形成的、走向极端的思维方式，那种好就是绝对的好、坏就是绝对的坏的非此即彼的二分法。这种思维方式与思想方法，在评价历史文化现象时，给我们带来了许多极端情绪化的、不讲学理的和不切实际的消极影响。

要在历史现实、文化遗产的评价中，提倡一种可以去蔽的、历史的整体性观念，一种走向宽容、对话、综合、创新的包含了必要的非此即彼、一定的价值判断、总体上亦此亦彼的思维，这种思维对于振兴我国学术思想，是会有积极意义的。同时提倡走向对话的文化理论、文学理论。对话即发问、诘难、应答与比较。任何一种有价值的文化理论，都是在它的特定条件下的文化传统与反传统、不同的社会与文化的思潮的不断撞击的基础上形成的。一种文化理论一旦被引入另一国家的文化进程，就必然会给以鉴别，人们会科学地判断它的得失，确定它的价值取向。有鉴别就有真伪的判断，有分析就有偏颇与价值的识别，有取舍就有侧重与扬弃，有创新就有不同程度的改造。创新，就会有必要的"误差"与偏离。在对话中可以发现本土文化与外来文化各自的长处与局限，并要用外来文化中的有价值的东西激活自己。对话理论旨在促进现代的理论创新。

4，感性与文化。旧理性、唯理性主义以为理性万能，它们忽视人的感性，压抑人的感性，它们通过盲目的政治迷信，或是宗教的信仰主义，遏制人的感性的显现，扼杀人的人性的发展、个性的形成以及人的创造力。新理性精神并不是唯理性主义，它崇尚感性，因为生活本身就是感性的表现。人的感性的需求、生理需求是必须获得满足的，这是人类生存的条件。不过，即使是人的生物性的需求，它与动物的生物性需求也不是完全相同的，而是受到一定文化因素制约的。至于更为宽阔的人的感性生活的需求，应是人的文化的需求，即具有文化内涵的感性的需求。文学是人的感性生活的审美反映，同时也显示人们的理性认识。在人的感性生活中，非理性、反理性是普遍存在的，它们是人的生命、生存的组成部分。新理性精神承认非理性乃至反理性的存在的合法性，它们具有思想的、现实的特殊的创造力，这在文学艺术中尤其如此，所以需要吸取它们的合理性方面，成为自身的组成部分。但是，新理性精神反对以反理性的态度与反理性主义来解释生活现实与历史。极端的非理性、反理性主义，蔑视对人的终极关怀、对人的命运的叩问与人文需求，无度张扬人的感性特别是人的生理享乐的本能，解体了人的感性。现今的一些所谓文学艺术、地摊文化，迎合市场的粗俗需求，贬抑并且鄙视人的文化、精神与价值，这就必然把人的生物性的需求当成人的唯一的感性需求，当成写作与表现的主要对象，使感性的描写变为滥情的展示，或是尽情地宣泄各种性经验与性幻想，加上媒体的肆意炒作，以致流向恶俗，走到反文化、反人文精神的地步。在生活与文学艺术中，从不同角度和需求，整合感性与理性的关系，正是重振人文精神的必需的途径。

新理性精神也不同于国外的"新感性"及类似新感性的说法。这些学者认为，艺术与审美具有改变旧的感受世界的方式，创造新感性与新的主体的政治功能，实现人性与其本能结构中的革命与政治实践，从而成为预示社会转折的政治因素。这无疑夸大了感性的意义和作用，走向审美乌托邦了。

综上所说，新理性精神是一种以现代性为指导，以新人文精神为内涵与核心，以交往对话精神确立人与人的相互关系，建立新的思维方式，包容了感性的理性精神。这是以我为主导的、一种对人类一切有价值的东西实行兼容并包的、开放的实践理性，是一种文化、文学艺术的价值观。

新理性精神的基本观念，在我看来，对于当今的人文科学来说也是适用的。

一百多年来我国的人文科学，在世界文化思潮的冲击下，总是左顾右盼，处在不断的动荡之中，既有犹豫、徘徊，也有自强、进取。从20世纪50年代初到70年代末30年间，我国人文科学受到严重的破坏。原来十分诱人的现代性，逐渐走向"文革"的反动，对于人文精神，人们则有一种伤残之痛，人与人应有的平等对话的关系，变为"文化大革命"的暴虐。噩梦虽然已经结束，但内心的创痛犹存。在近20年中，不少学者在介绍西方的文化、文学艺术思想时，又把西方学术思想奉为圭臬。一些学者的观念令人捉摸不定，今天这种观念时髦，就按这种观念著文，明天那种思想风行，就按那种思想立说。一些学者则经历了痛苦的反思，经历了新潮文化、文学艺术与文学理论的洗礼以及对它们的思索。如前所说，这种"立足点意识"，开始是不自觉的，继而渐渐走向自觉。这使他们既反对不分青红皂白、一味否定传统文化与文论，用西方最新学说来定位我们的文化和文学的现象，也反对那些只能在名人导师语录中专事说文解字、数黑论黄的现象。对于传统文化与文论，我们需要否定的只是那些落后的东西、不科学甚至反科学的东西，而现代文化、现代文论传统中的那些经过实践检验的有用成分，则应当给以肯定，而且要把它们看成是创造新文化、新文论的出发点，转而融会中外文化、文论传统中的合理因素，在此基础上，走向求新、求变与创新。脱离传统而创新，往往是没有基点的创新，过不多久，这座创新的大厦就会颓然倒塌。正是在这种境遇中，我把新理性精神看作反思人文科学与建设人文科学的立足点。

新理性精神作为思想开放的实践理性，只是想在吸取以往多种思想原则的长处的基础上，走向新的综合，确立一些原则，给自己一个新的立足点。它自然承认其他的思想观念、多元的文化思想与多元的文学观念。

1995年我提出"新理性精神"后,次年阐释新理性精神的论文被介绍到了国外。2000年,我出版了《新理性精神文学论》一书。我把在新理性精神观照下提出的文学主张,称之为"新理性精神"文学论。在开头不很自觉到后来比较自觉地寻找、确立"立足点意识"的过程中,我于80年代提出了一些后来我不断进行阐释的理论范畴,这就是前文学与文学、文学是"审美意识形态"、创作过程是一种"审美反映"说、我所理解的"文学本体论"、文学发展的形式、文学的更迭与非更迭现象、以创作原则代替创作方法、民族文化精神以及对文学文化关系、把文学视为文化的组成部分的强调等。我想是否可以这样说,这仅是新理性精神文学观念的一种形态。

2001年秋,厦门大学中文系、中外文艺理论学会、《文学评论》编辑部联合举办了"新理性精神与文学研究方法论全国学术研讨会"。在会上,我所表述的新理性精神的观念,得到了不少著名学者的肯定。后来童庆炳、朱立元、王元骧、许明、徐岱、黄鸣奋、杨春时、顾祖钊等学者纷纷发表专文,初步梳理并揭示了人类思维的发展趋势、改造的可能与需要,探讨了理性、非理性、反理性多种哲学与新理性的关系、感性与文化的关系,历史地、逻辑地丰富了新理性精神。由于新理性精神是一种开放的理论的自觉,所以,即使一些同行认可了新理性精神的原则,但在文学观念的具体阐释中,也是有同有异、互为包容、互有特色、互为丰富的。

文学观念与文学研究

1,文学是"审美意识形态"说与作为创作过程的"审美反映"。

1982年笔者在《论人性共同形态描写及其评价问题》一文中提出，文学是一种"具有审美特性的意识形态"，但那时不很自觉。1984年，在文学是什么、不是什么的讨论中，笔者又提出文学是"审美意识形态"与文学创作是"审美反映"说①。后来得知，认为文学是一种"审美意识形态"，俄国批评家沃罗夫斯基曾在1910年的一篇论述高尔基的文章中就曾提及；苏联美学家布罗夫在1975年出版的小册子里曾提出艺术是"审美意识形态"说，但都无阐释，并且后者的这一提法是有争议的，并不科学。而"审美反映"，卢卡契在其《审美特性》一书中就作过专门的讨论。作者在提出这些术语方面，后来觉得与他们有一种契合感，但在阐释上是很不相同的。

关于文学是审美意识形态，作者认为审美是文学艺术的根本特征，无审美特性则无以言文学，但文学作为审美意识形态，则是在其历史发展中得以显现出来的。先民无文学，但先民在其自身的发展过程中，形成一种思维能力，即神话思维。神话思维作为人普遍地把握世界的方式，是一种混合性思维，审美本性是这种思维的根本特征，是人自身本质特征的确证。先民的审美本性表现在审美意识的不断形成。审美意识体现在原始的歌谣、仪式巫唱、先祖的神话传说、民间故事之中，它们流传于先民口头，成为文学的萌芽与文学的前形式。随后神话思维有了分化，文学性的语言大为发展，从劳动游戏、歌谣巫唱中逐渐生成韵律，艺术手法不断丰富，赋、比、兴成了前文学向文学过渡的审美中介，在文字不断完善的基础上，诗歌呼唤着形式。于是出现了现代意义上的文学，文学通过文

---

① 见拙文《文艺理论的发展和方法更新的迫切性》，载《文学评论》，1984年第6期。

字的审美结构而获得形态,并且在其历史发展中不断完善自身,成为现代意义上的"审美意识形态"。文学作为审美意识形态,以感情为中心,但这是感情和思想的结合;它是一种自由想象的,但又具有特殊形态的多样的真实性;它是有目的的,但又具有不以实利为目的的无目的性;它具有社会性,但又是一种具有广泛的全人类性的审美意识的形态。作者把文学审美意识形态、审美意识形态性看作文学的基本特征,视为文学研究系统的最高层次的问题。

关于"审美反映"说。笔者认为,应把文学创作与文学批评中的简单的反映论与能动的反映论区别开来,不作区别,很可能导致新的庸俗社会学。从反映论观察文学,文学的某些本质特征方面,可以得到阐明,也可以使用其他层次的方法研究文学,但不能把反映论直接移植于文学创作,阐释创作应以审美反映论代替反映论。审美反映论有其自身结构,它是由心理层面、感性认识层面、言语形式层面和实践功能层面组成的统一体。审美反映中主观性的创造力表现为现实改造,现实呈现为三种形态:现实生活、心理现实与审美心理现实。心理现实中主客观时时产生双向转化,客观因素的主观化,主观因素的对象化。侧向主观的审美倾斜,可以形成创新,也可能失去沟通。审美反映的动力源,来自主体的审美心理定势,审美心理定势的动态结构(格局)形成一触即发的内驱力,不断要求主体去获得实践的满足。审美心理定势的不断更新,使审美主体不断走向审美反映的新岸。不存在没有表现的审美反映,自我在表现中找到归宿。审美反映的无限多样,一是现实的无限性,二是主观性是一种不断更新的动力。凡是主观性不强的审美反映可能是失败的审美反映。创作个性是主观性的最高要求,是创造的极致。最丰富的是最主观的和最具体的,这一命题实际上已超越了审美反映。

2,文学本体论。笔者把文学本体论作为探讨文学研究系统的第二层次。

文学本体探讨的是文学存在的形式,它的存在的方式。笔者吸收了韦勒克以及接受美学的经验,并给以改造,提出文学的存在由三个层次构成,组成文学本体论:即语言结构的审美创造系统;主体的审美创造与审美价值的创造系统;阅读接受的审美价值的再创造系统。作者认为,要把形式主义、新批评、结构主义学派所排斥的多种因素,如文学作品所描写的现实、历史、社会关系、社会意识、人的心理现象,即文学所描写的一切,归到文学本体范围。新批评派所说的文学本体论,实际上说的是作品本体论,探讨的如谐音、节奏、格律、文体、意象、隐喻、象征、神话、小说叙事模式等,只是作品的形式构成因素,作品的存在方式。

3,文学发展,是文学研究系统的第三层次,要探讨文学本体的发展。相对于文学是语言结构的审美创造系统,要研究文学的体裁的历史的生成与演变,它的生成的规律性。相对于文学是审美价值的创造系统,要研究创作主体的个性、艺术风格(风格的生成结构与审美中介)与流派(它的深层结构)、思潮的关系,创作原则的选择等问题。相对于阅读接受是审美价值的再创造系统,要研究文学在不同时期的接受的历史,对不同时期读者群的影响及意义、价值的生成与再生成。文学作品的意义是由这三个层面互为影响的结果。作者不使用并不十分科学的所谓"创作方法",而代之以创作原型、精神或原则。认为文学发展并不是一般所说的是一种文学替代另一种文学,如现实主义文学替代浪漫主义文学,现代主义文学替代现实主义文学。实际上,在文学的发展中,存在着更迭与非更迭现象。文学中的更迭的、替代的实际上是创作思潮、流派,而非创作精神与原则,创作精神与原则一旦形成,也即创作思维形成类型,就具有相对的独立性,成为不可更迭的现象而长久存在,可以不断进行丰富，但没有什么东西可以替代。这就是为什么现实主义文学繁荣期，浪漫主义文学仍在发展，现代主义文学得势时，现实主义文学照样繁荣的缘故。而人们往往把创作原则、精神与艺术思维类型，以及创作流派、思潮相混了，形成了文学发展论说中的一股替代之风。

4，但是文学是一个国家文化的组成部分，文学的发展是在文化这个大系统运动中进行的，文学不能不受到诸多文化因素的制约与影响。民族文化在其长期发展中，形成了它自身的思维特征、心理结构和它的价值系统，在这些因素的综合作用下，形成了"民族文化精神"（一般提民族精神，在文学理论中不甚确切，缺乏中介），这是民族文化心理的历史的积淀，它的潜在形态的强弱兴衰，有形无形地制约着民族文学的发展。一个国家的文化给予文学影响的，正是由这个国家千百年来历史地形成的民族文化精神。民族文化精神作为民族的深层心理结构，影响着文学观念的形成。民族文化精神进入文学艺术，将会转化为相应的文学艺术性的观念；作为创作的深层心理结构，使艺术思维方式成为一种富有民族特性的审美把握方式，并在创作者的气质中表现出来。自然，民族文化精神不是一成不变的现象，它不断受到现代意识精神即现代性的选择，以及外国文化中的优秀成分的影响。

在这里，笔者将文化分为审美文化、非审美文化与介于两者之间的文化形式。审美文化即其他艺术门类，如音乐、绘画、雕塑、舞蹈、书法、影视艺术等，非审美文化如政治（包括体制）、历史、科学、道德、哲学、民俗等，介于两者之间的文化形式如宗教。文学就是吸收了众多文化的潜在的作用而表现了其民族文化精神的。文学理论对于众多的文化因素与文学的关系进行系统的研究，就是文学的文化研究或文化诗学。

文学研究系统的最后层次，是文学史的研究。笔者比较了各种文学史类型，提出撰写文学史的一种优化的选择方式，即审美的、文化历史的方法，使用这一方法，可以使文学史研究达到理论形态与历史形态的高度融合与相互浸润，而走向新的高度①。

这是在新理性精神思考下的一种文学理论形式。不少有成就的学者大体上具有类似的思维方式、思想与方法，但其著述各有特征。其中既有与我同辈的学者，也有一些中年的学者、青年学者。他们思路开阔，知识面宽，视角新颖，理论阐述有深度，学风良好，多有创新，成绩卓著。他们的具有学术个性的著述，形成了文学理论中的色斑斓的风景线。我想21世纪的我国文学理论研究，将会开创一个更为宽阔、富有活力的新局面。

2001.10.5

2002.7.20 再改

（本文录自拙著《审美与人文》）

---

① 见拙著《文学原理——发展论》，社会科学文献出版社，1989年。

文学理论提供知识,也创造思想
——钱中文先生访谈(丁国旗)

丁国旗:20世纪80年代初,外国的各种文艺思想纷纷被介绍到我国,文学理论、批评界十分热闹,您当时是大力支持这一活动的,您是如何对待它们的?

钱中文:外国文艺思想重新进入我国之后,就产生一个重大的问题,就是现实主义与现代主义的关系问题。20世纪70年代末80年代初开始,西方文艺思想特别是现代主义文艺思想大量输入,使人感到十分新鲜。但是一些现代主义文艺思想的介绍者,往往被现代主义文艺思想所介绍,对现实主义采取了排挤甚至嘲弄谩骂的态度,正像爱因斯坦批评现代主义者无度张扬自己的主张时所说的那种"势利俗气"。我对现代主义作品并不反感,觉得陌生新奇,但对它的宣传者的理论观点则不以为然,比如说现实主义文学已经落后,只是模仿,不具主观创造精神,今后将是现代主义文学的时代,将被现代主义文学替代等等。但是现实创作情况并非如此,这时我花了不少力气探讨了现实主义与现代主义理论,它们各自的诗学原则,并对它们进行了细致的比较,提出文学的发展不是一种文学替代另一种文学。比如文学史上,不是现实主义文学替代浪漫主义文学,也不是现代主义文学替代现实主义文学,更迭的是文学思潮、流派,而文学创作原则是难以更迭的,文学创作原则一旦形成,是会长期存在下去的。所以现实主义文学兴盛起来时,浪漫主义文学张扬照样存在,现代主义者兴起时,现实主义文学照样流行。不断变化、更新的是文学思潮,而作为创作原则,现实主义不断创新与综合。

20世纪80年代初,文论界对过去的文学基本原理、文学概论颇有微词,这时理论室获得一个国家项目:撰写一部以马克思主义思想为指导、适合新时期的《文学概论》,我也参与其中。商量的结果是,不能重复过去编写的同类书籍,要有超越,这样先要了解我国已有的几十种文学理论书籍的问题所在,以及其他国家的文学理论的最新成果。于是我去北京的几个图书馆多次,找到了美国韦勒克、沃伦合著的《文学理论》(1977年版,初版于40年代末),后来得知此书在国外已经流行多年,苏联波斯彼洛夫的《文学原理》(1978年版),荷兰佛克马与易布思合著的《20世纪文学理论》(1977版)以及美国、英国、法国作家论文学的俄译本。经我提议,组织翻译多种外国文学理论著作,以扩大国内学者的视界,出版"现代外国文艺理论译丛",作为《文学概论》的副产品,由王春元与我任丛书主编,后来加入了不少外国美学、文学理论著作,共出版了14种,在文论界很有影响。《文学概论》一书的提纲经反复商量,最后分成五部分,即"作品论""创作论""欣赏论""批评论"与"发展论",将作品的研究作为文学理论的起点,这在当时不失为文学理论的一种新的构成。分工时最后剩下"发展论",归我来写。

一般文学概论中的文学发展部分写得比较简单,资料不多,其他几部分不涉及文学本质问题,而"发展论"部分不探讨文学本质问题是不可能的,所以让我颇费思量。过去文学理论把文学看作是一种意识形态,或称认识论文学观,但是这种文学观后来被简单化了。20世纪80年代初一些人对这种哲学认识论、反映论文学观进行了大力批判,也促进了我对文学基本问题的反思。在外国的各种文学研究方法、文学观念的影响下,各种方法、文学观念蜂拥而来。有认识论、反映论、表现论、感情论、心学论、性本能、无意识、生产论、象征论、符号论、原型说、控制论、系统论、信息论、形式论、修辞论、主体论、文学是人学、新批评、现代主义等文学理论,其中有的是方法问题,有的属于文学观念,它们处在不同的层次上面。我就文学观念做了反复的比较,上面一些有关文学观念的说法,都有一定道理,随便选择一个十分容易,但还是认为马克思主义文学观最能宏观地把握文学的本质特性。历史唯物主义的社会结构理论是令人信服的,在这个结构里,文学艺术作为一种意识形态,和其他意识形态如哲学、政治学、法学等有着共同性即意识形态性也是正确的。问题是后来一些人在阐述文学时,把各种意识形态的共性当成文学的唯一本性,而忽略了文学作为一种独立的艺术样式的审美特性,或是把审美特性当作附属性的、第二性的东西,因此需要强调对于文学审美特性的研究。马克思的意识形态理论自然是现代性的理论,但是意识形态现象却是各个社会经济结构共有的现象。歌德提出一些问题的研究,要从发生学的观点出发,同样马克思在《德意志意识形态》的《关于意识的生产》一节中谈到,在一定社会经济基础之上产生的各种意识形态,都可以"追溯它们产生的过程"。因此,《文学原理——发展论》一书就探讨了原始思维、神话意识而至审美意识的关系,审美意识的发生、发展而至审美反映的创造,审美意识形式的产生,最终形成现代意义上的审美意识形态。文学是审美意识形态,力图做到论从史出。后来审美反映与审美意识形态观念在文论界流行起来。20世纪90年代初,这些观念受到"左"倾文艺势力的批判,过不多久就悄无声息,前几年却是死灰复燃，批判更为猛烈。但是这次批判都是在马克思没有说过文学是意识形态的"凡是"的指导思想基础上进行的，或是讨厌文学与意识形态有着联系的基础上进行的。这类批判罔顾原典、历史与传统，不承认文学本体与作品本体的差异，就很难在同一层次上进行对话了。

丁国旗：90年代以来，市场经济的确立，引发了社会生活与文化生活的重大变化，一时理论与批评都失去了重心。人文学者的立场与态度一时显得十分突出，您觉得一个人文学者在现实社会中应该有一个什么样的立场、确立什么样的价值观，来为自己的人生和学术安身立命？

钱中文：90年代文学创作进入了市场经济，追求物质、金钱成为社会理想，贬抑人文理性，引发极为深刻的文化、精神危机，失去信仰与诚信。一切稳固的东西都破碎了，一切都处在不确定中，人的精神家园败落不堪。而人文理性在社会物化中经历着普遍的危机，使人类生存的底线屡遭破坏。一些哲学思潮推波助澜，有的人一听解构就惊惶异常，其实思想需要不断推进，新的思想需要不断建立，这个社会才有生气与活力。一些文学思想，在反对伪崇高与满纸谎言的时候，采取了消极的态度，贬抑人文精神，助长了社会腐朽的弥漫。文学艺术的感性，变成了性感的流行。面对这样的社会处境，我以为一个人文知识分子不能随波逐流，而应有一个建设性的立足点，反思人文、艺术创造的立足点，因此提出了"新理性精神"。新理性精神是一种以现代性为指导，以新的人文精神为内涵与核心，以交往对话精神确立人与人的新的相互关系与实现它们，建立新的思维方式，即提倡一种可以去蔽的、历史的整体性观念，一种走向宽容、对话、综合、创新的包含了必要的非此即彼、一定的价值判断、总体上亦此亦彼的思维，并包容了感性的理性精神。

这几个方面，是文学创作、文学理论批评中不断重复、反复出现的现象，而且对于人文科学来说，基本方面也是如此。至于有人批判我说的现代性问题，不合他的马克思主义，其实批判时还是需要浏览一下我的《新理性精神与文学理论研究》一文，就会明白我所说的现代性是什么意思。新理性精神意在探讨人的生存与文化艺术的意义，在物的挤压中，在反文化、反艺术的氛围中重建文化艺术的价值与精神，寻找人的精神家园。这是以我为主导、一种对人类一切有价值的东西实行兼容并包、开放的实践理性，是一种文化、文学艺术的价值观。此说拓展了文学理论的思维，是加强文学理论人文精神的一个观点，也是我试图使文学理论介入当下社会生活的一个想法。有了这种立足点，我在人生与学术中确实有了一个安身立命之处。

丁国旗：我记得希利斯·米勒在《文学评论》（2001年第1期）上发表文章《全球化时代文学研究还会继续存在吗？》，借助新的电信时代的特点，米勒提出了"文学终结"思想。您是怎么看这一问题的？

钱中文："文学终结"是个流行一时的问题，其实类似的问题在历史上早就发生过了，黑格尔的艺术终结就不说了。20世纪50年代到60年代，"小说死了"的说法在外国著名的作家之间相当流行，说作为文学主干的长篇小说死了无疑是说文学死了，这在现代主义文学兴起后又甚。主要是一些人把看到的新的文学样式的出现，看作是文学自身的终结或死亡（这里混用了）。比如一些现代主义作家对现实主义文学的理解十分肤浅，认为它是对现实的僵死的反映，这是一种庸俗化的理解，奇怪的是，认为现实主义文学就是模仿现实，在我国也很有市场。难道20世纪的许多现实主义文学巨著都是模仿吗？都是僵死的反映吗？20世纪下半期起，在信息科技的影响下，不仅原有的文学样式变了，而且文学的载体变了，真如希利斯·米勒文章里提到的未来可能情书也不会再存在了。20世纪初，一些自然科学家看到物质微观化了，以为物质消灭了，其实由于科学的发现，物质仅仅改变了其存在的形式，文学也是如此。文学所以会照样存在下去，在于文学创作是人的本质属性的一个方面，是人的审美的精神需要。人需要通过话语、文字的诗意结构，进行审美的创造、审美的欣赏、审美的阅读、审美的接受，同时从中反观自身，进行审美的观照，观照自己的精神提升。我们还可以说，优秀的伟大的文学创作，是我们民族文化的传承，它维系着我们民族文化精神的发展与更新。因此，纸质印刷的文学作品的未来市场会缩小，但通过高技术的载体而出现的文学会照样存在与发展。只是表现的形式变了，文学不会死亡，或是终结。我似乎看到，我们如果不采取措施，今后的人们在信息技术、图像艺术等偏好省力的图像阅读的影响下，审美趣味将会变得肤浅、粗俗，需要牢记心头的价值与精神将会逐渐淡化，娱乐至死的现象会层出不穷。不过，文学还会照样存在。

丁国旗：英国马克思主义理论家特里·伊格尔顿则通过《理论之后》（2003）一书，宣布了"理论的终结"："文化理论的黄金时期早已消失。"（Egleton，2003：1）2009年国内出版了伊格尔顿的《理论之后》（商务印书馆），如果可以随性地将"文学的终结"的观点嫁接在一起，那么，也就可以直观得出"文学理论终结"了？其实从后现代思潮兴起以来，我们似乎的确看到了价值被颠覆、中心被消解，一切都进入平面化之中，理论的终结与消亡当然也应该是顺理成章了？

钱中文：这些问题，十分现实，也很尖锐。先说一下我对《理论之后》的理解。我以为伊格尔顿所说的理论，是针对欧美20世纪

80年代前兴起的"文化批评"或"文化理论"而说的。文化理论到了20世纪90年代和21世纪，在喜好花样不断翻新的西方文化界已难以为继，于是盛极一时的"结构主义、马克思主义、后结构主义以及类似的种种主义已风光不再。相反，吸引人的是性"。"在阅读文化的学生中，人体是非常时髦的话题，不过通常是色情肉体，而不是饥饿的肉体。对交欢的人体兴趣盎然，对劳作的身体兴趣索然……中产阶级出身的学生们在图书馆里扎成一堆，勤奋地研究着像吸血鬼迷信、挖眼睛、电子人、淫秽电影这样耸人听闻的题目。"某种意义上可以说是"理论的终结"，而这种文化理论终结之后怎么办？所以叫作"理论之后"。虽然在西方文化理论把文学理论也包括了进去，但实际上在研究与课堂中脱离开了文学，而大谈泛文化现象，诸如伊格尔顿所说的那些。20世纪末萨义德这样的文化批评的始作俑者面对空虚、无聊的文学课程，进行了深刻的反思，认为文化批评研究把文学理论架空了，把从文学讲授、研究中所应获得的精神、价值掏空了，提出文学课程仍应回到文本，回到细读，当然是一种新的回归。这样说来，我以为不存在"文学理论的终结"，文化理论或批评还会存在下去，发展下去，而文学理论将会吸收其中的合理成分而丰富自己。

更重要的是，人的审美意识将会进一步发展，文学创作将会继续存在下去，而文学不可能没有理论思维，文学理论同样也会发展下去，研究文学的规律性现象，它的兴衰流变，供作家、读者阅读。其实，不少大作家也写理论文章，思想精深，如托尔斯泰、巴尔扎克、歌德、雨果、司汤达、席勒、鲁迅。伟大作家的理论著作都是每个民族的精神财富与民族文化的组成部分。没有这种财富，我们在精神上将会变得十分贫困、落后。此外，有些作家还有应对教学需要而写出文学理论这类著作的，也别具一格，如老舍、郁达夫的文学概论等。20世纪80年代，文学理论的作用特别明显，那时候的文学理论批判，为80年代以来文学艺术的繁荣，开辟了道路，它起到了导向的作用，如关于写真实论、英雄人物论、文学与政治关系、政治要求与艺术本性、文学的人道主义、人性问题、现实主义与现代主义等。有些作家声称，我从来不读什么理论。一是现今的文学课本确实存在问题，老一套的政治观念太多，引不起人们的兴趣；二是讲授者的技巧问题；三是一般说来这类作家理论思考的能力不高，可以平面地去编织故事，但是难以切入具有震撼力的人的生存处境，所以他们的口气很大，但他们的写作水平一般不高。

丁国旗：在今天，由于我们处于信息化、全球化的社会条件中，文艺理论的处境的确举步维艰，它的不断扩容、越界也都证明了这一点。一方面，我们可以说它发展了，但另一方面我们似乎也看到它正在被自身所消解。您是怎么看待这种现象的呢？

钱中文：我对当今文学理论举步维艰的处境深有同感，但我又有自己的一些想法。其实，一般文学理论大体可包括马列文论、基础理论、古代文论、外国文论、比较文论等，现在又大大拓宽了范围：比如生态文学理论、网络文学文论、视觉文学理论，等等。

现在常常谈到文学理论的危机、理论死了，或是将陷入凋零与绝境。我以为这多半是针对文学基础理论而说的，其他理论部分也各有各的问题，但态势似乎比较缓和一些，因为相对来讲，它们都有研究的基本对象。文学基础理论为何问题较多？一，在当今文学形态发生大变化的时期，比如一般的文学创作，现今变得形式多样，仅小说一年就出版几千部，海量的作品难以使人一一阅读，不少作品价值不高，思想并不丰满，不易选择。同时，网络文学、视觉文学的大力发展，生态文论的大力呼唤，作品数量的激增，非过去所能想象。如果纸质刊物不登，那网络上自有一席之地，其想象之自由，形式的多样奇特，真是前所未有，人们更难以深入阅读它们，据闻也有佳作，那也是凤毛麟角。总的说来，文学创作趋向多样，而审美趣味变得粗俗、廉价，因而难以确切了解它们的问题所在。所以文学批评滞后，而文学理论就更是如此，显得无能为力，严重地跟不上文学创作的实践。

　　文学理论中的反本质主义问题。文化批评传入我国之后，这一思潮到21世纪更为活跃，它的反独断论和去中心化，很有影响，鼓舞了很多人。但是中国学者接过来后，他们自己的独断性、盲目性也很明显，如把文学理论对于文学现象本质的研究，当作本质主义加以批判，一时"反本质主义"呼声大作。对于本质主义要做具体分析，事物现象的本质研究与本质主义是有联系而又不同的两码事。个别事物现象的本质研究，在于弄清楚这一现象的性质，揭示现象后面隐蔽着的东西，明确它的真实形态与功能、它与其他事物之间的相互关系与发展前景、它在社会生活中的作用，等等。本质主义则是我怎么说都是对的，是一种自我定义为永恒真理的教条主义，是一种抱残守缺、不思进步的僵化思想，因此怎么可以把本质研究与本质主义等量齐观呢？很多事物本质的东西，我们不是研究得太多，而是难以研究。文学研究既然可以去探讨象征与修辞现象、多种体裁与形式现象、文学和其他学科的共性特征，那么文学研究为什么就不能研究它的自身的本质特性呢？你说本质特性说不清楚，那么其他诸如象征、修辞、形式、体裁、流派、思潮都说清楚了吗？事物的真理性只能被不断地接近与认识，终极性的真理我们暂时还未见到。你不愿意研究文学本质，难道别人也不能研究吗？况且文学现象的本质研究，十分艰难，形成一个观念，极为不易，很可能是某些学者一生的心血的凝聚。这样的学者怎么会像有的人，今天写出这种倾向的文章，明天刊出相反倾向的论文，评奖了，就看着评奖人员的组成,掏出他们让领导人喜欢的文章,搞得皆大欢喜!这种现象难道不存在吗?

既然事物本质研究被贬为反本质主义,于是随着反本质主义的传播,事物的不确定性、平面化思潮大为流行。文化研究对象的不确定性与随意性被奉为文学理论研究的创新规则。可是反本质主义的创新原则,使事物失去了质的规定性。文学是什么,它的边界在哪里,使得一些人模糊起来,于是掺和着不少外国人的观点,这些人大声宣布今天的文学还未有定论,不少生活、物质现象还未装入进去。这样,一时要以文化批评代替文学理论的呼声大为高涨。这种紧跟外国"诸子百家"的理论,使得文学理论特别是基础理论的探讨,一时处于变幻不定的状态,而日益走向后现代主义的碎片与拼贴。其实,如果这种做法也算是文学理论的"扩容"的话,那美国早就做过,如前所说,一些文化批评的始作俑者早就做过深刻的反省了。针对这些文化现象,当然可以开设讲座,但它们不是文学理论课程所要扩大的内容,如果把这些现象的讲解当作文学理论来讲,文学理论本身就给掏空了,它原有的那些价值,都被转换了,被诸如时装设计、时尚打扮、服装展览、香车美女所替代了。现在一些朋友出版了好几种有关审美文化的著作,写得很有分量,也有前卫性,我很欣赏。设置审美文化的课程,倒正是适应了文学课程扩容、补充的需求。

一些学者认为,既然文学本质观念永远也说不清楚,那就应该放弃这类研究,进行看得见、摸得到的文学现象研究就可,于是一些浅表性的实证主义研究得到了过分的重视。也有学者认为,现在已进入信息化的时代,认为老师的责任不在于给学生以观念、定义,只须传授各种知识,任其自然即可。但是对于知识不予系统地梳理与综合,不予概括与定性,那么它们可能只是一些毫无联系的散乱现象，只能使之成为一堆知识的拼贴，失去了知识应有的深度。由于文学中的泛文化研究的转向，放弃了理论的定性与归纳，甚至连文学本身也早被碎片化、拼贴化了。例如2009年哈佛大学出版的一部1000多页的《新美国文学史》，其别开生面之处，就是这部文学史把小说家、诗人与拳击比赛、电影、私刑、控制论、里根、奥巴马等社会文化现象、政治人物和歌手，都当作文学史的写作对象，这种写法可能有着他们的理由。目前，这种现象在我国虽然还未出现，但说不定哪天我们也会看到这类著作的。

丁国旗：您认为文学理论在今天的合法性究竟在哪里呢？我们该从哪里给自己找到合适的定位？这个定位是什么？

钱中文：在后现代的解构主义的盛行之中，上述现象流行于我国文化、文学理论中，也有它的合理成分，它毕竟扩大了我们的知识，使我们获得思想上的某种解放，这是最重要的方面。同时，也仍有避免了它的极端性而表现出当代建构性的一面，比如近期出版的几种文学概论一类的著作就是。它们普遍地就文学现象论述文学现象，建构各种关系，贴近当代现实，实用性强，视角新颖，力图有所出新，具有了不同的特点，显示了文学理论的多样化与进步，改变了原来的文学理论的面貌。当然，大叙事化倒是去掉了，而小叙事显出了平面化的特点，不易达到深思熟虑的哲理化的高度，也许这原本就不在考虑之内。当然，还有一些原有的《文学理论》修订本的出版，有的著作仍不失其权威性，还有马工教材中的《文学理论》的出版。此外审美文化研究、网络文化理论研究、生态文学理论研究以及不少文学理论的专题性研究，都是很有成绩的，它们都要借助于文学基础理论而获得丰富。基础理论在艰难中行进，也显示了它的存在及其价值。

近几年来，我国对马克思主义文艺理论研究取得了重大的成果，

7大卷"20世纪马克思主义文艺理论国别研究"丛书就是实绩之一。这套丛书,应该说是对20世纪世界范围的马克思主义文艺理论成就、问题的一个总体性的详尽描述,一个综合性的理论总结,一部20世纪全景性的马克思主义文艺理论发展史。这样全面性的介绍、大规模的综合研究,在中国自然是第一次,在世界范围内也更属首创。总主编说,20世纪马克思主义文艺理论在各个国家的新的历史条件下,提出了一系列的新命题,显示了马克思主义文论的多样性、当代性与开放性等特征。我翻读过后的第一个印象是,世界范围内的马克思主义文艺理论确实表现出了蓬勃的生命力及其发展形态的多样性。中国式的与外国式的马克思主义研究如果有所不同,那就是在我国马克思主义是被奉为国家意识形态。在外国则是知识分子群体中的一部分人,在马克思主义思想的指导下,各自针对自己所处的社会文化问题,进行研究,从而丰富了马克思主义,使得马克思主义在各种新的形态中持续地发展。

改革开放之后,外国马克思主义文艺理论研究被介绍到我国,在"唯我独马"的思想阴影下,那也是"西马非马"。现在看来,这是我们没有在世界范围内把马克思主义文学理论当作一个整体去了解的缘故。一百多年来,我们看到各国的马克思主义文学理论提出了许多新问题,它们因国别、地域与文化传统而各自不同,英国的马克思主义文学理论不同于法国的马克思主义文学理论,德国的又迥异于美国的,什么缘故?在于马克思主义文学理论都要与该国的文化实际中出现的问题相结合,需要回答时代的要求;如果不与实际相结合,不能使自己成为本土化的研究与本土化的理论,那它本身哪会有什么实际意义呢?哪会有什么生命力呢?现在对外国马克思主义文学理论研究刚刚开始,就有人在放风,已经出现"新马化"倾向了,天要坍下来了!

此外还有多卷本研究外国马克思主义文学理论专题性的丛书，很有新锐精神。这几套丛书的出版，一改20世纪八九十年代那种死气沉沉的注释派和"唯我独马"派的文风，他们提出了新的思想、新的思路，从而也显示了中国马克思主义文学理论研究的独创性、中国气派和强大的生命力。

文学理论中的消解现象是存在的，但只是某些人自身的消解。其实，文学理论不仅需要提供知识，也应提供思想。我以为文学理论研究中上述的成绩，就是文学理论存在的合法性理由，以及我们在文学理论中的定位，这里因篇幅所限，不好展开了。

丁国旗：您在文论界跨越了50多年，一定会有自己的体验与感悟，您对当前文学理论研究有些什么建议？未来会是什么样子？如何看待当前文学理论的发展？

钱中文：面对新的世纪，既有对当下文学理论处境的焦虑与不安，也有对于文学理论未来命运的期待与展望。但是，无论焦虑与不安，期待与展望，我们理论界需要进行自我反省，自我批判。

文学理论需要加强它的实践品格与时代特色。文学理论究竟为何、何为？这一问题从新时期到新世纪，出现过多次讨论。当今我们已处于网络文化之中，面对今天这样复杂而多样的文学现象、文化现象，文学基础理论确实身处窘境。如果我们肯定自己要在这块园地工作下去，那就需要有前沿性的问题感、现实感与时代感，去理解社会的转型、文学的转型、文学的多样性。文学理论需要贴近生活，贴近实际，在今后的研究中，需要多向文学批评家请教，实事求是地去阐明文学活动中出现的各种各样的新形式、新倾向，并在理论上给以恰当的概括。理论具有预言的功能，但它的常态则是去阐明已经发生的现象，确立相对稳定的规则。这需要我们在历史的发展中，努力去了解中外文学、理论的历史与现状，培养那种高屋建瓴的综合能力。当然,面对当今琳琅满目的文学现象,也需要有一个不断认识、梳理、消化与积淀的过程,现在看来这个过程会相当漫长。需要心向实际,同时又要避免当今相当流行的急功近利的学风。最近一些自然科学家谈到,理论问题研究出成果来(不是一般的成果),是要有时间的,而且一个成果当时可能不见实用价值,可后来在那个领域里发挥了无穷威力,要在学术研究中反对有我无他的"一刀切"的学风,"一刀切"和多样化是对立的。自然科学尚且如此,何况人文科学。

在对外国文论的吸收中,需要反省我国文学理论的民族特色、本土意识与国际视域的关系。当今,外国文论的介绍十分普遍,国别文论、文论家的个案研究很有特色,相当深入。但是也要防止那种在介绍外国文论时,介绍者已被外国文论所介绍的现象,我们不能把我们的文学理论看成是外国文论的各种拼贴,任由感觉无选择地自由泛滥,跟在外国学者之后,拿他们的观点去引领我国文学理论的潮流,这极有可能成为各种无选择的理论的狂欢。自然,外国文学理论具有相对的普遍意义的品格,我们每每阅读外国文学理论著作时总会发现,它们都是针对本国的文学或是文化渊源相近的文学而展开的,最近出版的一套"当代国外文论教材精品系列",也是如此,都与自身文论传统紧密相连的。因此我们建设具有我国民族特色和本土化的文学理论时,必须汇入世界的文明,吸收与融化外国文论的优点,在国际视域中进行。我国具有民族特色的本土资源十分丰富,在这方面,不少学者已提出了值得思考的建议。

在自我反省与自我批判中,也要检验我们的著述,是否具有历史感的品格、真诚与诚信的品格。无论理论研究,还是文学史研究,缺乏深刻的历史感,就会缺乏科学性与理论性,就会失去真诚与诚信,而难以取信于人。对于文学理论来说,历史感就是论从史出,论史并重，就是重视问题产生的现实性，它的历史文化语境、历史生成及其发展，它的历史传统。历史感要求作者的真诚，在实事求是的理论展开中，使其成果获得科学性，进而获得诚信。对于文学史来说，历史感就是尽可能地显示史实，揭示事实的真实面貌，它同样需要论从史出，使之史论相映。真诚是学者的一种主观品格，缺乏真诚，就有可能遮蔽历史真相，就有可能利用外力与话语权，歪曲历史，另有所图。这种恶劣作风，已经成为我国社会中极为普遍的生活风习，所以导致社会诚信丧尽，失却了凝聚力。当今某些新时期文学理论史著作，看似史作，实则缺乏历史感，让人感到历史似乎不是他们写的那个样子。由于作者缺乏真诚，因此对于读者来说，这类文学理论史作，便只能是利用了话语权的缺乏诚信之作。

丁国旗：您如何评价当前的学术环境，如何使学术获得良性发展？

钱中文：学术的良性发展，是需要良好的环境的。课题费多了当然很好，但很可能使学术变为依附。学术需要说出真话，不说假话，使真诚融入于自由的思想、独立的精神之中，那时才会产生具有独创精神的、原创性的有价值的文化产品。有的人把重复、宣传当作学术，旧习难改。不过我在这里也要重复一下自己说过的一段话：一个伟大的民族自然要拥有丰富的物质财富，但是最终昭示于世人、传之久远的，则是其充溢着民族文化精神的文化创造。生产这种精神财富，应该在文化、学术中，从发出自己的声音做起，进行原创性的创造。要坚持自己的声音，坚持那种具有学理精神的原创性声音，因为学术认同的只是独创。学术回应时代，也坚持自身的需求：学理的深化、完善与丰富。但是这种回应，应是绝对的个性化的，而不是重复与雷同。

当今文学理论介入的领域实在太多，中心问题是文学理论中的

"国际视域"与"中国问题"。我国的文学理论,在国际视域、传统资源与中国问题的相互激荡中,会不断地出现动态的、多样的理论新形态,这是我们所热切期望的。

(原载《文艺报》2012年10月26日)

现代性与当代文学理论的新的建构
——钱中文先生访谈录（吴子林）

一

吴子林：钱先生，您好！首先感谢您在百忙之中接受我的访谈。在我国文艺学界中，真正做到理论上自成体系的理论家是屈指可数的，而您是其中最具名望的学者之一。我是读着您的一系列著作走上文学理论研究道路的，很想听您谈谈从事文学理论研究的宝贵经验。据我所知，您原来的愿望是想成为一个作家，后来怎么转向文艺理论研究了呢？

钱中文：每个人的人生道路都是一道优美的弧线！我幼时念过乡村私塾，1945年夏，我小学毕业，考入了无锡县中学。从初中二年级开始，我渐渐发觉，我的生活似乎有个目标，而且到后来越来越强——这就是我想写作、将来当个作家。这个愿望深藏在我的心里，像一颗种子一样慢慢萌发。此前，我在课外大约读了两年半的旧小说、武侠小说。初二下学期的时候，我的审美情趣发生了一个激变，转到现代文学上去了。这主要是我班上的国文教师启发了我。

他给我们上课时,顺便讲了五四新文学运动,讲了一批新作家与新文学作品,讲了科学与民主,还有反对封建迷信等等。于是,我设法找来鲁迅的《呐喊》与《彷徨》、冰心的《寄小读者》等作品阅读。我感觉鲁迅的作品描写的就是我身边的人和他们的困苦生活情状,就是我熟悉的家乡的风景,写得多好啊!《寄小读者》一书充满了多少温情和爱啊!这位国文教师给了我五四精神的启蒙教育,鲁迅等人的作品则改变了我的阅读趣味,使我热爱新文学,走上文学的道路。

吴子林:我想,也就是在这时您萌发了"文学抱负",正是它推动了您后来将毕生的精力投入献身文学的生命活动。

钱中文:是的。1951年,我以一个偶然的机会,考入了中国人民大学俄语系学习。这一年夏天,我在报考大学时,屈从了世俗的观念,为了将来有个牢靠的谋生手段,报了医学院。可是,文学是我心中的真正圣地,我怎么忍心舍弃它呢?因此,高考之后,我一直闷闷不乐。回到无锡,学校正急着找我,说要介绍我去报考中国人民大学,这是所干部学校,进去不但不花一分钱,还有生活补贴。我一听,自然同意了。当时,我觉得去人民大学学习俄语,比起学习医学更接近文学,将来当个文学翻译家也很好,这曾是我少年时代的梦想之一啊!北上人大时,我拣了十多本小说,捆进了行李包,算是我的财富!到北京后,虽然手头拮据,但我还在人大书摊零购过几次当时唯一的文学杂志《人民文学》,有时还买《文艺报》看看文艺形势,表现自己是个文学爱好者,在生活方面则除了买支牙膏、买块毛巾什么的,不敢有其他方面的支出。

起初,校方一开始就抓端正学习态度,说来人大学习俄语,就是要为国家培养翻译人才,于是,大家向翻译方面努力;谁知我们刚稳定思想,校方的培养方向就变了,要我们将来去当俄语教员。

不少同学不愿当,我的心愿是当文学翻译,也不想当教员。于是,领导就要我们不断地检查自己的入学动机。经过一年时间的政治学习,反反复复自我检查,最后大致消磨了自己的热情与棱角,自然全心全意地服从了组织的要求。但是,文学创作的欲望仍在我心里骚动,我又不大敢看从家里带来的小说,因为在当时的革命环境中,阅读这类小说变得不合时宜了。进入人大一年后,原来的供给制改为薪金制,我因非干部出身,所以实施薪金制后,我的生活更拮据了。四年大学生活,因无钱买火车票,未能回家团聚过一次,这对现在的大学生来说是不可思议的。

在大学的四年生活里,我确实成长起来了,获得了一定的知识。我极愿意服务于我们伟大的祖国,希望她能尽快繁荣富强,为此我愿献出自己的青春。在我的胸中有一种渴望服务的激情,我至今仍旧怀着这种信念!

1955年,我大学毕业,被推荐去苏联留学。说实话,去苏联留学这件事,我从未奢望过。经过国内考试录取后,我去了苏联,被分配在莫斯科大学俄罗斯语文系学习,成了俄罗斯文学的研究生。1959年8月,我回到了北京。9月,我和几个年轻人被分配到了中国科学院文学研究所。到文学所不久,所里要把我们分配到几个研究组去,开会征求我们的意见。当时参加会议的领导有何其芳、蔡仪和叶水夫等先生,何其芳所长希望我到理论组去,说文艺理论组要有一些懂外文的人。蔡仪先生是理论组的组长,也表示欢迎。我因为没有系统学习过文学理论,不熟悉理论问题,心里没底,未敢贸然答应。叶水夫先生则欢迎我到苏联东欧文学组,我自然高兴前往,这样,我就到了苏联东欧文学组,主要方向是研究俄罗斯文学。

一到文学所,正好遇上"反右倾"运动,领导布置我们阅读何其芳、蔡仪两位先生新中国成立前后的各种理论著作,查查里面有无"右倾"思想。在这一"锻炼"中,我算是真正接触到了文学理论,通过阅读他们的著作,对文学理论居然产生了浓厚的兴趣。"反右倾"运动一结束,批判修正主义的运动就接上了。这时我阅读了不少苏联文学评论,整理了不少资料。1961 年,我转入了文艺理论组。1960 年至 1965 年间,我被编入批判组,发表了多篇所谓批"修"批"资"的文章,我的思想自然受到"左"倾文艺思想的影响。同时在这期间,我也发表了如《灵感漫谈》《文学创作的想象》《细节描写与典型化》《谈"多余的人"》等"不合时宜"的文章。1965 年秋,我被派往江西省丰城县搞"四清"运动,1966 年 6 月 1 日,我被召回北京,参加"文化大革命"。说来可笑,我是非常小心谨慎地参加"文化大革命"的,也山呼过万岁万万岁,可是历史跟我开了一个残酷的玩笑。1969 年,我成了群众"专政"的对象,被看管起来,不得与家人见面,凡 3 年,完全失去了自由,"反革命"的帽子到 1978 年才被摘除。在干校,当我感到在这个世界上孤独无援,体验到生比死还艰难时,钱锺书先生是唯一的人性地对待我的人,他使我获得了心灵的拯救。现在回想起来,50 年代乃至 70 年代,谈不上有什么学术活动。我真想再度一次青春岁月,一个像今天多少可以自我选择的岁月,如果可能的话!

吴子林:梦魇一般的日子终于·去不复返了!那么,您的学术生涯是怎样重新开始的呢?

钱中文:我是一个真正意义上的后知后觉者。到 20 世纪 70 年代中后期,我才开始反思自己,反思社会,反思我过去获得的知识、思想,反思各种人物的作为。经过无数次痛苦的思索,直到 80 年代中期,我才大致完成了反思。

吴子林:这种反思与学术研究之间有着怎样的关系呢?

钱中文:首先,我觉得要改变自己的孤独状态,因为我在这种孤独的创伤中已经生活十多年了。人在孤独中是难以生存的，尽管这个世纪是孤独、焦虑、迷茫、彷徨弥漫的世纪。我没有原罪，也没有拉斯科里尼柯夫的那种罪行，我不能醒着睡着都生存于噩梦之中。因此我得努力使自己融入人群，希望人与人之间的关系更人性一些，于是向几位曾经受过我以"人性"或"人道主义""触动"的老专家道了歉，卸却心头的重负，在精神上获得别人的谅解，再次进入了人群。我也反思了"文革"，觉得我们这块东方古老的、散发着封建主义霉烂腐气味的土地上，问题多多，摆正自己的位置是多么重要啊！

其次，通过反思，我找到了自己，在精神上获得了真正的解放，渐渐地也形成了自己的学术个性，即一种追求真理的独立精神。我终于明白，人和人是一种各自独立、相互依存的存在，是一种对话关系的存在，个人的思想各自独立，自有价值。理论不是只有一个人能创造，能创造的人很多，你也只能在理论上提出新说，有所创造，而我也并非精神上的哑巴。一旦明白了这些道理，我就感到了精神上的自由与解放，就在学术上找到了自我，敢于坚持自己的观点。

20世纪80年代以后，我特别讨厌那种在讨论问题时自以为是的绝对真理化身的文风，在辩论中非要把人置于死地的文风，彻底否定别人的文风，非此即彼、不给别人说话权利的文风，因为我过去也这样做过，并深受其害。而且，由于过去的那种盲从的热情，几乎使我丢了身家性命。所以每当遇到别人对某种理论或介绍过来的文学理论大加赞扬的时候，我总是较为冷静，总要细加体味，并且往往持有保留的态度，即使对于我自己介绍的外国文学理论也是如此。我明白，我不可能再崇拜新的理论偶像，我必须在我原有的水平上对它们进行思索与鉴别，而决定取舍，我只能吸取那些自称为新理论中的某些我需要的,于文学理论这一学科的改造、发展有利的因素。

对于一个知识分子、学者来说,他应不断求真求新,坚持真理,有着独立的精神,自由的思想;他还应是一个具有血性和良心、怜悯和同情的人,一个富有人文精神的人。20世纪90年代,我提出"新理性精神文学论",把"交往对话"精神作为它的组成部分;在我看来,这是人的生存的基本方式,一种新的思维方式,可以用它来抵御独断专横的话语霸权——这也算是我的一种人生的感悟吧!

吴子林: 回首那些流逝的岁月,真是让人感叹不已!我在阅读您的学术著作时,清晰辨出了其中的俄苏文学知识谱系。显然,您的立场观点和信念在当时就基本奠定了,俄罗斯文化中那种深厚的人文精神、宽阔的思想视野和胸怀,深深影响了您那从容、坚韧的精神气质。这让我想起了法国著名作家罗曼·罗兰说过的一句话:"一棵树不会太关心它结的果实,它只是在它生命液汁的欢乐流溢中自然生长。只要它的种子是好的,它的根扎在沃土中,它必将结好的果实。"可以说,正是生活苦难的磨炼给了您一种历史的穿透力与大气的贯注!

二

吴子林: 以自我反思为契机,新时期伊始,您便展开了自己崭新的学术思考。"审美反映论"与"审美意识形态"是您在20世纪80年代最重要的理论创造,它代表了当代中国文艺理论所达到的新的高度,是新时期以来文艺理论研究的重要成果之一,并在90年代以后产生了广泛的影响。现在年轻一些的学者和读者,已经不甚了解您当时提出这个命题的背景了,请您谈谈好吗?

钱中文：20世纪80年代初，文艺界对过去被简化了的文学观念（如，文学是一种意识形态，文学要为政治服务等等）纷纷提出了质疑。在美学界，围绕艺术的审美本质发生了一场大讨论，翻译出版了不少外国的有关论著。一些学者认为审美就是一切，而嘲弄文学艺术的其他功用；另一些学者则坚持原有的被简单化的马克思主义文艺思想，仍主张文学是意识形态说。这既无助于对过去几十年的庸俗社会学的文艺思想的反思，又继续严重脱离了文学创作的实际。根据当时更新文学理论的普遍要求，文学所文艺理论研究室接受了一个国家重点研究课题，即集体撰写一本"文学原理"式的著作。我们这个组由于写作者的观点大体相同而又不尽一致，很难写成一本观点完全统一的书；后来几经商量，决定分成几个部分来写，分别探讨文学这一现象存在的过程，即文学作品、创作、接受、鉴赏与发展。分配给我的是"发展论"部分，这迫使我不得不思考文学观念的问题。我想如果不能提出一个比较科学一些的文学观念，我这部分的写作根本无法进行的，即使写了出来，那也不过是些新老文学知识的拼凑，要想有所出新和超越也根本不可能。当时我们几个人都形成了这一信念：要写一部《文学原理》，必须着眼在新，怎么个新法呢？即如果我国已经出版了一百部《文学原理》《文学概论》这样的书籍，那我们的《文学原理》如果写成第一百零一部，就毫无意义，而应是第一部。学术著作如果只是量上的增加，那是没有多大意义的，形成不了精神价值的积累。

我国原有的文学观念，明显已不符合文学自身的特征；那么，外国人又是如何说的呢？我各处奔走，找到了几部当时的外国学者的文艺理论著作，翻阅之后，在写作组中对这几本著作做了介绍，并提议把当时多国通用的《文学理论》这类书籍翻译过来，扩大我们的视域，了解外国文学理论的前沿水平，不致闭门造车，提议翻译出版"现代外国文艺理论译丛",这套译丛后来在三联书店出了14种,由于出版社更换了负责人,这套译丛到20世纪90年代初就停止出版了。外国几种文学理论著作所张扬的文学观念并未使我感到满意,如韦勒克的"虚构性""内在研究"说,波斯彼洛夫的"意识形态本性论"等;稍后不断涌现外国学者和我国学者自己提出的文学观念,如结构主义、解构主义文论,文学符号论,文学语言学,文学心理学,精神分析学,文学感情论,文学表现论,文学生产论,文学接受论,读者反应论,文学现象学,文学主体论,文学象征论,还有文学数学化论,信息控制论,系统文学论等等。它们或是接触了文学本质特征的某一方面,在文学本质的不同层次上自有意义,但我总觉得不具有总体性意义;或是它们只是一种研究文学的方法与切入点,而非文学理论本身。

对我来说,反思是一种自觉的自我批判,一种对原有文学知识、文学观念、方法的检验和判断。

1982年,我在《文学评论》第6期发表了《论人性共同形态描写及其评价问题》一文,我提出了"文艺是一种具有审美特征的意识形态"的观点;认为讨论文学应该是探讨具体的文学样式及文学作品,而非抽象的文学一般,以为文学是通过对语言的审美结构,通过创作主体的感受、体验而灌汗了感情思想的鲜活的艺术形式,即审美意识形态。1984年,我在评述苏联的文学理论与关于文学研究方法论更新的几篇文章里,继续提出文学创作是"审美反映",文学是"审美意识形态",并对文学"意识形态本性论"专题进行介绍与评析。指出"意识形态本性论"这一观念,强调的是"文学艺术是认识生活的一种形式",而忽视了文学艺术的审美特性。与此同时,童庆炳教授在其1984年出版的《文学概论》中也已提出了"审美反映"说,并对文学的本质作出了与文学审美意识形态论相同的阐释。

吴子林：文学"审美意识形态论"的提出，在观念的层面上，第一次把文学艺术的意识形态与政治意识形态做了明确的理论区分；它把文学艺术从政治的直接组成部分剥离了下来，成为一个单独的自主性的存在——这正是当时文学理论试图摆脱政治从属论和庸俗社会学的直接反映与理论阐释。值得注意的是，您提出这一理论时，当代现实主义理论正经受着现代主义的冲击。"审美反映论"的提出，是否有现代主义这一思想参照系呢？

钱中文：是的。关于现代派文学的论争，在争论最热烈的时候，我并未介入，但是当时我收集了这方面的不少资料。1983年，我写下了《现实主义和现代主义的几个理论问题》一文，在比较两种创作原则及其特点的同时，就当时的争论表示了我的看法。总的说来，我对外国和我国现代主义者在理论上嘲弄现实主义的做法比较反感，他们批判的是被他们庸俗化了的现实主义。他们认为文学的发展是一种更迭现象：浪漫主义文学被现实主义文学所替代，现实主义文学被现代主义文学所替代。但我认为他们错把文学创作原则的多样化，看成文学思潮、流派的更迭了，而创作原则一旦形成，就会不断更新自己而长期存在下去的。现实主义文学不断形成高潮时，浪漫主义文学照样存在，现代主义文学流行时，现实主义文学获得更新与发展。所以我对现代主义文学及理论的态度比较严峻，我自己承认我不大理解现代主义文学，而倾向于现实主义文学。80年代中期，我的认识发生了一个转变，当我在法国做学术访问时，有意识地专门观看一些荒诞派剧作的演出，之后，我对这类文学的看法发生了根本性的转变。那些优秀的剧作，真是震慑人心，后来我把它们称作一首首关于人的生存的"悲怆交响曲"，我以我的人生体验感悟了它们。这些有关文艺创作的认识，也确实成为建构"审美反映"

的参照。1984年,我写了《现代主义创作原则中的几个问题——兼论现实主义创作原则的特征》,后来以这篇论文的主要观点为基础,写了《最具体的和最主观的是最丰富的——审美反映的创造性本质》一文的初稿。1986年上海的《文艺理论研究》很快就刊用了此文。在这篇我写得最为用力的文章里,我试图对哲学认识论、反映论作些新的评说,同时也批评了对反映论的新的庸俗化现象。文中我提出了适合文学创造的审美反映说。在创作中,应将我们习惯使用的反映论代之以审美反映。同时我提出审美反映的心理结构、审美反映中的主体创造力、现实的三种形态、审美心理定势、动力源、审美反映中的再现与表现,以及审美反映的多样性及其无限可能性等。我认为,"审美反映是一种灌注生气、千殊万类的生命体的艺术反映,它具有实在的容量、巨大的自由,它不仅曲折多变,而且可以使脱离现实的幻想反映具有多样的具象形态,可使主客观发生双向变化";"审美反映具有强烈的感情色彩。思想是抽象的观念,而在审美反映中,它却成了一种具象的、充满生活血肉的艺术的思想,即通过对现实生活的事物特征进行感性的总体把握、认识而出现";"审美反映无限多样,一是现实的无限性,二是主观性是一种不断更新的动力。凡是主观性不强的审美反映可能是失败的审美反映。创作个性是主观性的最高要求,是创造的极致。最丰富的是最具体的和最主观的"[①]。

吴子林:您刚才提到了对反映论的新的庸俗化现象,后来有人认为审美反映和审美意识形态论是建立在认识论、反映论的基础之上的,反映论就是认识论,它较之其他什么如人类本体论等,不仅庸俗,而且在实践上也明显是落后了。对此,您是怎么看的呢?

---

① 钱中文:《现实主义和现代主义》,75—76页,人民文学出版社,1987年。

钱中文：所谓对反映论的新的庸俗化，就是把被过去庸俗化的反映论，顺手接了过来，把反映论当作庸俗化的东西，即再次加以曲解，以庸俗化的方式批判庸俗化。

二十多年来，认识论、反映论在文艺理论中一直受到诟病，有人一见到它们就恶语相向，批判一番，如同条件反射一般。实际上，他们批判的东西是把被歪曲了的东西再度歪曲。我在提出审美反映和审美意识形态之前和之后，的确重视文学的认识作用，但是，我从未强调文学就是认识，也未认为文学创作要以认识作用为先。我一再强调的是，那种可以称作文学艺术的东西，如果不具备审美特征，那么它的其他特征、功能也是无从谈起的，我后来也不断地在阐释文学的审美特征与文学的其他特征的有机联系。反映不是认识，但含有认识；反映论中虽有主体客体之分，但从来是突出主体的能动作用的，只有机械唯物论的反映论，才是僵死的反映。

我使用"审美反映"一词时，踌躇了很久。当时有多种概念、范畴可供选择，如心理、感情、表现、创造、象征、原型等等，但觉得使用审美反映来阐释以语言审美结构为其形式特征的审美创造，可能会更符合创作的实际一些。理论的概括不可能面面俱到地概述事物的全貌，事物与过程绝对比概念、规定要丰富、复杂得多。

审美反映论是审美主体的创造过程，除了承认生活作为创作的源泉这一前提外，整个创作过程起着主导作用的是审美的主体。我的《最具体的和最主观的是最丰富的——审美反映的创造性本质》一文，实际讨论的是创作主体在审美反映过程中的创造性本质，也即审美反映论的创造性本质。我提出，"审美反映中主观性的创造力表现为对现实的改造，现实呈现为三种形态：现实生活、心理现实、审美心理现实。心理现实中的主客观时时产生双向转化，客观因素的主观化，主观因素的对象化"；具言之，"心理现实是一种不断改变自己特征的动态统一体。主观性既然可以消灭存在和观念之间的绝对界限,赋予客观性因素以主观形式,并不断使之获得主观的特征,那么在充满变幻的审美心理现实的实现过程中,原来的主观因素可以不断对象化,获得客观性特征,而原来已经获得了主观形式、渗入了主观精神的客观因素,可以进一步被主观化,从而形成不断进行着的双向转化过程,展现出审美主体的能动的积极性来"[1]。至于说到审美反映论比人类本体论庸俗、落后,也只是一些学者的意见。

吴子林:显然,"审美反映论"是在顽强地与现代主义对话中提出的,它无论是在对审美主体的规定,还是在对客观性的阐释上,都已经迥异于经典的现实主义对反映论的基本规定了。因为经典现实主义的反映论,强调的是所谓的客观真实性,即对已经认定的本质规律作出一致的反映。可以说,它实际超出了传统现实主义的界域。

钱中文:我所说的"审美反映",很难套用"反映"两个字来规范它,实际上它与审美表现或是审美创造都是相通的。后来有学者认为,我的审美反映论把主体的审美感知推到了最重要的地位,它是心理的、感性的和符号学意义上的反映论——在这一意义上,审美反映论可以说是审美表现论。

吴子林:这很有意思。我知道,有人就称您为"一个现代主义的现实主义者"!最近,有人对您的"审美意识形态论"提出了所谓的"考论"。我很想知道您的想法。

钱中文:学术的论辩必须尊重对方观点的原意,这样才有意义,

---

[1] 钱中文:《最具体的和最主观的是最丰富的——审美反映的创造性本质》,载《文艺理论研究》,1986年第4期。

否则就没有什么意思。因此，我觉得很有必要清理一下自己的认识。

1986年11月，我在苏州大学主持了"全国文学观念学术讨论会"。会上文学观念诸说纷呈，我重申了前几年提出的思想，即正在进行中的书稿的部分思想——文学是审美意识形态。随后，我将发言稿整理成文，在1987年的《文艺研究》上发表了。这就是《论文学观念的系统性特征》一文，它讨论了文学本质特征的多层次性，以及作为文学最根本特性的审美与意识形态的不可分离性，审美与意识形态的融合，这是它的那种具有与生俱来的复合性特性。1988年，我又发表了《论文学形式的发生》一文，这时我的认识较之以前已有所深入，主要探讨文学的发展是如何从"前文学"到"文学"的。"前文学"是先民的一种审美意识的表现，具有多种原型的口头性文学。我将文学"审美意识形态"的逻辑起点归之于"审美意识"，及其在不同形态的审美反映过程的历史的生成，主要是试图恢复文学本质特性，探讨文学观念形成中的自身的历史感。随着交往的进步，语言文字的出现与发展，使得审美意识逐渐生发出诗性的语言文字结构，使得审美意识在语言的诗性形式结构中获得了存在的实在形态，演变为初始形式的审美意识形态，如《周易》与《诗经》，随后经过历史的长期的发展，逐渐演变为现代意义上的审美意识形态。出版于1989年的《文学原理——发展论》（第二、三版改为《文学发展论》）讨论文学观念的第一编共四章，其中用了两章的篇幅，专门阐释了"审美意识"的演变。最近我又就此问题做了一些补充的论述。

从总体上说，"文学作为审美的意识形态，以感情为中心，但它是感情和思想认识的结合；它是一种虚构，但又具有特殊形态的真实性；它是有目的的，但又具有不以实利为目的的无目的性；它具有阶级性，但又是一种具有广泛的社会性以及全人类性的审美意识形态"①。所以,审美意识形态不是一些人认为的那样,只是审美加意识形态。当然,那时用语不够规范,如有"审美的意识形态"与"审美意识的形态"之说,后来就统一为"审美意识形态"说,对我来说,它们没有"偏""正"之分。后来不少同行的论著都表达了相同的思想,使用了"审美意识形态"一词,于是使得"审美意识形态"成了一种集体共识。20世纪90年代末,我国著名文学理论家童庆炳教授将"审美意识形态"作为文学理论的基本原理之一,写入了新编的《文学理论教程》之中。他认为:"'文学审美意识形态论'理论的建立,应该说是百年来中国现代文论的一大收获",是中国学者"寻找到的在诗意审美和社会功利之间、文学自律和他律之间取得某种平衡的现代文学理论。历史将证明,这一思想的确立是中国现代文学观念走向成熟的一个标志。"当然,也有一些人原是认同这一观念的,后来由于某种复杂的原因反悔了,转而表示激烈反对,这也是可以理解的,对事物的看法有了变化,或是激变。只是那种兴师动众的大会批判、一篇又一篇的批判文章使我感到茫然,我熟悉这种方式,这是在三十多年前十分流行的批判方式。这哪里是在做学术探讨,分明是在进行宣传,把宣传混同于学术了。比如,我对某人的观点有意见,写篇长一些或短一些的文章说完就完了,哪会有一个人一两年之内写了15篇批判文章,至今还没有批判清楚、还要批判下去的问题!编写向老百姓、学生们宣传的高级小册子可以大量发行,收入不菲,但这不是学术研究。文学本质问题也可以从其他方面进行探讨,未可定于一说。任何认识与理论观点,都有自身的局限,只是程度不同而已,重要的是深厚的学术积累的基础上提出新的思想来。

---

① 钱中文:《论文学观念的系统性特征》,载《文艺研究》,1987年第6期。

吴子林：据我所知，现在批判"审美意识形态论"的"考论"者缺乏一种"高度发达的事实感"，而刻意扭曲"审美意识形态"论，说这是什么"硬拼凑"，是所谓的"纯审美主义"；更耐人寻味的是，有的"考论"者采取的是一种自我否定的策略——这种批判不探究对方本意，有时离谱得实在出奇。

三

吴子林：20世纪90年代中期以来，您的学术思想又有了一次拓展，相继提出了"新理性精神""交往对话主义""中国古代文论的现代转换"等等命题，显示出了前所未有的开放，回应着当代最尖锐、最前沿、最时尚的理论难题。这在您那一辈人当中是比较突出的。当时，您为什么会提出"新理性精神"呢？

钱中文：首先是看到20世纪以来中外文学艺术价值、精神的下滑，人的精神的淡化与贬抑，这与20世纪人的价值和精神的贬值、失落有关；其次，人的价值、精神的失落，与20世纪各种社会灾祸紧密相连，致使信仰神化，理想失落，一再引发人的精神危机；再次，理性到19世纪下半期，所宣扬的美妙的千年王国并未实现，它的极端的工具化、实用化，使其不断走向反面，而日趋没落。人文理性在唯理性主义、实用理性的打压下，遭到严重破坏。总之，传统的理性主义不可避免地衰落下去，甚至发生"理性的毁灭"，各种非理性主义不断更迭，逻辑实证主义离开人文精神。在反理性主义不断蔓延的情况下，一些人文主义知识分子开始重新寻找自己的立足点。当时，上海的一些学者提出了人文精神的讨论。1995年，我写下了《文学艺术价值、精神的重建：新理性精神》一文，回应了当时的人文精神讨论。后来又写了几篇这类的文章，加以充实与发挥。

总的说来,"新理性精神"试图在大视野的历史唯物主义的观照下,弘扬人文精神,以新的人文精神充实人的精神;它意在探讨人的生存与文化艺术的意义,在物的挤压中,在反文化、反艺术的氛围中,重建文化艺术的价值与精神,寻找人的精神家园。"新理性精神"作为一种文化、文学艺术内在的精神信念,是对以往理性的扬弃。为了避免重蹈旧理性、非理性主义、反理性主义的极端化与虚无主义之覆辙,"新理性精神"从以下四个方面确立自身内在的理论逻辑关系,它们是当代文化、思想中不断出现、反复讨论、具有一定规律性的现象。

其一,新理性精神包括新人文精神,即以人为中心,希望通过社会的努力、文学艺术的呼唤,在人与人、人与社会、人与自然、人与科技的关系中,极大地发挥过去不被允许的自由进取精神,恢复人应当具有的血性和良心、怜悯与同情,使人获得自身全面发展的生存条件——这是针对20世纪不断毁灭人的各种极端反理性的社会灾祸、科技进步带来的消极面等问题而提出的。

其二,主张要以"现代性"即现代意识精神为指导,来进行我们当今的文化建设。我所理解的"现代性"是一个矛盾体,对于任何学说都是如此。现代性的功能就是不断自我反思、自我批判,是一种自觉的文化批判力,要求不断清除其反面效应。在全球化的语境中,现代性是在历史传统基础上建立起来的现代性,在承认传统的基础上实行创新;是吸收外来文化有用成分建立的本土化的现代性。现代性表现为"促进社会进入现代发展阶段,使社会不断走向科学、进步的一种理性精神、启蒙精神,就是高度发展的科学精神和人文精神,就是一种现代意识精神,表现为科学、人道、理性、民主、自由、平等、权利、法制的普遍原则"①。

其三，为了达到这一目的，必须改变根深蒂固、非此即彼的思维方式和你死我活的斗争方式，需要清除存在于社会思想原则中的丛林原则，提倡一种建立在平等对话基础上的交往对话精神——这种交往对话把人与人看成一种相互平等、各有价值、各自独立的对方，并在交往对话中相互切磋而获得双赢，形成一种人的新的生存方式，这也是一种互相依附，具有一定价值判断、亦此亦彼的思维方式。

其四，感性和理性，这主要涉及具体的文学创作问题，暂不展开。

吴子林：波普尔在写于1952年的《猜想与反驳——科学知识的增长》中说："真正的哲学问题总是植根于哲学以外的那些迫切问题，这些根烂了，哲学也随之死亡了。"② 文学也是这样。作为一个文艺学研究者，必然要关注到文学所面对的"迫切问题"——人的现实生存境况。自20世纪90年代以来，世界经济全球化趋势日益发展，跨国资本取得胜利，信息科技飞速进步，工具理性横行无阻。在这种思想缺席、精神委顿、存在堕入遗忘的情况下，一部分文学艺术在西方文化思潮，特别是后现代主义文化思潮的消极影响下，不断地颠覆、消解其所负载的人文价值与精神；学术研究上则追"新"逐"后"，以"去中国化"为时髦，学术论争中的"二元对立"思维仍然存在……正是这些现实问题与现象引发了您深深的忧患感，显而易见，人文精神构成了"新理性精神"的核心。"新理性

---

① 钱中文：《文学理论现代性问题》，载《文学评论》，1999年第2期。
② 波普尔：《猜想与反驳——科学知识的增长》，傅季重等译，99页，上海译文出版社，1986年。

精神"的提出,有着极强的现实针对性和生活依据,它是您面对当今目迷五色的社会文化潮流时,寻找自己的立足点,以透视人的现实生存状态与文化、文学艺术的一种文学研究或人文科学研究的方法论。您以高度的社会责任感提出的"新理性精神",概括了一个崇高的理念,而显示出宏大叙事的特征;它是属于中国的、属于我们这个时代的观点和理论。对于它的前景,您是怎么看待的呢?

钱中文:"新理性精神"提出后,就被介绍到了国外,五六年后,在国内也有学者作出了肯定性的回应。不过,"新理性精神"能否成为同行的共同理念,促进文学理论的建设与创新,我不会过分乐观,而要让它在实践中去接受检验,而且它自身在理论上还要不断深化与完善。理论一旦认为自身如何如何,就往往会给自己套上枷锁。没有必要把尚未兑现的设想说在前面,或是说得太早了。我倒宁愿"新理性精神"只是少数有着共同理念的同行的学术立场与行动。这样,我们的心态可以放松一些,探讨可以自由一些,话语可以个性化一些;或者遭到学术与非学术的挞伐而消失,也可以做到悄无声息,心情平和一些。学术一旦被注入外力,学理必然会被削弱或遭到剪裁;或是说得过头了,或是被炒作了,在当今文化氛围尚不十分健全的语境中,就必然会遭到风必摧之的命运!

吴子林: 您这种开放的胸襟、深厚的学养和远见,非常让人佩服!在我看来,只有像您这样思想厚实的理论家才能真正做到这点。1999年,您在《文学理论:走向交往对话的时代》一书中提出了"交往对话"理论。这是一种理论立场、思想态度,更是一种精神境界。"交往对话"是您继往开来的理论支点与动力,它与"新理性精神"和"中国古代文论的现代转换"等命题,比较全面地呈现了文学理论的现代性。请您概括性地谈谈文学理论的现代性问题。

钱中文: 文学理论的现代性的精神实质就在于不断反思、开放、多元、交往和对话。在我看来,现代性是一种被赋予历史具体性的现代意识,一种历史取向,它是未竟的事业。学术上的分歧和冲突,在我看来应是一种常态——没有分歧和论争意味着停滞,但是只能通过对话解决。一些学术思想在彼时彼地看似违背现代性的要求,在此时此地却可能是应和了现代性的要求。当今现代性所要求的,应是一种排斥绝对对立、否定绝对斗争的非此即彼的思维,更应是一种走向宽容、对话、综合、创新,同时包含了必要的非此即彼、具有价值判断的亦此亦彼的思维。历史的经验告诉我们,霸权的、单一的、统一的文学理论往往用自己一套观念排斥不同见解,以为自己说的都是真理,别人都是学术上的无知。它表现的是理论的独白,而不是真理的对话,一张口就是你错我正确,立即给你判决,一种往往是嘲弄与压制的声音。它把学术当成宣传,不断重复同一观点,以为不断宣传就会成为真理!

当今文学理论的现代性要求,主要表现在文学理论自身的科学化,使文学理论走向自身,走向自律,获得自主性;表现在文学理论走向开放、多元与对话;表现在促进文学人文精神化,使文学理论适度地走向文化理论批评,获得新的改造。《文学理论:走向交往对话的时代》是一本"在新时期20年来对文学理论发展的追踪与探索"的论文集,我想强调的是交往、对话的主体性以及理论批评话语的共同性,倡导对不同国家之间的文学批评理论进行交往与对话,以达到双方的各自理解。1993年,我在《面向新世纪:八九十年代中外文学理论新变》一文中提出"在中西文论的研究中,综合研究方法的运用,在于使中西文论产生新的交融。从整个理论形势来看,一种在科学、人文精神思想指导下具有当代性的中西文论交融研究,将会在下一阶段、新世纪得到极大的进展与兴盛。双方交流的研究是一种最具生命的研究,是一种走向创造新理论的研究,是文学理论走向建设的大趋势,中西文论会以各自的优势比肩而立"①。当今的文学理论面临着三种文论传统,即古代文论传统、西方文论传统和近百年形成的现代文论传统。我们只能在现代文学理论的基础上,充分地研究古代文论,把其中的有用成分,包括它的体系与各种术语,最大限度地分离出来,不是表面地使用一些古代文论的术语,而是丰富其原有的含义,赋予其新义,与现代文学理论、西方文学理论融合起来,使其成为当代文学理论的血肉,形成当代文学理论的新形态。这将是具有中国特色的文学理论的新形态,一种在长远时间里不断生成、不断丰富、体现现代性的文学理论的新形态。

吴子林:您在 20 世纪 90 年代后期这种不断走向开放对话的理论姿态,显然与您对巴赫金的研究有着极为密切的关系。1983 年,您写了我国第一篇正面评论巴赫金文论的论文;1998 年,您主持翻译出版了《巴赫金全集》六卷本,引发了学术界的"巴赫金热";此外,您还由叙述学界面切入"复调"理论,由文艺学界面切入"对话"理论,由文化学界面切入"外位性"理论。这些研究与巴赫金本人学术探索的内在理路是相吻合的,基本还原了由"小说学""文艺学"而"哲学人类学"的思想家巴赫金的心路历程。因此,有学者指出,您之于中国学界于汉语世界的巴赫金学,一如迈克尔·霍奎斯特之于美国学界于英语世界的巴赫金学;或者,一如茨维坦·托多洛夫之于法国学界于法语世界的巴赫金学,我以为这是相当精辟的概括!

---

① 钱中文:《文学理论:走向交往对话的时代》,278 页,北京大学出版社,1999 年。

四

吴子林：自20世纪90年代以来，传统的文学研究大有全面转向文化研究之势，一直以"先锋"姿态出现在学术前沿的文艺学更是首当其冲。请您谈谈自己的思考。

钱中文：在全球化潮流、科技信息技术高速发展、商品经济的影响下，西方的后现代主义文化思潮，如文学终结论、日常生活审美化论以及身体理论等，涌入了我国，使得一些学者不断地追新逐后，争相介绍。这一方面固然反映了我国现实文化方面的需要，但另一方面，把西方的这类理论奉为圭臬，以为这就是我国文化、文论发展的方向，这使我们感到，这些曾经不断张扬各种理论身份的学者，此时似乎有点忘却自己的身份了。

如今是资本、媒体、批评共谋制造文学时尚、理论时尚的时代，是浮躁的时代，功利、实用的时代。一些人在文学理论界大造声势，认为现今的文学理论教学严重脱离实际，无人再予理会，声称"文学死了""理论死了"，只留下无处不在的"文学性"了。正如有的学者所说，他们在文学理论界进行内部暴动，自己打倒自己，自己否定自己，走向自身消解，然后宣布文学是什么，但至今未有定论，接着用生活中的各种文化现象，如售房广告、汽车博览、健身房、商场购物、身体线条、城市广场、酒吧媒体、服装展览、模特表演、身体时尚、女人写真、技术产业，来扩展文学理论的内容，准备把它们作为文学理论课堂教学内容，重新确定文学理论的对象，这就把文学理论的扩界、重新界定搞得不伦不类、不着边际了。其实，我完全赞成文化研究，文化研究也许是建构未来社会的一种重要思想。在今后争取科学、理性、社会正义、公正、民主、自由、法制、平等、权利的社会运动中，暴力对抗已经日渐减弱，需要建立强有力的协调机制，而文化研究与文化批判是否可能成为重要的途径之一？难以逆料。这是非常宽阔的领域。但这不是去做以审美名义掩盖金权勾结、掠夺暴发中的那种日常生活审美化的附庸，不是去歌颂那种资产阶级与暴富阶层极度平庸、平面化了的、极端势利俗气的、娱乐至死的日常生活审美化，自然日常生活审美并非都是如此，需要不断满足人们的日常生活的审美需求。要去批判过度娱乐化的现象，过度娱乐使人平庸而失去思考能力，使人娱乐至死，实际生活例子已经不少了。使文化研究成为一种促进社会进步、发展，具有高度人文精神的批判理论，建立健康的审美文化的研究与批判。

文学理论的研究、课程的开设需要改进，是十分迫切的工作，在扩充它的内容、边界上也没有多大分歧，把上述现象作为日常文化现象进行研究，也是十分需要的。问题在于，文学理论及其学科，各有自己的对象与课程设置，文学理论担当不了文化研究的任务。比如广告，不少大学早就开设了广告设计、商品广告的美学课；服装设计有服装学院的诸多大师；家居装修有图文并茂的设计指南，书摊报亭大量供应；模特表演有模特训练机构；女人写真有摄影人员在专门包装；超市装潢自有橱窗设计，等等。对它们的解释有时也使用了某些文学语言，但从整体来说，它们是文学吗？硬要把它们作为文学，实际上把文学课堂教学扯成各种支离破碎的东西，重蹈美国一些大学里文化批评课程的覆辙，即掏空文学内涵，把文学课程泛文化化，以泛文化现象的解释代替文学研究，取消文学课程，最终消解文化、文学的价值与精神，这是后现代文化解构主义的策略。至于这一潮流今后如何发展，当然是要由时间来检验的。

我早在《文学原理——发展论》一书的第三编，就提出了文学是文化的组成部分，并论证了民族文化与文学发展的关系。"民族文化在其长期的发展中，形成了它自身的结构，它的思维特征，它的价值系统，最后，在这些因素的综合作用下，形成一种民族文化精神。正是民族文化精神，它的潜在形态的强弱兴衰，有形无形地制约着民族文学的发展。"在我看来，文学既要探讨自身的特点，即自律，同时也应探讨它与其他文化部门的关系，即他律，两者结合一起，才能组成文学自身。对于文学来说，这些因素是天然地结合在一起的。文学发展论这一编还广泛讨论了文学与审美文化、非审美文化，以及与介乎两者之间的独特的文化形态的关系，文学研究必须在这种宽阔的文化背景上进行，才是文学的文化研究。这不同于上面讲的后现代主义的"文化研究"，实际上，它就是后来有的学者所倡导的"文化诗学"。

我在韩国出版的四卷集的"后记"里写道："一个伟大的民族自然要拥有丰富的物质财富，但是，最终昭示于世人、传之久远的则是其充溢着民族文化精神的文化创造。生产这种精神财富，应该在文化、学术中，从发出自己的声音做起，进行原创性的创造。要坚持自己的声音，坚持那种具有学理精神的原创性声音，因为学术认同的只是创造。学术回应时代：学理的深化、完善与丰富。但是这种回应，应是绝对的个性化的，而不是重复与雷同。"

吴子林：我非常赞同您的观点！最后，我想请您谈谈数十年来研究文学理论的宝贵经验。

钱中文：我从事文学理论工作的时间不算短了，写过一些东西，而令人满意的不多，心得体会之类很是肤浅。我就简单说说自己的感受吧。

首先，要有兴趣，浓厚的兴趣。文学理论研究涉及文学的各个领域，要求研究人员有较丰富的文学知识，对于中外古今的文艺现象有一定的了解。从取得成就的角度来说，文学理论较之搞作家研究相对要困难些，不容易很快见效。如果对理论问题缺乏热情，没有寻根究底的决心，常常会使人苦恼万状，不知从何下手，最后半途而废。相反，如果你对自己的工作满怀兴趣，那时就能以苦为乐，会把旁人视为苦恼的劳动，当作自己生活愉快的源泉，从中获得精神上的享受。

在20世纪50年代，像我这样喜爱文学的青年，曾经因想搞创作而终于不可得苦恼过几年。后来，一个偶然的机会要我改学文学，把我分配到文学所工作，这真使我喜出望外。我想，这也是文学工作，在许多有才华的同学失去正常生活条件的情况下，我能从事离我最感兴趣的工作甚近的文学研究，那真是时代的幸运儿了。我先搞了一阵作家研究，待接触到一些文学理论著作后，觉得文学理论中问题不少，而且文学理论活动场地也大，于是又把兴趣转向了理论。时间久了，就摸出了一条适合于自己能力、知识的路子来，觉得有不少问题需要研究，可以写作。因此，当我听到有的同志说文艺理论难搞时，我一面深有同感，其中难处确实不少；一面又不以为然，觉得一旦深入了这个领域，就会不断出现"山重水复疑无路，柳暗花明又一村"的境界，可以不断开拓研究的领域。

其次，要有理想的知识结构。从事文学理论研究，要有丰富的文学理论知识，同时，也要把握文学发展中的各种倾向和文学批评成果，还要有广博的文学史知识。刚刚从事文学理论工作的新手，对于后两个方面不一定能够体会得到。文学理论研究人员要熟悉当前的各种文艺情况，对不断重复出现的现象和独特的现象进行分析、研究，找出它的规律性。文学批评是对当前文艺现状的积极反应，它往往最先发现文艺现象中的一些重大问题，而有待理论研究的进一步丰富。记得何其芳同志说过，搞文艺理论研究的同志最好先搞几年文学批评工作，以积累感性的文学印象和知识；一开始就搞理论问题研究，常常会使经验不多的研究人员无所适从。这是很有见识的。

至于文学史现象，这是一个极其重要的领域。今天文学中的一些规律性现象，需要使用大量的文学史知识加以阐明，否则理论将是干瘪的。一个文学理论工作者最起码的知识结构，是他必须了解我国或外国的某个重要作家，对他做过较为深入的研究，进而能比较深入地了解一个作家群，以至不同作家群，熟悉一段文学史；再进一步，最好能掌握一个国家的文学史。这样，就能对理论上的一些问题触类旁通，使自己的理论分析左右逢源。最理想的情况是，能够了解一些主要国家的文学史现象，并且写出一些文学史方面的著述，这可大大加强理论研究的广度和深度，增强理论本身的说服力，在较大范畴内作出理论概括。

在我看来，一个理论工作者除了精通文学基本理论外，他最好对中国古代文论与西方文论，以及现代的文学理论都有极好的修养。在我国，这样的人才慢慢多了。大学中文系出来的青年同志，在理论上有一定的底子，对理论研究也有一定兴趣，但外语底子稍差一些，阅读外国文学理论著作数量有限，这使他们视野不够开阔；有些从事文学理论研究的同志，原来是学外文的，对文学理论缺乏系统学习，理论修养较差，一般喜欢搞作家研究，对外国文学理论偏于介绍，缺乏应有的分析评价。若能把双方各自的长处结合起来，有较深的中外文学理论的基础，一个文学理论工作者就有了比较理想的知识结构了。

再次，理论研究要有新意，但不要耸人听闻。所谓"新意"，一是在文章中有无个人独创的观点；对文学实践中发生的问题，能否及时作出新的科学的解释。二是有无新的材料来说明问题。三是在某一问题上对前人的观点是否有所发挥，或有所辩证，等等。在文学理论研究中,进行体系的创造是极为困难的,但是在正确的文学观的指导下,在掌握丰富的史实和现状资料的基础上,有所创新,有所阐发,也不是不可能的。强调理论研究要有创新,并不是要人们去搞耸人听闻的东西,搞实用主义。可惜,在这几年的文学理论研究中不乏这样的现象。搞实用主义表现为趋时附势,今天这样说,明天那样唱,反复无常,鹦鹉学舌,没有自己的观点立场,或许这就是他的立场。这种华而不实的浮躁风气,在一个时期内相当流行,有时好像是抢新闻一般,以至往往弄到是非不分的地步。有的杂志甚至以此自我标榜,有的人则借此哗众取宠,以求快速猎取名声。殊不知,这类文章由于缺乏了历史观点,不讲科学性,它们往往是没有生命力的。

最后,敢于伐皮削肉,是写作成熟的标志。写作论文需要修改,反复推敲。在这个问题上有无自觉性,非常重要。20世纪60年代初,在文学研究所,大家写的稿子经常互相传看,互相提意见。何其芳同志经常说,稿子写好后,自己要反复看,请人看;文章内容要充实,论点要清楚,文字上要讲究,要字斟句酌。他对自己写的稿子就是这么办的,稿子打印出来后,就发给一些同志征求意见。大家都说何其芳同志的文章,文采风流,自成一格,有理论深度,是散文家的笔法、诗人的沉思和学者的严谨学风的高度结合。他尚且如此,我们更应该这样去做。直到今天,我写完一篇稿子,一般总要放一阵,做冷处理,接着就干别的事,或写另外一篇稿子。过了一段时间再把原稿拿出来细看,这时就像看别人的稿子一样,比较容易发现其中的毛病和不足,然后一直要修改到送出去为止。总之,应当把自己当成编辑,对自己的稿子伐皮削肉,使它们真正完美起来。

吴子林: 现在,我终于深深地认识到,您正是以健康的人文立场和强劲的批判精神，努力协调中西文学理论的融合重铸进程；在我国的文艺学界导之先路与执旗领军，身心俱进地进入了学术创造的殿堂！最后，请允许我代表诸多文学理论工作者对您的学术成就表示衷心的敬意！并祝您身体健康，永葆学术的青春！

（原刊于《学问有道》，方志出版社，2007年）

历史题材创作，史识与史观

当前历史题材的小说创作十分繁荣，出现了一批佳作。至于历史题材的电视剧，则几乎占领了每天电视演播的黄金时段，帝王将相你方唱罢我登场，往来穿梭，很是热闹。这些历史小说与电视剧，在目前都达到了相当高的水平，从整体上看，短期内它们都难以被超越。

从历史题材写作的总体指导思想来看，过去的阶级斗争的历史观、历史唯心主义与历史唯物主义二元对立之争已被搁置，呈现了写作者多样的历史观与群众性的审美需求的多样性趋势。重新感知历史，大写历史，反思历史，这是当前时代的需要。同时，在这个消费的时代，大说历史，在历史的艺术形态的展现中获得娱乐，也是在消费历史。广泛的市场消费需求，导致了对历史消费的多样性。

在历史小说、电视剧中，大体有正说的历史写作和对历史"戏说"的写作，解构历史的写作，和以逆反心理来改写原来的小说或是剧作的多种模式。这最后一种的写作，实为胡乱改编，品位低俗，且往往要引发官司，是些不上台盘的东西。

正说的历史题材的写作，包括历史小说与历史电视剧，实际上因作者的史识、史观的不同，而出现了不同的类型。

我们先说一种大致适应了当今老百姓历史体认的"圣君贤相"的历史故事写作。过去广为流传的那些"太平盛世"的"圣君贤相"的事迹，自然格外受到当今不少作者的青睐，描绘这类历史人物、事迹的作品，可以说深受各阶层人士的喜爱，而宫闱秘闻、权谋较量、株连杀戮、征战讨伐，自然是十分讨好的素材。这类小说，通俗易懂，情节引人，印刷量大，卖点极好。如今观众在历史戏里看到，那些贪赃枉法的皇亲国戚、腐败官员一一受到惩处，于是在休闲娱乐中感到了情绪上的满足。如果我们再深入一步，可以看到这类小说与电视剧，确实把众多的历史事件，大量虚构的情节加以审美化了，人物也不再简单化了，读者阅读起来很有兴致，观众看得很有趣味。不过，这类小说与电视剧，总让人感到少了些什么。这里历史场景是有的，情节的生动性是有的，而且热闹得很，但却是少了那么一种从生动的历史场景中流淌出来的历史的意味。

历史小说的创作，要具有一种意识到的巨大的历史内涵，和因此而自然获得的思想深度，产生一种意味，显示作品的较高品位，这是与作者的史识、史观密切联系着的。

史识产生于对史实彻底地、独特地选择与认知中。这里所说的所谓彻底，不是指对于史料把握地详尽无遗，而是说透过重大的史实的观照，对被把握的史料有着独到的体认，理解到它们在整个历史发展中那种内在的和独特的意义，这是受到创作主体的历史观的制约的。比如《三国演义》开头的那阕词，显示了作者的一种历史轮回的史观，这种历史观在过去是极为普遍的。但是小说由于复杂地反映了历史特定时期的战乱，写得极为好看，充分显示了历史人物的智勇风貌，而揭示了作者史识的深度。挂在（1888年）昆明大观楼的孙髯翁的一副楹联所表述的史观，则要深刻得多。它的下联说到，历代帝王经营云南，费尽移山心力，建立了伟烈丰功，但

"珠帘画栋,卷不及暮雨朝云,便断碣残碑,都付与苍烟落照。只赢得,几杵疏钟,半江渔火,两行秋雁,一枕清霜"。作者意识到,几千年里历代王朝来收复云南时,何等轰轰烈烈,如今他们自身却无可挽回地衰颓了。这是对几千年的历史兴衰的一种整体的把握,一声深藏着历史意味的长叹,从中显示了一种犀利的史识与深沉的历史感。清王朝几位"圣君"的盛世,其实已是整个几千年封建王朝走向彻底衰落时期的回光返照。但是现今的一些历史小说与电视剧,使那些"圣君贤相"在历史的苍烟落照与断碣残碑的缝隙中,一个个爬了起来,弹去了身上的王朝覆灭的烟尘,锦衣鲜着,风光无限地演绎着天朝盛世的故事,让人感佩他们,简直是在教人欣赏那"莘天苇地,点缀些翠羽丹霞。莫辜负:四围香稻,万顷晴沙,九夏芙蓉,三春杨柳"了!

在当今消费主义影响下出现的"戏说"的历史电视剧,把过去极端化了的阶级斗争的历史观完全翻了一个个儿,圣君贤相一个个都站到被奴役的人们一边来了。这类电视剧,在当今的历史消费中影响是最大的。目前对于"戏说"有几种说法,一是编剧人自己说的"戏说",是指他以戏剧形式来叙述历史人物与故事。另一种是观众心里的"戏说",就是指游戏的戏说,它的特征就是"娱乐交流"。这种戏说多半是一种针对现实的借古讽今,其中帝王作为主要人物,都是群众所熟悉的那么几个,叙述的事件与种种人物,则纯属虚构。编剧者有所谓"大事不拘,小事不虚"的说法,而不是相反。这就注定它是一种游戏、娱乐之说。它有意避开历史,不在乎描写历史重大事件与真实与否,而是借用历史人物作为壳子,游戏般地、自然是十分投入地充塞着编剧自己的今天的观念,奉行"现代史都是历史的再现"的原则。其实这一原则,有时会与历史相合,有时却相背而行,如果把它绝对化了,就成了历史循环论了。

这类"戏说"的人物性格、特征与活动场地，由作者随意安排。帝王由宫廷而深入民间，城镇商栈，官府旅店，村舍杂院，必要时伴有皇宫后院、皇后嫔妃做些点缀。皇帝老子一旦到了平常陌生的下层社会，自然感到十分新鲜，戏剧冲突可说俯拾即是。他们生就一副平民心肠，关心民间疾苦；明察暗访，演绎侦探跟踪；惩治赃官污吏，大纠冤假错案；制服恶霸地痞，屡屡救人于水火；行侠仗义，为民伸张正义。由于帝王也是人，所以又都个个惜香怜玉，风流倜傥，又会来几手拳脚，可说风度翩翩。于是黄尘古道，结识风尘女子，田园酒舍，寻遇"一夜皇后"，花正开，人未嫁，可说占尽风流，格外地动人了。这类戏说，有人把它称作"古装戏"确实更为合适些。在这一点上，戏说也可以成为现实的一面镜子，让现实中受到压抑的人们舒一口气，畅笑几下，松懈一下精神，这也是有其积极意义的；同时它也符合老百姓几千年来形成的传统审美情趣，皇帝老子也是爱民如子，好抱打不平，还可看看他们的风流韵事，也就获得了精神上的满足。

但是悖论也就在这里，编剧者说，由于皇帝也是人，也有"人性"，"帝王性"也是人性，所以"帝王性"与"人民性"在他身上获得了高度统一。而且编剧声言，为了把帝王戏编得好看，还应对帝王抑恶扬善，比如要稍稍配上一些他的瑕疵，但不能过火；要写得紧张，但不能让他冒出血腥味来。也就是说，要为帝皇讳，要化他们的残酷为一笑，要在血腥中熏香，真是爱护备至，体恤有加。在这种帝王史观支配下写出来的帝王形象，照剧作者的说法，一定会受到中国老百姓的欢迎的，因为帝王就是高峰，历史就是他们的历史，老百姓头下枕的就是帝王梦。但是话又要说回来，枕着帝王梦的老百姓，在这种帝王戏的熏陶下，他的帝王梦可能还会百年千年地做下去！一个被封建思想浸润了几千年的民族，要使他清除自己身上帝王梦、奴才气，自己当自己的家，在思想上真正民主化起来，那是多么困难啊！

在另一种历史小说里，作者的史识是与现代意识精神有了结合。现代意识精神就是现代性的反思，一种历史的自我批判。这种反思与批判，就是在当今全球化的语境中，探究我国民族、文化趋向衰落的原因，那种深入我们民族骨髓的几千年的封建意识，以何种方式流贯于我们今天生活的方方面面，使我们在一百多年来的世界民族之林中，难以自立，受尽屈辱，以致在一个相当长的时期里，要生存下来都成了问题。直到今天就是在恢复民族自信和民族元气的过程中，仍是一路坎坷，荆棘丛生。

现代意识精神是一种具有历史高度的立足点，在这一立足点上感受历史的过程，就会使作家感性地体认到选择哪些历史关键时刻更为紧要，从而使他们变得更具人文关怀一些，气度会更宏放一些，对民族生存的命运的思考会更深沉一些，历史观会更开阔一些，民主气息会更多一些。自然，作家的史识与史观总是渗透于他所感受、体认到的历史的感性生活的，总是保持了其具体性与过程性的。在《梦断关河》《曾国藩》等小说里，我们体验到了现代意识精神，那种带有历史的深刻反思与批判。《曾国藩》的深刻的史识，表现在时代的潮流将要对行将就木的封建王朝彻底摧毁，而主人公却想方设法企图在这块千疮百孔的土地上"重建周公孔孟之业"。小说在历史情节的生动展现中，显示了那种被意识到的巨大的历史内容的意义，一种深刻的历史感，由此获得从中生发出来的深刻的思想性，从而使得小说阅读起来不仅具有动人的情趣，而且留下了令人心惊不止、久久不去的历史的意味。这里所说的历史感、历史意味，并不仅仅是指史实的真实，环境的渲染，细节的正确，而是指一种独特的历史的感受，它既是历史的，包含着我们民族昨天、过去的思虑的积淀，同时又是发展的，包含着今天的反思与自我认知的意绪，这是我国的悠长历史传统与现代意识的反思融合而成的一种进取的历史精神。

我们常常期望文学作品能够显示我们的民族文化精神，历史小说似乎更应如此。但要做到这点，作者是要具备进取的历史精神的。广大读者、观众的消费的审美需求是应予满足的，但是他们的趣味受到大众文化、影视文化的消极面的影响，使得他们的感性需求畸形扩张，感情变得粗俗不堪。在这种情况下，文学作品、电视剧的编写是投其所好，助其精神沉沦，还是应以新的理性精神、人文精神来平衡、抵御粗俗与精神的沉沦呢！

在后现代文化思潮影响下出现的所谓新历史主义小说，是商品经济下的又一种历史消费，这是一种新潮的历史观，它力图解构以往的权力话语和历史定论，参与历史的重新探讨。这种历史观大致都认同克罗齐或科林伍德的观点：历史都是当代的，即历史是没有自身的纯粹的形态的。所谓历史都是当代人解释的结果，主体如何解释，历史就是如何，纯属一些碎片与偶然。确实，这种历史观提醒人们，原生态的历史，随着时间而一起消逝，记录下来的历史都是掺入了记载者的主观因素在内的，纯粹的客观的历史记载是不存在的，所以历史都是当代的，由当代人说了算。这种历史观对于我们了解历史文献可信到什么程度是有启发作用的，一个历史事件有时会有不同的记载与说法，所以需要进行去伪存真的工作。不过，这种历史观实际上把历史记录中的主观性绝对化了，如果说历史不过是些人们记忆的碎片，其结果就把历史的客观性否定掉了。其实，重大的历史事件的客观性是一种真实的存在，在其自身的发展中有其自己的规定性，历史并不是那种互不相关的纯粹的碎片，如果一旦它失去了自身客观的规定性，那还有什么历史事件可言。比如，第二次世界大战、日本侵华战争、"文化大革命",历史记载者的主观性即使多样,角度取说不同,但能改变它们的客观存在的过程和性质吗?

后现代文化思潮认为,历史不过是一堆混沌的现象,并无规律可循,其主导思想是在破除本质主义的历史观,突出偶然因素,把人与人的关系,定位于人性本能因素,重找历史动因,重说历史现象。在这类思潮影响下的小说的作者,大体认同这种历史观念,于是把人的性、性本能、欲望、侵犯本能、暴力,当作历史事件的动因了。在他们的作品里,战争、屠杀、暴力、血腥、残忍、酷刑、欲望、善良、性本能表现,对于不同国家、集团的人群、人物来说,都是没有区分的。文学的叙述,不过是对不同人群的不同机缘巧合,进行随意组合。这种表述掺和着作者自己关于欲望、血腥、暴力、性本能的独特的奇思构想,写得津津有味。而在以捧为业的评论家那里,照例会赋予这类作品何等深刻的文化内涵,如何精细、创新的艺术感觉,等等。确实,历史过程中存在着大量的碎片式的偶然。性本能、肉体欲望、侵犯性本能,还真的是不少事件发生的偶然动因与后果。比如现今社会上的大量情杀与凶杀,它们的动因往往是由那些性本能、性侵犯、肉体欲望构成的,是事件发生原因的直接方面。但是如果作为历史事件,实际上还有处于隐蔽状态的间接的深层的社会因素,有时却是主要的因素。比如近期发动的侵略战争,有人说是出于个人好战心理、暴力本能、家属复仇心理,等等。但是仔细一想,这些战争的动因不明明就是为了掠夺他国资源、控制他国政治与经济命脉、强迫他国接受所谓普世主义的文化原则吗?!

自然,我们也要认真地看到我国作者们的无奈与苦衷。一般说来,当权力控制着历史的时候,历史确实像一个可以被随意打扮的小姑娘,成了一些握有权力话语的人士说了算的东西。主张唯物史观，但实施的往往是唯心史观。从历史上看，掩盖历史丑恶事实的人，总是和丑恶事件以及个人利益有联系的人。事实上那些被歪曲了的历史事件，以后还会被纠正过来，历史总是这样无情的。这样，是现实自身首先解构了历史，历史确实成了一种当代一些人的权力表述，现实奉行了随心所欲的历史相对主义。在这种意义上，一切历史都是当代史的那种理论，还真是派上了用场。因此文学中的混沌式的历史写作，不具含义的碎片式的历史写作，缺乏符号意义的纯粹偶然性的写作，不过是对现实的一种回应与投影，一种多样化的历史消费的形式而已，历史被多种形式消费着。

历史与现实的形态总是感性的，充满了偶然的，但是它们之间的相互联系的轨迹依然可寻。写作一旦使那种无处不在的、生动的偶然完全失去了符号的意义与所指，那么这类写作就不过是让人趣味索然的一种写作策略的表现。这类小说的致命之处在于，作者玩得投入，而读者人数极少，只有少数几位智力高的评论家，乐此不疲地对于这类写作策略津津乐道。作为历史小说的先锋实验来说，它们太相信话语能指的游戏功能了，结果聪明的、确实有相当威力的能指，在其重找历史的动因中，固然消解了历史，但同时也就耗尽了自己以及自己存在的艺术形式。

于是历史消费的快乐，也就变成了历史消解的无奈！

2004.3

（原载《文学评论》2004年第2期）

附录

钱中文学术年谱

专著与文集

1. 《果戈理及其讽刺艺术》,上海文艺出版社1980年。
2. 《现实主义和现代主义》,人民文学出版社1987年。
3. 《文学原理—发展论》,社会科学文献出版社1989年。
4. 《文学理论流派与民族文化精神》,吉林教育出版社1993年。
5. 《文学发展论(增订本)》(研究生院教材),经济科学出版社1998年。
6. 《文学理论:走向交往对话的时代》,北京大学出版社1999年。
7. 《钱中文学术文化随笔》,中国青年出版社2000年。
8. 《新理性精神文学论》,华中师范大学出版社2000年。
9. 《文学新理性精神》,洪叶文化事业有限公司2004年。
10. 《文学发展论》(修订三版),高等教育出版社2005年。

11.《钱中文文集》4卷集，新星出版社（精装）、首尔出版社（平装）2005年。

12.《自律与他律——中国现当代文学论争中的一些理论问题》（合作），北京大学出版社2005年。

13.《中国社会科学院学术委员文库·钱中文文集》，上海辞书出版社2005年。

14.《文学原理—发展论》（第2版），社会科学文献出版社2007年。

15.《钱中文文集》全四卷，黑龙江教育出版社2008年。

16.《中国社会科学院学部委员专题文集·文学理论：求索与反思》，中国社会科学出版社2013年。

17.《桐荫梦痕：体验与感悟》（散文集），北京师范大学出版社2013年。

18.《理论的时空》，复旦大学出版社2016年。

19.《北京社科名家文库·审美与人文：钱中文自选集》，首都师范大学出版社2016年。

20.《文学的乡愁——钱中文自述》，河南文艺出版社2017年。

21.《钱中文、祁志祥八十年代文艺美学通信》（与祁志祥合著），上海教育出版社2018年。

22.《中国文学理论与批评丛书·新理性精神与当代文论建设》，黄山书社2019年。

此外还有多种论文未编入文集。

主编（合作）文集与文学理论丛书

1.《文学理论方法论研究》（与王春元共同主编），湖南文艺出版社1987年。

2.《文学理论：回顾与展望》，河南大学出版社1993年。

3.《文学理论：面向新世纪》（与李衍柱共同主编），山东人民出版社1997年。

4.《中国古代文论的现代转换》（与杜书瀛、畅广元共同主编），陕西师范大学出版社1997年。

5.《文艺理论建设丛书》（7种），吉林教育出版社1993年。

6.《新时期文艺学建设丛书》（与童庆炳共同主编）（36种），华中师范大学出版社、首都师范大学出版社、广西师范大学出版社等2000—2002年。

主编与编选外国文论丛书、译作

1.《现代外国文艺理论译丛》（与王春元共同主编）（14种），三联书店1983—1991年。

2.《巴赫金全集》（中译本6卷集），河北教育出版社1998年；《巴赫金全集》（增订中译本7卷集），河北教育出版社2009年。

3.《读意大利》《读法兰西》《读英格兰》《读美利坚》《读德意志》《读俄罗斯》，泰山出版社2008年。

4.《陀思妥耶夫斯基精选集》，山东文艺出版社1998年。

5.《俄国古典文学丛书·现代牧歌》（合译），上海译文出版社1996年。

中国现代文艺学大家文库

《中国文论的民族特色——徐中玉文艺学文选》
《论"文学是人学"——钱谷融文艺论文选》
《清园谈艺录——王元化文艺学文选》
《现代性与当代文学理论——钱中文文艺学文选》
《中国诗学的春天——李衍柱文艺学文选》
《文学的真谛——王元骧文艺学文选》
《在历史与当代交集点上——陈伯海文艺学文选》
《文艺学宏观阐释——陆贵山文艺学文选》
《与西方文论的平等对话和争鸣——孙绍振文艺学文选》
《走向文化诗学——童庆炳文艺学文选》